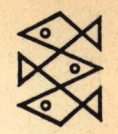

5,-

Über dieses Buch Hermann Burgers ›Die Künstliche Mutter‹ ist ein Patienten- und Militärroman, aber auch eine Schelmen- und Selbstfindungsgeschichte, glänzend erzählt, ernst und satirisch – und gegen die falschen Gesinnungen der Zeit gerichtet. Marcel Reich-Ranicki schrieb in der *Frankfurter Allgemeinen Zeitung* dazu: Burger »gelingt es immer wieder, phantastische und realistische Elemente ganz selbstverständlich miteinander zu verquicken. Die Skala seiner manieristischen, wenn auch nie manierierten Prosa reicht von verhaltenen poetischen bis zu wütenden rhetorischen Ausbrüchen, von mächtigen Tiraden bis zu feuilletonistischen Einschüben. Trotz der Vielfalt der Mittel ist das Buch von verblüffender Einheitlichkeit – und das dank Burgers sprachlicher Kraft, dank der prallen Sinnlichkeit, der Anmut und Anschaulichkeit seiner Diktion. In diesem Schweizer haben wir einen Stilisten, dem nur ganz wenige deutschsprachige Schriftsteller der jüngeren und mittleren Generation das Wasser reichen können.«

Der Autor Hermann Burger, 1942 in Burg (Schweiz) geboren, studierte Germanistik und Kunstgeschichte an der Universität Zürich; Dissertation über Paul Celan, Habilitation mit einer Studie über zeitgenössische Schweizer Literatur. Lebte jahrelang in Brunegg (Aargau) und war als Privatdozent für deutsche Literatur an der ETH Zürich und an der Höheren Pädagogischen Lehranstalt des Kantons Aargau sowie als Feuilletonredakteur am *Aargauer Tagblatt* tätig. Für ›Die Künstliche Mutter‹ erhielt Hermann Burger 1983 den erstmals vergebenen Hölderlin-Preis der Stadt Bad Homburg. In Klagenfurt wurde er 1985 für die Erzählung ›Die Wasserfallfinsternis von Badgastein‹ mit dem Ingeborg-Bachmann-Preis ausgezeichnet. Im Wintersemester 1985/1986 nahm er die Gastdozentur für Poetik an der Universität Frankfurt wahr. Hermann Burger starb im Februar 1989.

Im Fischer Taschenbuch Verlag sind von Hermann Burger folgende Titel lieferbar: ›Schilten. Schulbericht zuhanden der Inspektorenkonferenz‹ (Bd. 2086); in der Collection S. Fischer ›Diabelli‹ (Bd. 2309), ›Kirchberger Idyllen‹ (Bd. 2314) und ›Ein Mann aus Wörtern‹ (Bd. 2334). ›Die allmähliche Verfertigung der Idee beim Schreiben. Frankfurter Poetik-Vorlesung‹ (Bd. 2348) und ›Paul Celan. Auf der Suche nach der verlorenen Sprache‹ (Bd. 6884).

Hermann Burger
Die Künstliche Mutter
Roman

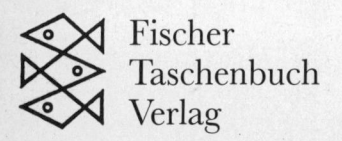

Fischer
Taschenbuch
Verlag

Alle Personen und Örtlichkeiten dieses Romans
sind frei erfunden, selbst dort, wo Namen
aus der realen Topographie übernommen wurden

9.–11. Tausend: März 1989

Veröffentlicht im Fischer Taschenbuch Verlag GmbH
Frankfurt am Main, Januar 1986

Lizenzausgabe mit freundlicher Genehmigung
des S. Fischer Verlags GmbH, Frankfurt am Main
© 1982 S. Fischer Verlag GmbH, Frankfurt am Main
Umschlaggestaltung: Manfred Walch,
unter Verwendung eines Fotos von Georg Stärk
Gesamtherstellung: Clausen & Bosse, Leck
Printed in Germany
ISBN 3-596-25962-2

Für Anne Marie

I
Ermordung eines Privatdozenten

1

Nein: ich hatte in dieser zweiten Maiwoche nach dem verhagelten Muttertag, da die Eisheiligen Pancratius, Servatius, Bonifatius und insbesondere die Kalte Sophie ihr glaziales Symposium abhielten, noch nicht, wie vorgesehen, nach Göschenen einrücken können, zuerst mußte, nach der skandalösen Semesterkonferenz der Abteilung für Geistes- und Militärwissenschaften der Eidgenössischen Technischen Universität, der Alma Mater Polytechnica Helvetiae, die ETU-Schmach getilgt werden, mußte Wolfram Schöllkopf, daselbst Privatdozent für neuere deutsche Literatur und Glaziologie – diese Verbindung eines humanistischen mit einem naturwissenschaftlichen Fach entspricht einer alten Tradition der Fakultativfächerfakultät –, auf die Erdrosselung seines Lehrauftrags durch Dekan Wörner reagieren.

Eine geschlagene Dreiviertelstunde lang stand Schöllkopf, der erbrechend aus der Konferenz gestürzt war, als gerade über die Verteilung von Ehrenadressen zum Anlaß des ETU-Jubiläums diskutiert wurde, an der Toggenbalustrade des dritten Stockwerks, zwischen den Marmorbüsten der Schulratspräsidenten Bleuler und Gnehm, und fragte sich: Sollst du, sollst du nicht? Zu Häupten die Kassettendecke, tief unter ihm die Mosaikfliesen des von den Großauditorien umgebenen Pausenhofs, der Gullschen Halle, auch Ehrenhalle genannt, gegenüber der östliche Triumphbogen, der sich über die Estrade vor dem Auditorium Maximum wölbte, wo der mit der Venia legendi Ausgezeichnete – denn es war tatsächlich eine Gunst, an dieser Höchsten aller Schweizerischen Hochschulen lehren zu dürfen – vor zweihundertdreiundzwanzig Personen seine Antrittsvorlesung über »Die Bedeutung der Gletscher in der Schweizer Gegenwartsliteratur« gehalten hatte.

Stand Privatdozent Wolfram Schöllkopf, unweit vom Vorzimmer des Schulrats, des obersten Aufsichtsorgans, unweit von der Spannteppichresidenz des Präsidenten, immer noch

Magensäfte speiend: Sollst du, sollst nicht? Man unterschätzte, von unten zur Decke emporblickend, die Höhe der Gullschen Halle, weil die oberen Stockwerke hinter die doppelgeschossigen Arkaden zurücktraten und somit der rosettengeschmückte Eierkarton frei über dem Hof zu schweben schien. Aber Schöllkopf wußte: fünfundzwanzig Meter genügten, einer bereits zerschmetterten akademischen Existenz den Rest zu geben, und es war richtig, der Kombinierten Abteilung für Geistes- und Militärwissenschaften diese Existenz samt der Venia, die fortan höchstens noch eine Schande des Lehrens sein würde, vor die Füße zu schmeißen. Sollten die Kollegen ihn da unten in der Ehrenhalle vom süßlichen Steinboden kratzen, nachdem das Vernehmlassungsverfahren betreffs Honoris-Causa-Adressen abgeschlossen war!

Es war, und dies kränkte ihn am meisten, eine plumpe Intrige gewesen, welche zur Streichung seines Lehrauftrags in der Höhe von monatlich sechshundertsiebenunddreißig Franken brutto geführt hatte. Professor Stefan Schädelin aus St. Gallen, der neu gewählte Militärhistoriker, von Haus aus ein Heer-und-Haus-Spezialist, hatte auf einer Konferenz, an der Schöllkopf krankheitshalber fehlte, den Antrag eingebracht, man müsse diesen Lehrauftrag »überprüfen«, und das Wort »überprüfen« hört ein Dekan, der sich in einer chronischen Budgetkrise befindet, immer gern. Natürlich steckten ganz andere als finanzielle Motive hinter dem Schädelinschen Überraschungs-Angriff. Die militärwissenschaftliche Hälfte der Abteilung XIII sah es ungern, daß die Gletscher als topographische Bestandteile des Réduit-Verteidigungskonzeptes der Schweizer Armee von der jüngsten Literatur dieses Landes vereinnahmt und damit in ihrer erdgeschichtlich-strategischen Lage quasi ans Ausland, also an den Feind verraten wurden. Vom Milizhistoriographen Schädelin stammte der Satz: »Die Gletscher sind unsere Gebirgsinfanterie. Hätte Rußland über ebensoviel Eis verfügt wie die Schweiz, Hitler hätte den Einmarsch nicht gewagt.«

Wolfram Schöllkopf indessen hatte in seiner Antrittsvorlesung darauf hingewiesen, daß sich in der neueren Schweizer Literatur, welche sich in den sechziger Jahren behaglich am Jurasüdfuß eingerichtet habe, eine Tendenz abzeichne, die erstarrten Packeisfronten in den Alpen von unten her zu schmelzen, und das hatte sich natürlich unter den Militärwissenschaftlern herumgesprochen. Diese subversiven Literaten, so mochte es geheißen haben, unterwühlen nicht nur das Gesellschaftssystem, sondern rühren ans Heiligste: an die Naturabwehrkräfte, die Seine Eminenz, der Liebe Gott persönlich, nach dem ja das Zentrum unseres Zentralalpenmassivs, der Gotthard, benannt ist, anläßlich der Erschaffung von Himmel und Erde für die künftige Eidgenossenschaft reserviert hat, exklusiv, streng geheim und vertraulich. Das war der Grund für die handstreichartige Rückeroberung von Wolfram Schöllkopfs Lehrauftragsstellung.

Soll ich, soll ich nicht: PD heißt ja nicht nur Privat- und Pendeldozent, sondern auch Pedell und Professoren-Domestike, das absolut Infausteste, was es auf dem akademischen Pflaster gibt; die Herren Lehrstuhlinhaber konnten davon ausgehen, daß sich ein Edelreservist, der darauf angewiesen ist, daß die Venia legendi alle vier Semester erneuert wird, schon ducken würde und in die Kappe scheißen ließe, aber er, Schöllkopf, nein, er nicht. Es gab zwei Möglichkeiten: diesen Schädelin standrechtlich abzuknallen oder auf den grießgrauen Fliesen der Gullschen Ehrenhalle zu zerschellen, mit dem Pausenläuten, das durch die zwielichtigen Stollengänge der Semperschen Polytechnikums-Festung schrillte, zu Grunde zu gehen. Der Diskussion über Ehrenadressen ein vorzeitiges Ende bereiten mit dem Skandal eines Privatdozenten-Suizids. Freilich, so sagte der Germanist in mir und nicht der Glaziologe, wäre es ein Pleonasmus, dem Mord von außen einen Mord von innen folgen zu lassen. Aber wie weiterexistieren, mit der Aussicht auf eine Kur in Göschenen-Kaltbad?

Dekan Wörner, Strafrechtler, hatte sich den Schädelinschen Antrag unterjubeln lassen und ohne jede Vorwarnung in der Traktandenliste, die ohnehin viel zu spät verschickt worden war, in der üblichen Schlamperei jener ETU-Dozenten, welche, mit Nebenämtern überlastet und Nebeneinkünften vergoldet, die Bürde der Abteilungsvorsteher-Würde wider Willen, durch das Anciennitätsprinzip dazu gezwungen, auf sich nahmen, die Konferenz zum Semesterbeginn mit dem Vorschlag überfallen – Herr Kollega Schöllkopf darf ruhig zuhören und im Saal bleiben –, meinen Lehrauftrag im Rahmen der Sparmaßnahmen zu streichen. Alle müßten kürzer treten und den Gürtel enger schnallen etcetera: pikanterweise lag gleichzeitig ein Antrag Schädelins für drei Stellvertretungen auf dem Tisch, denn der knapp Vierzigjährige hatte sich bei seiner Wahl als Provision ein Urlaubsemester eingehandelt, um seine Habilitationsschrift – man höre und staune: Nachhabilitation eines Ordinarius – »Die Dissuasionswirkung der Schweizer Armee im Rahmen der Sicherheitspolitik des Bundes« – in Ruhe, also ohne die lästige Verpflichtung von fünf Wochenstunden, fertig schreiben zu können.

Es gab kein Votum, in eigener Sache zu Wort melden konnte ich mich nicht, verbal befand ich mich im Ausstand und psychisch in einer Katastrophe, ich hätte ohnehin keine Silbe über die Lippen meiner cardialen Gipsmaske gebracht. Man schritt flott zur Abstimmung, und das Resultat, o Wunder und Pech für das Intriganten-Duo Wörner/Schädelin, lautete neun zu sieben gegen den Antrag des Dekans, bei fünf Enthaltungen und einem Dutzend Absenzen, also für Beibehaltung des Schöllkopfschen Engagements, das ohnehin von Semester zu Semester neu bestätigt werden mußte. Nach gut demokratischer Gepflogenheit beugte sich Professor Wörner – Schädelin fehlte entschuldigt – der Mehrheit, indem er das Traktandum, das laut Liste keines war, vorläufig zurückstellte, um dann unter Verschiedenes und Umfrage, geschickt vor die Aussprache über Ehrenadressen manövriert, nebenbei zu Protokoll zu geben: Sie haben also, wenn ich das recht verstanden habe, in der Angelegenheit Lehrauftrag Schöllkopf mit neun zu sieben zugestimmt. Allgemeines Kopfnikken der in irgendwelche Gutachterpapiere vertieften Fachifizenzen, plus mal minus ergibt minus; sie hatten aber nicht dem Schachzug des Winkeljuristen, sondern der Prolongierung meiner bezahlten Stunde zugestimmt – minus mal minus gleich plus –, also war mit einem billigen Trick an einer Universität, die berühmt war für ihre Kapazitäten auf dem Gebiet der höheren Mathematik, dieses Lehrauftragsattentat an einem Privatdozenten ins Protokoll hineingeschmuggelt worden.

Mein wichtigster Lehrer und Förderer, Professor Walter Kern, der Gute Gott der ETU genannt, hätte sich dreimal im Grab umgedreht, wenn er diese Gaunerei von seinem Friedhof aus mitangesehen hätte, das Knarren des Sarges wäre durch das dicke Zyklopengemäuer der Nordfassade gedrungen mit den Sgraffitos, welche Aufbau und Aufgaben der Eidgenössischen Technischen Universität allegorisierten: zwei beflügelte Standartenträgerinnen versprachen dem Studenten, der diese Bildungskasematte in mattem Basaltgrün zu sprengen versuchte, daß unter den Auspizien der Eidgenossenschaft in gegenseitigem Einvernehmen von Wissenschaft und Kunst alle Sparten vom Bauingenieurwesen bis zum Militärwesen, ergänzt durch humanistischen Zuckerguß, in interdisziplinärem Föderalismus, für den die Girlanden der Kantonswappen unter dem Dachvorsprung bürgten, sine ira et studio gelehrt werden würden. Über den Fenstern des Erdgeschosses siebzehn Zelebritäten von Homer bis Newton. Und was hatte Seneca, vom gesprengten Segmentgiebel des Nordportals hinuntergrüßend, den Famuli zu sagen? »Non fuerat nasci / nisi ad has«: die Geburt lohnt sich nur dann, wenn man als Wissenschaftler oder als Künstler zur Welt kommt.

Von Epikur aber, Herr Dekan Wörner und Herr Professor Schädelin, ist die Maxime überliefert, der eigene Tod könne einem nichts anhaben, weil dem Zersetzten jede Empfindung fehle, also stand dem Schöllkopfschen Experiment des freien

Falles nichts im Wege, um so weniger, als sich der Gute Gott der ETU, der kremiert worden war, als Häuflein Asche nicht in seiner Urne umdrehen konnte. Was war das für eine Schreckensmutter, diese Alma Mater Helvetica, von nähren konnte weder im pekuniären noch im übertragenen Sinn die Rede sein, eher von akademischem Liebesentzug; ein Privatdozent war ja genauso wehrlos wie ein blaugeschriener Säugling, der vergeblich nach der monumentalen Kuppelbrust verlangte, dieser über sechsundzwanzig Meter gespannten, aus dem Kriegsjahr 1918 stammenden, von vierundzwanzig Bogenrippen, einem Fußring, einem Zwischenring und einem Kopfring zusammengehaltenen Dachziegelbrust, deren Laterne ganz Zürich und die umliegende Eidgenossenschaft von Romanshorn bis Genf, von Basel bis Chiasso erleuchten mochte, doch einem Spezialisten für Glaziologie und neuere deutsche Literatur lediglich eine Gratifikation von fünfhundert Franken pro Jahr für die Gunst der unbezahlten Lehrtätigkeit gab.

Hatte Wolfram Schöllkopf denn überhaupt noch eine Wahl? Er war ein chronisch schwerkranker Mann, ein psychosomatisch Frühinvalider, konnte, nachdem die Labortechniker der Schulmedizin so ziemlich alles verpfuscht hatten, was sich mit Hilfe von Chemie, die an dieser Anstalt nicht nur gelehrt, sondern geradezu gehätschelt wurde, ruinieren ließ, nur noch das Kurangebot von Göschenen wahrnehmen, dubios genug, diese Auer-Aplanalpsche Tunneltherapie der Künstlichen Mutter, und wofür, wenn überhaupt, würde der Omnipatient wieder rehabilitiert werden: für die ETU-Schande. Es gab ja in der Tat hochinteressante Parallelen zwischen dem Fort Réduit im Gotthard und dem über und über rustizierten Semper-Gullschen Hochschulsackbahnhof, der auf einer Schanze des ehemaligen Festungsareals der Stadt Zürich thronte: hier biß man auf Granit, dort würde man auf Granit beißen; hienieden ein undurchschaubares Labyrinth von Auditorien, Sammlungen, Zeichensälen, Stichtonnengewölben, Materialkatakomben, Lieferanteneingängen, Senatszimmern, Lichthofkanzeln, Blendarkaden, Säulen-Balustraden – dort, wenn man dem Gerücht über die Existenz einer Heilstollenklinik Glauben schenken durfte, ein nicht minder verwirrendes Carceri-System; der heilige Godehard war sozusagen die Natur gewordene ETU unter besonderer Berücksichtigung der Abteilung für Geologie, Hydrologie und Glaziologie, umgekehrt die Landeslehrstätte ein zum Polytechnikum aufgefächertes Gebirgsmassiv; in Göschenen wie hier herrschte permanente Geistesdämmerung, betrat man an einem gleißenden Frühsommertag die Apsis des Vestibüls, verfinsterte sich der Junimorgen zu einem Dezembernachmittag, und man hielt unwillkürlich Ausschau nach einer heißen Schokolade, wie sie im Bahnhofbuffet Göschenen, so die kulinarische Legende, verabreicht wurde, aus Crémant-Riegeln gestoßen.

2

Als Privatdozent Wolfram Schöllkopf die Ritterfaust zu spüren begann, die ihm von hinten, wo die marmornen Schulratspräsidenten im Halbrund postamentierten, durch den Rücken und in den Brustkasten griff, um den Herzmuskel zusammenzuquetschen, wußte er, daß er diesen Eidgenössischen Hoch-Schul-Verrat nicht überstehen würde, sich gar nicht über das Balustergeländer zu stürzen brauchte. Zur Poliklinik auf der anderen Seite der Semper-Allee waren es hundertfünfzig Granitstufen und gut zweihundert Schritte, das mußte auch ohne Blaulicht zu schaffen sein. Doch diese kombinierte Abteilungs- und Herzattacke war nicht zu unterschätzen. Neben der Reiterstatue von Remo Rossi, welche die fünfundzwanzig Kantone ihrer Alma Mater zur Centenarfeier geschenkt hatten – sein Entdecker, Professor Kern, hatte sie als Rektor, als Magnifizenz eröffnen dürfen –, ging der Infauste zu Boden und blieb liegen bis neun. Die Panzerfaust hatte auch noch Morgensternstacheln, und sie bohrten sich gegen die Schulterblätter hinauf.

Und jetzt ging es darum zu kapieren, daß der Knockout meines Lebens gemeint war, im neununddreißigsten Jahr. Im Dozenten-Boudoir befand sich eine Hausapotheke, doch Nitrolingual würde dort kaum zu finden sein. Noch zwei Treppenarme im düsteren Gewölbe bis zum Hochparterre Nord der Architekturabteilung, wo er vier Semester studiert hatte, und zur Ehrenhalle, dem Pausenparlatorium anstelle des früheren Gipsabgußpavillons. Wie auf einer stotzigen Eisbahn tappte ich die Stufen hinunter, schob mein moribundes Gehäuse von den Gullschen Mosaikfliesen auf den Vestibülbelag, vom Vestibülbelag am Gnehmschen Trinkwasserbrunnen, an den drei Bronzegrazien vorbei über die Barrikade der Portalschwelle auf die Granitplatten des hufeisenförmigen Vorplatzes, wo die Seitenflügel den Druck auf mein Herz verstärkten, raus aus dieser Alma-Mater-Krebszange auf die Semper-Allee, ein Infarkt kam nicht in Frage, nein, ich gönnte diesen Judassen der Abteilung für Geistes- und Militärwissenschaften alles, nur nicht einen Herzinfarkt als Alibi einer natürlichen Todesursache ihres für dreißig Silberlinge verratenen Nachwuchs-Germanisten und -Glaziologen; oben im glarigen Licht die braunrote Kuppel über dem Lesesaal mit den giftgrünen Tischlämpchen, eine enge Wendeltreppe zwischen der äußeren und inneren Schale führte hinauf zur Laterne; wenn schon, dann dort oben verrecken, in der Zitze der Steinbrust, doch zum Greifen nah war die Spitalfassade, ein wildes Mobile von Fertigbauelementen in seinem Blick, Schöllkopf versuchte, mit einer Hand zu fuchteln, um das rotierende Blaulicht zu imitieren, Autoreifen quietschten, ein Tramzug klingelte und knirschte, richtig, die ganze Welt in den Alarmzustand versetzen, wo war der Noteingang, nicht Exit, nein, Exitus auf keinen Fall, die Notaufnahme, Linoleum, kotzbraun gesprenkelt, Gummibäume, kitschig in der Tat, der Abgang, wie die unbefleckte Geburt, er halluzinierte plötzlich an der unbefleckten Geburt herum, Schwester, Hilfe, der Raubritter läßt das Herz nicht mehr los, sprengt endlich diese eiskalt glühende Folterzange, ihr

Medizinalbanausen, ihr gottverdammten Notfalldilettanten, ihr . . .

Starte noch einmal, wie nach Absolvierung der Bobschule in St. Moritz, zur Jungfernfahrt, das erste Mal in einer Podar-Büchse, schwarz wie ein Blechsarg, zwei Mann Gepäck und ein diplomierter Bremser, auf geht's, toi-toi-toi, erstmals ein Professor für Glaziologie im Olympiaeiskanal, Schlangenkurven, kein Problem, Sunny Corner drittelhoch anfahren und raus, sobald man die Innenbande sieht, geschafft, Nash/Dixon, Schüttelbecher, unten die enge Kehre der Kantonsstraße mit den fotografierenden Zuschauern, die Eiszapfen oben am Horse Shoe, vierfacher Erddruck, der Arsch meldet, wie wir liegen, runterreißen und auf Schienen ins Telefon und in den Shamrock, Schwein gehabt, Devils Dyke, brutal an der Sohle bleiben, weil kürzerer Weg, ottimo, viel leichter zu steuern als der Feierabend, Nameless und Tree, was ist das, ein Arzt in der Rinne, weg, du Fachidiot, herrgottsackerment, Fachidiot, wie eine Rakete an die Eigernordwand des Bridge Corners hinauf, Seilzug entglitten, Kippsturz, auf dem Helm in die Bahnunterführung, Sturmböen von Eismehl, aber vor der Fallgrube wieder aufgestellt, Bremser weg, Polster weg, blinde Passagiere weg, hin und her schlagend im Kanonenrohr zum Sachs hinunter, ein Leberhaken, leck mich doch am Arsch, dieser Sarg ist überhaupt nicht mehr zu kontrollieren, Bariloche, von der Argentinischen Schwesterstadt gestiftet, raus, bevor der Sack zu eng wird, und die Arrivato, eine Tortur ohne Ende, zu hoch, du Trottel, nachziehen, raus auf zwei Kufen, drücken, wer bremst eigentlich, he, hallo, wir sind da, ackert die Piste mit dem Rechen auf, nicht wie die Japaner kopfvoran auf dem Lastwagen landen, stopp, stopp, stopp!

Was war unsere Zeit? fragte Schöllkopf den Arzt, der neben seinem Bett stand. Halb sechs, antwortete der in irgendwelche Klosettrollenstreifen vertiefte Schneemann. Sie sind wohl nicht ganz gebacken, nach dem Tree in der Spur zu stehen, das ist lebensgefährlich, die Geschwindigkeit beträgt dort bereits gegen hundert Stundenkilometer, haben Sie denn den Donner nicht gehört aus dem Devils Dyke? Nun halten Sie sich mal still, bis das Kardiogramm fertig ist. Na, sieht schon ganz anders aus. Nach der ersten Kurve, die Ihr Herz herauszitterte, leben Sie gar nicht mehr. Der Arzt schnallte mir den gelochten Käseriemen von der Brust, nahm die Kabel mit den Metalltatzen weg und die Klammern von den Armen und Beinen. Bei welcher Krankenkasse sind Sie versichert? Bei der Helvetia. Dann unterschreiben Sie hier, bitte. Das war leichter gesagt als getan, denn von meinen Venen führte ein Gehedder von Schläuchen zu den Flaschen am Kathetergestell. Was ist das für ein Fackel? Wir brauchen die Bestätigung, erläuterte der Arzt im hochgeschlossenen Mantel, daß Sie auf der Privatabteilung liegen und infolgedessen für die Differenz zwischen Kassenleistung und Sonderklassentarif aufkommen, zunächst mit einer Kaution. Schöllkopf wollte sich empört aufrichten, doch der mit einem Stethoskop bewehrte Wärter drückte ihn nieder. Nur die Ruhe kann es bringen, mein Lieber. Das nenne ich Geschäftemacherei, fluchte der Patient, ohne gefragt zu werden in die Luxusetage, habt Ihr mir gleich eine Krankenzimmersuite angedreht? Wer auf allen vieren angekrochen kommt, wird nicht mehr lange gefragt, seien Sie froh, daß es beim stenocardialen Kollaps geblieben ist. Kollabieren Sie des öftern? Was ist das, ein stenocardialer Kollaps?

Sehen Sie, Herr Dozent Schöllkopf, jetzt nehmen Sie bereits eine Dienstleistung der Privatabteilung in Anspruch, denn ein Herzpatient der allgemeinen Klasse wird nicht sofort, auf Abruf, sondern turnusgemäß bei der Elfuhrvisite aufgeklärt. Haben Sie schon mal was von Angina pectoris gehört? Man nannte das früher Herzbräune, bedingt durch eine gewisse Engbrüstigkeit, Anfälle von heftigen Schmerzen in der linken Brustseite, die gegen den Hals und die Arme ausstrahlen. Kollapserscheinungen, Erblassen, kalter Schweiß, kleiner, frequenter Puls, Todesängste, akute Linksinsuffizienz, im Grund ganz einfach Spasmen der Kranzgefäße, durch hochgradige körperliche Überanstrengungen oder schwere seelische Traumata hervorgerufen, auch eine Tabakvergiftung oder hysterische Nervosität können dazu führen. Sie sind, so entnahmen wir Ihrem ETU-Pendelbusausweis, Privatdozent für deutsche Literatur, Nebengebiet Glaziologie – eine interessante Kombination –: wie viele Stunden haben Sie denn, daß Sie vor der Hochschule zusammenklappen? Seit heute mittag keine mehr, Herr Doktor ... Steinbrück mein Name, Steinbrück – ein interessanter Name –, Unternullwachstum, Ihre Sanifizenz, Zéro-Spiel, aber verloren, verstehen Sie, mit einem Wörnerschen Genickschuß an der Abteilungskonferenz zur Strecke gebracht – Steinbrück, was für ein Name! –, akademisch ins Gras gebissen, abberufen worden, mause, Rabenfutter, reif für die Gipsabgußhalle. Tja, Privatdozent ist kein leichtes Los, der Weg zu einem Ordinariat unübersichtlich, aber Sie sehen mir zum Glück nicht nach einem definitiven Infarkt aus, der Manschetten-Test ist zufriedenstellend ausgefallen, ein Ferment hat uns Sorgen gemacht, die Blutprobe zeigte, daß eine Abteilung Ihres Herzens, wenn ich mich der Terminologie der ETU-Struktur bedienen darf, im Begriff war, zugrunde zu gehen, wir haben keine Zeit verloren und vom Direktschreiber, der dieses perverse Gebirgspanorama als Silhouette produzierte, auf den Kathodenstrahloszillographen umgeschaltet und den Schirm nicht mehr aus den Augen gelassen, und schon, Herr Privatdozent, wenn auch zwangsemeritiert, sind wir wieder da, natürlich unter strenger Observation, zu Ihrer eigenen Sicherheit, das Semester können Sie vergessen.

Es ist ein Ohrenschmaus, Ihren Ausführungen folgen zu dürfen, Herr Chefarzt Delbrück – nur Oberarzt, Oberarzt Steinbrück –, und ich gratuliere Ihnen zu der phänomenalen Leistung auf dem Gebiet der Cardiopsychosomatik, dank der mir nämlich die Freiheit verblieben ist, mich selber zu vergiften, an irgendeiner Überdosis zu krepieren, was an diesem Toxikologischen Institut als einer achsialsymmetrischen Annexanstalt zur Abteilung XIII für Geistes- und Militärwissenschaften ennet der Semper-Allee doch wohl noch möglich sein dürfte – an einer Überdosis Kokain gestorben macht sich immer gut in einer Biographie –, nur wird leider das Schicksal eines frontalmeuchlings ermordeten Privatdozenten normalerweise weder biographisch noch bibliographisch erfaßt, und als Glaziologe habe ich mich um den Aletschgletscher, meinen Lieblingsfirn, zu wenig – oder zu spät – verdient gemacht, um auch nur in eine Statistik der Versuchsanstalt für Wasserbau, Unterabteilung Séracs, einzugehen – aber, Herr Universitätsprofessor Steinbrück – Oberarzt, wenn ich bitten darf –, mein Problem ist ein anderes, ich kann mir die, wie sagten Sie schon, kollaborative Stenocardiogrammatik der Pumpe gar nicht leisten, weil ich, seit acht Jahren auf einer kapazitären Odyssee von Sprechzimmer zu Sprechzimmer, Labor zu Labor, wobei es immer zwischen Skylla und Charybdis hindurchzuscheitern galt, zwischen dem Orakel: Das ist rein psychischer Natur, und der unverschämten These: Den Schmerz, den Sie zu spüren glauben, gibt es gar nicht, weil ich, um dieser Stafette von Fehl- und Halb-, Pseudo- und Hyperdiagnosen ein Ende zu bereiten, dringend nach Göschenen muß, in die Therapie der Künstlichen Mutter, welche laut den Gerüchten, die aus der Auer-Aplanalpschen Heilstollenklinik auf dem Latrinenweg der Spezialistenfrustranten vom Gotthard ins Unterland gelangen, alle Malästen gestattet, ja sogar anzieht wie der Magnetberg, nur gerade dekompensierte Herz-Kreislauf-Verhältnisse nicht, verstehen Sie?

Doktor Steinbrück setzte das Stethoskop an und befahl: tief atmen, ausatmen. Nochmals tief ein, aus. Jetzt husten, jetzt wieder normal atmen. Tut das weh? Er knetete – ich lag in einer glockenförmigen Anstaltsbluse und in meinen antirheumatoiden Beinlingen aus ultramarinblauer Seide zur Besichtigung da – in meinem Bauch und in der Leistengegend herum. Eben nicht, Herr Doktor, die Unterleibsmigräne hat ihren Sitz zuvorderst in der Penisspitze; dort, wo es nichts zu modellieren gibt, tut es saumäßig weh. Nun gut, eines nach dem andern, zuerst der Körper, Ihr Herz, dann die psychogenitalen Nebenerscheinungen, hier liegen wir auf der Herzstation und freuen uns darüber, daß es nicht mehr die Intensivstation ist. Göschenen, wo es meines Wissens unterirdische Festungsspitäler, aber keine Heilstollenklinik gibt, soll warten. Brauchen Sie ein Schlafmittel? Nein, eine Kurpackung Buscopan gegen das Schwanzgrimmen.

Privatpatient Wolfram Schöllkopf wurde nun seinen Gedanken und den Nachtschwestern überlassen, denen er zwar von seinen Herzens-, aber nicht von lumbalen Nöten erzählen konnte, eigentümlich, wie sich der Mann geniert, einer fremden Frau gegenüber die Invalidität seines Gliedes zu bekennen. Nicht im Traum käme er auf die Idee, eine so attraktive Nachtschwester wie die fuchsrote Ira um einen samariterlichen Liebesdienst zu bitten, dergestalt, daß sie sein Gehänge mit der Wärme ihrer Hand oder ihres Mundes für eine Weile entkrampfen würde. Nein, seine Assoziationen nahmen die gewohnte Bahn zweideutiger Witze: die Tagschwester erzählt der Nachtschwester, der neu eingelieferte Patient habe ein tätowiertes Glied, wenn man genau hinschaue, erkenne man das Wort Adam; doch am andern Morgen kichert die Nachtschwester und belehrt ihre Kollegin, es heiße nicht Adam, sondern Amsterdam.

3

Und es war eine der tödlichen Symmetrien in seinem Leben, daß Schöllkopf mit seiner Stenocardie nun im selben Spital lag, in dem vor fünfzehn Jahren die einzige Frau gestorben war, die seine Frau hätte werden können, Flavia Soguel, durch seine Schuld. Sie hatten sich in einem Kolloquium Professor Kerns kennengelernt, des Guten Gottes der ETU, cand. phil. Wolfram Schöllkopf hatte vor siebzehn Unentwegten ein Referat über Ingeborg Bachmann gehalten, in einem dieser kleinen hohen Seminarräume des D-Bodens mit bananenglacegrau lackiertem Kathedertresen und Blick auf die Linden der Künstlergasse und die Anatomische Sammlung der Universität; »Erklär mir, Liebe« und »An die Sonne« hießen die beiden Gedichte, die er in akademischer Mundart interpretierte zuhanden dieses Häufleins getreuer Zürichbergdamen, abtrünniger Phileiner aus dem Deutschen Seminar und sporadischer Freifachhörer, er hatte von der Liebe als der stärksten Macht der Welt gesprochen und von der Wahrheit, die dem Menschen zumutbar sei, und dabei immer nur sie angeschaut, diese sonnenblumenleuchtende Blondine mit dem leicht satteligen Nasenrücken, der schwindelerregenden, Chauchatschen Augenweite, den schräg nach oben geschnittenen Blaumandeln, den kräftigen Schultern und der sportlichen Postur, eine Skirennfahrerin in der Sommerpause, so saß sie mit übereinandergeschlagenen Beinen halb in der engen Bank, halb auf dem Zwischengang, machte Notizen mit fliegendem Füller, eine Madame Soleil; es war, noch während des Vortrags, Liebe auf den ersten Blick, und als Professor Kern, der ein wenig Jean Gabin glich, Schöllkopfs Referat lobte aufgrund der stenographischen Kürzel auf seiner Karteikarte und einleitend bemerkte, es sei doch ein Jammer, daß solche Leute nicht diesseits, sondern jenseits der Künstlergasse ausgebildet werden müßten, im germanistischen Papageienhaus, hoffte der Laureatus inständig, sie, die einzige Zuhörerin, auf die es ankam, würde sich auch diese Qualifikation merken.

Im Anschluß an das Kolloquium saß man noch bei einer Stange Hell auf der Kunsthausterrasse gegenüber dem Schauspielhaus, ihr Verlobter, ein Bauingenieur im siebten Semester, hatte sich zum Glück mitschleppen lassen, der Trunk wäre zwecklos gewesen ohne sie, an die Ingeborg Bachmanns Gesang »An die Sonne« gerichtet war, persönlich und mündlich gewidmet an diesem vorsommerlichen Maiabend: »Ohne die Sonne nimmt auch die Kunst wieder den Schleier . . . Nichts Schönres unter der Sonne als unter der Sonne zu sein . . .« Flavia Soguel war Doktor der Jurisprudenz und stammte aus dem Landwassertal, aus Davos, das den tiefblauen Hochwinterhimmel und die goldene Sonne im Wappen führte, eine mutige Neuschneewedlerin, welche auch schon die Lauberhornabfahrt mit dem Hundschopf und der Minschkante gestanden hatte, sie und der Genius Ingeborg Bachmanns verschmolzen zu einem Bild, und die Anwältin aus dem Bündnerland mit dem Rauchquarz in ihrem Dialekt kannte sich obendrein aus in der Antike, Publius Ovidius Naso, geboren dreiundvierzig vor Christus, habe in der Ars amatoria gesagt: mulieribus doctores poetici necessi sunt, die Frauen bräuchten poetische Literaturdozenten; Schöllkopf erwiderte, wahrscheinlich heiße es im Originaltext, die Frauen brauchen die Dichter, mulieribus poetarum opus est, was Kafka in einem Brief an Milena sehr bezweifelt habe: »über meine schwachen Kräfte klage ich, über das Geboren-werden klage ich, über das Licht der Sonne klage ich«, alles, habe Kafka gesagt, sei herrlich und wunderbar, nur nicht für ihn, nicht für mich, Flavia; doch, sie einigte sich mit mir auf den Gesetzestext »Die Frauen brauchen die Dichter und Wissenschaftler«, und ich erwähnte den Seneca-Spruch über dem Nordportal der ETU; siehst du, meinte die Juristin, und im Römischen Recht steht der skandalöse Satz »Mater semper certa est«, nur die Mutter ist unzweifelhaft, wenn es zu einem Vaterschaftsprozeß kommt, dabei hätte Kafka wahrscheinlich statt zweihundert Briefe an Milena und fünfhundert Briefe an Felice besser einen kardinalen Brief an die Mutter geschrieben. Diese Frau kam draus, das stand fest, und eine Liebeserklärung war fällig, noch an diesem Abend, Schöllkopf nahm seine gelbe Stumpenschachtel mit dem Werbezeichen der Sonnenblume und unterstrich mit dem Füller, was er Flavia Soguel sagen wollte und doch am Tisch nicht laut sagen konnte, die Wörter naturrein, nicht gepudert, feinste Mischung, blond und Söhne-AG, und schob ihr diese Stumpenpost zu, sie steckte sie lachend ins Täschchen, sie hatte verstanden.

Weißgrünlich wie die Milch mit Honig und Aronenschnaps, die der Vater uns Kindern angerührt hatte gegen

Husten und Halsweh, das Privatzimmer des Privatdozenten und -patienten Wolfram Schöllkopf, Märklinkataloge, Hafersuppe und Ewigkeit, Blick auf die massiv rustizierte Ostfassade der Eidgenössischen Technischen Landesirrenanstalt ennet der Semper-Allee, wo die Magnifizenzen als Nullifizenzen konferiert hatten, es war ja ein Skandal, daß bei der Renovation und Erweiterung des Zürcher Bundeshauses für Wissenschaft und Kunst während des Ersten Weltkriegs kein Naturstein verwendet werden konnte, weil die Verwitterung des Quaderwerks aus altem Bernersandstein zu weit fortgeschritten war, eine außen wie innen erosionsbedrohte Alma Mater Helvetica, und ein großer Teil der Fugen war nicht einmal vermörtelt gewesen, Hohlräume bis zu dreißig Zentimeter kamen zum Vorschein, so daß die Bossen des Erdgeschosses herausgesprengt werden mußten, eine im Keller installierte Kompressorenanlage ermöglichte diese Abbruch- und Durchbrucharbeiten mit Taglöhnern, die im Akkord bezahlt wurden, eine Fassadenhavarie sondergleichen.

Gull entwickelte durch Zusatz von Chromoxyd und Ocker zum Portlandzement unter Verwendung von weißem Quarzsand einen Kunststein, der dem Natursandstein des alten Baus in Korn und Farbe täuschend ähnlich sah, schichtweise wurden die neuen Quader den zurückgespitzten Witterbrokken im Original-Verband vorgesetzt als Blendwerk im wörtlichsten Sinn. Die Baluster der Terrassenbrüstungen waren derart angefressen, daß sie bei der leisesten Berührung heraus- und hinunterfielen, desgleichen die Postamente aus Bollingerstein, und diese doppelt und dreifach armierte Kasematte auf dem Schanzenareal des ehemaligen Festungszentrums von Zürich sollte Schöllkopf, Stenocardist, Herzbräune, nun noch einmal sprengen und von Grund auf erneuern. Nein, da konnte ihm höchstens eine Eiszeit zu Hilfe kommen, eine glaziale Finsternis, welche über die Zivilisation dieser rationalistischen Hottentotten hereinbrach; was die Heilaussicht vor seinem Fenster versperrte, war der Ödipuskomplex, die Papamnese, er aber hatte es mit der Orestie zu tun, mit einer umfassenden Mamamnese, er mußte sich, so leid es ihm tat, von der einen Krankengeschichte für die andere beurlauben lassen, denn der Gute Gott der ETU war tot, der Palazzo legendi erkaltet, auf ihn wartete der Gotthardgranit.

Und wieder verlor er sich, Herzmittel gegen Schmerzmittel vertauschend, in seiner glücklichsten Zeit, welche mit einer Tragödie geendet hatte: This is the balcony of Romeo and Giulietta. Zwei Hochsommermonate lang lebten sie wie im Rausch und schliefen jede Nacht miteinander, was streng verboten war, einerseits war Flavia ja verlobt und teilte die erste oder die zweite Wochenhälfte, je nach Büroplan oder Semesterdruck, die romantische Altstadtwohnung mit dem angehenden Bauingenieur; zweitens hatte Wolfram Schöllkopf seiner Mutter an seinem zwanzigsten Geburtstag am Krankenbett hoch und heilig in die Hand versprechen müssen, nie, da es sie bis ins Grab beleidigen würde, mit einer anderen als der angetrauten Frau zu koitieren – auch nicht zu onanieren, denn Selbstbefriedigung sei Kommunismus. Es war eine schrecklich gute Mutter, immer Tränen in den Augen, immer im Halbdunkel liegend, eine Migräne- und Eismutter. Doch die sonnenstarke, flammende Flavia hatte diesen verbrecherischen Unsinn buchstäblich hinweggeliebt, du bist zwar eine Kohlhaasnatur, hatte sie gesagt, aber ich bin Anwältin, also Fürsprecherin, und gehe für dich nicht nur durchs Feuer, sondern vor die höchste Instanz, wenn es sein muß, bis vors Bundesgericht in diesem Mutterschaftsprozeß. Töte sie, indem du mich liebst, wir schaffen sie gemeinsam beiseite in unseren Liebesnächten.

Zürich im Sommerglanz seines blauweißen Wappens, gestohlene Heckenrosen im Briefkasten, glühende Briefe, Tage wie Lohe im Strandbad unter flirrenden Birken, die Liebe als stärkste Macht der Welt. Wie Ingeborg trank Flavia am liebsten Pernod im Select oder Odeon, wo unser Tischchen eine Insel im Strudel der Passanten bildete, ich immer in Panik, ihr Verlobter tauche plötzlich auf, Flavia dagegen ein Abgrund an Unbekümmertheit. Die Menschen, konnte sie sagen, begreifen nicht, daß sie sterblich sind, sonst ließen sie keinen Tag ohne Sonne, keine Nacht ohne Liebe verstreichen; und ich, ich hatte plötzlich Sprache, ich war für diese kurze Spanne taumeligen Glücks der Dichter, den die Frauen – nach Ovid – so dringend brauchten, es sprudelte aus unerschöpflichen Quellen aus mir hervor, ich konnte meiner Geliebten alles zeigen, benennen, in ihrem Sonnenspiegel entzündete sich die Welt. Zürich, die Altstadt, der Limmatquai, das Café de la Terrasse, der Bürkliplatz, die Bahnhofstraße, die Peterhofstatt, wo ihr Ingenieur die Wohnung mit Balkon im dritten Stock gemietet hatte, der Lindenhof, alles täglich blauweißblankpoliert, wie frisch aus dem Baukasten genommen. Wir aßen zusammen im Strohhof, unser Tischchen stand am Zaun, der die Kiesterrasse vom Pfarrgarten trennte, und ich konnte ihr die Magnolie beschreiben, den leicht schief stehenden Schirm entflammter Blütenkerzen. Erklär mir, Liebe! Durch die Haselstauden schimmerte das grelle Tulpenrot, ein Kranz aufgebrochener Lampions in einer Waldlichtung. Und wir lachten über die Gäste, die sich in kulinarischer Feierlichkeit über ihre Suppen beugten, von den aufgeblähten Tischtuchecken eingepackt wie Toastscheiben. Flavia Soguel war das Zauberwort, das Sonnensiegel zur Welt.

Und wir räkelten uns in den Liegestühlen auf der Zinne, unter uns die tosende Stadt, das Klingeln der blauweißen Trams, um uns die Ziegel- und Teerlandschaft von Dächern, Kaminen, Lukarnen, luftigen Schrebergärtchen, die flatternde Wäsche, die Gitter mit den lichttoten Reklamebuchstaben, das Geturtel der Tauben, und rings die Kuppeln und Türme, die Sternwarte, grünspanbehelmt der Spanisch-Brötli-Bahn-Aufbau der Universität, wo die Elfuhrmesse St. Emilions über Hofmannsthal und seinen Kreis ohne Wolfram Schöllkopf stattfand, der mockige Turm von St. Peter mit dem größten Zifferblatt der Welt, die Zeiger zwei riesige Brieföffner. Vom Großmünster sah man liegend nur den güldenen Wetterhahn des Dachreiters, und erst im Zurücktreten rückten die gotischen Fenster über den Balustraden gespenstisch nah. Der Tagmond als weißer Melonenschnitz am Himmel. Flavia, schau da, rief ich, Flavia, schau dort! Madame Soleil, Sonnengöttin. Was-ist-das? Wir folgten einem Kinderballon, wie er als dünnglasiger Bonbon im Wind trieb, eine Botschaft am Bindfaden über die Giebelkette tragend. Unser Dach war der Himmel von Zürich. Und ich schwärmte der Bündner Juristin vom Jahrmarktzauber, von allen Budenstädten der Welt. Ja, Sprache wuchs mir zu, ich wußte nicht woher. Die Zuckerwatte, Flavia, und der klebrige Türkenhonig, die sausenden Schlitten der Himalajabahn im Winterdorf aus Pappe, das Schneetreiben der Lichtreflexe, die asthmatische Drehorgel in der kopfstehenden Kartonpyramide des Rösslispiels, die Quasten und Troddeln im Dachhimmel bordeauxroter Fransenvorhänge, das stumpfe Tangorot der Glühbirnen im Sonnenlicht, der Galgen mit dem goldenen Ring für die Freifahrt. Und wie sie jeden treffenden Satz mit ihren nach oben geschnittenen Mandelaugen belohnte, wie sie lachen konnte, von den Zehen bis zum blonden Scheitel! Städtische Glockenspiele, als ob ganz Zürich als Musikdose unser Zinnenglück vertone!

Du hast mich noch einmal erschaffen, ich liebe dich, denn deine Mutter heißt Eva, nicht Maria! In Kafkas Tagebüchern zeigte ich Flavia Soguel die tabellarische Zusammenstellung alles dessen, was für und gegen die Heirat des Künstlers sprach; Kafka, der auf die Frage, wie einsam er sei, zur Antwort gegeben hatte: So einsam wie Franz Kafka. »Was ich geleistet habe, ist nur ein Erfolg des Alleinseins.« Sie strich den Satz durch mit einem Vulkanausbruch von Küssen. »Die Angst vor der Verbindung, dem Hinüberfließen.« Die Fürsprecherin aus Davos, sie wußte einen Stein zu erweichen. »Furchtlos, bloßgestellt, mächtig, überraschend, ergriffen wie sonst nur beim Schreiben. Wenn ich es durch Vermittlung meiner Frau von allein sein könnte?« Die Liebe, Wolfram, ist die stärkste Macht der Welt. Deine Aufgabe ist nicht, Kafka zu verstehen und, über ihn dissertierend, vor lauter Verständnis zugrunde zu gehen, du sollst mich in deine Arme schließen, dann wirst du nicht ein Leben lang vor dem Lichtspalt des Gesetzes sitzen, wie du als Kind durch die Tapetentür des Elternschlafzimmers die Schmerzhieroglyphen deiner Mutter abhorchtest. Deine Bestimmung ist es nicht, als Suppenkaspar zu verhungern, als Daumenlutscher dich vom bösen Schneider kastrieren zu lassen, nur weil deine Mama befiehlt: Ich bin krank, und du bleibst da; und nicht, als Zappelphilipp dich unter dem Tischtuch zu begraben, während die Mutter stumm auf dem Tisch herumblickt. Denn ich breite meinen Ozean aus für dich, krebse nicht zurück, stürz dich ins Wasser und schwimm mir entgegen!

Hero und Leander, Philemon und Baucis, Romeo und Julia in der Altstadt: in Flavias Gegenwart wurde die Literatur wahr, Mulieribus poetarum opus est, ars amandi, nicht ars moriendi. Ich schwänzte das Seminar für Vorverrückte über »Die Bedeutung des Stroms in der Hochklassik«, doch keine einzige Minute Flavia Soguel. Was in den muffigen Bücherkatakomben des Zwischendecks germanistischer Galeerensklaven in der beizenden Körperausdünstung rothaariger höherer Töchter herausgetüftelt wurde, welche den Finger schon aufstreckten, bevor St. Emilion auch nur eine Frage gestellt, geschweige denn eine Halbzeile als Freiwild zur Interpretation aus dem Gehege gelassen hatte, war mir so schnorz wie die Jahresbestleistung im Reißen von Schwergewichten. Hier lag, wenn auch nur aus Dachpappe, von rostigem Geländer umgeben, ein Stück Paradies, und es galt, den Mut aufzubringen, Abel zu erschlagen und Kain zu heißen, in den Apfel zu beißen und die Schlange zu umarmen, die stark war, aber nicht giftig.

Und als der Circus Knie seinen Viermaster am Bellevue aufgeschlagen hatte, auf dem Sechseläutenplatz, saßen wir dreimal in der Vorstellung, und ich konnte Flavias Begeisterung die circensischen Worte unterlegen für den Manegengeruch aus Sägemehl, Raubtierbrunst, Kontorsionistinnenparfüm, Magnesia, Elefantenurin, konnte ihr die Lichtregie erklären, siehst du, das ist ischiasblau, und eukalyptusgrün, und honiggelb, und das ist der Weißclown mit den hoch wattierten Schultern im silberblaurot gesprenkelten Paillettenkostüm, und wenn der das Altsaxophon bläst, daß es dir durch die Adern rinnt wie goldener Likör, wählt er für den Schlager »O sole mio« die Tonart Cis-Dur, weil man Circus mit C schreibt und der klassische Circus-Sound ein Arrangement mit Kreuzen verlangt, niemals B-Dur oder Es-Dur; wir saßen im Zaubergewitter unter dem Chapiteau, das uns die Kuppel der Welt bedeutete, und vor Stolz, die blonde Sonnenblumenfrau an meiner Seite zu wissen, die ihr Knie gegen meine Knochen drückte – o wie skelettös war ich mir damals als Vierundzwanzigjähriger schon vorgekommen, wie ausgehungert, wie skorbutisch –, fühlte ich mich als circensischer Dirigent, gab die Einsätze mit Stichworten, ließ das ganze Programm für Flavia ablaufen, die nervenrührigen Trommelwirbel, paß auf, jetzt springt er auf dem Seil, Salto mortale mit verbundenen Augen, paß auf, jetzt springt der Lipizzaner in die Kapriole, jetzt werden die fluoreszierenden Ringe den Jongleurkeulen beigemischt, jetzt explodiert das Sousaphon des dummen Augusts, jetzt, jetzt, jetzt, ein wahres Festival von Augenblickspurzelbäumen, von Schleuderbrettakrobatik, Zehenhängen am Washingtontrapez; wie nur – erklär mir, Liebe – kannst du den Menschen von Grund auf so verwandeln, die Trockenkehle in Humor, die Sandwüste in einen Wasserfall, wo nimmst du, Flavia Soguel, die Glut her, eine absturzbedrohte Gletscherzunge zu schmelzen?

Und hier diese Siechenhausquarantäne des Privatpatienten und -dozenten, auf den man ein akademisch fein säuberlich getarntes Attentat verübt hatte, so daß seinem Herzmuskel nichts anderes übrig blieb, als dem Sprung in die Gullsche Ehrenhalle mit einem stenocardialen Suizidversuch zuvorzukommen, eine Herzattacke ohne Absprache mit den übrigen Organen, und dabei war es die Unterleibsmigräne, die mich mit ihren Penisspasmen seit Jahren fast um den

Verstand brachte, auch ohne Rücksicht auf Verluste der benachbarten Innereien, etwa der Niere oder der Leber, welche buchstäblich medikamentös gegeneinander ausgespielt worden waren; was Schöllkopf an Urgenin und Spasmocibalgin, an Baralgin, Buscopan und Ircodenyl bis hin zu den Sister Morphin-Giftcocktails alles geschluckt und gestöpselt, gespritzt und wieder ausgeschieden hatte, ging auf keine Menschenhaut. Und die Mutter blickte stumm auf dem Tisch herum, ihre Sorge war das Taschengeld der Tochter und daß ihr vergötztes Klärli ja schick genug angezogen war für den Polyball, eine Klärlisekte hatte sie errichtet innerhalb der Familie, eine sogenannte Kerngemeinde, während der verlorene Sohn, der um ein Linsengericht an Zuneigung bettelte, zum internistisch verseuchten Showfreak verkam, zum Lachartisten, denn wenn das Kammerkonzert irreversibler Schmerzen den Höhepunkt, die Coda erreicht, bleibt einem nur noch das Gelächter übrig, ein herzzerreißendes Gelächter als totale Mutterfinsternis, ein Schädelstättenscherbeln, ein wortloses In-sich-Hineinfluchen, das sich von außen wie ein japsendes Gewieher anhört.

4

Flavia Soguel, warum habe ich dich in jener einzigen Augustnacht, in der es um alles oder nichts ging, verlassen? War es wegen des Mein-Eides, den ich vor meiner Mutter abgelegt hatte? Ich war wohl nicht bei Trost gewesen, doch ich hatte es getan, aus Rücksicht, um ihre Schilddrüse zu schonen, um der Erziehung zur absoluten Reinheit die Krone aufzusetzen. Aber du, Flavia, hast mich zu dir genommen, mich mit deinen Schenkeln umschlungen und gesagt: Vergiß diesen Quatsch, kreuzige sie! Und dennoch hatte die Mater dolorosa recht behalten mit den angehexten Gliedschmerzen. Ein Nachbarsbub, mit dem mir der Umgang verboten war, ohne elterliche Begründung, einfach so, hatte mich in die Dunkelheit des achteckigen Laubsägepavillons im Park am Schloßgraben gezogen, wir hatten voreinander die Hosen runtergelassen, und Jeanpierre belehrte mich, die drei schönsten Dinge im Leben seien das Fudi, das Schnäbelchen und der Bauchnabel. Die Mutter hatte, als ich wieder einmal wie ein Sträfling eine geschlagene Stunde vor den erkalteten Grießtötschli saß, gefragt, was wir im Gartenhaus getrieben hätten. Ich schwieg. Habt ihr euch denn nicht nackt ausgezogen? Schweigen. Siehst du, der liebe Gott beobachtet alles, und er hat es mir sofort gemeldet. Der liebe Gott, im wörtlichsten Sinn, als Verkehrs-Polizist! In der Mitte des Springbrunnens, auf einem Sockel, stand eine wunderschöne Frauenplastik, eine griechische Göttin, eine Schulter leicht vorgedreht, ein Knie angewinkelt, steinblinde Augenlider, langer Nasenrücken, schmale Oberlippe, herrliche Brüste – die Mutter gab keine Ruhe, bis der Vater diese ungeschämige Venus im Fabrikhof mit Hammer und Spaltkeil zertrümmerte, und ich weinte in meiner Fliederecke.

Flavia und ich hatten an diesem heißen Nachmittag des Ersten Augusts in Zürich heimlich unsere Verlobung gefeiert, mit Pfirsichen und Küssen, ich hatte sie durch die winkligen Gassen der Altstadt bis zum gewitterschwarzen Abbruchhaus mit dem schmiedeeisernen Balkon begleitet, auf dem wir so oft zu dritt gesessen waren in den warmen Nächten, ihr Zukünftiger und ihr Geliebter, der eine ahnungslos, der andere mit Gewissensbissen, und wo ich ihnen Novalis vorgelesen hatte aus meinem Oktavband in türkisfarbenem Leder: »Welcher Lebendige,/ Sinnbegabte,/ Liebt nicht vor allen/ Wundererscheinungen/ Des verbreiteten Raums um ihn/ Das allerfreuliche Licht –/ Mit seinen Strahlen und Wogen/ Seinen Farben, / Seiner milden Allgegenwart/ Im Tage.« Wie in einer Freiluftloge saßen wir hinter den Blumenkisten, in denen Flavia versucht hatte, Sonnenblumen und Tomaten zu ziehen, und blickten auf den opernhaften Platz der Peterhofstatt mit der Linde, dem breiten Treppenaufgang zur Peterskirche, den kleinen Boutiquen, auf diese Montmartre-Insel im Herzen von Zürich, welche zum obligatorischen Programm aller Sightseeing-Kapitäne gehörte. Und immer wieder blieben die Rudel nightclubdurstiger Touristen stehen auf dem Trottoir vor dem Eckhaus, und der Fremdenführer erklärte: This, ladies and gentlemen, is the balcony of Romeo and Giulietta. Darüber hatten wir jedesmal laut gelacht im Flackerschein der roten und blauen Kerzenbecherchen, the balcony of Romeo and Juliet in town, indeed; Flavia und ich, wir lachten in unserer Liebesverschwörung, und der Bauingenieur, ein Homo faber mit Sinn für das Romantische, hatte keinen Schimmer, daß es ein Dreieckslachen war. Der unhaltbare Zustand quälte mich, und wir hatten an diesem schwülen Ersten August im Select beschlossen, daß es so nicht weitergehen könne, daß wir alle offen miteinander reden müßten, Flavia mit ihrem Verlobten und ich mit meinen Eltern, dann, wenn das möglich wäre, wir drei untereinander. Ich spüre, daß ich zu dir gehöre, nicht zu ihm.

Und Wolfram Schöllkopf? Er hielt sich immer noch an diese verheerende Kafka-Tabelle aus den Fragmenten, links die Rubrik »Rein bleiben, Junggeselle«; rechts »Verheiratetsein, Ehemann, rein?« Doch Flavia Soguel mit dem blaugelben Sonnenwappen im Gemüt, die erste Blondfrau, an der ich nicht gescheitert war als Tonio Kröger-Spezialist, hatte diese Rechnung auf den Kopf gestellt. Ob sie Kaugummiballons blies oder mit ihren braunen Armen kraulend in den Zürichsee hinausschwamm, ob sie Bossanova tanzte oder Ingeborg Bachmann las, ob sie einen sogenannten Triebverbrecher vor Gericht verteidigte, weil ihr der Zusammenhang klar war zwischen dem Kapitalverbrechen der Sexualerziehung, wie unsere Generation sie genossen hatte, und den Folgen: immer tat sie es mit der Glut derer, die durch den brennenden Pechreifen springen, die für einen durchs Feuer gehen – und ich hatte mir vorgenommen, zu Hause eine Erklärung abzugeben, der Mutter, egal ob sie gerade krank war oder nicht, ins Gesicht zu schleudern: Das Reinheitsversprechen, ich habe es gebrochen und bin stolz darauf, du hast mir diesbezüglich keine Vorschriften mehr zu machen. Doch es kam nicht dazu, und statt dessen schrillte am andern Morgen, als ich vor dem Teich mit der zertrümmerten Venus im Kiesrondell saß und für das literarische Akzeßexamen, an dem die Kenntnis der Weltliteratur von Homer bis Kafka gefordert wurde, Stifters »Brigitta« las, das Telephon, und die zur Totenblässe verstellte Stimme des Bauingenieurstudenten aus Zürich meldete: Komm sofort her, es ist etwas Schreckliches passiert. Was, um Gottes willen? Flavia ist heute nacht über den Balkon gesprungen und liegt im Spital, in der Poliklinik. Sie hat mir, zerschmettert auf dem Pflaster liegend, nur noch deinen Namen nennen können: Wolfram, bitte, Wolfram!

Der Vater war unterwegs, das Auto nicht in der Garage, die Mutter da, aber nicht ansprechbar, also rannte ich ins Dorf hinunter zum Schulhausplatz, und den erstbesten Bekannten haute ich an: Kannst du mir deinen Wagen leihen, ich muß dringend nach Zürich, Alarmstufe unendlich, verstehst du, alles weitere später. Dieser Mensch, ein bleicher und verzärtelter Playboy, der schon etliche Boliden zu Schrott gefahren hatte, merkte instinktiv, was los war, nicht was, natürlich, aber daß es brannte, er händigte mir die Schlüssel ohne Wenn und Aber aus und gestattete sich nur die Bemerkung: Wolfram, was auch immer passiert ist, lieber zehn Minuten zu spät in Zürich als ein Leben zu früh auf dem Friedhof ... Jajaja, verdammt nochmal, her mit der Kiste, der schnellsten, die du im Stall hast, wahrscheinlich werde ich ein Menschenleben zu spät im Spital sein, wo der Anlasser, wo der Rückwärtsgang, es war ein Alfa Romeo Giulietta Sprint Veloce, rosso, Spitzengeschwindigkeit zweihundert, ich war mein Lebtag noch nie in einer solchen Büchse gesessen, aber ich zischte aus der Boxe, als hätte ich eine Runde durch Reifenwechsel verloren, und drückte die Zweilitermaschine in die Kurven des Bremgarter Waldes, daß mir am laufenden Band der Vogel gezeigt und Lichthupenkonzerte geboten wurden, schnurz, was schert mich

Volvo, was schert mich Nash, drauf bleiben auf dem Knebel, es gab damals noch keine Innerortsbeschränkung, wie die Hühner stob das Volk auseinander, und am Mutschellen legte ich ein Bergrennen hin, an dem der Stumpen-Herbie, der vernickelte Müller seine Freude gehabt hätte, alle Kurven geschnitten, powerslide, eine Buickschnauze stellte sich mir frontal in den Weg, also nahm ich die Abkürzung über die Wiese, und als ich den Alfa vor der Poliklinik parkierte, absolutes Halteverbot, qualmte er aus dem Kühlergrill und den Ritzen der Motorhaube, quantité négligeable, piepe, ich fragte am Informationsschalter nach der Notfallpatientin Soguel, wer sind Sie, sie können jetzt nicht zu ihr, nur die engsten Angehörigen; genau das bin ich, Schwester, der engste Angehörige, wir sind verlobt, halt, Sie, wo rennen Sie hin, den Schildern nach, natürlich, Operationssäle, Souterrain, Carceri, Labyrinth, ich muß zu meiner Frau, mein Jawort soll sie haben, sofort, einen Pfleger mit Schiebebett hätte ich beinahe überrannt, hier wird en masse operiert, aber nur ein Schragen, auf dem meine Flavia liegt, wo, dove, warum hast du keinen Ariadnefaden abgespult, Blutstropfen auf dem korkbraunen Linoleum, Gespenster mit grünen Gesichtsmasken, Ätherschwaden, heilandsack, so helft mir doch weiter, es darf nicht zu spät sein, um alles in der Welt nicht, gebt mir eine Chance, eine Gnadenfrist, zum zweiten Mal verscherze ich sie nicht, meine Frau, Trauung in der Intensivstation, ohne Bibel und Pfarrer ... und ich schaffte es in blinder Wut, ich drang durch bis in den Notfalloperationssaal, gegen den Widerstand der aseptischen Masken-Erinnyen, den assistierenden Chor steriler Klageweiber, ich sah den Ring, der den Tisch hermetisch umschloß, und war gewillt, auch ihn zu sprengen, doch in diesem Augenblick ging das stakkatoartige Pip-pip-pip in das fiepende Ostinato über, jenem Fernsehton vergleichbar, der mit dem Signet ausgestrahlt wird, wenn kein Programm läuft, sah ich auf dem Monitor des Oszillographen die Zickzackausschläge des Herzens zur unendlichen Geraden des Todes verflachen, und ich schrie: Nein, nein, nein; und der Chirurg, der die Instrumente niedergelegt hatte, die Handschuhe abstreifte, begegnete mir mit einem Blick, der alles sagte und mich mitten entzweiriß: Ex!

This was the balcony of Romeo und Juliet, du unwahrscheinlicher Trottel von einem Privatpatienten und Lehrberechtigten für deutsche Literatur und Glaziologie im Nebenfach: Wolfram Schöllkopf, der Stenocardist und von der Unterleibsmigräne Gefolterte erlebte noch einmal alles haarklein wie vor fünfzehn Jahren; als ob es sich um eine verlorene Schachpartie handle, bei der die Königin, nicht der König draufgegangen war, rekonstruierte er Zug um Zug, und es kam ihm das blöde Kommaregelexempel in den Sinn: Ein einziger falscher Ton verdirbt die Melodie; er aber hatte einen einzigen falschen Schritt getan, zurückgekrebst war er in die elterliche Villa am Schloßberg, statt Flavia Soguel an jenem Ersten August keine Sekunde mehr aus den Augen und aus den Armen zu lassen, er hatte nicht gemerkt, daß sie, gerade weil sie keinen Menschen, kein Tier, keine Blume, keine Kreatur leiden sehen konnte, in ein schreckliches Dilemma geraten war, auch sie entzweigerissen in die Liebe zu Schöllkopf und in das Mitleid mit ihrem Verlobten, der Sympathikus war getroffen, und ich konnte ihren Sprung vom Balkon nur so deuten, daß sie in diesem Zweikampf auf Tod und Leben nicht abseits stehen, sondern, als Juristin par cœur, mit einer salomonischen Tat vorausgehen wollte. Den einen Mann zur Nichtigkeit verurteilt, den andern – auf Kosten des Negierten – lebenslänglich freisprechen durch die Wahl, die ihr Herz getroffen hatte, das wollte sie nicht, dagegen rebellierte gewissermaßen ihr humanjuristisches Mitgefühl, ihr Gerechtigkeitssinn, ihre unteilbare Wärme, ihr Mut, für beide Parteien durchs Feuer zu gehen, de jure und de facto; diese so kluge Frau tat etwas völlig Irrationales: ich springe zuerst, dann habe ich mein Teil geleistet, auf Leben und Tod. Bleibt mir das eine, ist der Fall klar, tritt das andere ein, hat eine höhere Instanz entschieden. Wieviel größer, stärker, tiefer, echter war dieses Sonnengold als die verlogene christliche Nächstenliebe, welche demütig dienend über Leichen geht, wenn es gilt, den Gottesegoismus gegen die elementaren Bedürfnisse von Leib und Seele durchzusetzen. Natürlich, wie konnte es denn anders sein, legten sich die in ihrem Masochrismus Hinterbliebenen die klassische Dreiecksgeschichte zurecht: das kommt davon. Ich aber sage euch: in drei Teufels Namen nein, ein Skandal, wenn schon, ist eure Dreiecksgeschichte mit Jesus, daß ihr nur miteinander umgehen könnt, wenn ständig ein Dritter dazwischenfunkt, daß ihr euren Nächsten nicht lieben könnt wie euch selbst, sondern wie es Gott befohlen, und eure humane Energie an ein Phantom eurer Lebensuntauglichkeit verschwendet, ja, den Himmel heizt, der es am allerwenigsten nötig hat.

Die Mutter, sie war nicht schuld an der Tragödie. Aber sie hatte insofern triumphiert, als ihr keine Flavia Soguel ihren Stiefsohn geraubt hatte. Der Eid war gebrochen, das schon, doch was es gekostet hatte, stand als Denkmal auf dem Friedhof, stand in der Zeitung als schwarzer Kasten. Der Preis ließ sich öffentlich vorzeigen, der Beweis im Bestattungsritual erbringen und mit gerömerten Kränzen garnieren, daß man nicht ungestraft den Versuch wagt, ein Mensch zu werden, der körperliche Liebe braucht wie die tägliche Nahrung, wie Brot und Wein. Dies, verehrter Herr Doktor Steinbrück, ist Schöllkopfs Kardiogramm. Ich konnte nach drei Wochen in das Rehabilitationszentrum Mammern am Bodensee entlassen werden, um mich dort – wer soll das bezahlen? – vom sekundären Siechtum zu erholen und Kräfte zu sammeln für das primäre: die Kur in Göschenen, die Stollentherapie der Künstlichen Mutter.

II
Kurgast in Göschenen

1

Es war Spätherbst geworden, als Privatdozent und Omnipatient Wolfram Schöllkopf aus der cardialen Beobachtungsstation Mammern am Bodensee entlassen wurde und um zweiundzwanzig Uhr siebenundvierzig im Hauptbahnhof Zürich eintraf, soweit rehabilitiert, daß er aus dem Waggon stürzen, auf Perron zwei hinüberhasten und gerade noch den bereits abgefertigten Amsterdam-Rom-Expreß erreichen konnte, eine dieser stahlvioletten Carrozzen der Ferrovie dello Stato, die man in einer Geländerstangen-Kletterpartie knacken mußte. Das Wintersemester an der Eidgenössischen Technischen Universität auf dem Schanzenberg hatte längst begonnen, in der Gullschen Halle, in der Anschlagsvitrine der Abteilung XIII versprach ein A5-Blättchen mit den Fakultätsinsignien neben dem senkrecht schraffierten Schweizerwappen, diesem heraldischen Zeichen für ein Lehrklima des Dauerregens, eine Schöllkopfsche Einführung in die moderne Gebirgs-Dramatik mit besonderer Berücksichtigung der panalpinen Solidarität Österreichs und der Eidgenossenschaft, von Friedrich Dürrenmatts Komödie »Der Alpenkönig«, die in einem eisblumenverzierten Bernina-Hospiz angesiedelt war, bis zum epochalen Einakter »Die Bergsteiger« von Eduard Maria Steiner, worin sich drei Gipfelstürmer auf der nadelspitzen Fiamma der Cima di Castello begegnen und über das Phänomen unterhalten, daß der eine rote, der zweite blaue und der dritte gelbe Socken trägt, hingegen alle haargenau dasselbe Zopfmuster aufweisen.

Dieser Anschlag der kombinierten Abteilung für Geistes- und Militärwissenschaften als leeres Versprechen war zweifellos das definitive Ende der akademischen Karriere des Glaziologen und Germanisten Schöllkopf, es entsprach durchaus dem schleppenden Hochschulbetrieb, daß die Todesanzeige mit einsemestriger Verzögerung publiziert wurde. Natürlich lag etwa die Verleihung der Ehrenprivatdozentenwürde durch die Universität Innsbruck noch im Bereich des

Möglichen, sintemal seine kleine Studie über den Eigernordwandeffekt des sogenannten Kreisels der Olympia-Bobbahn von Igls in Fachkreisen Furore gemacht hatte, doch von einer lateinisch abgefaßten Speisekarte in Oasenziegenleder hatte man auch nicht gelebt. Ich hatte kein Gepäck für Göschenen, mein Gepäck, das freilich einen ganzen Postwagen gefüllt hätte, bestand aus der achtjährigen Krankheitsgeschichte: von einem Tag auf den andern durch einen elektrischen Schlag im Gemächte aus der Bahn geworfen und seither von Pontius zu Pilatus geweibelt, vom Internisten dem Urologen, vom Urologen dem Dermatologen, vom Dermatologen dem Dentisten, vom Zahnarzt dem Psychiater, vom Psychiater dem Gruppentherapeuten, vom Gruppentherapeuten dem Daseinsanalytiker, vom Daseinsanalytiker wieder dem Internisten in die Schuhe geschoben, keiner wollte, begreiflicherweise, den Schwarzen Peter behalten – mein Gepäck waren vor allem die Depressionen. Ich stolperte im ausfahrenden Zug in ein ungelüftetes, viscontihaft ausgestattetes Coupé mit einer bräunlichen Hinterglasdaguerreotypie des Schiefen Turms von Pisa und warf mich auf das kotzfarbene Polster, wo ich liegen blieb, ein Engerling, um den zentralen Penisschmerz gekrümmt. Die notfallmäßige Selbsteinlieferung in Göschenen kam mir vor wie die Fahrt einer durch die Nacht und dem Gebirge zurasenden Leichenhalle mit plombierten Schauzellen. Ob der Amsterdam-Rom-Expreß an der letzten Station vor dem Nordportal des Gotthardtunnels halten würde, wußte ich ebensowenig wie, weshalb der Transitpfeil über Zürich umgeleitet worden war, vielleicht hatte man es wieder mit einem dieser Bahnhofvorstände zu tun, welche das gesamte europäische Rollmaterial unter Kontrolle haben zu müssen glauben, egal, ich würde kurz vor Göschenen einfach am roten Latrinengriff ziehen und das von ausgelassenen Schulreisen her bekannte Strafverfahren über mich ergehen lassen.

Es mochte ohnehin verrückt erscheinen, in dieser Verfassung ausgerechnet Hilfe aus Göschenen zu erwarten, diesem unwirtlichen Durchzugsnest am Gotthardnordfuß und am Eingang der Schöllenenschlucht. Kein Ort zum Bleiben, eine Transitsogwirkung sondergleichen, wer in Gescheldun Station machte, wartete auf den Autoverlad, die Entflechtung des Leventinastaus oder montierte Schneeketten, Sud Sud Sud im Kopf, den touristischen Imperativ aller Nordhypochonder, von Kurzuversicht keine Spur, zumal das Reußtal eine einzige Bauwüste war, N2 Basel–Chiasso, wie nach der Schlacht bei Näfels sah es dort oben aus, und bereits redete man von einer zweiten Röhre und von einem Gotthardbasistunnel für die Bahn; aber: ich hatte gar keine Wahl mehr, nachdem ich nun Sommer für Sommer an diesen Genitalkrämpfen krepiert war, Schöllkopf, ein Julimensch, zum grünen Siechtum verdammt. Nach der Stafette erfolgloser, ja schmerzintensivierender Therapien war ich kurz vor meiner Ermordung als Privatdozent dazu übergegangen, meine Krankheit in der Ärztezeitung zu inserieren, Leidensannoncen aufzugeben, was mich immer noch billiger zu stehen kam als der jeweilige Selbstbehalt bei der Krankenkasse Helvetia. Ich wußte, daß ich, zu einem Zentralmassiv von Depressionen erstarrt, nur dann noch eine Chance hatte, wenn es gelang, den Propheten zum Berg zu locken; das Stichwort, das ich erfand – alles muß man ja selber leisten, die chronischen Malästen austragen und ihnen auch noch einen Namen geben –, war Unterleibsmigräne, eine Frauenkrankheit, aber das war es vielleicht tatsächlich, eine Frauen-Krankheit; den Propheten, und sei es ein Urinprophet, zum Berg zu locken und mich dann erdrutschartig auf ihn zuzubewegen – und er meldete sich.

Unter den dubiosen Heilsangeboten von Quacksalbern und Magnetiseuren aus Appenzell-Innerrhoden und dem Thurgauischen und dem Glarnerland, auf die man nur hätte eingehen können, wenn man kerngesund gewesen wäre, fand sich eines Tages ein Telegramm von einem gewissen Auer-Aplanalp aus Göschenen: Betrifft Ihr Brestensignalement stop Sie brauchen die Künstliche Mutter stop heute kommen, nicht morgen. Nun wußte ich natürlich gerüchteweise – ich hatte es auf dem Latrinenweg der Kapazitätsgeschädigten erfahren –, wer dieser Auer-Aplanalp war, ein Allopath, sagten die einen, ein Gesundbeter, die andern, auf jeden Fall ein asketischer Sonderling mit einem Ürner Dickschädel, dessen Patienten extern über das ganze Urserental und das Göschener Tal und das Maderaner Tal, das Schanfigg und das Passugg verteilt waren, sich in Alphütten entschlackten und den Rohfenchel und die homöopathischen Tropfen oder Kügelchen per Bergführer zugestellt bekamen, ein Nikotin- und Alkoholgegner, also sicher nichts für mich, man konnte mir jetzt nicht auch noch den täglichen Habasuma-Stumpen wegnehmen – Havanna- und Sumatraverschnitt zu gleichen Teilen gemischt –, aber die Künstliche Mutter, unter der ich mir behelfsmäßig eine künstliche Niere oder dergleichen vorstellte, hatte mich frappiert: noch mehr frappierte mich das Telegrammwort »stop«, und ein Schlußpunkt wurde nun endlich mal gesetzt hinter den Bandwurm von kontraindizierten Mißbehandlungen.

Und wie um mir mitzuteilen, man sei amsterdamromexpreßlicherseits auf Schöllkopf als Reisenden und blinden Passagier – bezüglich des Urlaubs als Generalnenner aller Vorstellungen von strotzender Gesundheit – überhaupt nicht angewiesen, hielt der Zug tatsächlich um ein Uhr vierzig in Göschenen, ein lautloses Unglück, ineinanderverschachtelt meine verlorenen Jahre, das Wetter, wie an der Klimascheide nicht anders zu erwarten, saumäßig, typische Schöllenen-Bise, ein Nordwind, der von Süden einfällt; wohin jetzt, vergeblich suchte ich die fahl erleuchtete Bahnhoffassade nach einer geraniumroten Mütze mit Galons und Hermesschwungrad ab, automatische Abfertigung, der ganze Gotthardverkehr wie von Geisterhand gesteuert, täglich zweihundertfünfzig Züge in beiden Richtungen und rund hundertzwanzigtausend Tonnen an Gütern und Personen – Heimatkunde –, wohin jetzt in diesem Quellgebiet von Rhein, Rhone, Reuss und Tessin, tunnelwärts natürlich, tunnelwärts, ich hatte etwas gehört von einem aufgelassenen Notspital aus der Zeit Louis Favres, von der Auer-Aplanalpschen Stollenklinik, also quälte ich mich, als trüge ich an jedem Organ wie an einem Seesack, durch die brunzgelb gekachelte Unterführung hinüber zur Autoverladerampe hoch über dem Göschener Reussfall und dem Kraftwerk – dieses Tosen, Schäumen und Kaskadieren im schwarzen Schlund! – und den Nebengeleisen entlang auf das Nordportal zu – hundertsiebenundsiebzig Arbeiter waren krepiert an diesem ersten Gottharddurchstich, dessen Centenarfeier mit ferrovialem Pomp allerorten begangen wurde, vom Dynamit zerrissen, zu schweigen von den Seuchen und sozialen Mißständen im Goldgräberdorf der siebziger Jahre mit der chaotischen Transiteuphorie –: es war nur die Frage, wo dieser Genitalchirurg, der sich im Réduit-Gebiet verschanzt hatte und allenfalls in der Lage war, ein Fortpflanzungsorgan zu transplantieren, tatsächlich praktizierte.

Das einzig Intakte am Chronischkranken ist manchmal doch sein Instinkt, der ihn aus einem Praxissprechzimmer, kaum hat er es nach stundenlangem Warten betreten, sofort wieder ausbrechen läßt, weil er weiß: Da nicht! Wie man in einer Wirtschaft von der ersten Sekunde an wissen kann: Hier kein Sauerkraut! Auf dem Trassee der Steglauiflanke, einem Schrottplatz für ausrangierte Krokodile, gelangte ich an ein vernageltes und vergrastes Seitenportal, in das eine genicktiefe Tür eingelassen war, daneben eine lila fluoreszierende Nachtglocke, gegen die ich mich fallen ließ, als gelte es, mit der Klingel den ganzen Gotthard einzurennen. Sesam öffne dich, meine Notfallexistenz verschwor sich zu dieser Formel, und der Verschlag ging auf, eine Hand zog mich hinein in einen euterwarmen Höhlenraum, in dem es nach Äther und also Spital roch, vielmehr, wie mir schien, nach einer Frau, die sich mit Äther parfümierte, und bevor ich den Schmerz, der sich nach dem Abklingen des Buscopan-Baralgin-Belladonna-Tripelsuppositorien-Stoßes wieder zu einem penetranten Unterleibsgrimmen verschärft hatte, vorzeigen konnte als einzige Legitimation, schlang das Weib seine Arme um meinen Hals und küßte mich nieder in einer glutenden Raserei, ich hatte solche Küsse bisher nur gesehen beim norwegischen Maler Edvard Munch, gesehen und mir vorgestellt als die Vereinigung eines Vampirs mit einem Aussätzigen, Zungenküsse zwar erlebt, aber nie solche Lungenküsse, die fremde Schwester wütete mich mit immer neuen Lippenbissen in die Narkose.

Da hatte ich einen Traum, der sich oft und in verschiedenen Variationen wiederholt hatte seit dem Beginn der schmerzhaften Impotenz. Ich befand mich in einer deutschen, bombenverheerten Großstadt, in Dresden, Berlin oder Hamburg, diesmal war es Breslau, und ich wußte, daß es ein Bordell gab in dieser Stadt, das ich unbedingt noch aufsuchen wollte vor der Abreise, der Weg führte unter dem Badischen Bahnhof von Basel durch, über die Brücke schnaubten Dampfzüge, Märklinungetüme im Maßstab eins zu eins, ganz Deutschland war eine Märklinlandschaft, und nach endlosen Irrgängen durch Gaswerkareale und Kasernenquartiere fand ich das Bordell, eine lachsrote, rußziselierte Gründerzeitfassade, der Eingang des Etablissements war eine braune schwere Samtportiere, ein pelziger Nachtfalterschlitz, im Innern führte ein polygonaler Gang abwärts, an jeder Ecke ein neuer Vorhang, und dahinter lehnten die Dirnen an Barhockern, eine schöner als die andere, Witwen in Weiß und Bräute in Schwarz, sie flöteten aber nicht: Komm Schatz! sondern: Geh weiter, Bubi! – das war das Quälende, nach dem Gesetz dieses Freudenbunkers durfte man nicht zurückschauen und zu keiner Lockfrau zurückkehren, es war ein irreversibler Stationenweg in die Tiefe, und zuunterst, wo ich das Ohrensausen hatte und mir schwindlig war wie nach der Raupenbahn, mündete die Spirale in ein stickiges, von Desinfektionsmitteln ausgeräuchertes Vestibül und vor einer letzten Portiere, aus der, wie mir schien, juristische Stimmen drangen, der Verkehr mußte sich in diesem innersten Laichlyceum abwickeln, eine gewaltige Orgie, ich getraute mich aber nicht hineinzuschlüpfen: und da kam aus einer Schwingtür eine dicke Toilettenfrau mit einer weißen Porzellanschale, in der Schale schwammen in einer schwarzroten Sauce Geschlechtsteile von Tieren, und die Schneckenwirtin sagte nicht: Geh weiter, Bubi, sie befahl mir, da zu bleiben und zu warten, denn, so erklärte sie: Da drinnen findet ein Mutterschaftsprozeß statt, und sie zeigte auf die rote Leuchtschrift über dem Eingang: MATER SEMPER CERTA EST. Du kennst doch das Römische Recht, meinte die Matrone, dieser Grundsatz wird in der Verhandlung umgestoßen.

Als ich aus der Narkose erwachte, lag ich in einem Stahlrohrbett im Mannschaftsraum einer Gotthardkasematte, zugedeckt mit einer Armeewolldecke, die ich sofort erkannte am fusseligen Streifen mit dem weißen Kreuz. In der Schweiz werden zwar die Festungswerke geheim gehalten vor den eigenen Leuten, die Felseneingänge sind mit Landschaftsattrappen getarnt, mit Eigernordwandfragmenten. Damit man offiziell in ein solches Loch kommt, muß man mindestens die Offiziersschule absolviert haben. Aber jeder Wehrmann, der, unter welchen Umständen auch immer, eines Tages in einem Réduit-Arrestlokal erwacht, weiß: hier bist du zu Hause, das ist das unterkellerte Wiegenareal der Eidgenossenschaft, der Granitschoß der Helvetia, hier kann dir kein böser Feind das Mannsputzzeug wegnehmen, hier kannst du getrost die von Oberstleutnant Gautschi eingeführte Nd 68, jene Einheitsnadel, die sowohl als Nahkampfstilett als auch zum Nähen verwendet werden darf, drei Wiederholungskurswochen lang vor Rost schützen, damit nicht ein kleines oder gar großes R im Dienstbüchlein deinen soldatischen Leumund anfrißt. Gotthardfortifikation, Réduit, Rütlischwur, ein Dreiklang härtester moralischer Währung. Abzug des Pulverdampfs durch die Ventilation, die in unseren Festungen den künstlichen Föhn erzeugt, damit der Wehrmann nichts von dem vermissen muß, was sein Zivilleben helvetisch macht. Wolfram Schöllkopf muß an dieser Stelle das Eidgenössische Militärdepartement und insonderheit das Kommando für Genie- und Festungswesen unter Umgehung des Dienstweges darauf hinweisen, daß er als Patient und Notfall in das Fort gelangte und nicht als strammer WK-Soldat, um sich von der Neurose Bis zum letzten Mann anstecken zu lassen.

In meinem Bunker befanden sich nur rudimentäre und veraltete medizinische Einrichtungen: ein Kathetergestell mit geknickten Rädern, ein Knäuel brüchiger Gummischläuche, ein Paar Plastikhandschuhe. Die groß gewachsene, rostkrausköpfige Schwester, die herein kam und hochdeutsch Guten Tag unter Tag wünschte – sie erinnerte mich an eine bekannte Hochspringerin –, fragte ich, ob sie die Hünin sei, die mich küßlich niedergestreckt habe. Sie verneinte lachend, das sei wahrscheinlich die Heidelore gewesen, die Brandenburgische Schwester, sie sei die Helga, ich solle sie einfach Helga nennen, weil sich erst noch weisen müsse, ob sie mir eine Schwester sein könne. Ich bat, so rasch wie möglich zu Auer-Aplanalp vorgelassen zu werden für eine gründliche Untersuchung. Da gibt es vorderhand nichts weiter zu untersuchen, belehrte mich die Athletin, der Primarius hat dich bereits untersucht. Das fand ich nun die Höhe. Ich konnte doch, da ich schlief, gar nicht Stellung nehmen zu meinem Fall, er weiß überhaupt nichts von der multiplen Anamnese und Katamnese, den urologischen und dermatologischen Abklärungen, daß es nicht die Prostata ist, keine Urethritis, nichts mit der Fertilität zu tun hat, ich bin doch nicht nach Göschenen gekommen, um wieder bei Adam und Eva anzufangen . . . Genau darum, lachte Helga, werden die Patienten bei uns eingeschläft, damit sie der Chef ansehen kann und nicht anhören muß. Was der Heilung im Weg steht, ist die Theorie, die sich jeder zurechtlegt, das ist ja der Kardinalfehler der Schulmedizin, die anamnetische Instruktion. Man braucht sich nicht einmal auszuziehen, und schon hat man ein Rezept für eine Kurpackung Schmerzmittel und Psychopharmaka in der Hand. Wir aber von der Heilstollengesellschaft haben dich ausgezogen, und die blonde Heidelore hat sich neben dich gelegt für den REM-Test. Was ist denn das, verdammt nochmal? Wie die geilen Weiber im Alten Testament hat sie dir beigelegt, in der Hoffnung, daß es in der Rapid Eye Movement Period zu einer gehirngesteuerten Minimalerektion komme, aber nichts rührte sich, und Doktor Auer-Aplanalp stellte die Diagnose: Das Muttermal bedeckt den ganzen Körper. Es dürfte dir bekannt sein, daß es pigmentale Flecken gibt und Feuermale, Geschwülste der Lederhautgefäße, wir nennen das den schwarzen Krebs. Quatsch mit Sauce, protestierte ich, ich habe keinen Leberfleck und ... Aber du hast, während du untersucht worden bist und Heidelore deinen Zipfel in den Mund nahm, lateinisch geträumt: Nur die Mutter ist unzweifelhaft. Dieser Ansicht sind wir von der Gotthardklinik nicht, sonst hätte Auer-Aplanalp nicht die Stollentherapie und das epochale Konzept der Künstlichen Mutter entwickelt. Nichts, mein lieber Sexualnöter, scheint in deiner Biographie zweifelhafter zu sein als jene Frau, die dich in die Welt und auf den Nachttopf gesetzt hat. Daran werden wir arbeiten müssen. Aber fürs erste brauchst du eine Unterkunft. Im unterirdischen Stollenkurhaus kannst du nicht wohnen, doch der Theatersaal in der Dependance des Hotels Abfrutt in Göschenen ist zur Zeit frei, wenn nicht gerade eine Kompanie Gebirgsinfanterie einquartiert ist.

Helga ging mir voraus durch einen langen, leicht ansteigenden, teilweise mit Stempeln gestützten, Grubenankern armierten und Sprießwinden verstrebten Tunnel, einen atmenden Tunnel, wie mir schien, die Schlagenden Wetter kamen mir in den Sinn und die an der Abbaufront liegenden, lebensgroßen Modellbergleute im Deutschen Museum von München. Nach einer niedrigen Grotte mit angefaulten Holzpritschen weitete sich der Gang zu einem Platz, zu einer Art Untergrundbahnhof, auf der Drehscheibe stand eine rostige Grubenlokomotive, die angehängten Loren waren aber nicht Kippwagen, sondern Krankenbetten, mit Gummiunterlagen belegt, an der Stirnseite der Lok war eine vorsintflutliche Bohrmaschine festgeschraubt, wie sie, mit komprimierter

Luft betrieben, vermutlich beim Vortrieb des Gotthardbahntunnels verwendet worden waren. Ich kam nicht dazu, Helga zu fragen, wohin die Patienten gefahren würden, denn sie zeigte auf eine glatt herausgehauene Steilwand mit unzähligen Eisengriffen, eine Kletterwand für Anfänger, dachte ich, bis ich bemerkte, daß die Handgriffe zu Schubladen gehörten, auf denen das Hammer-Schlägel-Zeichen sowie ein ST eingeritzt waren, und die große Schwester im viel zu engen, viel zu kurzen und viel zu transparenten Berufsmäntelchen – was für eine Figur! – erklärte mir, das sei der alte Festungsfriedhof, in den Zugsärgen wären die Gefallenen eingelagert worden, schubladisiert bis nach dem Krieg, heute würden jene Stollenfahrer im Panzerschrank ad acta gelegt, deren Kreislauf den Hyperthermiestrapazen nicht gewachsen sei. Ein Scherengitter schepperte auseinander, wir stiegen in einen Lift, rasselten nach unten, folgten einem Querschlag, klommen eine Feuerleiter hoch und gelangten durch eine Falltür ans Tageslicht. Endlich hatte ich die Orientierung wieder: drüben die Bahnhofsrampe, die neue Brücke, der tosende Reussfall, die Betonbauwüste des Autobahnnordportals, Göschenen im dezemberlichen Schneetreiben.

2

Die kleine Karawane, die sich gegen halb fünf zur Dependance des Hotels Abfrutt aufmachte, in der frühen Tal-Trachter-Dämmerung, bestand aus dem Sanitätsgefreiten Abgottspon, der mir von Schwester Helga als persönliche Krankenordonnanz zugeteilt worden war und der mich beharrlich mit Malefizenz anredete – belieben Malefizenz ein Zäpfchen verpaßt zu kriegen? –, bestand aus zwei angeheuerten Rangierern, welche das zweischläfige Mahagonibett, zerlegt, in den, wie sie ihn nannten, oberen Stockalperpalast hinauftrugen, ferner aus einem wandelnden Schwitzkasten, denn der von Abgottspon herbeigepfiffene Schulbub nahm den heizbaren Holzbogen über den Kopf, das Kabel schleifte hinten nach, bestand zu böser Letzt aus der Neuaufnahme Schöllkopf, die keine Ahnung hatte, was mit ihr geschehen würde. Über den Bahnhof Göschenen, wo wir uns mit dem Krankenbett durch eine vom Absingen patriotischer Lieder kollektiv heiser gewordene Touristengruppe pflügen mußten – Lehrer Diriwächter, so mein Stallbursche, hat wieder einmal seinen Historischen Rundgang beendet –, gelangten wir zum ehemaligen Grandhotel Abfrutt an der Winterhalde am Eingang der Schöllenenschlucht, einem grauweiß geschindelten und geschuppten Spekulationsobjekt aus der euphorischen Epoche des ersten Gotthardurchstichs, und bezogen einen knarrenden Theatersaal in der über eine Passerelle erreichbaren Dependance. Der Boden mit dem Zickzackriemenmuster war schwarz und schmierig, zum Inventar gehörten ein gußeisernes Ungetüm von einem Holzofen mit bohemesk verwinkeltem Rohr, ein klobiger Ausschanktresen, ein paar narbige Tische und ein mattschwarzes Burger & Jacobi-Klavier mit nikotingelben Tasten. Eine verblichene Standarte hing an der Wand, eine Vitrine mit einem Lorbeerkranz und den bräunlichen Medaillons des Göschener Gesangvereins, Ausgabe 1909, darunter der berühmte Volksschriftsteller Ernst Zahn, der im Bahnhofbuffet gewirtet und gedichtet und den Durchreisenden nicht nur seinen Roman »Herrgottsfäden« angedreht, sondern auch die legendäre Mehlsuppe kredenzt hatte. Die Eisenbahner in ihren mennigeroten Kitteln und mit den Hasenkopfohrenschonern montierten die Bettstatt vor der Bühne, paßten die Auflegematratze ein, das reinste Trampolin, und hopsten in kindischem Übermut – boing, boing – darauf herum. Der Schwitzkasten, an den niemand in diesem Sanitätstrupp ernsthaft zu glauben schien, wurde hinter dem Tresen verstaut. Abgottspon setzte sich ans Piano und intonierte den Choucroute-Tango, es klang der in die Filzhämmerchen gesteckten Reißnägel wegen wie das drahtige Cembalo des Schrägen Otto. Wolfram Schöllkopf nahm sich die Broschüre vor, die ihm Helga in die Tasche gesteckt hatte, »Wie hat sich der Stollenpatient in Göschenen zu verhalten«, und las, während die Rangierer zum Potpourri Hand in Hand auf dem Pfühl herumturnten und der Schulbub mit knorrigen Wellen einheizte: »Willkommen in Göschenen! Der Ortsname leitet sich von ›casa‹, ›casina‹ her und wurde anno 1290 zum ersten Mal urkundlich erwähnt: ›Gescheldun et Turri in eisdemsitu . . .‹ Dr. med. Auer-Aplanalp, Primarius der Gotthard-Heilstollengesellschaft m.b.H., empfiehlt Ihnen zur Akklimatisation an das Tunnel- und Heißluft-Emanatorium den gesamten Kanton Uri. Alle notwendigen Uraniensia stehen im Staatsarchiv von Altdorf, dem berühmten Schauplatz von Tells Apfelschuß, zur Verfügung der Patienten. Im übrigen müssen Sie viel schwitzen, zweimal täglich eine halbe Stunde. Sie stellen den Heizbogen auf eine Plastik- oder Gummiunterlage, bauen mit einem Tabourett und einer Wolldecke einen Backofen und kriechen bis zum Hals hinein. Achtung: nicht gleich mit Stufe drei beginnen! Nachher trocken abfrottieren, nicht waschen! Das Bergvolk hat beim Wildheuet auch geschwitzt, und die Einheimischen sind gesund geblieben dabei und steinalt geworden. Daß Sie verkehrt gelebt haben bis zum heutigen Tag, brauchen wir Ihnen nicht zu sagen, deshalb sind Sie ja hier. Lassen Sie das Urige des Landes Uronien auf sich wirken, wandern Sie in Kneippsandalen über den alten Saumpfad der Reuss entlang durch die Schöllenen bis zur Stiebenden Brücke und setzen Sie sich der Wasserfall-Ionisation aus. Zur Einstimmung in die Tunnelwelt empfiehlt sich ein SBB-Pendel-Abonnement Erstfeld – Biasca. Solange Ihnen die Linienführung der Gotthardbahn, der unbestrittenen Königin unter den Alpenbahnen, im Reusstal, im Dazio Grande und in der Biaschina nicht vertraut ist, hat es keinen Sinn, in die Tiefe zu gehen. Sollten Sie der leider ab und zu dannen und dorten noch ziemlich weit verbreiteten Meinung sein, der beste Arzt in Göschenen sei der Schnellzug nach Zürich, hindert Sie niemand an der Abreise. Die wöchentlichen Kurraten von tausend Schweizerfranken, eine Art Kaution zu unserer Entlastung wie zu Ihrer Sicherheit, zahlen Sie, da es im Wildbad selbst keine Bank gibt, bei Posthalter Irmiger ein, rosarote Scheine finden Sie in Hülle und Fülle auf dem Postamt. Die Verpflegung ist Ihre Sache, Sie müssen sich mit dem Bahnhofbuffet arrangieren, wo alle Auer-Aplanalpschen Diät-Viktualien in der Ernst Zahn-Halle abgegeben werden. Sollten wir Verpackungsmaterial von Medikamenten bei Ihnen auffinden – und diese Weisung wird ebenso streng gehandhabt wie der sogenannte Munitionsbefehl der Schweizer Armee –, sind Sie fristlos entlassen. Bilden Sie sich nicht allzu viel ein auf Ihren Stellenwert als Krankengut und halten Sie sich immer vor Augen, daß Sie von uns abhängig sind, nicht wir von Ihnen. Der Heilstollen ist auf Jahre hinaus ausgebucht, analog zu Ihrer auf Jahre hinaus verscherzten Gesundheit. Die folgenden Paragraphen erläutern Ihnen im einzelnen, wie sich der Patient in Göschenen zu benehmen hat. Einmal wöchentlich versammeln sich die Kurgäste im Modellsaal des Schulhauses Wassen und bilden das Patientenparlament, dessen Sprecher allfällige Beschwerden oder Motionen an unser Sekretariat weiterleitet, während Oberlehrer Diriwächter Sie über Ihre Rechte und Pflichten als Therapienehmer aufklärt. Bisher, cum grano salis gesagt, hielten Sie es für Ihre Pflicht, dahinzusiechen, und forderten das Recht auf Gesundheit. Das ist eine Ungeheuerlichkeit, denn die Morbosität ist die Regel, die Sanitas die Ausnahme, so wie der Tod der alles beherrschende Generalbaß und das Leben lediglich ein kurzer Pralltriller ist. ›Mens sana‹, sagt Decimus Iunius Juvenalis, ›in corpore sano‹, und dieses Zitat wird von den Psychoanalytikern, den Maulärzten, ebenso falsch ausgebeutet wie von den Knochenschlossern, denn tatsächlich hat Juvenal gerade jene getadelt, welche Geist und Körper auf die gleiche Stufe stellten, und es wäre eher in seinem Sinn, zu proklamieren: ›Mens reconvalescens in Sanatorio‹, Genesung findet man nur im Heilstollen der Auer-Aplanalpschen Gotthardklinik.«

Hört endlich auf mit diesem Radau, pfiff ich die Laurel

und Hardy imitierenden Eisenbahner und den buckligen Malefizer am verstimmten Klavier an, könnt ihr denn nicht ein wenig Rücksicht nehmen auf einen chronisch Schwerstbehinderten? Verzeihen Sie, Malefizenz, ein peinlicher Fauxpas, in der Tat. Wünschen Malefizenz auf dem Zimmer zu speisen oder unten im Bahnhofbuffet? Natürlich gibt es auch noch die Frühstückspension Urnerloch und das Pöstli in Wassen. Mein vollumfänglicher Name übrigens: Franziskus Fernandez Abgottspon, bitte höflichst. Der Ofen bullerte, der Mahagonikahn war zusammengezimmert, meine Helfer hatten auch noch einen brockenhausreifen Nachtkasten und eine grünliche Glasrüschenlampe aufgetrieben. Schöllkopf inspizierte die Bühne, kurbelte den Vorhang in verschossenem Bordeaux zurück und entdeckte, hinter seitlichen Waldkulissen hängend, den staubleinernen Prospekt des aufgewühlten Urnersees, der nur zu einem kammerspielhaften Plagiat der Altdorfer Tellorgie passen konnte. Auch ein Souffliergehäuse war da. Tafel wischen, befahl er seiner Ordonnanz, denn auf einem als Staffelei aufgestellten Schieferbrett mit Notenlinien zeugten die militärischen Symbole für Panzerregimente und Gebirgsinfanteriedivisionen von einer sogenannten Theoriestunde im Rahmen eines Manöver-WK's. Tafel dreimal wischen: horizontal, vertikal, diagonal, dann Verpflegung im Buffet rekognoszieren, wo wir uns den ersten Abend als Göschener Kurgast um die Ohren schlagen werden.

Das uronische Einnachten im dezemberlichen Schneetreiben war auf jeden Fall eine atmosphärische Kontraindikation für alle Spezies von Gebresten, mußte ich mir sagen, als ich an der Kristallhandlung Inderbitzin vorbei, wo in matter Schaufensterbeleuchtung Rauchquarze, Morione und Rosafluorite überkant priapistisch glosten, über die abschüssige und matschglitschige Treppe auf den Personensteig und das Rangierareal der Schöllenenbahn gelangte. Feuerwehrrot hoben sich die putschstirnigen Schiebelokomotiven vom Göschener Tintengebräu ab. Es sprach für den Intimcharakter dieser privaten Zahnradbahn, daß Geleiseüberschreiten nicht nur nicht verboten, sondern unumgänglich war, wenn man zu den Perrons der Gotthardlinie und zum Buffet vordringen wollte. Vorne die helvetische, esbebestrische Präsentations- oder Herrschafts- oder Schaufassade, hinten die rhätische Küchen- und Toilettenfront. Also konnte ich mich auf der Loggia meiner Dependance, sofern Auer-Aplanalps Stollenfibel dies verordnete, sowohl von der Bundestunnelschwärze als auch vom Schmalspurloch anatmen lassen. Die Schöllenenbahn stieg parallel zur Paßstraße, überquerte die tosende Reuss, schraubte sich unter der Spitzkehre in die Sprengi-Röhre und kletterte dann im Schutz der Lawinengalerien bis hinauf zur Teufelswand und zum Urner Loch, eine von Schulreisen her beliebte Zahnradattraktion.

Bahnhofbuffet Göschenen, erste Klasse, Ernst Zahn-Gedenkhalle: Wolfram Schöllkopf, Privatdozent und Omnipatient, betrat eine archetypische Höhle helvetischer Gastronomie. Landauf, landab genießen die in die Stationsgebäude integrierten Speisewagen ohne Räder den allerbesten Ruf, in der Fassadengrammatik meistens an einer Reihe von Kapellenfenstern ablesbar. Man denke nur an die legendären Käseküchlein von Romanshorn, an das Geselchte im Première Classe von Fribourg, an die Cannelloni fatti in casa von Bellinzona. Schlug man im Verzeichnis der »Rotary Clubs der Schweiz« nach, wo, um ein Stricknadelexempel zu wählen, die Sektion Aarau den Mut zum Dienen und Dinieren fand, präziser zum Lunchen, stieß man, wen wundert's, auf das dortige Bahnhofbuffet, wo die Rognons Lausanneoise – immer das Bemühen um eine föderalistische Speisekarte – zelebriert werden, wo das Bollito Pauli jedem Rotarier in einem separaten Kupfertopf serviert wird. Stellt man die kulinarische Vier-Fragen-Probe: Ist es wahr; ist es fair für alle Beteiligten; wird es Freundschaft und guten Willen fördern; wird es dem Wohl aller Beteiligten dienen?, kann die Antwort nur in einem vierfachen Hurra bestehen. Meine persönliche Krankenordonnanz im tannigen Exerziertenue hatte bereits ein Ecktischchen in der Nähe des Ausschanks reserviert und verhandelte bei der Registrierkasse mit einer voluptuösen Frau, die, das bestätigte ein Blick, alle Fäden in der Hand hatte. Kaum hatte Schöllkopf seine Konkursgliedmaßen auf die viertelrunde Bank gezwängt, begrüßte ihn die Mammalie und stellte sich als Mutter Inäbnit vor. Es sei, so ürnerte sie, Usus, daß die Kurgäste von ihren eigenen Bediensteten serviert würden, wobei die Küche strenge Weisung habe, sich an den Auer-Aplanalpschen Diätplan zu halten, was aber, sintemal die Liebe durch den Magen gehe – und gerade dessen ermangelten ja die meisten Chronischen –, mit einem einmaligen Trinkgeld à fonds perdu aus der Welt zu schaffen sei. Herr Dozent wollen doch, so die Inäbnitsche im Murmelton, durch Seitenblicke armiert, nicht Rübchenschaben und den Magen mit Haferschleim verputzen. Die Hunderternote verschwand im Balkon, darauf trippelte die Büste zum Ausschank zurück, gab ein virtuoses Klavierkonzert auf den Kassatasten, daß es Bons schneite wie Konfetti, und beorderte Abgottspon mit einem lasziven Ellbogenpuff in die Küche.

Ich hatte Gelegenheit, die Wandmalereien zu studieren, welche in der rauchigen Oberzone so wirkten, als seien sie mit Käserinde behandelt worden. Die Morphiumspritze, die ich beim Verlassen des Stockalperpalastes noch schnell vergraben hatte – auch hier, in der Kriminalität gegen den eigenen Körper, galten die Verbrechermaximen Waffe beseitigen, Leiche beseitigen –, setzte sich allmählich durch gegen das Gliedreißen, das Bohren des rostigen Nagels zwischen den Beinen, Schöllkopf wurde stumpf im Lumbalbereich und erlangte jene psychedelische Schärfe des Geistes, welche alle Eindrücke in der Art von Scheintoten notiert, die, etwa nach einer Frontalkollision, über ihrem verstümmelten Körper schweben und die zeitlupenhaften Sofortmaßnahmen der Ambulanz verfolgen. Vielleicht hatte Ernst Zahns Mehlsuppenbrodem das Seine getan, diesen Panoramapanneaus zur Baugeschichte des Gotthardtunnels die leicht speckige Lasur des Fonduecroutons zu geben. Vor- und Urbild all dieser

Schalterhallen- und Buffet-Dekorationen war ja Charles Girons Monumentalschinken »Die Wiege der Eidgenossenschaft«, der im Nationalratssaal des Berner Bundeshauses den Parlamentariern in Erinnerung ruft, wofür – nicht von wem – sie gewählt worden sind, von der Finanzierung her ein Fiasko, weil sich die Bergbahnen vom Projekt distanziert hatten und die Dampfergesellschaft einspringen mußte, die es dann auch prompt durchsetzte, daß ein paar Quadratmeter mehr Vierwaldstättersee zu sehen sind. Auftraggeber der cartouchen- und thermenfensterförmigen Panneaus waren in erster Linie die Privat- und Fremdenverkehrsbahnen, aber auch die Verkehrs- und Verschönerungsvereine der Kurorte und die Buffetpächter. Die Brig-Visp-Zermatt- und Gornergratbahn ließ bei dreizehn vergebenen Aufträgen zwölfmal das Matterhorn verewigen, die Rhätische Bahn, die sich achtmal in Unkosten stürzte, viermal die Bernina-Gruppe, das Bild Schöllenen mit Teufelsbrücke muß leider als definitiv verschollen erklärt werden. Sintemal die Unione fra le Case di Spedizione in Chiasso keinen Beitrag an das Wandgemälde des südlichen Grenzbahnhofs zu leisten gedachte, nahm man von einer allegorischen Versinnbildlichung des Speditionswesens Abstand und stellte das Sujet 1932 frei; den ersten Preis gewann Pietro Chiesa mit La Partenza dell'Emigrante.

Der Sanitätsgefreite Abgottspon, der sich mittlerweile ein schmuddeliges Coiffeurkittelchen über die Uniform gezwängt hatte, kam aus der Küche und servierte mir, eine Hand auf dem Rücken, eine blaurotbraun verfärbte Wurst, die man in der Schweiz als Wienerli und in Wien als Frankfurterli und in der Messestadt wohl als Saucisson bezeichnen würde. Was ist das für eine Schweinerei? Das ist nur die Vorspeise, Malefizenz, eine Geste des Hauses, wissen Sie, als ich in der Thuner Hauptkaserne den dreiwöchigen Kurs für Offiziersordonnanzen und Fouriergehilfen absolvierte – deshalb trage ich ja am rechten Ärmel über dem Gefreitenbalken das Spezialistenwappen mit den gekreuzten Ähren –, mußten wir am ersten Tag im Zeughaus ein speziell für diesen Zweck bereitgehaltenes Gummiwienerli fassen und auf dem Platz vor den Panzerhallen das Auf- und Abtragen lernen, indem wir, den Teller mit der drallen Wurst auf dem Kapitell der fünf Finger balancierend, durch eine Schwingtür in einem Holzrahmen, welche zwischen zwei Centurion-Paketen aufgestellt worden war, hin und her gejagt wurden; fünf Ordonnanzaspiranten in Einerkolonne, und der ausbildende Berufsmilitär, ein Adjutantunteroffizier, stand in der Grätsche auf den Mündungsbremsen der Kanonenrohre von zwei gegeneinander gestellten Panzern und kommandierte: Sanitätssoldat Abgottspon, Wienerli auftragen, Kopf hoch, Teller in Präsentierstellung, Kreuz rein, Arsch raus, und der Nächste! Und, so mein Kellner, da war einer dabei, ein Tenor aus Basel, der die Bierflasche gegen das Nasenbein schlug, um den Porzellanverschluß aufjapsen zu lassen, der schlenderte frischfröhlich im Paßgang daher und summte, so daß es alle hören konnten, im schleppenden Boogie-Rhythmus: Adadedjudante - nte-nt'Adadedjudante - nte - nt'Adadedjudantente-nt'... und das hatte zur Folge, daß wir ins Albern kamen, gackerten und wieherten, prusteten und losplatzten, alles geriet durcheinander, ein Tohuwabohu sondergleichen, und der Adjutant, der partout nicht von seinem Kanonenpostament heruntersteigen wollte, erschrie sich machtlos einen schlechten Ruf als Instruktor.

Mich, der ich diese indianerhäutige Wurst nicht ansehen, geschweige denn hinunterwürgen konnte, faszinierten die Bierteigkarpfen, die, Teller um Teller, in den rückwärtigen, der Schöllenenbahn zu gelegenen Saal getragen wurden, wo eine heitere Männergesellschaft tafelte, die Küche war dadurch voll ausgelastet, der Service in der Zahnschen Originalwirtschaft lag darnieder, ein Gebirgsfüsel im herbstscheckigen Kampfanzug reklamierte vergeblich seinen Kaffee-Fertig, und die Jaßrunde der Eisenbahner – darunter, wie mich Abgottspon aufklärte, der seiner quislinghaften Säuerlichkeit wegen gefürchtete Vorstand der Rhätischen Bahn, Sektion

Göschenen-Grafenort, Rhäzünser – wurde auch nicht bedient. Herkulanum, Wirtschaft! rief Schöllkopf, aber es fruchtete nichts, der geschlossene Verein hatte Priorität, und als zu allem Überfluß noch ein Gaudeamus igitur erscholl, wußten wir Bescheid. Es handle sich, feixte mein Gummiwienerli-Spezialist, um die Altherren einer Schlagenden Studentenverbindung aus Luzern, welche sich jährlich einmal zu einem sogenannten Balchenfraß im Billardsaal des Bahnhofbuffets Göschenen zusammenfänden, Balchen seien junge Felchen, die man gebacken, meunière oder nach Zuger Art bestellen könne, die meisten dieser ewigen Studenten mit dem weinroten Käppi auf schütterem Haupt verschlängen zuerst eine Portion Weißweinbalchen, hernach die in Butter gebratenen und zum Schluß gebackene mit Sauce Tartare, und dann gehe es los. Was geht los? Hören Sie nur zu, Malefizenz, spitzen Sie die Ohren.

Es wurde tatsächlich, hier vorne in Bruchstücken vernehmbar, eine Rede von einem Generalsekretär gehalten, der frühere Balchenschlemmereien Revue passieren ließ und dann dem Archivarius das Wort erteilte, damit er die von allen sehnlichst erwartete Produktion steigen lasse. Der Beginn war so verhalten, daß die Kaffeemaschine, die nun auf Hochtouren lief, alles verschluckte mit ihrem Wasserdampfcrescendo, aber Abgottspon war mit der Übersetzung zur Hand: Ramses, der Ägypterkönig, sei durch den Pyramidenbau in pekuniäre Schwierigkeiten gekommen, habe aus dem Tempel ein Freudenhaus gemacht und es erschallen lassen von allen Hügeln, des Königs Tochter läßt sich bügeln. Als die Kaffee-Fertig oder -Buffet-Runde bereit stand – die Inäbnitsche glühte vor Bemutterungseifer –, schälte sich deutlich heraus, daß es sich um Versstrophen handelte, wobei die erste Zeile von einem Vorbeter gesprochen wurde und die Altherrenmeute im Chor mit dem respondierenden Teil einfiel, um sich dann in ein sexuelles Notstandsgelächter rammligster Art hineinzusteigern. Ja, es war ein eigentliches Antiphonale. Priester: Sie kamen aus dem Lande Bayern ...

Chor: ... mit Hofbräuzeichen auf den Eiern. Das Gewieher der Hobelhengste, im Putsch dessen sich ein Nußknacker besonders schwanznärrisch hervortat, stand in blasphemischem Gegensatz zum liturgischen Wechselgesang. Priester: Bergleute aus dem Raume Aachen ... Altherrenchor: ... die mit dem Schwanze Kohle brachen. Rhäzünser in seiner ins Tintige hinüberspeckenden Uniform der Rhätischen Bahn grinste stillschäbig den Kartenfächer an. Männer von der Insel Ceylon ... mit Parisern ganz aus Nylon. Kinder, deren Lustgebein ... Nußknacker solo: ... war noch mikroskopisch klein. Die Schankmammalie konnte schon gar nicht mehr erröten, so willfährig bediente sie die laschen Böcke und rhetorischen Schattenboxer. So wuchs der Bau gar schnell zum Himmel, kündete sich das Finale an, dank vieler geiler Völker Pimmel. Applaus, hedonistisches Charivari, und schließlich sammelte man sich zum Kant: Alt Heidelberg, du schöne ... wahrscheinlich stehend gesungen, den Humpen an den Hoden, die Nationalhymne der Männerverblödung.

Schöllkopf hielt nichts mehr in dieser Kaschemme und Bierschwemme, lauter Eunuchen und Karenzler, deren Frauen als graue Witwen zu Hause saßen, mit einer Stickerei vor einem dritten Programm. Es ging ja längst auf keine Kuhhaut mehr, was unser Geschlecht der Gegenpartei an permanenten Demütigungen und Schmierfinkereien antat, das begann in der Schule, bezeichnenderweise im militärischen Marschtakt: links, links, links, hinter den Weibern stinkt's. Das setzte sich fort im Gymnasium: einen Besen keilen, um sich abzugeilen. Zote um Zote ein Landesverrat an der Weltweiblichkeit. Noch bis zur Winterhalde hinauf hörte man das Krakeelen und Schweinigeln durch die offenen Fenster der Billardstube im Bahnhofbuffet; da entblödeten sich diese colorierten Brüder nicht, das Philistertum zu verspotten, dabei gab es nichts Philiströseres als ihre Dreifaltigkeit von Wein, Weib und Gesang. Das war das Durchschnittsniveau unserer Ärzte und Juristen, Redaktoren und Nationalökonomen.

Cum porco durch die Abschlußprüfung geschwindelt und dann eine Karriere nach dem Motto: bücken, wo es nötig ist; drücken, wo man sich's leisten kann!

3

Da stand nun der zwangsemeritierte und zwangsmalefizierte Privatdozent Wolfram Schöllkopf wieder im Theatersaal der Dependance, der zum Atelier seiner Krepanz werden sollte oder Rekonvaleszenz, zur Linken die sanatoriumsähnliche Holzveranda mit drei durch Milchglasscheiben voneinander getrennten Loggien und Logen für den winterlichen Gotthardverkehr, wo man sich laut Auer-Aplanalps Fibel in drei verschiedenen Kälte- und Finsternisstufen der Schwarzen Spinne aussetzen und als Luftkurgast, in brotsuppenbraune Militärwolldecken gewickelt, bei günstiger, also hundsmiserabler Witterung möglichst viel Tunnelozon TO_3 kneipen mußte. Höchst dubios, dies alles, aber immerhin war der Schwitzkasten einen Versuch wert, und als Installationsplatz kam eigentlich nur die Bühne in Frage mit dem brüchigen Prospekt in leinernen Pastellfarben, welcher den aufgepeitschten Urnersee zeigte und irgendwo im Hintergrund der föhnsturmdräuenden Wolkenballen das Rütli ahnen ließ. In den Soffitten baumelte eine komplette Schiller-Dekoration, der Marktplatz von Altdorf und die Hohle Gasse, durch welche Gessler, wenn es ihn tatsächlich gegeben hätte, sicher nicht geritten wäre; die seitlichen Wald- und Felsenversatzstücke schufen Korridore für den Auf- und Abtritt der Erinnyen, und der klassische Manegengeruch des Dorftheaters drang aus allen Ritzen dieses Tragödienstadels, diese Mischung aus Staub und Puder, Schminke und Leinöl, abgestandenen Requisiten und eingekampferten Kostümen, dieser Ruch von Fundus, diese Witterung nüechteliger Pappeichen, dieser unverwechselbare Liebhaberbühnen-Wrasen.

Vorschriftgemäß baute ich den im Traktat der Heilstollengesellschaft abgebildeten Backofen auf, klappte den Sperrholztunnel mit den Heizelementen auseinander, legte zwei Decken darüber und wickelte sie am Fußende um das Tabourett. Es gibt für den chronischen Somatopsychopathen und Infausten ein an höchste Weisheit grenzendes Stadium der Leck-mich-doch-alles-am-Arsch-Mentalität, einen allerletzten Aggregatzustand der Verzweiflung, da er wie ein hilfloses Kind alles befolgt, was, zumal wenn praktische Handgriffe damit verbunden sind, auch nur entfernt therapieverdächtig ist, und so schob ich den Schöllkopfschen Brestnam bis zum Hals in den Gipsofen, spürte, wie allmählich der Schweiß ausbrach, aus den Haaren über die Stirn in die Augen rann und sich im Bauchnabel zu einer Pfütze sammelte, die man mit hüpfendem Zeigefinger zum Gluntschen bringen konnte, wenigstens etwas, wenigstens funktionierte die Urinausscheidung noch. Aber die Penisspasmen, die sich längst wieder durch die Betäubungsmittel gefressen hatten, brannten nur um so penetranter, je klebriger Arme und Beine wurden, vielleicht handelte es sich, von der Wissenschaft noch nicht entdeckt, ganz einfach um ein Raucherglied, vielleicht war Schöllkopf, der Abkömmling einer heruntergekommenen Tabakdynastie, dazu ausersehen, den Nikotingegnern als Modell- und Demonstrationsfall zu dienen, einer nach dem andern würden sie auf der Bühne an ihm vorbeidefilieren und den Werbeslogan »Sei ein Mann und rauche Stumpen« hohnlachend ins Gegenteil verkehren. Genieße den Rausch der trockenen Trunkenheit, aber bleche dafür mit der Impotentia generandi.

Gepolter im Treppenhaus, Abgottspon, der bucklige Hurrlibueb mit dem Bürstenschnitt, marschierte in den Militärnagelschuhen auf und betätigte sich als Holzknecht, indem er den Kanonenofen im ohnehin überheizten Kantonnement zur Rot- und Weißglut brachte. Die Ordonnanz lümmelte sich auf einem Ohrensessel neben meinem Hölloch zurecht und schilderte mir ungebeten den weiteren Verlauf des Altherrentreffens im Bahnhofbuffet. Nach der Produktion Ramses der Ägypterkönig habe man auch noch den Sittlichkeitskongreß behandelt, aus Frankreich habe Kardinal Archevec c'est mon tour teilgenommen und aus San Remo Conte Onanini, der Chinese Hymen Peng sei ebenso vertreten gewesen wie Verena Immerschwanger aus dem Schanfigg, Schweden habe seine Exzellenz Gunnar Tripperstroem entsandt und der Spanische Hof den Grande Laß-sie-ran-cho-denn-sie-will-ja, und gegen Mitternacht habe sich auch Mutter Inäbnit, durch die Wirtinnen-Verse ständig angesprochen, an der Bacchanalie beteiligt und die Geschichte jener Serviertochter zum besten gegeben, die sich mit Tannzapfen statt mit Altarkerzen befriedigt habe, immer habe sie, die Pächterin, ihre Angestellte gewarnt und belehrt, sie solle doch zu Kerzen oder anderen phallischen Gegenständen Zuflucht nehmen, wenn sie schon keine echte Rübe zwischen die Beine kriege, aber nein, der Kopf habe durchgestiert und ein Zapfen verwendet werden müssen, und prompt seien die Schuppen in der Wärme der Vagina aufgegangen, hätten sich im Fleisch verzahnt und notfallmäßig im Göschener Festungsspital herausoperiert werden müssen. Abgottspon hatte sich einen verdrehten Krautwickel angesteckt und paffte neben meinem Schwitzkasten, während mir kotzübel wurde in der Doppelhitze des Tunnels und seiner Phantasie. Schluß jetzt, du Aas, fahr ab in deinen Saustall, wo du hingehörst, wir haben eine kritische Nacht vor uns. Er rollte sich neben dem Ofen ein, dessen Flackerschein Gespenster entwarf an den Wänden dieses k. u. k. Garnisonslazaretts.

Es wurde, ihr unheilbar Gesunden und Hinterbliebenen im Unterland, ihr Auktionäre meiner Konkursmasse, Schöllkopfs ganz private Kreuzigungsnacht. Doch kein Vorhang riß entzwei, kein Essigschwamm wurde gereicht. Mein Gott, mein Gott, warum hast du mich verlassen, soll der Größenwahnsinnige am INRI-Balken gerufen haben: Eli, Eli, lama asabthani; er hätte ja wohl besser daran getan, sich an den Urtext zu halten und geschrien: Imi, Imi, lama asabthani, Mutter, warum läßt du mich im Stich? Vielleicht wäre dann aus dem Christentum nicht dieses spröde Geschäft mit der Lebensuntauglichkeit geworden, diese Gottesversicherungsanstalt, welche ein Menschenleben lang Prämien kassiert und im Todesfall weder das ersparte Kapital noch die doppelte Risikosumme, sondern lediglich eine Leichenfeier mit Orgelumrahmung auszahlt und sich nicht entblödet, auch bei dieser Gelegenheit noch eine Kollekte zu propagieren. Keine Überschüsse den Versicherten, alles in die Taschen der Pfaffia. »chilicha brennen, fafen slahen«, das war alles, was Schöllkopf an Althochdeutsch noch zusammenbrachte. Unten das Rappeln der schweren Güterzüge, welche die ganze Nacht durch in beiden Richtungen verkehrten, Basel–Chiasso, Chiasso–Basel.

Die schlimmste aller Velledinnen, was eine Hure des vergeblichen Wollens ist, eine Erzfrustrantin, war ja wohl die Maria, welche, als die Totalfinsternis über die Erde hereinbrach, zu Gott betete, statt ihren Sohn und für alle Zeiten die Ehre der Mutterliebe zu retten, indem sie sich in Stücke zerriß und die Fleischhappen den würfelnden Soldaten zum Fraß vorwarf. Da oben verreckte ihr uneheliches Kind, und diese Nutte praktizierte die christliche Übernächstenliebe: zuerst Gott, dann die Menschen. Immer der gotische Blick nach oben, die Vertikale, damit man die Augen verschließen kann vor dem Unrecht in unmittelbarer Nähe. Maria, die Bittere, die Herbe, die Unfruchtbare. Verflucht sei die Furcht vor deinem Leibe! Schöllkopfs leibliche Mutter: eine Marienskulptur, eine Mater Dolorosa, nicht schuld, aber verantwortlich dafür mit ihrem Reinheitskult, daß nun sein Schwanz mit rostigen Nägeln an den Körper geschlagen wurde. Was hatte Ephräm der Syrer gesagt: »Zwei Jungfrauen sind dem Menschengeschlecht gegeben: die eine war Ursache des Lebens, die andere des Todes; denn durch Eva kam der Tod, durch Maria das Leben.« Skandal, diese Falschmünzerei, gerade umgekehrt war es: Eva heißt im Hebräischen Leben. Sie, die Urmutter alles Lebendigen, hatte Ja gesagt zum Körper, zur Sexualität, zur Liebe, zum Penis, sie war Demeter und Aphrodite, der Quell des Schöpferischen. Und die Mutter Gottes, die nicht einmal den Titel Mutter eines Menschen verdiente? Von ihr sagte Martin Luther: »Es muß ein hartes Jungfräulein gewesen sein, daß sie nicht gestorben ist vor Schmerzen. Der Heilige Geist hat ihr Herz erleuchtet und gestärket, daß sie solchen Anblick und Jammer hat ertragen können.« Ja hart, barmherzig wie alle Betschwestern, aber nicht warmherzig. Maria, stella maris, so kalt wie ein Meeresstern. Immaculata. Die Geschichte mit der unbefleckten Geburt war das größte Verhängnis für das Christentum, die präjudizierte Impotenz dieser Religion der lebendig Begrabenen. »Sei gegrüßt, du edle Frucht,/ frei von aller Sündensucht, / heilig, rein und auserkoren,/ ehe du noch warst geboren.« Genau so war ich erzogen worden, zur absoluten Reinheit.

Abgottspon, rief ich in den Saal hinunter, auf, Alarm, ans Klavier, hopp, wir sind hier im Dienst und nicht in einem Mädchenpensionat, wird's bald, Rapport, vor's Bett, Schlafmütze, Weckrunzel, Stallbursche, Holzknecht, Gummiwurstkellner, Deckel auf, Filz weg, Maria zu lieben, das bekannte Lied, zwei drei . . . Und der gemarterte Schöllkopf stand in seinem ultramarinblauen Combinaison aus dreiviertellangen Beinlingen und im Heilstollenhemd am Burger & Jacobi-Kasten, eine Hand aufgestützt wie eine eitle Sopranamsel, doch nicht als Solistenpose war es gedacht, er brauchte diesen Halt, so wie sich eben ein Behinderter von Möbelstück zu Möbelstück tastet, und sang mit krächzender Stimme zuhanden des nächtlichen Luftkurorts Göschenen-Kaltbad, des Dammastockes und der Gotthardnordwand, der Windgällenhütte und der Steglauirampe, des Bahnhofbuffets und Rhäzünsers Schöllenenbahn, sang, das Tosen des Wasserfalls überbrüllend, zum Reißnagelgeklimper des verschwollen auf die Tasten glotzenden Sanitätsgefreiten: Maria zu hassen ist allzeit mein Sinn / in Marter und Qualen ihr Ketzer ich bin./ Mein Herz, Scheißmaria, verblutet an dir / in Schande und Häme, o teuflische Zier. So, mein lieber Franziskus Fernandez, dieser Choral wird neu ins Repertoire aufgenommen und gleich an der Notenlinientafel, wo wir ja zum Glück die Manöverschmierereien ausgemerzt haben, arrangiert mit subversiven Harmonien, enharmonischen Traversen, Tritonussequenzen – der Tritonus, Abgottspon, ist der Diabolus in musica, der Geist, der stets verneint, den hauen wir da rein. Also, notieren Sie: Introduktion in G-Dur mit Dominante, da gibt es nicht viel zu manipulieren. Aber im Zwischenteil gehen wir zuerst auf H-moll-sieben, E-moll-sieben, jubeln einen F-neun unter und mogeln uns im Abstieg chromatisch über Es-sieben, D-sieben, H-sieben, E-moll, A-sieben zur Dominante durch, die wir aber zuerst mit As-sieben unterziehen, um dann, sensationelle Dissonantik, einen Dominantenton zu halbieren, das Atom zu spalten und mit einem Sprung von Des-plus-elf über C-neun die D-sieben-Erlösung gar nicht mehr anzustreben, sondern das Stück in F-moll zu beenden. Haben Sie's? Also vorspielen! Was sagen Sie dazu? Der Barpianist meines Siechtums übte noch lange die Griffe ein beim roten Flackerschein, als ich mir schon das Buscopan injiziert hatte und in Blei gegossen absoff.

4

Göschenen, kristalliner Wintermorgen, glitzergleißend das Bergdorf wie ein Adventskalender, auf dem allerdings das Türchen zur Auer-Aplanalpschen Gotthardklinik nicht auszumachen war; eine Zuckerhutpyramide das Dach des Schlauchtrocknungsturms des Feuerwehrmagazins, Orgelprospekte von Eiszapfen unter den stumpfen Giebeldächern, in Salzwatte verpackt das Bahnhofareal, Pfeifenputzer auf dem Rangierfeld und eine Löschschaumkulisse als Verblendung der beiden Tunnellöcher. Meine desaströse Weckrunzel versuchte mich dadurch zu bestechen, den Kurtag in Angriff zu nehmen, daß sie, ein Frühstück aus Milchkaffee, zusammengepanscht in der Gamelle, und Militärbisquits servierend, behauptete, Besuch aus dem Stollen sei angemeldet, ein Klasseweib; ich lag, von der Giftnacht, da ich wieder einmal sämtliche Eingeweide hatte präparieren müssen, noch gebrochen und gerädert in meinem Mahagonikahn, dem rotbraunschwarz getigerten Zweischläfer aus dem Grandhotelfundus, als tatsächlich die Stufen knarrten, man konnte den Theatersaal auch über eine Wendeltreppe direkt erreichen, nicht nur über die Abfrutt-Passerelle, und eine mich gewaltig elektrisierende Blondfrau unser Kantonnement betrat, aber nicht in Schwesterntracht, in Lackhosen, Stiefeln und einer Isländischen Schafwoll-Jacke mit norwegischen Mustern, eine, wie man selbst als Penispatient nicht umhin konnte, festzustellen, geballte Ladung an nordischer Schönheit: die Heidelore, ja gewiß doch, die, sagte sie zum Gruß, welche das Männerwrack aus dem Unterland in die Narkose geküßt hat. Sie hatte das Blond zu einem Zopf geflochten, der ihre Burschikosität quasi ins Unendliche prolongierte und mit dem sie alsogleich zu spielen begann, nachdem sie Platz genommen hatte, die langen Beine übereinandergeschlagen, ein sehr hoher Wasserfall. Da linste sie mit ihren havelländischen Mandelaugen unter den Stirnfransen hervor, die weißen Arme, der Jacke entledigt, bildeten eine Pirouette, und der rhombisch geschnittene Mund war durch die Wangendellen unter den hohen Backenknochen zu einem schnippisch-schmerzlichen Lächeln geschürzt, konnte beim Sprechen kurz zurückschnellen, als nähme sie das Innere ihrer Gesichtsflanken zwischen die Zähne; eine lange griechische Nase mit dem unwiderstehlichen Knick, etwas Raubvogelhaftes, schmale Oberlippe, und diese Diana, diese Jagdgöttin, die bestimmt in der Schießbude auf dem Rummelplatz stehend und einhändig sämtliche Trompetengoldrosen und Plüschäffchen abknallte, daß die Röhrchen nur so splitterten, hatte mich zu Boden geküßt, wie ich noch nie labial vergewaltigt worden war, es bestand, das ließ sich nicht leugnen, ein Verhältnis zwischen der Schwester in zivil und dem Omnipatienten in der Daunenzitadelle; ein solches Nest war ja wirklich eine feste Burg, wenn man sich horizontal und überzwerch darin verschanzte gegen die unverschämt robuste Gesundheit seiner Besucher, der diplomatischen entsprach die malästuöse Immunität, und jeder Gast mußte sich an dieser Mahagonikante zuerst einmal akkreditieren.

Aber die Heidelore aus der Mark Brandenburg, aus dem Luch, wie Franziskus Fernandez dolmetschte, aufgewachsen in Thüringen, was die früheste Kindheit betraf, daher der nasale Singsang ihrer Stimme, war nicht gewillt, als meine Unterleibsärztin und Wundschwester zu fungieren. Ich bin, begann sie ihren suadesken Monolog, restlos geschafft und habe hier oben absolut nuscht erreicht, verdammt nochmal, dieses ewige Geflenne von Männerbabies mit Mamamnesen, man sollte mal die Papamnese aufrollen, ja, und du bist auch so ein beschissener Blödmann, der in den Mutterschoß zurückkriechen will, ich habe diese ganze Kacke satt, verflixt und zugenäht, jetzt kümmert euch mal um mich, ihr Schabracken – dürfen, so mein Sanitätsgefreiter, wir, mit Verlaub, der Brandenburgischen, wie Sie ja nur genannt zu werden belieben, etwas anbieten, Milchkaffee oder Kakao – ach Scheiß, wenn schon, dann 'nen Schnaps, 'nen Klaren oder sowas – bitte, Abgottspon, kümmere dich gefälligst darum, wir befinden uns mitten in einer Gesprächstherapie auf höchster Ebene –, tja, du hast ne ganz schön infauste Prognose, aber das mit dem Muttermal ist natürlich Quatsch, das redet der Primarius allen ein, um sie bei der Strippe zu halten, ich will raus hier und wäre schon längst abgehauen, wenn ich wüßte, was anfangen. Sie nahm eine filterlose Zigarette und wußte kokett auf Feuer zu warten, Schöllkopf ächzte sich bis zur Streichholzschachtel durch auf dem Nachtschranktresen mit der gesprungenen Marmorplatte und mußte die Brandenburgische Schwester halb zu sich ins Bett ziehen, um den Stengel zum Glimmen zu bringen, sie trug jetzt, der Jacke ledig, eine im Ausschnitt weit offene weil zu lasch geknöpfte Blumenbluse von einer Leuchtkraft der Muster, wie ich es noch nie gesehen, da waren goldorangene Titonien eingestickt und kardinalviolette Lippenblütler zwischen olivgrünen Ziergräsern, Schmetterlinge und anderes Gefleuch, ein tolles Ding, Ärmel dreiviertellang, so daß die Handgelenke noch schmaler, noch kreidiger wirkten, und sie stammte aus dem originalen Fontanegebiet, mußte den Stechlin kennen und Hohen-Cremmen, wann konnte sie geboren sein, nur im Zeichen des Löwen. Stimmts, fragte ich, eine Löwin? Ja, im August, aber was tut das zur Sache, ihr legt euch immer so Prachtsbilder von uns zurecht, geht lieber mal schwimmen im Psychotank, da könnt ihr ja in der Uteruswärme herumpanschen, und verschont uns mit eurem Maskulinismus, man muß ihn umbaun, den Mann, von Kopf bis Fuß, und insbesondere der Schnibbel muß ab, was euch da raussteht, steht euch gar nicht zu. Da laß ich mich lieber von einer Kollegin vom anderen Bahnhof befummeln. Was, versetzte ich als diesbezüglich Behinderter, eure begreifliche Aversion gegen die Achtung-Stellung betrifft – inzwischen ist auch der Schnaps eingetroffen, Göschener Originalbrönz, bitte sehr –, brauchen Sie, Schwester Heidelore, von Schöllkopfscher Seite keine Übergriffe zu befürchten, das ganze Gemächte ist ja vollkommen paralysiert. Uff, daß ich nicht lache, wetten, der würde prompt noch pieps machen, wenn ich als Stripteuse auftreten würde, du bist ja ein ordentlicher Schneefänger, Fladderfetzer und Spitzenreiter, wie ich deiner Sexographie in den Stollenakten entnommen habe, aber das ist gottseidank nicht mehr mein Bier, wenn du dich im Gotthard einlochen lassen willst, dann bitte, ich fahre zurück in die DDR. Wie um das Gegenteil zu bekräftigen, zog sie die fliederroten Stiefeletten aus, wobei ihr Abgottspon als Stiefelzieher behilflich sein mußte, knallte die Dinger in eine Ecke und wärmte ihre Zehen, die etwas außerordentlich Kugeliges hatten und vielleicht auch noch ein paar Körner märkischen Sand in den Hautfalten, am Ofen. Das waren Sprunggelenke, und ein Chassis, wie das Beindekolletée zeigte, die mußte die hundert Meter unter dreizehn Sekunden gelaufen sein. Also hören Sie, Schwester Heidelore, Ihr nächtlicher Notaufnahmekuß beim Eingang zur Stollenklinik war ein französischer Fünfminutenbrenner, eine Seraphinenpetarde, ich habe solcherlei nur bei Munch gesehen, wo der Schwarzschwindsüchtige unter einer Haarflut begraben wird, und dann natürlich »Das junge Mädchen und der Tod« von 1894, da drückt das üppige Weib seine Brüste dem Schnitter zwischen die Rippen, als wollte es dem Adam wieder einverleibt werden, stellt sich auf die Zehen, damit der Sensenmann sein Oberschenkelskelett gegen die Schamlippen pressen kann, und es ist ungewiß, wer letztlich wen verschlingt, die Sirene den Tod oder der Tod die Sirene.

Ach Männeken, Männeken, da baust du dir wieder so 'ne Theorie zusammen, dabei war dieser Kuß ganz einfach der letzte, den es von der Heidelore in Göschenen-Kaltbad zu kriegen gab, mein Austrittskuß, verstehste, meine Verabschiedung von der Männerwelt; o ja, ich könnte schon, wenn ich wollte, auch deinen angeknacksten Rüssel brächte ich wieder flott, aber ich will nicht mehr, nicht mehr dieses verdammte Ich-brauche und Ich-muß und Ich-wünsche der vermeintlichen Herren der Schöpfung hören und in irgendeine Ecke gestellt werden als Schaufensterpuppe, Stiefelhexe, blonde Fee, Aphrodite, was weiß ich, ich hab das satt bis über die Ohren hinaus und versuch mich halt wieder einzubürgern in meiner alten Heimat, wo es nämlich sowas wie Sozialismus unter Brüdern und Schwestern gibt, auch im Sexuellen, was für euch Potenzprotzer ein absolutes Fremdwort sein dürfte, da klotzt einer einen Tausenderlappen hin und meint, die ganze Frauenwelt sei ihm untertan, dabei kenne ich keine weicheren Bananen als eure helvetozentrischen Pimmel.

Peng, da haben Sie's, Malefizenz, feixte Abgottspon, der um die Brandenburgische herumschlich wie ein Stiefellecker um seine Domina, veitstänzerisch umschwirrte sie der Gleisner, dieser verdrehte Galgenstrick, und die sehr dezent mokka-sherry geschminkte, schätzungsweise etwa einsfünfundsiebzig große ostdeutsche Blondine, die germanistische

Sehnsüchte von Danzig bis Breslau, von Neuruppin bis ins Mecklenburgische wachrief, ließ sich dieses Domestikentum um so eher gefallen, als es ihr die perverse Mischung von Unterwürfigkeit und Herrschsucht der Männer pantomimisch vor Augen führte. Der Filou im abgewetzten Tannigen näherte sich wie Frankenstein von hinten, zeigte die Zähne und griff ihr über die Schultern frech an die Brüste, und die Heidelore führte derweil ihre streitbare Suada weiter, als bemerkte sie es nicht, ja sie verpaßte ihm ab und zu einen flüchtigen Kuß, nur wenn er zu Kopulationsbewegungen ansetzte, verscheuchte sie das Biest.

Noch einmal diese rhombisch zuckenden Lippen unter der Adlernase anzapfen, dieses betörende Ambrosium von Amazona erschnuppern: Schöllkopf, der seinen Patientenvorsprung restlos eingebüßt hatte, stellte sich vor, sie würde ihr weizenblondes Haar um seinen Penis flechten und ihn mit der Simsonschen Kraft dieses Seils langsam hoch und zurück in die Welt ziehen, aber da gab es nichts mehr zu reparieren, sie war als Schwester im Schmerz zu ihm gekommen, sie hatte keine Visite gemacht, sondern seine Qual als Kurmittel benutzt, die ihrige zu lindern, die erste konkrete Therapieleistung der Auer-Aplanalpschen Heilstollengesellschaft bestand in Schöllkopfs Rekrutierung als seelische Mülldeponie, und daß sie aus der DDR kam und dorthin zurückwollte, erhöhte ihre Attraktivität für den Psychosomatopathen, denn was waren Mauer und Stacheldrahtverhau, Selbstschußanlagen und Konzentrationslagertürme anderes als eine hermetische Corsage, ein Rückfall in die dreißiger Jahre mit der Devise starker Ohrenschnecken-Germaninnen: Wir machen scharf, doch keiner darf, verschießt euer Pulver an der Front, macht euch gegenseitig mause, ihr Fehlzünder! Aber man mußte gerechterweise auch sagen, daß es die maskuline Kaste war, welche das Frauenbild so haben wollte, diesen deutschnationalen und selbstverständlich in allen Ländern mit Chauvinismus verzweiten Urtypus der fruchtbaren und furchtbaren Mutter, welche möglichst viele Knaben und zur

Zierde auch mal ein Mädchen gebar; in Schöllkopfs Heimatgemeinde wurde hinsichtlich der Beflaggung immer noch die Geschlechtertrennung aufrecht erhalten, kam ein Bub zur Welt, hißte man die Schweizerfahne und ließ sie stolz im Wind knattern; hatte das Baby ein Chläffeli, wie die Kinder sagen, begnügte man sich mit der Aargauerfahne auf Halbmast.

Heidelore, die Hosenbeine hochgekrempelt, die Blumenjacke mit den pinkfarbenen Hibiskusblüten offen, rauchte eine Zigarettenkette an Schöllkopfs Mahagonikahn, der blonde Zopf fiel ihr auf das rechte Schlüsselbein, Abgottspon beschnapste sie in immer kürzeren Abständen mit Göschener Brönz, und sie war dazu übergegangen, die Stiefelchen à la Russe hinter sich zu werfen, wo sie dann auf dem schwarz gewichsten Riemenboden meiner Patientenwerkstatt zerschellten. Sie hatte Tränen in den Augen, wie sie den ganzen Scheiterhaufen ihrer Existenz vor dem Kranken aufbaute und sich der Unflätigkeiten meiner Ordonnanz schon gar nicht mehr erwehrte, es war ein auseinandergebrochenes Dreieck: hier die Unterleibsmigräne, dort der Rammelbock, dazwischen die Konkursmasse einer bildschönen Schwester, Männer-Wrack und anderseits Repräsentantin der Weltweiblichkeit, als deren vermeintliches Opfer Privatdozent Wolfram Schöllkopf sich unter der Decke verkroch vor Schmach und Pein. Und ich begriff, als ich mich nun doch, notgedrungen, aufrappelte und auf die Bühne unter den Schwitzkasten verfügte, was mich seit der frühesten Pubertät im Alter von vier Jahren, also seit Menschengedenken, immer wieder an den Frauen hatte verzweifeln lassen: die sonst nur in der weißen Magie gebräuchliche Inkongruenz von Sein und Schein, von schöner Seele und häßlichem Körper, zerstörter Psyche und äußerem Glamour. Jene Magdalena Vermehren im »Tonio Kröger« mit den schwärmerischen Augen, die immer aufs Parkett plumpste beim Tanzen und dafür seine Verse verstand. Schöllkopfs Passionsweg war buchstäblich gepflastert mit solchen Magdalena-Vermehren-Frauen, zur Linken und zur Rechten waren sie an ihm niedergesunken und von einer Ohnmacht in die andere gefallen ob seiner Genialität; er aber hatte immer nur die blauäugige Inge Holm gesucht mit dem blonden Zopf oder Roßschwanz, mit dem Nordseeleuchten im Blick, mit dem Gazellengang, mit dem Duft im rauschenden Ballkleid, mit der diamantenen Stimme, die sein Herz aufschlitzte, immer hatte er sich auf literarischen Um- und Abwegen verlieben zu müssen geglaubt. Und die Sonnenblume, welche die Quadratur seines Frauenzirkels gelöst hätte: sie war einmal vorgekommen in seinem Leben, Flavia Soguel, und es war zugleich der Tragödie erster und letzter Teil, und anstelle des Gesundschlafs war ihm nun diese Schwitzkastentortur auf einer abgetakelten Liebhaberbühne in Göschenen-Kaltbad am zugigen Gotthardnordportal beschieden. Von einer Eismutter aufgezogen, hatte sich Schöllkopf immer wieder das Kuhnägeln an glitzernden Engeln geholt, immer waren es gute Schlittschuhläuferinnen gewesen, die ihre Pirouetten drehten in seiner Brust, und nun saß dieser verdammte Kuhnagel endlich dort, wo er hingehörte, und je mehr die Durchblutung der Gefäße gefördert wurde durch das Trasten im Militärwolldeckentunnel, desto reißender wurde der Schmerz, genau so wie wenn man die halb abgefrorenen Finger unter das heiße statt das kalte Wasser hält.

Aber er würde sich schon noch einmal unter den Kränzen hervorarbeiten und alles in Grund und Boden fluchen, die Medizin und die Eisheiligen, vor allem die Kalte Sophie, die Alma Mater Polytechnica Helvetiae und die Weltweiblichkeit, er würde sich an die Taktik der Eidgenossen in der Schlacht bei Näfels anno 1388 halten: sechstausend Mann stark hatten die Österreicher die Letzimauer gestürmt und waren ins Glarnerland eingefallen, und als sie, ponte facto, alles niedergemacht und gebrandschatzt und geplündert hatten und im Siegestaumel den Rautiberg hinansprengten, wo sich ein arg geschrumpfter Trupp Glarner mit dem Landesbanner verschanzt hatte – Verstärkung: dreißig Mannen aus Schwyz und deren zwei aus Uri –, donnerte ihnen eine Lawine von Felsbrocken und Baumstämmen entgegen, lauter Teufelssteine und Bannhölzer, und das eisengepanzerte Heer wurde vom Erdrutsch zu Tal gerissen und kollektiv begraben. Was den alten Eidgenossen recht war, würde Wolfram Schöllkopf billig sein: zunächst galt es, dem Treiben in seinem zweischläfigen Krankenbett ein Ende zu bereiten, wo der Sanitätsgefreite sich an der schluchzenden Heidelore zu schaffen machte: Packt euch, Satansbrut, raus aus der Pfühle, verlaßt sofort meine Schädelstätte, hier wird nicht herumpoussiert, foutez le camp, ab durch die Mitte, empfehlt euch französisch, bevor es blutige Nasen absetzt!

5

Heidelore nahm ihre Isländische Jacke, die Stiefel, Abgottspon trug ihr den Koffer zum Bahnhof hinunter, Schöllkopf notierte am narbigen Tisch mit Blick auf die verschneite Schöllenenstraße: Eine Faillite, dieser erste Stollenkontakt, Kurerfolg gleich null, der Schwesternkuß war ein Bruderkuß für sie, ich war der Therapeut, tatsächlich muß der Kranke zuerst den Arzt behandeln, bevor die Sanifizenz überhaupt in der Lage ist, sich der Malefizenz anzunehmen, kostet fünfhundert Stutz, werde die Prämie per Nachnahme bei Auer-Aplanalp einzutreiben wissen, dadurch eine gewisse – wenn auch nur vorübergehende – Sanierung der zerrütteten Finanzen. Gauner, Schubiake, Schnapphähne, Strauchdiebe, Falschmünzer! Heute noch die letzten Kräfte mobilisieren, um die Festung zu knacken! Als Lektüre bis zum Eintreffen des Holzknechts konnte man sich ja nichts anderes vornehmen als den Göschener Patienten-Knigge, dazu gönnte ich mir, trotz absoluten Rauchverbots, eine Havanna aus dem eingeschmuggelten Notvorrat, eine olivbraune Stange in der klassischen Coronaform, nicht doble claro, das wäre zu grün gewesen, auch nicht oscuro, obwohl dieser Ton am besten zu meiner Situation gepaßt hätte. Auch ein noch knapp schaukelfähiges Holzrohrgestell mit baßschlüsselähnlicher Lehnenverzierung war aufzutreiben, und so las ich: »Externe und quasi präludative Kurmittel. Es empfiehlt sich, täglich zweimal auf einer der dafür ausersehenen Loggien ein Gotthardtunnelluftbad zu nehmen, und dies bei jeder Witterung, denn es hat sich auf Grund sehr sehr langjähriger und sorgfältigst ausgebeuteter Erfahrung gezeigt, daß das besonders im Bereich der Tessinmulde in höchster Konzentration auftretende Tunnelozon TO_3 eine positive Wirkung auf die Nebennierenrinde ausübt. Infolge der hohen Schnellzug- und Güterzugfrequenz auf der Gotthardstrecke werden ganze Schübe dieses Edelgases ins Freie transportiert, also auch nach Göschenen, wo sich der Kurgast, sofern er wirklich daran glaubt, wahren Tunnelluftbacchanalien aussetzen kann. Bei Spaziergängen zur Erhaltung der Beweglichkeit allenfalls noch intakter Gliedmaßen treibe er sich möglichst oft in der Nähe der Tunnelportale herum, wobei er geflissentlich darauf zu achten hat, nicht mit den Vorschriften der Schweizerischen Bundesbahnen in Konflikt zu geraten. Es hat sich leider immer wieder bewahrheitet, daß die SBB, wenn es zum Prozeß kommt, von Staates wegen recht behalten. Im übrigen gehören Tunnel wie medizinische Spitzenleistungen zu den Kunstbauten und dürften allein schon vom ästhetischen Gesichtspunkt her ein Hochgenuß sein, denken Sie zum Beispiel an das Südportal des Grenchenbergtunnels – für die Juradurchstiche von historischer Bedeutung – mit dem dreistufigen Gesimse und den gotischen Schartenfenstern, oder an das in der Bogenzone barock ausladende Kübliser-Profil auf der Strecke Landquart–Davos der Rhätischen Bahn. Wir unterscheiden – was Sie sich gleich als autogenes Tunneltraining vornehmen können – zwischen Kammtunneln, Basistunneln, Steigungstunnelanlagen, Wandtunnelbauten, Sporntunneln, Stadttunneln und Kehrtunneln, wobei letzteren für die Göschener Kur eine besondere Bedeutung zukommt. Allein auf der Nordrampe von Gurtnellen bis

Göschenen erlebt der Patient, der sich bequem im Speisewagen bei einem Mineralwasser aus einheimischen Quellen vergnügen kann, dreimal eine Drehung um die eigene Achse zur Überwindung der Höhendifferenz von dreihundertachtundsechzig Metern. Diese Spiralenbewegung steigert den Genuß der Kehrtunnelluft, die immer eindringt, da immer irgendwo ein Fenster nicht ganz geschlossen oder zumindest nicht ganz dicht ist, ins Erotische, was insbesondere bei Potenzstörungen den Kurerfolg positiv stimulierend in Griffnähe rückt. Es gibt, auch das sei nicht verschwiegen, übereifrige Mandanten der Auer-Aplanalpschen Heilstollengesellschaft, welche im Pfaffensprung, Wattinger oder Leggistein die Notbremse ziehen, um das Fahndungsprozedere dazu zu benützen, wie vergiftet zugauf und zugab zu rennen und die Lungenflügel mit KTO_3 zu füllen, also gewissermaßen Hamstereinschnäufe zu tätigen. Davon ist grundsätzlich abzuraten, es sei denn, der Delinquent könne dem Zugführer gegenüber seine gesundheitliche Notlage ausreichend und einleuchtend begründen und auf den Schutzparagraphen einundsechzig im Strafgesetzbuch der Schweizerischen Bundesbahnen SBS pochen, gemäß welchem das Auslösen einer Schnellbremsung in einem claustrophobischen Schock infolge bedrückender Tunnelfinsternis als psychische Unzurechnungsfähigkeit taxiert werden und straffrei ausgehen kann, unter Zahlung einer Unkostenkaution von Franken zwanzig.«

Weiß der Kuckuck, sagte sich Schöllkopf, ob das letztlich noch zu einer Abart von Genesung oder nicht definitiv ins Irrenhaus führt. Abgottspon meldete den Départ der Brandenburgischen, was uns insofern erleichterte, als Göschenen-Kaltbad damit um einen Patienten ärmer, die Chance, von den heilenden Strahlen Auer-Aplanalps ertastet zu werden, um ein Promille gestiegen war. Aber ob des Unsinns mit der erotischen Kehrtunnelluft war mir die Havanna ausgegangen. Der Gefreite reichte den Kienspan, eine abgestorbene Hoyo oder Monte Cristo oder gar Romeo y Julieta darf auf keinen Fall flammenwerferisch angepafft, sondern muß am

Brandende lediglich erhitzt werden, dann gibt sie nach wenigen Minuten wieder das volle, unverbitterte Aroma her. Was wollen wir nun für Kurmittel anwenden, Franziskus Fernandez, nachdem die Heilküsserin uns für immer verlassen hat, tunnelluftbaden, eisenbahnfahren; geschwitzt haben wir schon. Ich schlage, nahm meine Krankenordonnanz das Wort und blätterte übereifrig in der Stollenfibel, Malefizenz einen Versuch mit Doktor Wasserfallens Erschließung der Schöllenen als Freiluftinhalatorium vor, kombiniert mit der Auer-Aplanalpschen Theorie, daß die Urgeschichte Uroniens sich positiv auf die Drüsen der inneren Sekretion auswirke. Das heißt im Klartext – nebenbei, wer ist Doktor Wasserfallen? Das heißt – Doktor Wasserfallen amtet als Subprimarius der Gotthardklinik –, wir besorgen uns in der Kristallhandlung Inderbitzin zwei Regenhäute und nehmen den alten Saumpfad durch die Teufelsschlucht in Angriff.

In ihren transparenten Säcken sahen Schöllkopf und Abgottspon aus wie zwei Plastikhütchen des Fang-mich-Spiels, als sie die steile Wasserfalltreppe am donnernden Reussfall hochstiegen, die Gotthardstraße überquerten und, dem rechten Uferweg folgend, dessen Pflästerung da und dort unter Schnee und Eis hervoraperte, zur dreibogigen Häderlis- oder Sprengibrücke gelangten. Das ist das Schellinemätteli, baedekerte mein Führer, und nicht das sogenannte Tanzenbein, das kommt weiter oben. Gigantisch, wie es auf dem Bild von Turner zu sehen war, tat sich die Teufelsklamm vor uns auf, die grauslichste aller Schluchten, die Viamala miteingerechnet. Selbander kämpften wir uns auf der Katzenaugeneisbahn voran und erarbeiteten gemeinsam im Wechselunterricht die Schöllenen; der Name auf jeden Fall, Abgottspon, leitet sich von scalinas her, Treppenstufen, könnte aber auch auf das althochdeutsche scellan, schallen, lärmen zurückgehen, was wiederum eine Verbindung herstellen würde zur indogermanischen Wurzel *(s)kel-, schneiden, zerspalten, aufreißen; tatsächlich sind ja die römischen Legionäre, wenn wir nun kurz den Scheideblick ins Militärhistorische hinüber wagen, auf die Holzschilde der germanischen Speerträger geprallt. Wissen Sie, Franziskus Fernandez, ich doziere – vielmehr dozierte – an einer gemischten Abteilung für Kultur- und Militärwissenschaften, und da schnappt auch der völlig Amilitarisierte mal einen Brocken auf, sei es an einer Semesterkonferenz, sei es in der Gullschen Ehrenhalle während der Pause, und deshalb kann ich Ihnen durch und durch autorisiert sagen, daß sich das älteste Festungswerk, das bis 1914 als das modernste der Welt galt, oberhalb des südlichen Tunnelausganges bei Airolo befindet und Fort Fondo del Bosco heißt, es kostete schon damals, 1893, sage und schreibe vierzehn Millionen Franken, alte, verglichen mit der heutigen Währung, noch unendlich viel härtere Schweizerfranken; hinzu kamen Motto Bartola, Fort Hospiz, Furka für die Westflanke, Fort Bühl für Urseren, Fort Bäzberg mit den ersten drehbaren Panzertürmen zur Bestreichung der Schöllenen, von Urseren, Stöckli und Gütsch, sowie Infanteriekasematten auf dem Calmot und am Oberalp. Um so verheerender diese im Zweiten Weltkrieg gigantesk ausarmierte Gotthardfortifikation für uns, ergänzte der Sanitätsgefreite, als wir linksuferig über Kaltbrunn Plangg zur Tanzenbeinbrücke vorstießen, um so prohibitiver für die Stollenaufnahme, als Oberst im Generalstab Gadient, Kommandant für Genie- und Festungswesen in Grafenort, alles daran setzen wird, Unbefugten wie uns den Zutritt zum Fort Réduit zu verwehren, einen Festungspaß haben wir nicht, und noch weniger die Geheimplakette zur Einlösung des Passepartoutpapiers. Beim sogenannten Tanzenbein führte der Saumweg einer glatten Granitwand entlang über eine Trockenkehle, eine Stelle, die früher besonders gefürchtet war, weil die Reisenden und Säumer des Reussgetöses wegen die niederbrechenden Lawinen zu spät hörten und ein eisiges Grab im Bachbett fanden, zugedeckt mit Schnee, Schutt, Baumstämmen und Steinbrocken, der klassische Näfelseffekt. Man wird doch wohl, meinte Schöllkopf, einem schweren Fall von Unterleibsmigräne nicht sicherheitspolitische Hindernisse in den Weg zur Heilstollenklinik legen wollen, zumal ich, als Sie mir administrativ und personell unterstellt wurden, Gefreiter, bereits drinnen war im Berg, ich habe ja das schütter genug vernagelte Tor gefunden in der Ankunftsnacht, als der Amsterdam-Rom-Expreß mich in Göschenen an Land spuckte, auf der Direttissima über die Autoverladerampe und den Favreschen Schrottplatz auf der Steglauirampe. Man sieht nur, so Abgottspon darauf, wie schlecht, wie hundsmiserabel Malefizenz informiert sind über die gewissermaßen nichtkommunizierenden Gefäße von Verteidigungsanlage und Heilstätte. Malefizenz unterschätzen die Neuralgie jenes Punktes im Rahmen der eidgenössischen Dissuasionspolitik, an dem wir uns hic et nunc befinden. Wenn nun, wie das bei Schwester Heidelore aus der Mark Brandenburg der Fall war, ehemalige Grafschaft Ruppin, sehr richtig, Wutz, Cremmen, Stechlin, Effi-Erotik, ein Mitglied des Heilstollenpersonals das innerbirgische Kurhaus – oder sagen wir lieber Kursystem – für immer verläßt, wird das Portal, an dem diese Therapeutin den Nacht- und Notdienst versah, für immer geschlossen, das heißt zubetoniert und mit Eiszapfenelementen getarnt, damit keine strategischen Geheimnisse ans Ausland verraten werden können, denn nach wie vor gelten die Befestigungsanlagen der Schöllenen – wenn Sie wüßten, was für Kaliber gerade jetzt, da wir dies erörtern, auf uns gerichtet sind! – als absolut uneinnehmbar.

Privatdozent Wolfram Schöllkopf, auch Doktor Infaustus geheißen, blieb im immer tiefer werdenden Neuschnee an der Stelle oberhalb der Steiglen stehen, wo die alte Fahrstraße, gegenüber dem Inneren Teufelstal, um eine scharfe Felskante des Bäzbergs bog. Sie wollen damit behaupten, Abgottspon, wir könnten wieder von vorne beginnen und hätten uns den Zutritt zum Experiment mit der Künstlichen Mutter im Alleingang gegen die Genie- und Festungstruppen der Schweizer Armee zu erobern. Sie sagen es. Dann brechen wir diese Wasserfall-Ionisations-Exkursion sofort ab und verlangen eine Unterredung beim Platzkommandanten von Grafenort; leiten Sie die dazu notwendigen diplomatischen Schritte in die Wege. Zunächst einmal mußte festgehalten werden, daß von einer Begischtung der oberen Luftwege durch die Reuss, wie Doktor Wasserfallen in Aussicht gestellt hatte, auf dem alten Teufelsgemäuer nicht die Rede sein konnte, denn unter uns gurgelte sich das gletschergrüne Wasser von Scholle zu Scholle durch und erlangte erst vom Chaltbrunnen an reißende Gewalt. Statt der doofen Regenhäute hätten wir uns lieber russische Pelzmäntel umgehängt, denn die schneidende Schöllenenbise fegte uns beinahe von der Neuausgabe der Stiebenden Brücke. Zuoberst die einhüftigen Bogen des Schöllenenbahnviaduktes, und direkt über uns die moderne, mit Granitquadern verblendete Konstruktion für die Paßstraße, welche zwischen die Bäzbergflanke mit Heinrich Danioths Felswandbild Teufel und Ziegenbock und das berüchtigte Urnerloch gespannt war.

Hier, dozierte meine Ordonnanz, befinden wir uns genau an der historischen Stelle, wo die Urürner dem Satan die erste Seele versprachen, die seine kühne Kunstbaute überquerte, und als die Brücke erstellt und damit der touristische Aufschwung der künftigen Eidgenossenschaft begründet war, schickten die Schlauberger dem Gehörnten einen räudigen Ziegenbock entgegen. Freilich, so Abgottspon, habe die abstrahierende Stilisierung des Höllenfürsten durch Danioth und noch mehr die an Heimatwerkspielzeug gemahnende Darstellung des Geißböckleins im Jahr 1950 die Gemüter derart erregt, daß eine Flut von Schmähbriefen und anonymen Morddrohungen über den Künstler hereingebrochen sei, welche ihn zu einer Generalreplik an seine Landsleute veranlaßt habe, des Inhalts, man verlange Unmögliches mit dem Begehren, der Teufel habe schön zu sein, und die Ürner täten ja so, als ob sie den Leibhaftigen persönlich kennten, wenn sie lauthals nach Abänderungen schrien: »Fürwahr, ein Teufel, der Euch schreckt, wie der da, ist drum der Richtige, getreu nach seiner höllischen Berufung konterfeit. Ihr möget deshalb ihn, den neuen breitgespreizten roten Unflat in diesem Sinne deuten.« Drei Jahre nach Vollendung des Felsenwandbildes sei Danioth allerdings, im Alter von erst siebenundfünfzig Jahren, dieser Erdenwelt enflohn. Es stellt sich deshalb die Frage, Malefizenz, ob wir uns wirklich über die von Schneewächten verbaute Brücke bis zum Russendenkmal durchkämpfen wollen, denn erstens hat die Speisewirtschaft Urnerloch um diese Jahreszeit geschlossen, und zweitens würden wir damit dem ideologischen Teufel – deshalb hat Heinrich Danioth seinen gabelschwingenden Zweibeiner auch ochsenblutrot lackiert – den kleinen Finger reichen, was für einen Schweizer Omnipatienten nicht gerade die beste Empfehlung im Hinblick auf das Festungsgesuch bei Oberst im Generalstab Gadient sein dürfte.

Indessen, horchen Sie mal! Tatsächlich vernahm man, wenn die Heulboje der Schöllenenbise etwas abflaute, ein seltsames Sirren in der Luft, das sich anhörte wie ein Konzert verstimmter Harfen, als ob eine Damenkapelle übergeschnappter Harfenistinnen den Heiligen Sankt Gotthard mit einer Orgie enchromatischer Pedal-Czerny-Etüden um den Verstand bringen wollte. Kein Zweifel: Er ists, rief Schöllkopf aus. Es ist, haargenau getroffen, jener Harfenton, vielmehr jenes Saitengetön, das Mörike am Abend seines siebzigsten Geburtstags hörte und sofort wußte: Es bedeutet mich. Abgottspon, der vierzigste wird mein letzter Geburtstag sein! Doch gab es wie immer, wenn Metaphysik im Spiel ist, eine einfache Erklärung für das Sirenengezymbel in der vereisten Schöllenenschlucht: die Metalltafeln der Verkehrszeichen vibrierten in ihren Rahmen, und hier oben benötigte es ja einen ganzen Wald solcher Signale, um den von hehrer Ehrfurcht gepackten Automobilisten beispielsweise einzutrichtern, daß der Schneepflug immer links fahre, immer auf der linken Seite die Schwarzräumungssaurier. Wir müssen sporenstreichs umkehren, Franziskus Fernandez, das Russendenkmal vertagen, ich halte die sibirische Kälte dieser sogenannten Wiege der Eidgenossenschaft – man spräche ja wohl besser von einer gotischen Gletscherspalte – nicht mehr aus. Her mit dem Flachmann, ahhh, wenn auch nur Göschener Brönz. Ab ins Biwak.

6

Völlig durchfroren langten der Patient und seine persönliche Krankenordonnanz zur Stunde der bürgerlichen Dämmerung im Dorf an, beim Abstieg obendrein verspottet von Rhäzünsers Feuerwehrbähnli, welches auf der Steinern-Brücke mit der Tafel »Straße geschlossen – Bahn offen« unverschämte Tramreklame machte und mit der problemlosen Überwindung der Neigung von hundertneunundsiebzig Promille protzte, als der Gepäcktriebwagen Deh 4/4 im Schutz der steilen Lawinengalerie in den Tunnel der drittuntersten Serpentine tauchte. Immer fahren diese notorisch eigenbrötlerischen Berg-, Luftseil- und Privatbahnen gerade dann nicht, wenn man dringend einen Gipfel erreichen sollte, um die Geneppten dafür auf dem Rückweg, da man mit Gummiknien von Terrainstufe zu Terrainstufe stolpert, bequem zu überholen. Zum Glück, beizte Abgottspon, rücken die Tunnelportale alles ins rechte Licht; schauen Sie, Malefizenz: Über dem herrlich romanischen Doppelbogen der Gotthardnordpforte steht in römischen Zahlen MDCCCLXXXII, weil dieser Durchstich ein Jahrhundertereignis war. Ja, und was liest man über dem schmalbrüstigen Profil des Steinernkehre-Löchleins, das mit seinen lausigen fünfundzwanzig Metern Länge an achthundertundelfter Stelle aller statistisch erfaßten Tunnels der Schweiz rangiert, waseliswas? In schneegrauer Blockschrift, schwarz schattiert: Schöllenenbahn. Als ob das einem Manager aus Hamburg, der im Speisesalon des TEE-Zuges an Göschenen vorbeigleitet, ein Begriff wäre! Mit ebenso großem Erfolg könnten wir die Namen Schöllkopf oder Abgottspon an die Gotthardstrecke pflanzen, als Vor- und Hauptsignal, gewissermaßen, unseres Dienstverhältnisses. Mittlerweile waren wir, die steile Winterhalde hoch, im Kommandoposten meines Siechtums angelangt, hängten die Regenhäute und das nasse Wollzeug über den Ofen und machten, nachdem wir einigermaßen aufgetaut waren und mir mein Gehilfe zwei Suppositorien gestöpselt hatte, Toilette für die Soirée in der Inäbnitschen Bierhalle: wir könnten uns zwar, meinte Abgottspon, das Diner auch heraufkellnern lassen, aber Schöllkopf war dagegen, die externe Trostlosigkeit der Schlucht gegen die interne der Abfruttschen Dependance einzutauschen.

Sie nahmen diesmal nicht die stotzige Treppe zur Remise der Schöllenenbahn hinunter, sondern leisteten sich einen Rundgang durch das dezemberabendliche Dorf, wobei sie feststellten, daß sich ein einziges Schaufenster einer weihnächtlichen Dekoration befleißigte: der lombardisch anmutende Bäckerei & Spezerei-Kubus Gamma, der hinter halb erblindeten Monteren drei Asti- und eine Maggi-Flasche mit Engelshaar präsentierte. Bemerkenswert auch, konstatierte der Kurgast, daß das &-Zeichen im bräunlich verwitterten Buchstabengraffito in der oberen Hälfte nicht rund, sondern rhombisch ist, förmlich eine Hommage an die Lippen der Brandenburgischen Schwester, welche den Badischen Bahnhof in Basel längst passiert haben dürfte. Statt unsereins gesund zu küssen, haut die einfach ab in die Ückermark! Viel Aufregendes gab es ja nicht zu entdecken in diesem Tunneldorf, das sich bügelwinkelförmig um die alte Zollbrücke mit der tosenden Reuss an das Bahnhofareal schmiegte: eine dreischiffige Kirche in romanisierendem Stil aus behauenem Göschenergranit mit einer ultramarinblauen Zifferblattintarsie und einem römischen Zahlenkranz; auffälliger seines wehrhaften Solitärtrutzes wegen der von Schöllkopf anfänglich für eine Schlauchtrocknungsanlage gehaltene Turm der alten Kapelle am Eingang des Göschenertals mit seinem schwarzbraun gebeizten Glockengaden, den weiß gepuderten Jalousien und der achteckigen Schneemütze, zurückgehend auf die Urbanisierung der unwirtlichen Gegend durch die Zisterzienser. Abgottspon steuerte, den schönen Dialekt verhunzend, die Legende bei, mä häig wellä ds Chloster Einsidlä z Geschenä buwä, aber mä häigs nit chennä wägä dä Bächä. Sie sei dem Lawinenpatron Sankt Matthias geweiht worden, weil hinter dem Weiler auf den Lauenen die mächtigsten Lawinen niedergingen. Sankt Matthis bricht ds Ys, sage eine alte Bauernregel, sein Fest im Hornung künde den Frühling an, vom achtundzwanzigsten Oktober an bestreiche ja kein Sonnenstrahl mehr den Taltrichter. Die abgebrannte, Unserer Lieben Frauen Empfängnis gewidmete Kapelle habe wahrscheinlich deshalb mit einem Campanile in italienischem Stil über dieses solare Defizit hinwegtrösten wollen. Im nördlichen Dorfteil ennet der Zollbrücke drängte sich ein Hock Spekulationsbauten aus der Glanzzeit der Favreschen Tunnelunternehmung um die Kantonsstraße: das ehemalige Grand Hotel Göschenen, heute eine derb verwaiste Jugendherberge, das Hotel Gotthard, englischrot geschuppt, die Brauerei Göschenen aus dem Jahr 1875, das frühere Albergo d'Italia, später Metzgerei Muheim; in jenem euphorischen Dezennium des ersten Gottharddurchstichs hatten an die dreitausend Fremdarbeiter das Schattenloch bevölkert, das Zehnfache an Einwohnern, vom Bau des Mont Cenis hatte Louis Favre die welschen Tunnelspezialisten mitgebracht, viele Hilfskräfte stammten aus Turin und Umgebung, rund um das Alpendorf schossen Baracken und Pinten aus dem Boden, ein Augenzeuge berichtete, Göschenen sei die Zukunftsstadt gewesen, auf welche sich die Aufmerksamkeit der ganzen gebildeten Welt gerichtet habe, das wilde Leben habe an amerikanische Kolonien erinnert, auf zwanzig bis dreißig Bocciabahnen seien die Kugeln geflogen, und vor den Buden mit italienischen Aufschriften habe man Südtiroler, Piemonteser und Lombarden angetroffen. Dagegen schrumpfte die Bauernsame mehr und mehr zusammen, 1970 machte der Anteil der selbständigen Landwirte an der berufstätigen Bevölkerung noch ganze zwei Prozent aus. Eine sogenannte Coiffeur-Handlung warb mit einer violetten Kartontafel für die längst aus der Mode gekommene Coupe Hardy.

An dieser Ecke bogen wir in einer Spitzkehre auf den Bahnhofviadukt ein und waren in wenigen Schritten auf dem Perron und im Buffet, wo der Tisch in der Nische ein Réservée-Täfelchen für Wolfram Schöllkopf bereit hielt wie am Vorabend. Was nützt uns dieser Réservée-Kult, seichte ich meine Ordonnanz an, diese Attrappe kulinarischer Gepflegtheit, wenn die ganze Kunst der Garnisonsspitalküche in einer Gummiwienerlileiche gipfelt! Ein kräftiger Spatz in einer Gamelle wäre mir zehnmal lieber, aber nicht einmal dazu sind diese Hochgebirgsbanausen imstande. Wenn mir noch einmal ein solcher Scherzartikel auf den Tisch kommt, drohe ich Auer-Aplanalp mit einem Interruptus der Kur, und dann erkläre ich, analog zur Stollenfibel: der beste Koch in Göschenen ist der Schnellzug nach Zürich, der mich in die Kronenhalle spediert. Nicht so laut, beschwichtigte Franziskus Fernandez, Mutter Inäbnit ist ja bereits um unser Wohl besorgt. Tatsächlich wurde uns ohne langes Saaltöchterkomedi eine Porzellanschüssel aufgestellt, aus der, als die Schankmammalie verheißungsvoll mit der Zunge schnalzend den Deckel abhob, der Wrasen einer originalzahnschen Mehlsuppe stieg, dazu, von Abgottspon nachgeliefert, eine Raffel mit Muskatnuß und geriebener Parmigiano, desgleichen eine Karaffe Réserve de la Patronne. Langen Sie zu, Herr Dozent, das hält Leib und Seele zusammen, wir werden es doch wohl mit der Table d'hôte-Legende aus dem neunzehnten Jahrhundert noch aufnehmen können. Sie haben es getroffen, denn heute ist Mehlsuppentag, außerdem habe ich ein paar Bachforellen im Aquarium und ein Rindsfilet mit engstem Durchmesser, von dem ich Ihnen glatt fünf Zentimeter herunterschneide, wenn Sie es bezahlen können, und dieser Mocken, verstehen Sie, wird nicht auf einem von Cervelats verpesteten Grill in ein bleiches Zebra verwandelt, sondern kommt in eine rauchende Gußeisenpfanne auf dem Gasrechaud, bis er außen knusperig braun und dennoch innen saignant ist, dazu dünsten wir in Zwiebeln Champignons vom Flyelener Märit an, geben etwas Schnittlauch und braune Butter dazu, und das Ganze servieren wir mit einer Rösti aus frischen Kartoffelstäbchen, denn im Bahnhofbuffet Göschenen versteht man unter einer Rösti nicht ein angebranntes Mus, das aus den übrig gebliebenen Geschwellten zusammengekleistert wird. Und wie nennt sich die famose Kreation, Mutter Inäbnit? Ganz einfach Filet Dammastock, der Dicke wegen.

Das war nun freilich eine andere Perspektive, leider konnte Omnipatient Schöllkopf von allem nur zitatweise kosten, nicht nur die Liebe, auch die Sexualität geht durch den Magen, und sintemal der letzteren nur mit härtesten Drogen beizukommen war, mit Ampullen und Suppositorien, die automatisch auf das gastrische Nervensystem schlugen, hinderte ihn ein latenter Brechreiz daran, Mehlsuppe, Trota blu und Filet Dammastock gebührend zu würdigen, er mußte sich fast schon damit begnügen, die Gerichte mit den Augen, also voyeuristisch zu verschlingen und beim verpaßten Essen über das Essen zu reden, gleich jenen Maulcasanovas, die aus mangelnder Potenz das unflätigste Zeug schwafeln; je mehr, bekräftigte Abgottspon zu Recht, je mehr einer vom Veigeln faselt, desto weniger ist er dazu imstande, desto mehr erschräke er, wenn ihn eine angezündete Serviertochter beim Wort nähme und sagte: Also gut, komm mit auf die Zimmerstunde, dann wird sich ja zeigen, ob noch etwas los ist mit dir. Du kennst doch den Witz, Mutter Inäbnit: da sagt der Gast zum Gitzi im weißen Schürzchen, Fräulein, ich kriege eine Stange. Darauf die freche Maus: Das sehe ich, aber was trinken Sie? Ahbah, du Galöri, hättest auch gleich verkünden können: Nummer siebenundvierzig, dann hätte ich wenigstens einmal leer lachen müssen.

Aber wissen Sie, Herr Dozent – daß Sie nur die Forellenbäcklein verspeisen, das ist mir wahrlich noch nie untergekommen –, damals, als Vater Zahn und sein Sohn hier wirteten, der berühmte Dichter, Ehrendoktor der Universität

Genf, ich habe praktisch alles von ihm gelesen, muß ja Bescheid wissen, wenn die Ernst Zahn-Gesellschaft hier tagt, vor sieben Jahren fand die berühmte Centenarfeier statt, wenn Sie mich fragen, stelle ich »Lukas Hochstrassers Haus« weit über »Herrgottsfäden«, auch über den Hebammen-Roman »Die Clari-Marie«, weil dort zwei Generationen aufeinanderprallen, auf der einen Seite der Greis, auf der anderen die vier Söhne, von denen der erste sich in die Politik verstrickt, der zweite aus Strafe für seine Habsucht sich selber richtet, der dritte einer fahrenden Italienerin nachläuft und der vierte ein unberührtes Mädchen in den Tod treibt und seine eigene Braut vergewaltigt – dagegen kommt eigentlich nur noch der Don Juan der Berge auf, Severin Imboden, wobei natürlich auch die stolze Frau Sixta nicht ohne ist, welche ihrer Altersliebe zum zweiten, dreißig Jahre jüngeren Mann entsagt, als sie ihn mit ihrer Tochter aus erster Ehe im Bett überrascht –; kurz: vor dem Ersten Weltkrieg, genauer bis zur Elektrifizierung der Gotthardbahn, zählte das Buffet zu den renommiertesten Gaststätten Europas, und zwar hat es Vater Zahn einzurichten gewußt, in den fünfundzwanzig Minuten, die zum Auswechseln der Dampflokomotiven benötigt wurden – denn im Tunnel konnte ja nicht dieselbe Maschine verwendet werden, welche, in Doppeltraktion, von Erstfeld nach Göschenen hochqualmte –, ein komplettes Menu von sechs Gängen zu servieren: die Mehlsuppe, eine schmackhafte Fischplatte mit Sauce und Kartoffeln, das obligate Roastbeef mit Gemüse und Beilage, Braten und Salat sowie eine Süß-Speise und obendrein ein Dessert, und dies im Restaurationssaal Première Classe inclusive Couvert und eine halbe Flasche Wein für Franken drei fünfzig, die Table d'hôte-Karten waren im Zug zu lösen und nach Einnahme der Plätze abzugeben; von einem englischen Karikaturisten ist der Spruch überliefert: Goeschenen, 25 minutes for dinner. What miserable weather, but we will get something good for dinner, I know, as I have been here before. I am glad of it as I am awful hungry and we have yet three hours to Lugano;

und die Kondukteure in den von Chiasso kommenden Zügen riefen Venticinque minuti di fermata, Herr Dozent, es war die goldene Venticinqueminutidifermata-Zeit für das Bahnhofbuffet Göschenen, das sogar einmal den italienischen König bewirten durfte, neben den Bundesbehörden und der Ürner Regierung erschien auch der italienische Botschafter in sizilianischer Aufregung und fuchtelte Ernst Zahn ins Gesicht, daß sein Koffer mit dem Festfrack aus Versehen im Zug geblieben sei und weiter nach Süden dampfe, worauf der Wirt, damals Präsident des Ürner Landrates, einen Kellner von der Statur des Botschafters herbeipfiff und Ordre gab, er solle Seine Majestäten im Sakkoanzug Seiner Exzellenz, Seine Exzellenz die Königlichen Herrschaften im Kellnerfrack empfangen, was auch tadellos klappte; und auch der Dichter Carl Spitteler sei des Lobes voll gewesen über diese Gaststätte, habe er doch in einem seiner Bücher geschrieben, auf einem Berg müsse man tüchtig essen, die Bergluft mache sich in dem weiten, frischen Speisesaal des Göschener Bahnhofbuffets dermaßen kräftig geltend, daß der kurze Aufenthalt zu einer eigentlichen Luft- und Appetitkur werde, man sei nach den Kehrtunneln von Wassen so sehr ausgehungert, daß man meinen könnte, man habe als Dampflokomotive den Zug schleppen helfen, und der seelische Reiz, daß die Waggons dicht vor dem finsteren Tor hielten, welches aus den deutschsprechenden Landen direkt in arkadische Gefilde führe, untermale die Gaumenfreuden zusätzlich; so Spitteler, beendete die Inäbnitsche ihren Exkurs, und Herr Dozent schneiden das Filet Dammastock überhaupt nur an, um zu kontrollieren, ob es saignant sei.

Die busenal wogende Schankmammalie trug den Teller beleidigt zu Rhäzünser hinüber, der das Stück Fleisch kurz beschnupperte und sich dann mit einem wahren Schöllenenhunger darüber hermachte, während der viel kultiviertere SBB-Vorstand Indergant, die geraniumrote Mütze neben sich auf dem Stuhl, ein Restaurationsbrot, wahrscheinlich als Zwischenmahlzeit, mit Messer und Gabel häppchenweise verzehrte. Wolfram Schöllkopf mußte der Pächterin erklären, der Hauptzweck seines Hierseins bestehe nicht darin, Speck anzusetzen und sich als Vollpensionär von ihr bemuttern zu lassen, er habe ein Aufgebot von Auer-Aplanalp in der Tasche und müsse dringend in den Stollen, wo er sich der Therapie der Künstlichen Mutter zu unterziehen hätte, sie solle ihm gefälligst behilflich sein, dieses Göschener-Kurangebot endlich wahrzunehmen und die Medikamentenkriminalität der Schulärzte zu stoppen. Kaum gesagt, knallte ein Eisenbahner an einem Nebentisch einen Zweifränkler auf das Nußbaumblatt und rief aus: Dieser Haloderi und Kurpfuscher verschandelt unsere unberührte Gegend vom Schächental bis zum Göscheneralpsee hinauf mit Pestilenzlern, denen man alle Knochen brechen sollte, damit sie endlich wissen, warum sie ins Spital gehören! Gute Nacht! Ach, der Weichenwärtersami, beschwichtige die Wirtin, welche eine Runde Kaffee-Fertig offerierte, er ist nur sauer, weil er Nachtschicht hat und die Weichenzungen enteisen muß, aber da, die Norne Gamma, und sie winkte ein steinfaltiges Mütterchen an den Tisch, die mit ihren siebenundachtzig Lenzen, die bei Ernst Zahn noch Teller gewaschen hat, kann euch schon Bescheid geben bezüglich der Künstlichen.

7

Nun hockten sie selbviert in der Nische, eng zusammengerückt, und die bucklige Greisin, welche famos zum Sanitätsgefreiten paßte, kam, indem sie im Glas herumstocherte, als wolle sie Bränz und Brühe voneinander scheiden, mümmelnd und sabbernd in Fahrt. Die Künstliche, das sei die Sage vom Tittituntsch, die man so oder so erzählen könne. Oberhalb von Abfrutt, im Gwüest, hätten drei Mannspersonen, ein Senn, ein Hirte und ein Zubub eines Tages erklärt, es müsse ein Weibervolk her, und hätten aus Blätzen einen Dittitolgg zusammengeküfert und das Zurrimutzi Maria getauft.

Aus lauter Allotria hätten sie ihr Nidelbrei ins Gesicht geschmiert und den Tolgg als Gottesbild in den Hergottswinkel gestellt. Auf Ürnerisch, Mutter Gamma, verlangte Abgottspon. Sie hennd-ä villems firn-ä Hergott i d'Hergottsschrotän-üfa 'tah. Nachts hätten sie die Puppe aus Stroh und schmutzigen Lumpen ins Nischt genommen, ins Gelieger, und ihre tierischen Gelüste an ihr befriedigt, an der unbefleckten Mutter Gottes, notabene, bis das Ditti läbig geworden sei, tüchtig Speise angezogen und mit den Älplern Karten gespielt habe. Einmal, beim Auflesen eines abgeflatterten Blattes, hätte der Zusenn die Bocksfüße bemerkt, aber die Torenbuben hätten noch immer nicht gewußt, daß sie es nicht mit der Maria, sondern mit dem Leibhaftigen als Huntsche, Stoßschlitten und Pimpertrine mit fettem Käsehintern und drallen Milchschoppen zu tun hätten, und der Tuntsch habe nie genug bekommen, habe die Hurensöhne am heiterhellen Tag zum Vegglä ins Nischt geholt. Am Tag der Abfahrt habe man gemeinsam das Vieh zusammengetrieben, doch als die Obersassen auf Gwüest mirnichts dirnichts nu kissmis nu läckmis hätten abziehen wollen, habe sich der Tolgg mächtig vor ihnen aufgebaut und erklärt, einer müsse dahinten bleiben, worauf sie bös erschymet seien, aber es habe keine Gnade gegeben. Sie hätten das Los geworfen, und es habe den Senn getroffen, der Hirte und der Zubub konnten abfahren, sollten aber nicht um sich schauen, bevor sie das Alpmark überschritten hatten, ansonsten sie wie Lots Weib zur Salzsäule erstarren würden. Beim Gatter stach sie das Giegi, und sie sahen mit großem Entsetzen, wie der Käsetuntsch die blutig rauchende Haut des Frevlers samt Zipfel auf dem Hüttendach auspreitete.

Die Nonna mit ihrem eingefallenen Altmütterchenmund, der wahrscheinlich nur noch Milchbrocken kauen konnte, hatte eine schrille, glasschneidende Stimme, besonders wenn sie in den Geschener Dialekt verfiel, ein Idiom, das der Privatdozent für deutsche Literatur noch halbwegs verstand. Nachdem er sich in der brunzgelb gekachelten Bahnhoftoilette, Einwurf zwanzig Centimes, eine Ampulle gespritzt hatte, kehrte er wieder an den Schöllkopfschen Stammtisch zurück, wo die gelblederne Alte mittlerweile mit der Schilderung der Sage vom Bau der Teufelsbrücke in der Schöllenen begonnen hatte, die ihm noch nie in dieser dodekaedrischen Urchigkeit zu Ohren gekommen war. Die halbe Gastig hörte mit. Baumeister Heini von Göschenen habe vom Landammann den Auftrag erhalten, den Weg über den Gotthard mit einem kühnen Brückenschlag über die grausigste Untiefe der Reussschlucht zu erschließen. Diä Briggä muäss häärä fir ysärs Lant, fir ysäri Friheid unt fir ysäri Zuäkunft. Ich, säit sich dr Buumeister, han äü scho männgs ussgfiärtt, won än andärä sich dra d Zännt ussbissä hätt, aber diä nyw Briggä da obä i der Schellänä, daa weiss ich nit, ob mi daa nit uberlipft ha. Ds Fundämänt bringäd mer niänän annä, nyd as sänkrächt Felsä uff beedä Sitä unt fir der gryslig Boogä uber das schuumig Wasser duurä, wiä wemmer daa ga grischtä, äs will mär unt will mär nit gaa, diä Herrä z Altdorf unnä hent guät z sägä, ä käi andärä bringis zwägg, ich ha nit d Weeli, da soll der Tyfel ä Briggä buuwä! Ja, bym äich, Tyfel, tuä duu diä Briggä buuwä! Buumeister, iär hent mär griäft, da bini, ich will ych hällfä diä Briggä buuwä, gläitig unt guät, wenn iär wennt, äss choscht ych nit, nur äis muäss ich ha, unt säp muäss ich, a Lebändigä, der erscht Bescht, wo drubert durä gaat, isch mynä. Der Erscht chasch ha, aber käinä mee. So sigs, hiä underschrip mit dim Bluät.

Der Bau der Brücke schritt mit Hilfe des Teufels gut voran, und am Tag der Eröffnung versammelte sich die Regierung und viel Volk in der Schöllenen, alle wurden Zeugen des unglaublichen Vorfalls, wie Baumeister Heini den Höllenfürsten überlistete, indem er ihm als erste Seele einen räudigen Geißbock hinüberschickte. Ych Urner soll all der Tyfel hoolä! Diä Briggä schlaan ich nu zäme, wartäd nur, ich chumä nu äinisch! Und er holte sich einen haushohen Stein im Wassenerwald, um sein Werk zu zerschmettern. Unterhalb von Göschenen begegnete ihm ein altes Mütterchen, das vom

Holzsammeln heimkehrte. Aeijeechers, was gseen ich, träumän ich, oder gseen ich Gspängster? Ä gewaltigä Stäi chunnt da unnän uufä. Was isch äu dass, dass gaat nit mit rächtä Dingä zuä. Soll ich der Pfarrer ga riäffä, näi, was isch dass, ä Rys träit der gwaltig Stäi uf äm Riggä. Wo went iär äu hi, wass machäd iär äu da, ums Himmels Willä? Ich, ich will diä Briggä i der Schellänä ga zämeschlaa, diä muäss ewägg, diä hemmi nit ummäsuscht fir dä Narrä gha, ich muäss ufä, ich chumä us äm Wassnerwald mit dem Stäi, ich stellenä nid ap, uufä muässi, zäämä muäss si! Jessäs Mariä, näi, länts la sy, äs gid äs Unglick! Gang mer ewägg, säägän ich, uss der Speizi, ich laa nit lugg, ich will ych scho, der Tyfel laat si nit la foppä, hent iär gheert oder nit, duurä muäss ich, uufä muäss ich! Da ritzte das schlaue Weiblein schnell ein Kreuz in den Stein, im Namen des Vaters und des Sohnes, und der Teufel war machtlos. Ich magä nimmä, ich muässnä la gaa, muässnä la ghyä, äch, was isch dass, fort, fort, fort!

Und bim äich, beschloß die Wirtin die Sage, hat sich der Teufel seinen Lohn bei den Ürnern doch noch geholt, denn beim Bau der Gotthardautobahn lag der zweitausend Tonnen schwere Granitblock – Aaregranit, korrigierte Abgottspon und goß aus der grünen Giftflasche nach – im Weg und mußte, wenn man ihn nicht sprengen wollte, um hundertsiebenundzwanzig Meter nach Nordosten verschoben werden, was nur Iten aus Oberägeri, der Spezialist im Häuserrangieren und Bergeversetzen, bewerkstelligen konnte; vier Betonfundamente, so Abgottspon, mußten gegossen werden, sechs Verschubbahnen, siebzig dicke Eisenrollen und drei hydraulische Pressen waren notwendig, um diesen dreizehn Meter hohen Brocken im Umfang von dreißig Metern an den heutigen Standort zu fugen, was den Kanton glatt eine halbe Million kostete. Dabei, sagte die Norne, weiß heute kein Mensch mehr, daß der gotthabihnselige Besitzer des Teufelsmättelis, Großvater Josmarie Dittli, den Stein im Restaurant Zu den drei Eidgenossen in Wassen der Firma Maestrani, einer Schokoladenfabrik in St. Gallen, für achtzig Schweizerfranken verkaufte annodazumal und daß in den goldenen neunziger Jahren nach der Eröffnung des Tunnels der ganze Granitkloben schoggibraun angestrichen wurde und mit leuchtend gelber Schrift Reklame machte für Maestrani Schokolade. Um 1905 mußte die Bemalung erneuert werden, und erst nach einem Vortrag der Naturschutzkommission des Kantons Uri in St. Gallen über die Geschichte des Teufelssteins schenkte ihn der damalige Inhaber der Firma Maestrani per Handschlag unserer Gemeinde. Als dann der Zweite Weltkrieg tobte, waren es wieder zwei Schokoladefabrikanten, die Direktoren der Firma Sprüngli, die am Gotthard ihren Aktivdienst leisteten, welche in einer Erstaugustnacht ein Schweizerfähnchen auf dem Granitblock hißten, als Symbol unseres Widerstandes, und als der Verkehrsverein Göschenen, damals unter Führung von Ammann Carlo Dittli, die Stange erneuern mußte, kam eine Büchse mit einer Fünffrankennote zum Vorschein, die nach langem gerichtlichem Hin und Her endlich dem Verkehrs- und Verschönerungsverein zufiel, so daß ein Fonds geäufnet werden konnte zur Errichtung einer Uristierfahne. Die nun, hämte Franziskus Fernandez, hähähä, genauso quittengelb leuchtet wie damals die Reklameschrift Maestrani Schokolade, nur konnte man jenes Produkt essen, den Kanton Uri dagegen nicht, diesen Teufelsbraten!

Liebe Freunde, nahm Schöllkopf als Doktor Infaustus nun das Wort, gedopt durch Buscopan, Alkohol, Nikotin und Morphium, allfällige Copatienten im renommierten Bahnhofbuffet Göschenen, einheimische Honoratioren, Nonna Gamma und Mutter Inäbnit, nicht zu vergessen das Aas von Offiziersordonnanz: dies alles, vom Dittitolgg auf Gwüest bis zur Tyfelsbriggä i der Schellänä, ist, und ich erhebe mein Schnapsglas darauf, hoch interessant, der auf den akademischen Schrottplatz abgestellte Privatdozent der Eidgenössischen Technischen Universität in Zürich könnte euch – unter andern Umständen – stunden-, was sage ich, tage-, ja wochenlang zuhören, und er wird diesen uraniensischen Kuriosa auch weiterhin seine volle Aufmerksamkeit schenken, nur, Himmelherrgottsakrament, wie kommen wir in diesen verdammten Stollen, wo ist das Mauseloch, der Eingang zum Spiegellabyrinth, das Nadelöhr, durch das ich Oberkamel Himmel Arsch und Zwirn in den Gotthard schlüpfen muß, um quasi als Maus, wenn ihr mir diesen zoologischen Seitensprung gestattet, den Berg zu gebären, wo ordiniert Seine Sanifizenz Auer-Aplanalp, wo thronen die Künstlichen Mütter, Töchter und Schwestern, wo finde ich die Quelle, wo schlägt die Wünschelrute meines rostigen Riegels aus, wo findet Malefizenz Schöllkopf, um den Lieblingstitel Abgottspons zu zitieren, Heilung von der Impotentia generandi und erigendi, denn wenn zwei Schokoladefabrikanten in einer Bundesnacht der Kriegsjahre die Schweizerfahne auf dem Teufelsstein aufzogen und der Verkehrs- und Verschönerungsverein Göschenen mit einem Ürnerwimpel nachzog, ist das schön und gut, doch unser Problem, wenn ich im Pluralis sanitatis sprechen darf, ist doch, daß wir unsere Fahne nicht mehr hissen können, und da würde es bim äich auch nichts fruchten, einem Verkehrsverein beizutreten. Applaus, auch von Nebentischen, Schöllkopf winkte ab. Im Ernst, ihr Freunde: wann, wo und wie?

Das Angebot der Inäbnitschen, nach der Polizeistunde zweimal zu läuten beim Eingang zur Dienstwohnung, wollte der Infauste überhört haben, wiewohl der Sanitätsgefreite, der ihn die vereisten Stufen zu seinem Quartier hoch geleitete, auch er mit einer Fahne zehn Meter gegen den Wind, aus ureigenster Erfahrung beteuerte, die Tresenmieze habe noch jedem das Messer in der Tasche aufgehen lassen, französisch und ohne Gummi, schließlich gebe es auch Christwurz und Stangensellerie dagegen, und wenn sie erst ihren Kurvenharnisch aufschnüre und ihre Titten tanzen lasse, klingle es, bevor man den Wecker gestellt habe – o du Dudelsackpfeiferin und Hodenmelkerin, deklamierte der Besoffene gegen den Bäzberg hinauf –; da bewegt sich überhaupt nichts mehr, Abgottspon, es hat keinen Zweck, das Muttermal bedeckt den ganzen Körper, jetzt schlafen wir unseren Balari aus und konzentrieren uns morgen auf die Unterredung mit Oberst im Generalstab Gadient in der Kaserne Grafenort, er muß ein Einsehen haben!

Es dauerte ganze zehn Tage, bis Wolfram Schöllkopfs Gesuch, abgefaßt auf einer abgewrackten Armeeschreibmaschine in der Dependance des Grandhotels Abfrutt, vom Kommandanten der stationären Genie- und Festungstruppen, Außenfort Gotthard Nord, höflich, verständnisvoll, aber abschlägig beantwortet wurde. Der frühere Panzerfahrer und – wenn auch vorübergehend suspendierte – Privatdozent an der gemischten Abteilung für Militär- und Kulturwissenschaften an der ETU hatte sich die Sache nicht leicht gemacht, war mehrmals, im Sinne der Auer-Aplanalpschen Tunnel-Akklimatisationstherapie, mit dem Schnellzug nach Erstfeld und von dort per Taxi nach Altdorf ins Staatsarchiv gefahren, um sich ausführlich zu dokumentieren, das unausgewiesen Nützliche mit dem zu Erzwingenden verbindend. In seinem Schreiben an Oberst im Generalstab Gadient – die Anrede lautete schlicht: Herr Kamerad – wies der Penispatient darauf hin, daß er es durchaus begrüße, daß bereits 1885 vom Bund ein erster Kredit von zweikommasieben Millionen Franken für die nach dem Debakel mit der Bourbaki-Armee im Jura und nach der Öffnung der Verkehrswege am Axen und Gotthard unverzichtbare Fortifizierung des sogenannten Gotthardknotens bewilligt worden sei, was den Ausbau der Frontalwerke oberhalb Airolos, die Replikstellung am Hospiz, die Flankenbewehrung an Oberalp und Furka sowie die lokale Réduitstellung bei Grafenort ermöglicht habe.

Auch er, Panzerfahrer Schöllkopf, im Ehrenrang eines Gefreiten, identifiziere sich mit der später von General Guisan zum Orgelpunkt seiner Strategie erhobenen Doktrin, daß, wer den Gotthard in der Hand habe, über eine gute Zentralstellung für die weiteren Abwehrmaßnahmen verfüge, freilich dürfe man auf seiten der Festungstruppen, der Gebirgsartillerie und der Gebirgsinfanterie, von der es punkto Skitechnik jeder einzelne mit einem Abfahrer der Österreichischen Nationalmannschaft aufnehmen könne, nicht einer irrationalen Magie des Hochgebirges verfallen und meinen, wer in diesen hochalpinen Katakomben sitze, beherrsche bereits die Nato. Was nun sein, Panzerfahrer Schöllkopfs Einlaß- und Durchlaßbegehren betreffe, denn er wolle ja nur krankheitshalber passieren, nicht eindringen, dürfe er daran erinnern, daß die Schweizer Armee ihre Großzügigkeit bei der Ausstellung von Besuchsscheinen für das »Damenpförtchen« von Airolo – einmal seien gleichzeitig die Offiziersgesellschaft Winterthur und eine Blechmusik aus Baselland durch das Fort geführt worden – weder mit einem Hochverrat noch mit einer Niederlage im Zweiten Weltkrieg habe büßen müssen, was darauf schließen lasse, daß die Geheimhaltung nur desto besser funktioniere, je weniger man ein Tamtam um die Waffenplätze im Erdinnern mache. Was man um jeden Preis verbiete, werde dadurch nur um so verlockender, und was man sichtbar verstecke, indem man mit einem Abschreckungsreglement als Zeigefinger ständig darauf deute, werde letztlich vom Schwachsinnigsten enttarnt, weil die menschliche Phantasie ortskundiger sei als das ausgetüfteltste Verteidigungsdispositiv.

Gewiß müsse der Wehrmann größtes Verständnis aufbringen für den Dissuasionsauftrag der Armee im Rahmen der Sicherheitspolitik unseres Landes – Schöllkopf kam nicht darum herum, die Thesen seines größten Widersachers auf dem akademischen Parkett ins Feld zu führen –, auch für das Prinzip der Vermaschung unter den einzelnen Truppengattungen, aber diese Abschreckungsphilosophie dürfe doch nicht so weit führen, daß sie den Chronischkranken zum infausten Dasein verdamme und daran hindere, im Gotthard noch etwas anderes zu sehen und zu suchen als ein Synonym für Schweiz und Schweizerischen Widerstands- und Freiheitswillen. Wie so oft in der soldatischen Praxis komme es zum Konflikt zwischen dem Kollektiv und dem Einzelnen, und wenn nun dieser Einzelne wie in seinem, Schöllkopfs Fall, sein Heil nur noch in der vorübergehenden Eroberung der Alpenfestung, im Knacken der Panzerwand, in der punktuellen Zerstörung der Legende der Unbezwingbarkeit der Wiege der Eidgenossenschaft sehen könne, ein Schwerstbehinderter obendrein, der ohne Mittelstreckenraketen antrete, ja nicht einmal über ein rostfreies Militärsackmesser verfüge, dürfe man sich nicht hinter einer Präzedenzfalltheorie verschanzen, sondern müsse Menschlichkeit walten lassen und einen anderen Auftrag der Armee in den Vordergrund stellen, die Pflicht, zur Verwirklichung der Menschenrechte beizutragen, wozu nun einmal auch das Recht auf Gesundheit gehöre, und was, wenn er sich dieses Postscriptum erlauben dürfe, nützte denn die noch so heroische Verteidigung eines nicht mehr lebenswerten Lebens, was die Fortifikation von Krankheit und Tod.

Oberst im Generalstab Gadient zeigte sich keineswegs uneinsichtig, wies mit Stolz darauf hin, daß er noch heute jenes Verspaar auswendig könne, mit dem sein verehrter Deutschlehrer den Grünschnäbeln von Gymnasiasten den Unterschied zwischen Hexameter und Pentameter eingetrichtert habe. Im Hexameter steigt des Springquells flüssige Säule,/ Im Pentameter drauf fällt sie melodisch herab; flocht auch Reminiszenzen an das Studium an jener Abteilung der ETU ein, an welcher der Gesuchsteller die Gunst zu lehren besitze, mußte dann aber – wobei er sich jederzeit für ein Gespräch unter vier Augen zur Protokollierung weiterer Fakten außerhalb des Briefes bereit halte, wenn auch erst nach dem Truppeninformationskurs für Platzkommandanten Anfang Januar – unter Bezugnahme auf das Armeeleitbild achtzig, das Schweizerische Militärgesetzbuch und das Dienstreglement, aus welchen Standardwerken er einzelne Paragraphen genüßlich in extenso zitierte, zu seinem persönlichen Bedauern zu einem negativen Bescheid kommen; und auch er, versicherte der Oberst, der zwischen den Zeilen durchblicken ließ, die Anrede Herr Kamerad sei im schriftlichen

Verkehr nicht üblich, habe sich die Sache alles andere als leicht gemacht, dessen dürfe der Panzergefreite Schöllkopf gewiß sein, es sei eben so, daß die ganze militärische Disziplin nur dann einen Sinn habe, wenn sie für alle in gleichem Maße gälte, vom Zivilschützer bis hinauf zum Corpskommandanten, und er, Oberst im Generalstab Gadient, würde selbst dem Vorsteher des Eidgenössischen Militärdepartements, also seinem obersten Vorgesetzten, keinen Passierschein für das Fort Réduit ausstellen, wenn dieser zum Beispiel auf die Idee käme, mit seinen engsten Angehörigen in einer Mannschaftskantine der Flankenbewehrung Bäzberg Silvester feiern zu wollen. Dann folgte ein Passus, der sogar Abgottspon, längst an die grafenörtliche Abschmetterungsrhetorik gewöhnt, aufhorchen ließ. Und selbst wenn es, Gefreiter, eine solche Stollenklinik im Gotthardinnern gäbe, dürften wir vom Platzkommando aus Rücksicht auf die staatliche Souveränität der Eidgenossenschaft nichts davon wissen. In der Hoffnung, daß Sie bald auf dem üblichen Dienstweg der Schulmedizin Linderung von Ihren Leiden etcetera etcetera, gezeichnet: der Platzkommandant von Grafenort etcetera etcetera.

8

Als uns dieses Schreiben von Posthalter Irmiger überbracht wurde, der bei dieser Gelegenheit gleich die nächste Kurrate eintrieb, war es vollends um den Rest meiner ohnhin ruinösen Fassung geschehen. Postwendend im wahrsten Sinne des Wortes, denn Irmiger nahm den Text am Zeichentisch des Krepanzateliers im Abfruttschen Theatersaal auf, schickten wir ein Telegramm an Generalstupiditätsoberst Gadient, des Inhalts: Unerhört stop, das nahezu aufgeriebene Schöllkopfsche Hoffnungsbataillon erklärt Ihnen und Ihresgleichen den totalen Krieg, stop, fürchten Sie zu Recht die Unberechenbarkeit eines Verzweifelten, stop, die Operation Tannenbaum wäre ein Herbstmanöver gewesen gegen den Todesstoß, den Sie von uns zu erwarten haben, stop, Kopie an den Vorsteher des Eidgenössischen Militärdepartementes. Und Irmiger hatte auch zu parieren, denn wir setzten durch, daß dieses Telegramm, weil Militärsache, taxfrei zu übermitteln sei; ansonsten, drohte Abgottspon, boykottieren wir die PTT ab sofort, indem wir sämtliche postalischen Geschäfte per Privatkurier abwickeln. Als sich der Posthalter, Sequenzen aus dem Militärpostbefehl memorierend, verzogen hatte, wüteten wir fort und schlugen alles kurz und klein, was zur Haltung der Stellung als demoralisierter Kurgast nicht unbedingt erforderlich war, verheizten die Tellskulissen, zertrümmerten das Burger & Jacobi-Klavier, dessen Stimmstock und Saitenhammergekröse wir unter jodelndem Gefluche aus dem Fenster auf die Winterhalde schmissen, die Schiefertafel und die Schützenbechervitrine hintendrein, der Schwitzkasten wurde zu Kleinholz geschlagen, nur der Ausschanktresen, der mit Blei gepanzert zu sein schien, widersetzte sich unserem grobianischen Ansturm. Aber Teller, Kacheln und Gläser scherbelten und schlitterten auf der Eisbahn zur Schöllenenstraße hinunter, daß es tönte wie auf einer Gant, an der sich lauter Tollwütige beteiligen, es war eine reziproke Freiluftversteigerung im Stockalperpalast.

Abgottspon mahnte aber, was ihm eigentlich wider die Natur ging, bald zur Mäßigung und Besinnung, zumal wir, Malefizenz, einen dringenden Termin haben: das Patientenparlament im alten Schulhaus von Wassen, woselbst Schulmeister a. D. Diriwächter allfällige Klagen extern über das Schächen-, Maderaner- und das obere Reusstal verzettelter Patienten entgegennimmt. Allfällige Klagen ist nicht schlecht, Sanitätsgefreiter, sagen wir: ein Hagelwetter von Beschwerden, sofern, was ich bezweifle, wirklich von dieser pseudosanikratischen Einrichtung Gebrauch gemacht wird; indessen dürften wir uns unter mitgeschädigten Frondeuren des Auer-Aplanalpschen Gotthardkommandos zumindest etwas wohler fühlen als in diesem Abfruttschen Außenfort unserer Infaustitätsschanze. Das im Sockelgeschoß mit granitgrauem Zyklopengemäuer verblendete und in den oberen Etagen stark rustizierte Schulhaus mit den vier Giebelrisaliten war mindestens so exponiert wie das berühmte Kirchlein von Wassen, das sich dem Gotthardbahnfahrgast, insbesondere dem Zecher im Speisewagen, dauernd in veränderter Perspektive präsentiert, zwischen Pfaffensprung und Wattinger sieht er es, von Erstfeld kommend, rechts oben, passiert er in der Gegenrichtung das Stationsgebäude, findet er es wiederum zur Rechten, aber nur noch um den angestammten Beinhügel erhöht, nach dem Leggisteinkehrtunnel erscheint es auf der linken Fensterseite, etwas herabgesetzt, bis der Zug im Maxberg verschwindet, die reinste Barockpirouettenorgie, welche auf Schulreisen wie auf Rentnerausflügen immer wieder Anlaß gibt zu einer wilden Sitztauscherei in den Waggons der SBB, es heißt, die auf der Gotthardstrecke eingesetzten Polstergruppen seien viel rascher abgewetzt als etwa das Rollsitzmaterial der Linie Genf–Romanshorn. Hier im obersten Stock eines angstschweißgesäuerten Primarschulhauses mit Blick auf Autobahn- und Schienenschleifen, auf Bristen und Rienzenstock begrüßte Lehrer Diriwächter ein halbes Dutzend gehäuselt dreinblickender Sanitastouristen und hieß sie im Namen des Göschener Kur- und Verkehrsvereins herzlich willkommen. Warum dies Treffen ausgerechnet in Wassen stattfinde, begann der gut erhaltene Schulmann mit dem Meinrad Inglin-Kopf und dem grauweißen Schnurrbart seinen Vortrag, ganz einfach deshalb, weil wir im Centenarjahr der nach langen Streitigkeiten und mutwilligen, ja handgreiflichen Querelen erfolgten Trennung der beiden Gemeinden stünden, wiewohl schon der sogenannte Schöllenenbrief von 1571 das Nutzrecht von Wald und Weide zwischen den Kampfhähnen geregelt habe; kurz vor dem Einlenken sei es noch zu einem Hosenlupf zwischen dem Hageli-Sepp von Göschenen, dem nachgesagt werde, er habe einen Doppelzentner Setzkartoffeln den drei Stunden weiten Weg auf die Göscheneralp geschleppt, ohne ein einziges Mal

zu rasten, und dem sogenannten Jakobengel, Josef Maria
Tresch, auch Schäfli geheißen, gekommen, welcher dergestalt
unentschieden geendet habe, daß beide völlig groggi auf der
Allmend gelegen hätten wie zwei aufeinandergeprallte Unspunnensteine. Auch über den Ursprung des Namens Göschenen stritten sich die Geister, wolle man sich an die alemannische Theorie halten, müsse man von Geschi ausgehen,
was gleichbedeutend sei mit Hütte, und solche seien ja beim
Bau des alten Gotthardweges wie Pilze aus dem kargen Boden geschossen, viel naheliegender sei aber die italienische
Verbindung zu casinotta, Schlupfwinkel, während der Zeit
der Favreschen Unternehmung hätten ja Tausende von italienischen Gastarbeitern in Göschenen eine Unterkunft benötigt, und sintemal sie wahrscheinlich unter dem Gegensatz
zwischen den sonnigen Heimatgefilden und dem schroffen
Schluchttrichter des oberen Reusstals sowie der feuchtschwarzen Höhle ihrer Arbeitsstätte gelitten hätten, hätten
sie dem Ort den Namen casa notta, Haus der Nacht gegeben.
Treffend, traun fürwahr, raunte mir Abgottspon zu, Malefizenz können davon ein Liedchen singen!

Die Volkszählung von 1860, so Diriwächter weiter, habe
hundertzweiundsiebzig Einwohner männlichen Geschlechts
und hundertsechsundfünfzig Weibervölker ergeben, wovon
hundertundzwei zusammenlebende Ehegatten registriert
worden seien sowie eine getrennte Person, neunzehn im Witwen- oder Witligstande. Anno 1875 habe eine Dynamitexplosion das Haus Emmenegger in die Luft gesprengt, der Sünder
sei wahrscheinlich kein Geringerer als Louis Favre gewesen,
welcher zwecks Dezentralisierung des Sprengstoffs allerorten
seine Kistchen eingelagert gehabt habe. In der Folge habe
Göschenen den ersten Nachtwächter berufen, zu einem Jahresgehalt von fünfhundert Franken. Die Feuerwehr gab sich
am sechsundzwanzigsten Mai 1890 Statuten und erzwang
die Errichtung eines Hydranten beim Hotel Rössli, es dauerte aber noch ganze zweiundzwanzig Jahre, bis dem Antrag
des Feuerwehrkommandanten, bei einer Brunst in der alten

Kirche zu läuten, stattgegeben wurde. Von besonderem Interesse für uns, also das Krankengut, dürfte der historische vierundzwanzigste Feber 1918 sein, als Göschenen mit dem Arzt von Erstfeld, Dr. Jäger, folgenden Vertrag abschloß: einmal wöchentlich Ordination in der Waschküche des Schulhauses, Konsultationstaxe zwei Franken, Krankenbesuche je nach Distanz, Wiggen dreißig Franken, Gwüest und Göscheneralp vierzig Franken.

Für den Neubau des Pfrundhauses sorgte die damalige Pfarrköchin auf unorthodoxe Weise, indem sie den Schuppen in Flammen steckte und selber mitverbrannte. Der siebte Juli 1875 sei auch für das kirchliche Leben in Göschenen ein Markstein gewesen, da das Tunnelbauerdorf eine eigene Pfarrei bekommen und eine Harmonium-Sammlung mit dem stolzen Erlös von fünfhundertsiebenunddreißig Franken fünfzig durchgeführt habe. Der Gemeinderat hätte sich nicht lumpen lassen und weitere fünfzig Franken zugeschossen. Kaplan Kindli indessen, welcher auf der Göscheneralp den Ürner Schafen – vielmehr Geißböcken – ein umstrittener Hirte gewesen sei, habe in einem Spannbrief gewarnt werden müssen: Der Kaplan solle sich in keine unnötigen weltlichen Händel einlassen. Zur Beschaffung der Mittel für die neue Göschener Kirche auf dem Blätz der Geschwister Zgraggen in der Breiti sei eine Lotterie mit viertausendundzehn Treffern veranstaltet worden, welche einen Reinerlös von neunundachtzigtausendzweihundertachtundfünfzig Franken neunundneunzig ergeben habe. Der Kirchenrat beauftragte eine neue Uhr bei der Firma Manhart in München und verkaufte die alte der Gemeinde Wassen. Ist das nicht ein stolzes Fazit für eine von den Unbilden der Witterung immer wieder auf das allerschwerste heimgesuchte Berggemeinde, wenn sie innerhalb eines halben Jahrhunderts rund eine Viertelmillion in kirchliche Bauten und Accessoires investiert? fragte Lehrer Diriwächter die verdutzte Runde, welche sich einer kollektiven Vergißmeinnichtmiene befleißigte.

Nun zur Entwicklung des Schul- und Vereinswesens: der erste Göschener Lehrer hieß Anton Gamma, er erteilte achtzehn Stunden pro Woche, hielt aber, wie in Hochgebirgsdörfern üblich, nur Winterschule, jeder Schüler brachte pro Tag einen Prügel Holz mit, den sogenannten Bildungs-Bürgerknebel, der Karzer freilich wurde nicht geheizt. Anno achtzehn wurde die Suppenanstalt auf der Göscheneralp ins Leben gerufen, was die Verköstigung der dort eingeschulten Zusenntöchter und Älplerbuben erleichterte. Der Spruch, der in den Granitsturz des neuen Schulhauses eingemeißelt wurde, lautet: Den Alten zur Ehr, den Jungen zur Lehr. An starken und originellen Persönlichkeiten, welche das geistige Leben von Göschenen geprägt haben, ist einmal der Strahler und Jäger Johann Gamma auf der Geißplatte zu nennen, der den Raubabbau von fünfzehn Tonnen Rauchquarz durch eine Equipe aus dem Berneroberland entdeckte und die Diebe verzeigte. Das Strahlen, lange Zeit eine Hauptverdienstquelle der Ürner, erforderte einen allen Entbehrungen gewachsenen Körper, ein scharfes Auge, einen schwindelfreien Kopf und kühlen Mut. Eines der Göschener Originale, welche heute noch jedem Schulkind unter dem Oberbegriff Eisheilige geläufig sind, war Johann Josef Gamma, Jakoblis Hans, geboren 1815, von dem es bezüglich seiner Ausdauer hieß, er könne sogar die Gemsen auslaufen. Bei Gebirgstouren war er der ständige Begleiter des deutschen Kronprinzen.

Da Privatdozent Wolfram Schöllkopf, der infolge seiner medikamentös durchzechten Göschener Nächte immer wieder einzunicken drohte an der tannig harzigen Uniformschulter seines Sanitätsgefreiten, zu mehreren Malen wachgeräuspert werden mußte durch quasi halbfett gesprochene Sätze Diriwächters – früher hatte uns der Lehrer in solchen Situationen einen nassen Tafelschwamm ins Gesicht geschmissen – und da dies nichts zu fruchten schien, eine ungewohnte Autoritätseinbuße für die Karriere eines unumschränkt herrschenden Scholarchen, ließ der Referent eine

Kunstpause einfließen und orientierte hernach im Kommandoton:

womit wir zur Chronik des Gesangvereins kämen, welche ja nicht uninteressant sein dürfte für ein Duo, das sich des Nachtlärms schuldig macht mit der Verhunzung des Chorals Maria zu lieben. Seit dem Datum der Harmoniumsammlung stehe fest, daß die Göschener zumindest im Gotteshaus gesanglich hervorgetreten seien, und bereits 1887 habe der Männerchor dreiundzwanzig Aktive und einundzwanzig Passivmitglieder gezählt. Anno dreiundneunzig habe Buffetwirt Zahn ein Faß Bier gewichst zur Feier seiner Verlobung, der Chor unter dem Dirigentenstab Lehrer von Euws habe pflichtschuldigst seine Gratulation erbracht, und 1894 habe die legendäre Schlittenpartie nach Grafenort stattgefunden, er, Diriwächter, möchte an dieser Stelle den Aktuar sprechen lassen, indem er wörtlich zitiere: »Bald erhalten die Liter vor den Liedern den Vorzug. Die originellen Beiträge von Zirkusdirektor Jostinski versüßen den perlenden Wein. Vor dem Abschiede taucht man noch den Mund in die schwarzen Fluten des unentbehrlichen Kaffees, worauf die behenden Rosse die muntere Sängerschar nach Göschenen zurückführen, während der Liebesgott Amor die Herzen der Sangesfreundinnen umschwebt.« Zitatende. Von einer Mitwirkung bei der Aufführung der Tellskantate anläßlich der Einweihung der Tellsstatue in Altdorf habe in Ermangelung stimmsicherer Baritone abgesehen werden müssen, dafür habe man 1896 die Aufführung des Stücks »Die Schweizer in Amerika« in Aussicht genommen, was aber am Streik des Hauptcharakterdarstellers gescheitert sei, aus dem simplen Grund, weil der Göschener Gesangverein von einer Frauensperson als Hudelbande tituliert worden sei und die bärtigen Musensöhne hierauf einmütig beschlossen hätten, Zeit und Geld lieber in einen Prozeß als in einen Theaterabend in der Brasserie Sankt Gotthard zu investieren, wo Frau Emmenegger die Heiz- und Beleuchtungskosten nicht nur nicht übernahm, sondern ihre

Forderungen ständig in die Höhe trieb. Am Zentralschweizerischen Sängerfest von 1901 in Altdorf sicherte man sich mit dem Wettlied »O Schweizerland« von Theodor Gaugler einen Kranz, der, so Lehrer Diriwächter mit einem strafenden Blick auf das nun pyramidal aneinandergelehnt brastende Paar Schöllkopf/Abgottspon, heute noch, meine Herrschaften, ja, Sie meine ich, im Theatersäli der Dependance des Grandhotels Abfrutt zu bewundern ist. Falsch, Herr Lehrer, rief ich dazwischen, und meine Ordonnanz sekundierte: jawohl, falsch und überholt wie alles, was pensionierte Schuldiener von sich geben, seit heute morgen nämlich liegt selbiger Kranz als Sperrmüll auf der Winterhalde.

Bevor Diriwächter auch nur pieps machen konnte, erhob sich das deplazierte Gespann und erklärte das Patientenparlament für aufgelöst. Wahrscheinlich, so meine Malefizenz, geht es hier im Wassener Modellsaal eher darum, sich die silberne Wandernadel für einen historischen Gang durch die völlig unbedeutende Lokalgeschichte zu erwerben als um die Verwirklichung Hippokratischer Grundsätze, wir sind gekommen, um uns über die Harrfristen für die Auer-Aplanalpsche Therapie der Künstlichen Mutter zu beschweren, und womit strapaziert man unsere Nerven bis zum neurasthenischen Kollaps: mit Inimportabilien infaustester Art, über die wir ohnehin Bescheid wissen, sind uns doch in diesem Wartetal der Heilstollengesellschaft statt Globibücher und Frauenzeitschriften Uraniensia und Gotthardiensia ad libitum verschrieben worden, mithin kann uns nicht entgangen sein, daß das mit größter Spannung erwartete Galakonzert des Cäcilienvereins 1916 verschoben werden mußte, Begründung: Husten, Heiserkeit, Influenza. Keiner von euch Göschenenfetischisten kann sich auch nur entfernt als ernst zu nehmender Patient ausweisen; adieu, Gott ohne euch!

Damit knallte Abgottspon die Tür des Modellsaals zu, daß das Gotthardmassiv, Maßstab eins zu zehntausend, in der verstaubten Vitrine noch lange terremotohaft nachbebte, und man fand sich nach einem Stärkungstrunk im Pöstli auf dem Wassener Hauptbahnhof ein, um den nächsten Zug nach Göschenen abzuwarten. Stationsvorstand Indergant, ein jüngerer Bruder des uns wohlbekannten Intimfeindes von Rhäzünser, bedauerte am Billettschalter, daß er uns auf einen Regionalzug – also einen Bummler – vertrösten müsse, der erst in einer guten Stunde zu verkehren gedenke, wir sind hier, sagte Albin Indergant, zwar ein Schaustellungsobjekt für den Gotthardtransit, werden aber, was die Anschlüsse an renommierte Direttissima-Kompositionen betrifft, arg vernachlässigt. Nun haben wir uns, kam Indergant ins Schwadronieren, ein paar wackere Wassener Einheimische mit Kaplan Flurliger an der Spitze, gegen diese esbebestrische Vernachlässigungspolitik zu wehren gewußt, indem wir an der exponiertesten Stelle, nämlich in der Kirche von Wassen, eine Märklin-Gotthardanlage aufgebaut haben, auf der sämtliche Züge nach unserem Willen hin und her manövriert werden können. Verstehen Sie, Herr Dozent, das Bubenspielzeug im Verkehrshaus von Luzern ist ein Dreck dagegen. Diese, wir glauben schon sagen zu dürfen, subversive Gegengotthardbahn wird vom Stationsgebäude aus ferngesteuert, und wenn sich, wie gerade jetzt, in Wiler unten, also kurz nach Gurtnellen, der überhebliche Trans-Europ-Expreß ankündigt, der ja daherkommt, als habe Louis Favre beim Tunneldurchstich nur ihn im Sinn gehabt als Krönung allen Schienenwegkomforts, kann ich auf einen Knopf drücken, sehen Sie, hier, und schon setzt sich ein Krokodil mit vierzig gefüllten Zementsilowagen in Bewegung, auf dem selben Geleise, das der braungelbe Pfeil für sich und für alle Zeiten reserviert zu haben glaubt, und im Kirchbergtunnel unterhalb von Wassen macht es dann ganz einfach paff, verstehen Sie, und die snobistische Transitgesellschaft in den Panoramasalonwagen, welche sich schon darauf freute, das Kirchlein von Wassen wie Türkenhonig von allen Seiten zu belekken, existiert für uns nicht mehr.

Das ist ja, unerachtet meines Krankheitszustandes, phänomenal, lobte Patientissimus Schöllkopf den konterrevolutionären Bahnbeamten, sagen Sie aber, Herr Kollega – ja, ich glaube, daß wir auf einer höheren Ebene, ein paar Kehrtunnel weiter oben, so etwas wie Bundesgenossen sind –, was meint der Klerus, was die katholische Bevölkerung dazu, wo und wie finden dann die Messen statt? Ganz einfach, Herr Dozent, des Schöpfers Antlitz ist wandelbar, und wenn die ersten Astronauten, welche ins Weltall geknallt wurden, zur Erde funkten, sie hätten den lieben Gott nicht getroffen, hätte man ihnen zurücktelegraphieren müssen: Kunststück, ihr seid ja selber, als Weltraumpioniere und galaktische Erzengel, ein Stück Religion, und was man verkörpert, dem kann man unmöglich begegnen. So hat denn Kaplan Flurliger vom Kirchensprengel Wassen/Gurtnellen die Konsequenz aus der Tatsache gezogen, daß Gott sich den Ürnern im oberen Reusstal als Bergbahn zeigt, als Wunder der Technik, so wie der Teufel dem ratlosen Granitmetzen Heini von Göschenen als Bauingenieur erschien. Und wenn das Kyrie ertönt, meldet sich statt mit schrillem Doing-daing im hellen Meßglockton ein Huckepackzug im Modellbahnhof Wassen an, das Gloria schwebt als Roter Pfeil – pardon, als Schnelltriebwagen RAe 2/4 – hoch auf der oberen Entschigtalgalerie, das maikäferbraune Krokodil Ce 6/8^{III}, nach der Heraufsetzung der Höchstgeschwindigkeit im Zweiten Weltkrieg umbenannt in Be 6/8^{III}, Dienstgewicht hunderteinunddreißig Tonnen, Anhängelast eintausenddreihundertfünfzig Tonnen bei zehn Promille Steigung, wird zum Credo, und was würde dem Dona nobis pacem besser entsprechen als der Rangiertraktor Te 101, den wir freilich mit einem angehängten Trafogüterwagen von Gleichstrom auf Wechselstrom konvertieren lassen mußten; die Wassener Messe ist eine Antiphone von Schnellzügen und Güterzügen, und im Modell unserer Pfarrkirche Sankt Gallus, welches aus diesem Grunde in einem größeren Maßstab angefertigt wurde, pendelt, durch die erleuchteten Fenster gut zu beobachten, ein Märklin-Mini-Club-Krokodil, sozusagen in permanentem Defilee vor unserem Stationsgebäude; und sehen Sie, verehrter Herr Dozent, das ist eine Religion, mit der jedes Kind auch zu Hause etwas anfangen kann, betet es denn nachts im Bett zum Stern von Bethlehem, o nein, es betet darum, daß sein einziger Wunsch in Erfüllung geht, die ferngesteuerte Drehscheibe; panem et circenses haben die Alten gefordert, gewiß, die Oblate muß sein und auch der Traubensaft, aber dazu das Halleluja der Doppeltraktion auf der Nordrampe; es gibt, wenn Sie mir gestatten, so weit auszuholen – aber die Gotthardbahn gestattet sich das ja auch im Wattinger und ennetbirgisch im Freggio –, die Kopernikanische Wende und die Favresche Wende: der eine hat das geozentrische in das heliozentrische System überführt, der andere Wassen in mehreren Planetenschlaufen umfahren und uns so, wiewohl wir anschlußmäßig arg gebeutelt wurden, zum Mittelpunkt und Begriff aller ferrovialen Touristen erhoben. Sogar das Serviceritual im Speisewagen wird unterbrochen, wenn das Kirchlein von Wassen sich in den Augen der Fahrgäste zu drehen scheint, zum Ruhm des Allmächtigen, dem wir in der Märklin-Anlage einen Altar aus Papiermaché errichtet haben; die Ae 6/6 und die Re 4/4^{III}, der Rote Pfeil und der TEE, alles Papabili.

Gewiß doch, Papabili, gewiß doch, gab Schöllkopf zur Antwort und fand in Franziskus Fernandez Abgottspon ein Echo, von dessen Hohn nicht feststand, ob er mehr dem Infausten oder Indergants und Flurligers Märklin-Theologie galt; wie aber kommen wir jetzt, um sechzehn Uhr zehn, nach Göschenen, in unser Krankenquartier. Man könnte, meinte der Bahnhofvorstand, den Sekretär des Schweizerischen Krokodilvereins in Luzern anfragen, ob die Aktiengesellschaft, die im Besitz der Nummer vierzehntausendzweihundertneunundsechzig der ausrangierten Ce 6/8^{II} im Depot Erstfeld ist, sich allenfalls bereit erklären würde, eine Sonderfahrt zu bewilligen, zumal der Verein Schweizerischer Krokodilliebhaber vom vergangenen Jahr her, wo die Lok eines Schmierdefektes wegen peinlicherweise mitten auf der Kerstenbachbrücke bei Amsteg stehen blieb, noch eine Fahrt Erstfeld–Biasca zugute hat, und hier ginge es ja, wenn ich Sie

richtig verstehe, um einen Krankentransport, es käme also
ein Moment ferrovialer erster Hilfe hinzu, ein IKRK-Aspekt,
um so mehr müßte ... man halt in Gottes Namen zu Fuß
gehen, vollendete Omnipatientissimus Schöllkopf das Inder-
gantsche Satzgebilde. Wenn in eurer ganzen Orgie von
Riviera-Expressen, Metropolitanos, Barbarossa-Kompo-
sitionen und Amsterdam-Rom-Carrozzen-Schlangen kein
einziges Exemplar aufzutreiben ist – vom Ticino und Tizia-
no-Intercity ganz zu schweigen –, das sich der Renommier-
Rotunde Wassens erbarmt, des vermeintlichen Nabels der
Eisenbahnwelt, bleibt uns wohl nichts anderes übrig, als uns
auf einem Gewaltmarsch über die Wattinger Brücke und den
Rohrbach entlang der alten Gotthardstraße von Diriwächters lokalhistorischem Mißbrauch des hohen Amtes eines
Parlamentsvorsitzenden von Krankenabgeordneten jeglicher
pathologischen Couleur zu erholen, wir wissen mittlerweile
zur Genüge, mit was für Elementen wir es zu tun haben:
in Grafenort mit der generalstabsobristlichen Ignoranz
Gadients, in Wassen mit einem übergeschnappten Cäcilien-
vereinschronisten und mit einer Sekte von Märklin-
gesundbetern. Und in diesem tödlichen Kraftfeld gilt es,
Auer-Aplanalpsche Kurzuversicht zu bewahren, wahrlich ein
infaustes Unterfangen. Indergant blieb mit halb erhobener
Abfertigungskelle wie angewurzelt stehen, als die beiden ein
Stück weit über die Eichenschwellen trotteten und dann,
knietief einsinkend, den Hang gen Wattingen hinunterstapf-
ten.

9

In Göschenen angekommen, herrschte bereits eine Dämme-
rungsfinsternis wie zur sechsten Stunde, und Malefizenz Wolfram Schöllkopf hatte einen derartigen Rochus auf die sinnlos
vertanen Kurtage, auf das eisdräuende Klima, die launische
Küche der Schankmammalie – denn einerseits, wenn er in-

folge des Medikamentenmißbrauchs keinen Appetit hatte, kochte sie so hervorragend, daß man wie Gott in Frankreich hätte leben können, handkehrum verbriet und verpfuschte und vermanschte sie alles und vergewaltigte einen mit undefinierbaren Wochenrückblickeintöpfen –, daß ihm der Teufelsstein gerade recht kam. Das Urnerfähnlein und die Schweizerflagge knatterten im Biswind, und oberhalb des Betonsockels verwitterte noch ein Rest des schokoladebraunen Anstrichs der Firma Maestrani, was Abgottspon zum Zungenfertigkeitskalauer veranlaßte: Männer, die vor einem Schokoladen-Laden Laden laden, laden Schokoladen-Ladentöchter zum Tanze ein. Über die kandiszuckerigen Schneewälle kämpften wir uns an den zweitausend Tonnen schweren Granitfindling heran und entzifferten eine aufgesprayte Leuchtschrift: Teufel, komm raus! Jahrelang hatten sich ja die Ürner Natur- und Denkmalschützer und das Konsortium des Installationsplatzes Nord, die Autobahntunnelspezialisten in der Presse befehdet, die einen erklärten, der Stein bleibt, die andern, er wird gesprengt. Ein Dynamitdilettant, der sich wohl in der Rolle Staufenbergs sah und den Fels des Anstoßes, von dem ein katholischer Erdkundler behauptet hatte, er sei beim Bau der Alpen übriggeblieben und Gott habe ihn schließlich liegen lassen, weil er sich nicht über die ganze Genesis hinweg nur mit Göschenen habe beschäftigen wollen, lag mit zerfetzten Extremitäten im Kantonsspital Altdorf, weil er allen Ernstes geglaubt hatte, die Sache klammheimlich nachts und im Alleingang erledigen zu können. Zuletzt hatten die Heimatfreunde die Oberhand behalten, und Baumeister Iten aus Oberägeri war mit der Verschiebung beauftragt worden, weil die Versetzung des Brokkens immer noch billiger zu stehen kam als eine Schikane der Autobahn um das Hindernis herum, es gehe um die Erhaltung eines Denkmals für ein Denkmal, eiferten die Teufelssteinsektierer, die ihren Grind durchgestiert hatten, denn dieses Petrefakt unseres Zentralalpenmassivs und heroischen Widerstandswillens sei ein Symbol für den Gotthard und erinnere die schnöd an Göschenen vorbeischnaubenden Automobilisten an Goethes Wort in den Briefen aus der Schweiz: »Der Gotthard ist zwar nicht das höchste Gebirg der Schweiz, und in Savoyen übertrifft ihn der Montblanc an Höhe um sehr vieles; doch behauptet er den Rang eines königlichen Gebirges über alle andere, weil die größten Gebirgsketten bei ihm zusammenlaufen und sich an ihn lehnen.«

Oft, ja meistens ist es so, daß der Mensch, wenn sich alle Wut in ihm zu Gift und Galle verdickt, die Sprache verliert, daß er zwar in cholerischer Verzweiflung tobt und berserkert und sein Blut den Siedepunkt erreicht, aber doch immer mehr ins Stammeln und Radebrechen gerät, dafür gibt es ja die Flüche, diese Ellipsen der Rechtssprechung, und unter allen Kraftausdrücken war Schöllkopf sapristi immer einer der liebsten gewesen; doch nun, da kein Wort stark genug war, dem Teufelsstein den notwendigen Stoß zu versetzen, fielen ihm, dem Germanisten und Glaziologen, zu seinem eigenen Entsetzen plötzlich wieder althochdeutsche Vokabeln ein, so wußte er, obwohl er sich im Studium alle Mühe gegeben hatte, es nicht zu speichern, daß im althochdeutschen »farfluohhon« noch der magische Sinn des Verwünschens lag; wie hatte er doch, nach Novalis, Hölderlin, Mörike dürstend, die philologischen Strafmontage, Strafdienstage und Strafdonnerstage ins Pfefferland gewünscht, wenn so ein geisteskranker Stammsilbentüftler, der obendrein Major bei der Schweizer Armee war, sich also doppelt disqualifizierte, im Stechschritt an die kaum abgetrocknete Wandtafel stürmte, in unleserlicher Schrift indogermanische Wurzelbehandlungen vordemonstrierte und ausrief: Sie müssen Hühnerhaut kriegen vor Begeisterung über die germanischen Sprachen; der Aufbau des deutschen Wortschatzes begann beim Indoiranischen, Armenischen, Albanischen und Balto-Slawischen; mit diesem katarrhfördernden Kauderwelsch in Hieroglyphen, von denen nicht auszumachen war, ob es sich um Runenformelzeichen der Nichteuklidischen Geometrie oder um Kritzeleien pränatal deformierter Säuglinge handle,

wurden kostbare Kafkastunden, Trakldämmerungen vertan,
und es gab unter jenen Studenten, die im Journalismus oder
Schuldienst und nicht im Burghölzli landen wollten – was
freilich, wie sich später zeigte, auf dasselbe hinauslief – nur
eine Devise: totaler Streik, Merkverweigerung, Wissens-
dünnschiß.

Aber hier oben, in dieser verteufelten Situation der Kur-
frustranz, fielen Schöllkopf plötzlich althochdeutsche Verse
ein, es rumorte in seinen tiefsten Schichten wie in einem aus-
bruchfreudigen Vulkan, und er befahl seiner Krankenordonnanz, eine Leiter aus dem Baugerümpel des Nordportalkon-
sortiums herbeizuschaffen, um auf den dreizehn Meter hohen
Denkmalfelsen zu klettern und sich zuoberst zwischen Uri-
stier und Schweizerkreuz als fluchende Wetterfahne zu instal-
lieren und eine stabende Rede des toten Dozenten und ver-
schaukelten Patienten vom Dach des Wasserschlosses herab
zu halten:

O filu firinlihho muoter,
o gutinna giwaltigun in wuostinnom:
du Alma Mater Helvetiae,
buhil-gibrustot mit steine;
ir duruh Druhtine verdamnote inti vertuomte,
bluot skraphantiu wihti dera wizzera zumfti,
fizusse fasela flahhes landes, uzzan ganzida gisunte,
starcho ih stapfom hiutu uf hoha stat,
gistantu uf demo Satanases steine zi Gescendon,
inti fona dera felisa-fluohi ih fluahhom
in drio tiufalo todlihhemo namen,
ih, brestino follaz funtanaz barn,
ana Evelini want mittenahtig anagiworfaner,
ih spinna swarziu swid findu
bizzanti in stein statigi starchiston –
fora abur ih faru in finstri,
o mittilgartes blido after bilibantiu barn,
Nahtolf firilihe mahti baldun demo bruzigen Skellahoubite,
daz er arheffe noh eines den stein fona Unspunnon,

uf zi walzonne inan den giwaltigon Altifiantes sluh
inti nidar zi werpfanne inan ubar iuh mit wandu:
herd-slipf fona Skollinon, swelhanti lantskaf,
beranti brunan mord, pruttelihho irtodenti iuh alliu;
fora abur ih touwu, friesenter frisking, in twellentemo ise,
fora chaltiu Sancta Sophia cheltit mit chelungu min bluot,
skulet zi skaden ir sinkan in spaltum,
gihaftentiu in haftom mines herzen zi tode gitruobiten,
hevianna ir inti hagazussa, ir brehhare beino,
engila ir inti huora, huotare inti arzenare,
forhta anafellit bi rehtemen ubar iuh mit razin:
wanta girehher rehtemo girehhit mih rehtfolgigan,
ir abur fallanti faret dannan, firaho farfluohtostun.

Was heißt das, Malefizenz, fragte Abgottspon, dem der Wrasen vor dem offenen Maul zu gefrieren schien. Ich weiß es selber nicht, nur: es war in ureigenster Sache gesprochen, ich habe mich soeben als Privatdozent neu habilitiert, und zwar nicht an der Abteilung für Kultur- und Militärwissenschaften der Alma Mater Polytechnica Helvetiae, sondern an der Universitas mundi der Frauen, für ein Studium generale; Schöllkopf, wenn Sie so wollen, Franziskus Fernandez, muß wieder ganz von vorne, bei Adam und Eva, vor allem bei der letzteren beginnen, von der es bezeichnenderweise in der Genesis heißt, sie sei die Mutter alles Lebendigen: wa jkrah adam schem ischtho chawa ki hiw hajeta em kal taj, zu deutsch: Und es rief der Mann ihren Namen Eva, denn sie war – genauer wurde – die Mutter alles Lebendigen; ich hoffe mit dem kläglichen Rest meines Genesungswillens, mein Fluch, der im Grunde ein Gebet war, möge euch Steine erweichen und euch Berge versetzen im Auditorium Maximum der Alpenwelt, euch Magnifizenzen Gotthard und Dammastock, Bristen und Schreckhorn, Eiger, Mönch und Jungfrau, ich hoffe sehr, ihr habt nicht geschlafen während dieser Antrittsvorlesung, ihr Götzen der Gipfelstürmer und Touristen, ihr Dissuasionsgletscher, ihr . . .

Ein Glück, daß Abgottspon als Sanitätsgefreiter noch eine entfernte Ahnung von Erster Hilfe hatte, denn der auf dem Teufelsstein zu Göschenen kollabierende Moribundus mußte schleunigst die Leiter hinuntergeschafft und ins Abfruttsche Theatersaallazarett verbracht werden, man konnte sich ja ohne weiteres eine Schädelbasisfraktur holen, wenn man vom dreizehn Meter hohen Sisyphusbrocken kopfüber auf den Autobahnzubringer stürzte. Wie damals nach der ETU-Schande in der Poliklinik verlor Schöllkopf des Bewußtsein infolge eines Selbstmordversuches seines Herzens und erwachte erst wieder im Morgengrauen in seinem zweischläfigen Mahagonikahn, als der Brockenstubenwecker mit der römischen Zifferblattfratze nicht nur schrillte auf dem Tresen, neben dem der Holzknecht sein Lager aufgeschlagen hatte, sondern, durch die Erschütterung des Uhrwerks in Gang gesetzt, auch wie ein mechanisches Spielzeug über die Ausschankplatte füßelte. Sanitätsgefreiter Abgottspon, Rapport, vors Bett, brüllte ich in die Schandecke, stell er diese verdammte Bahnhofsglocke ab, und spute dich ein wenig, denn heute wird gepackt, ist endgültig Demobilmachung, die Übung Heilstollen wird als gescheitert erklärt und abgebrochen. Was haben wir für ein Datum? Silvester, Malefizenz, wir schreiben den einunddreißigsten Dezember 1982, hundert Jahre Gotthardtunnel, und eine alte Wetterregel sagt: Silvester hell und klar/ Glückauf zum Neuen Jahr; leider sieht es, soweit man das bei dieser Dunkelheit erkennen kann, eher nach einer Packung Naßschnee aus. Glückauf, Abgottspon, glückauf wünschen sich die Bergleute vor der Einfahrt, aber wir sind ja an der Gotthardfortifikation an- und abgeprallt, wir wurden regelrecht abgeschmettert von diesem Festungsheini in Grafenort. Da leistet man ein halbes Mannesalter lang Dienst für diesen Verein, steuert unter Lebensgefahr einen überalterten Panzer der Tschechischen Skoda-Werke auf den Gurnigel und stürzt einer über die Kurve hinausgezogenen Schneepflugbahn wegen zehn Meter in ein Tobel; da schießt man alljährlich, den Tötungsekel mit einer über Nacht angesoffenen Katerstimmung überwindend, an einem frommen Sonntagmorgen das sogenannte Obligatorische, sechs Schuß in Serie innerhalb von dreißig Sekunden auf die B-Tarnscheibe, setzt sein absolutes Gehör aufs Spiel, um das Punkteminimum zu erreichen und nicht in einen Nachschießkurs zum Matratzenklopfen einrücken zu müssen, und was ist der Dank? Erwartet man ein einziges Mal ein kleines Entgegenkommen, wird man glatt mit der Gegendienstverweigerung konfrontiert. Dieser unheilbar-männlich-ultraviolett gebräunte Oberst im Generalstab Gadient ist, wie alle Berufsmilitärs, ein Paragraphenidiot und Sonderfallbanause, dabei pocht die Schweiz stets auf ihr Cas-unique-Recht, ist aber außerstande, einen Not-cas-unique als solchen zu erkennen.

Punkt zwei meiner Anklage und Abrechnung: Was soll der Schwitzkasten, den wir gestern, da nach Schillers Tell die Axt im Haus den Zimmermann erspart, zu Kleinholz gespalten haben, was die Tunnel-Akklimatisationstherapie? Diverse Male haben wir die Strecke Erstfeld–Biasca abgefahren, wir können sie auswendig, diese esbebestrischen Ozonlöcher, Windgällen–Bristen–Intschi–Zgraggen–Breiten–Meitschligen etcetera, oder von Süden nach Norden Travi–Tourniquet–Pianotondo–Lume–Polmengo–Boscerina (nur rechtes Geleise), über den Daumen addiert pro Tunneltag rund sechzig Kilometer unter der Erde, pro Kurwoche deren hundertachtzig. Und wann immer es die Klientel der Schweizerischen Speisewagengesellschaft zuließ, haben wir das Fenster heruntergerissen, den Kopf in die Felsenschwärze gehalten, um möglichst viel von diesem Auer-Aplanalpschen TO_3 zu kneipen, auch allfälliges Methan CH_4 in Kauf nehmend, das bei einer Konzentration von über fünf Prozent für die Schlagenden Wetter in den Kohlegruben verantwortlich zeichnet, dies unter dem trotz anfänglicher Toleranz zunehmenden Gezeter der tafelnden Gäste, denen die Papierserviette vom Tisch flatterte – unselige Neuerung der SSG, die damastenen durch papierene Servietten zu ersetzen und gleichzeitig die

Preise anzuheben und erst noch die Käseauswahl zu reduzieren –, haben insbesondere die als Aphrodisiakum gerühmte Kehrtunnelluft im Pfaffensprung, Wattinger, Maxberg inhaliert, ennetbirgisch im Freggio, Prato, Pianotondo und Travi, und was hat uns das gebracht? Affektionen der oberen und unteren Luftwege, welche vorzüglich mit dem Lumbusgrimmen, dem Gliedreißen kollaborierten.

Drittens und zu schlimmer Letzt haben wir alle Kurmittel ausgeschöpft, die laut Doktor Wasserfallen – »Das Wildbad Göschenen in der balneologischen Literatur der Urschweiz« – welche sein sollen: der dumpf unter Schollen gurgelnden Reuß entlang sind wir in die Schöllenen hinaufgepilgert, um uns der sogenannten Wasserfall-Ionisation auszusetzen, was, Doktor Wasserfallen hin oder her, nur ein paramedizinischer Unsinn sein kann, selbst wenn man sich vorstellt, im Sommer auf der Stiebenden Brücke zu stehen, umduscht und eingezwängt in die Klamm zwischen Kilchberg und Bäzberg, keine Vegetation, es sei denn, man rechne die vegetativ ruinierten Patienten zu den schützenswerten Pflanzen; und dieses Schlucht-Inhalatorium, Abgottspon, wo nur die Teufelssage eingeatmet wird, hat auf der Alpensüdseite in der Viamala unterhalb des Dazio Grande sein Pendant, was einmal mehr für die tödliche Symmetrie der Wiegenlandschaft der Eidgenossenschaft spricht; die sibirische Kälte haben wir uns in den Leib gestanden und die Unterleibsmigräne gefördert, das ist alles. Vom Klima des Luftkurortes Göschenen will ich gar nicht erst sprechen, nur soviel: etwas meteorologisch Terroristischeres als die hiesigen Wechselbäder von Wintereinfällen und -rückzügen habe ich überhaupt noch nie erlebt, nur ein total ausgefranster Aerobalneotherapeut kann auf die hirnrissige Idee kommen, dieser Kumulusverstocktheit von permanenter Hageldämmerung und Gotthardmonumanz einen Heilfaktor abtrotzen zu wollen, das ganze Tal ist eine Kontraindikation und unsere Kurexistenz der komplette Reinfall am Reussfall, da hilft auch die blank polierte Messingtafel von Rotary International nicht darüber hinweg mit der gravierten Verewigung von Goethes »Scheideblick«.

Franziskus Fernandez Abgottspon hatte wie immer, wenn sein malästuöser Vorgesetzter zu einer Bilanz ansetzte, grimassenreich grienend zugehört, bald die Hände verwerfend, bald seinen Buckel stellend, er spielte das ganze Repertoire seiner Offiziersordonnanzenmimik aus – Scheideblick ist gut, Scheidenblick, die Schöllenen ist ja die Granitspalte der Helvetia –, bis er endlich den Kaffee in der Gamelle ans Bett brachte, dazu ein paar mulmige Militärbisquits, und seine Trümpfe auf den Tisch knallte. Ich muß neidlos anerkennen: es war die große Stunde des Sanitätsgefreiten Abgottspon. Gewiß doch, Malefizenz, und: traun fürwahr, selbstredend, naturgemäß, unbestreitbar; aber, und damit wühlte der Wicht ein mehrfach verschnürtes Schmuddelpaket aus dem Schanktresen hervor, wozu, sakredi, war unsereins denn im Auszug, noch vor der Zwangsumteilung zu den Blauen, noch vor dem Umschuler für Militärkellner – Gummiwienerli auftragen, Gummiwienerli abtragen – dem Fassungsdetachement einer Festungsartillerie-Abteilung unterworfen, administrativ dem Festungskommando Grafenort hörig? Ich sage gar nichts, bitte sehr, wenn Malefizenz belieben, mit Verlaub, ich bin so frei – dreimal Hoch dem Sanitätsgefreiten Neumann, der, lang lang ists her, die Tripperspritze hat erfunden; früher mußte man die Kokken einzeln aus der Röhre locken; heute wendet jedermann Neumanns Tripperspritze an. Ein paar Dolchhiebe mit dem rostfreien Sackmesser, in mehr Stücke hätte man die Schnur nicht zerhauen können, das knautschige Glanzpackpapier aufgeschlitzt, und auf meinen Wolldecken lag eine funkelnagelneue Uniform mit violetten Spiegeln, je ein Festungsturm eingestickt, und mit schwarzvioletten Generalstabspatten, ein magnetitgrünes Offiziersstöffchen, wenn auch nur für den Rang eines Adjutantunteroffiziers, was Franziskus Fernandez veranlaßte, seinen Göschener Dauerhit anzustimmen, den Takt in Ermangelung des zertrümmerten Burger & Jacobi-Klaviers mit dem Löffel auf die Gamelle klopfend: Adadedjudante-nte-nt' Adadedjudante-nte-nt' . . .

10

Eine schöne Bescherung zum Geburtstag des Stollenpatienten Wolfram Schöllkopf an diesem naßschneeträchtigen Silvestermorgen: Heerespolizeikluft, gefälschtes Dienstbüchlein, lautend auf Adjutantunteroffizier Guy Tschuor, gefälschter Grabstein, Festungspaß mit einem weißen Kreuz oben rechts. Das, Herr Adjutantunteroffizier Tschuor, ist der in drei Teufels Namen dreifach genähte, der Drillichpassepartout für sämtliche Festungswerke von Sargans bis St. Maurice; es wäre doch gelacht, wenn der Streich, den der Hauptmann von Köpenick dem preußischen Militärstaat spielte, ausgerechnet in der Schweiz, wo die Uniform bekanntlich alle Türen öffnet, nicht zu wiederholen wäre, zumal nicht anzunehmen ist, daß eine Gotthardwache Zuckmayers Stück kennt, Dienst ist Dienst und Literatur Literatur. In der Tat ein verdammter Sidian, dieser Franziskus Fernandez, wo hatte er bloß das Zeug her? Streng geheim, Herr Hauptmann, pardon, Adjutantunteroffizier, man hat so seine Beziehungen von Erstfeld bis Grafenort, und die Zeughäusler sind auch nicht über alle Zweifel erhaben, ständig diese Gewehrfettambiance in den Retablierungsmagazinen, dieses Ein- und Aussortieren von Gehörschutzpfropfen – aber item, wenn Malefizenz so nicht reinkommen, heiß ich nicht der Till.

Bei einem letzten Streifzug durch Göschenen, der aus uniformierter Sicht den Anstrich eines Inspektionsrundgangs bekam, stellten wir fest, daß man in dieser Bruchsiedlung, in diesem Schattloch durchaus leben könne, zumal in den helleren Dorfteilen Biel und Bächli Richtung Göscheneralpsee, der leicht meliorierend auf das horrible Klima zu wirken schien; es waren hier rund um den alten Zollbrückenbogen, das Tor aus goldrostflechtig verbrämten Hausteinen (Erinnerungen an Ankersche Steinbaukasten), auffällig viele Häuser in Grüntönen gehalten, meergrün und pistaziengrün, vitriolgrün und schabzigergrün; wahrscheinlich, so Schöllkopf, ein verzweifelter Tribut an die wasserglacehaften Verputzfarben der Italianità, an diese auch in Südfrankreich zu beobachtende Türkenhonighommage an den azzurenen Himmel, sein unergründliches, Carraramarmor lichtgleißend schleifendes Blau. Ja, wahrscheinlich, pflichtete der Sanitätsgefreite bei.

Als wir uns im Buffet mit einem Henkersmahl von Mutter Inäbnit und ihrem Schankmammalismus verabschieden wollten, gerieten wir mitten in einen Streit zwischen Indergant dem Älteren, Bahnhofvorstand SBB der Gotthardlinie, und Rhäzünser, die, nur durch eine kugelsichere Glaswand getrennt, Rücken an Rücken in ihren Stationsbüros und an ihren Stelltischen saßen, und da auch die Post in diesem südlichen, also tunnelwärts orientierten Trakt der zum Typus der Insel- und Keilbahnhöfe gehörenden Eisenbahnkaserne untergebracht war, fiel Irmiger die ihm peinliche Rolle eines unfreiwilligen Ohrenzeugen und Schiedsrichters zu.

Es ließ sich nicht mehr eruieren, was der Ausgangspunkt der Fehde gewesen war, auf jeden Fall zeigte Indergant, die galonierte Geraniummütze salopp auf Durst gesetzt, Rübchen schabend auf das Depot der Schöllenenbahn und wetterte: Ihr Konkursiten, Pleitegeier, Fiaskeure, Defizithelden, Konkursverschleierer, dieser Privatbahnföderalismus ist unser Ruin, und obendrein fahrt ihr, um möglichst deutlich zu signalisieren, wie tief die Furka-Oberalpbahn in den betreffenden Zahlen steckt, mit zinnoberrotem Rollmaterial in der Gegend herum; es ist ja ein offenes Geheimnis, daß die Urner Regierung am achtundzwanzigsten September 1918 der Generalversammlung der Schöllenen-Bahn-AG die Déchargeverweigerung an den Verwaltungsrat beantragen mußte, weil die Ersparniskasse Uri an den Verlusten des starrköpfig durchgestierten Winterbetriebs verblutete; hätte nicht die Visp-Zermattbahn zusammen mit der weiß Gott auch

haarscharf an einem Fallissement vorbeirangierenden
Furka-Bahn ein Initiativkomitee gegründet, wäre der gesamte
Plunder, wären eure Abtschen Zahnstangen und der Jostbachtunnel, die Vignolleschienen und das lächerliche Weichensortiment einschließlich der vier engstirnigen Uhrwerklokomotiven, die nach fünfhundert Metern immer wieder neu aufgezogen werden müssen, versteigert worden, jawohl, Rhäzünser, verramscht an einen meschuggenen Sammler, der über
die monetären und topographischen Mittel verfügt hätte,
eine Spielzeuganlage im Maßstab eins zu eins aufzubauen.
Und wie steht es mit den Sozialleistungen an euer Personal?
Eine Affenschade, daß die Pensions- und Hülfskassen zwecks
Äufnung des Reservefonds für die Lawinensicherung des Abschnittes Urnerloch–Altkirch aufgelöst und eure Verdingbähnler in die PKE eingekauft werden mußten, die Pensionskasse Schweizerischer Elektrizitätswerke, und wo landen sie
alle am Schluß: im Eisenbahner-Sanatorium von Brissago!
    Rhäzünser hatte sich diese Schmährede mit der scheinbaren Seelenruhe des säuerlichen Cholerikers angehört, die
Hände auf dem Rücken, welche aber nicht tatenlos blieben,
sondern ineinanderverhakt, fingerknacksend und ballenreibend Gegenargumente zurechtkneteten wie einen Schneeball
mit einem Kieselstein, den er dem überheblichen Kommandanten von zweihundertfünfzig Expreß- und Güterzügen als
David ins Auge zu schleudern gedachte. Irmiger im mokkabraunen PTT-Mäntelchen beschwor durch das Perronfenster
der Schalterhalle bald den einen, bald den andern mit in die
Luft gedrückten Versöhnungsgebeten, sich nicht so dämlich
zu produzieren vor den Reisenden, zu denen unter anderem
ein Heerespolizei-Adjudantunteroffizier, also eine Respektsperson, und seine Ordonnanz gehörten, aber der Schöllenenbahnvorstand, der von Indergant, immer noch Rübchen
schabend, als Höllenfürst verhöhnt wurde, ließ sich nicht
lumpen: Demnächst wird das Schweizervolk über den Gotthardbasistunnel an der Urne zu befinden haben, und dieser
Tunnel, Indervagant, wird zur Folge haben, daß Göschenen

auf der SBB-Seite zum Sackbahnhof degeneriert und Sie verkümmern zu einem Stumpengeleiskramper, jawohl, während wir, die Rhätische Bahn, bereits über einen Projektierungskredit zur Erstellung von Plänen für einen Lift gesprochen haben, der die Schöllenenstrecke, welche erst kürzlich in einer Statistik der Reiserouten und -ziele von Schulklassen der Mittel- und Oberstufe als beliebteste Attraktion sogar die Vierwaldstätterseedampfschiffahrtsgesellschaft geschlagen hat, vertikal mit der Transitachse verbindet, und dann werden wir Ihnen, falls Sie kniefällig genug darum bitten, vielleicht eine Volontärstelle als Schöllenenliftboy anbieten mit einer Mütze, die aussieht wie Patisserie, wie ein Chaponnais.

Was wir unseren Gästen zu bieten haben auf den dreikommasiebenfünf Kilometern von Göschenen bis Grafenort, sind zum Beispiel dreihundertachtundzwanzig Meter Höhenunterschied, eine maximale Steigung von hundertneunundsiebzig Promille, den Jostbach- und den Brückwaldbodentunnel, sind wildromantische Ausblicke durch die Lücken der Lawinenschutzgalerien auf die Schlucht aller Schluchten, wo nur spärliche Graskämme von den Felsbändern herniederwinken und man keine Vegetation mehr antrifft außer der weißen Blüte des Steinbrechs und dem Rot der Alpenrose, diesen genügsamen Kindern der Alpenflora; Bellavisten, die sich besonders genußreich darbieten, wenn die Straße, was von Winter zu Winter häufiger der Fall ist, der Unpassierbarkeit wegen kapitulieren muß, und wenn dann der rote Gebirgspfeil aus der Teufelswand stößt ends des Jostbachtunnels, mickriger Souschef, abhängig vom Fahrdienstleiter und dem Bahnhofsinspektor mit dem Eichenlaub am Hut, rutschen wie auf Kommando alle Reisenden auf die Schöllenenseite, weil unser rhätischer Viadukt von all diesen sagenumwobenen Brücken die oberste ist und man von hier aus bequem ein Stück Schweizer Geschichte überblicken kann; das einzige, was uns noch fehlt, ist ein Speisewagen mit treppenförmig gestaffelten Tischen – der Name Schöllenen geht ja auf scalinas, Stufen zurück –, weil die Waggonfabrik in Schlieren, SBB-hörig, noch nicht in der Lage ist, uns eine adäquate Konstruktion anzubieten.

Und? hämte Indergant, wie wolltet ihr eure vierachsige Mensa lackieren, da das spezifische Weinrot, das dem Dürstenden von weither rollende Gastlichkeit signalisiert, bereits für die Bemalung eueres gesamten Klettermaxenfriedhofs vergeudet wurde? Kein Problem, triumphierte Rhäzünser, der Verwaltungsrat hat sich bereits für ein erdiges Bordeaux entschieden, und er gedenkt auch, entsprechende Gewächse anzubieten, dieweil eure Konsumationskarte, eine Agenda verpaßter kulinarischer Termine, nicht über den Dôle des Monts von Gilliard aus Sion hinauskommt. Hier überschlug sich die Stimme des FO-Beamten, und es kam zu einem stichomythischen Schimpfwechsel zwischen den Kontrahenten: Eremitenbähnler! Transitfrustranten! Schmalspurrangierer! Die SBB reden dauernd vom Wetter, wir nicht, Straße geschlossen, Gotthard verstopft, Schöllenenbahn offen, fidirullalla, fidirullalla. Wissen Sie, glaubte Indergant das letzte Wort behalten zu müssen, was ich jeweils dem Stiften Aebischer am Billettschalter zurufe, wenn ihr ausnahmsweise fahrplanmäßig aus dem Sprengiloch heruntergestottert kommt? Die roten Zahlen sind im Anmarsch, du kannst sie am Zählrahmen der Abtschen Zahnstangen nachrechnen. Basta, Diskussion beendet!

Rhäzünser, ergänzte Abgottspon im Buffett, wo wir, so war zu hoffen, das letzte Mal in der reservierten Nische Platz nahmen, drohe von Zeit zu Zeit sogar mit einer Schnellbremsungshavarie, was an der kriminellen Stelle auf der Reussbrücke zur Folge hätte, daß der Gepäcktriebwagen Deh 4/4 vor das Nordportal auf die Gotthardstrecke stürzen und für Stunden die Lebensader Basel–Chiasso unterbrechen würde. Warum ist eigentlich das Bahnwesen von Natur aus eine Komödie und keine Tragödie, überlegte Schöllkopf respektive Adjutantunteroffizier Tschuor halblaut vor sich hin, wie kommt es, daß man angesichts einer mit Abfahrtswütigen vollgepfropften Kabine, welche lautlos zum Weißfluhjoch hinaufgleitet, laut herauslachen muß? Ich denke, meinte die Inäbnitsche, welche den Linseneintopf brachte, daß Bahnen generell, vielleicht ihres unabänderlich vorgezeichneten Schienenwegs wegen, eine Verwandtschaft mit dem Theater, zumal den Aufführungen von Liebhaberbühnen haben, wo ja auch ein vorgegebener Charakter sturgeleisig seine Strecke hinter sich bringt, sei es um in der Katastrophe oder im humoresken Happyend zur Auflösung zu kommen. In der Tat, Mutter Inäbnit, Sie haben es getroffen, die fahrplanmäßige Ankunft wäre die Komödie, die Entgleisung oder Frontalkollison die Tragödie, und die Weichen, Kreuzungen, Drehscheiben, Signale etcetera haben lediglich die Funktion flankierender Nebenhandlungen, sind Spannungsträger, suggerieren dem Reisenden die ganz andere Möglichkeit, die es in Wirklichkeit nie gibt. Herr Dozent wollen uns also verlassen? Tja, Frau Wirtin, wir knacken heute die Gotthardfestung, womit die dezemberliche Wartsaalzeit, der adventische Attentismus sein, Holz angefaßt, sehnlichst erhofftes Ende hat; wir sind ja, nahm Abgottspon die Partei seines violettschwarzen Vorgesetzten, nicht Ihretwegen nach Göschenen gekommen, sondern Herr Adjutantunteroffizier Tschuor wird zu sanitarischen Manövern im Heilstollen erwartet, die Stationierung seiner Krankheit in der Dependance des Stockalperpalastes war gewissermaßen ein Kadervorkurs, nicht wahr, Malefizenz? Noch einmal bot Mutter Inäbnit ihre gesamte mammalische Laszivität auf, rückte mit ihrem Hintern eng an den Kurgast heran, ließ ihn ihre Möpse spüren und raunte: der Gotthard ist weiblich, die Hospizkapelle Ecclesia sancti Godeardi, welche der Erzbischof von Mailand anno 1230 zu Ehren des heiligen Godehards, Bischof zu Hildesheim, weihen ließ, weil dieser während einer Pilgerreise nach Rom auf der Paßhöhe des Mons evelinus Wunder vollbracht haben soll, verherrlicht in Wirklichkeit die Mätresse Goda, da jene, gen Italien ziehend, auf wunderbare Weise verstanden hat, Genitalien zu ziehen, auch und vor allem klerikale Genitalien; glaubt ihr denn im Ernst, diese kirchlichen Würdenträger hätten alle nur im Geist gesündigt und cerebral mit der Jungfrau Maria verkehrt? O nein, die fanden schon Mittel und Wege, ihre Samenschleuder zu entspannen, schließlich mußten sie sich in den Sünden auskennen, die sie zu vergeben hatten, denken Sie an das jus primae noctis, meine Herren, an das Luther-Wort pecca fortiter, wenn schon, dann schon. Ich kann Sie nicht daran hindern, in die Mutter Erde zurückzukriechen, Herr Dozent, aber es ist meine Pflicht als Frau, Sie zu warnen. Mir jedenfalls ist keiner bekannt, der lebend aus dem Stollen gekommen wäre, zumindest nicht auf der Alpennordseite. Glück zu! Er möge Sie unter sich begraben, der Helvetiaberg!

11

Wer jetzt, ihr Hinterbliebenen im Unterland, da wir mit der Schöllenenbahn in die von Unüberwindbarkeitstradition strotzende Schlucht einfahren, das schlangenhaft gewundene Band der Paßstraße vor sich sieht, die von Eisschollen niedergehaltenen Kaskaden der Gotthardreuss, die dreibogige Häderlisbrücke, über welche der alte Saumpfad führt, dann die Trias der Teufelsbrücken zwischen den Felsengestellen des Kilchbergs und des Bäzbergs und das Urnerloch, dürfte sich kurz an das zwischen Heimweh und Reisefieber einzustufende Prickeln jener Schulstunden erinnern, da der Lehrer die Schweizerkarte herunterzieht und mit dem Bambusstecken, den es längst in keinem Pestalozzianum mehr gibt, die markanten Punkte der bevorstehenden Schulreise antippt, auch mit SAC-Hüttenrauch in der Stimme jene Zeiten aufleben läßt, als die wagemutigen Säumer steile Umwege machen mußten, wenn sie Wein in Schläuchen aus dem Welschland nach Uronien heimführen wollten. Wer eher ein Wintermensch ist, hält sich an das Sauriergebiß der langen

Schutzgalerien der Schöllenenstrecke, an die Harschschneewüste mit den Lawinenkegelbahnen.

Dies alles muß nicht, darf aber anklingen, wenn Adjutantunteroffizier Guy Tschuor und seine Festungsordonnanz an diesem einunddreißigsten Dezember 1982 den vierteiligen Pendelzug besteigen, Göschenen ab fünfzehn Uhr siebenundzwanzig, fahrplanmäßige Ankunft in Grafenort fünfzehn Uhr zweiundvierzig. Der säuerlich aus seinem Beamtenaltmännermund eintöpfelnde Rhäzünser, der uns in eigener Regie abfertigte, mußte mit einem Knebelbart ausgetrickst werden. Ein Adjutantunteroffizier der Schweizer Armee fährt Erste Klasse, der Sanitätsgefreite dagegen kriegt nur das Halbtaxbillett für Kinder, Militär und Rentner, der Erstklaßzuschlag ist aus dem eigenen Sack zu berappen und entspricht etwa einem Tagessold. Da nur zwei Steinmütterchen in einem Abteil saßen, welche bis Gletsch gelöst hatten, mußte die Komposition Adjutantunteroffizier Tschuors wegen um einen Waggon mit gelber Majorsnudel ergänzt werden, was auf dem engen Manövrierareal der Schöllenenbahn zwischen der Küchenfront des Bahnhofs Göschenen und der Holzremise glatt eine siebenminütige Verspätung absetzte, welche Indergant, rechthaberisch nickend, in ein schwarzes Wachstuchcarnet eintrug. Geschieht dem Rhäzünser recht, fuchste Abgottspon, auch die Rhätische, nicht nur die SBB, insbesondere die Rhätische sollte immer auf einen Offizierstransport gefaßt sein.

Dem Kommando für Genie- und Festungswesen in Grafenort, auch dem Eidgenössischen Militärdepartement in Bern ist mitzuteilen, daß ich mich im malachtitgrünen Sonntagsstöffchen der Vaterlandsmuttersöhnchen, welche den Dienst nicht als das übelste aller Übel auf diesem total verrückten Planeten – also von permanentem Brechreiz befallen –, sondern mit jener heimlichen Begeisterung für Detonationen leisten, die uns auf Jahrtausende hinaus den Krieg sichert – auch Freude am Verteidigen ist ein konstruktiver Beitrag zur Vernichtung des menschlichen Lebens –, schon fast generalstäblich, will sagen verdammt unwohl fühlte. Ich habe ja nichts gegen Transvestiten, doch diese Abart von Männerverkleidung ist eine der ekelhaftesten Perversionen, welche sich die Herren der Schöpfung ausgedacht haben, und die Meinung, man erscheine in der Uniform erst recht als Mann, gehört zu den universalsten Irrtümern, man wird durch die grüne Maskerade im Gegenteil zur Befehlsnummer entmannt, egal wie das Verhältnis zwischen Kommandieren und Herumkommandiertwerden ist. Und ich kann jene Frauen nicht begreifen, welche einerseits eine Ausgangshose mit häuslicher Sorgfalt bügeln, sich andersseits dauernd darüber beschweren, daß alle Männer gleich seien. Wehrt euch doch hüben wie drüben endlich mal dagegen, eure Gatten und Söhne an jene Fronten ziehen zu lassen, wo ihnen nichts anderes übrig bleibt, als euch wie Engel zu vergöttern oder als Nutten zu behandeln in den dreckigen Witzen; los, verweigert den Gebärdienst! Und ihr heldenmütigen Militärfetischisten: kapiert endlich mal den Zusammenhang zwischen eurer Stärke im Feld und eurer zivilen Invalidität!

Item, wie man sich bettet, so wird man gelegt. Heerespolizeiadjutantunteroffizier Guy Tschuor trug den gefälschten Grabstein am Hals, die sogenannte Erkennungsmarke, die der überlebende Kamerad beim Gefallenen entzweibricht, um die untere Plakettenhälfte den Hinterbliebenen als Souvenir zu überbringen: Matrikelnummer, Name, Vorname, Geburtsdatum, Konfession, Heimatort, Blutgruppe; ferner das Falsifikat eines Dienstbüchleins, elefantengraues Leinen (warum eigentlich nicht Oasenziegenleder mit Goldschnitt?), ferner ein gefälschtes Schießbüchlein mit lauter Ehrenmeldungsbilanzen. Außerdem hatte mir der Sanitätsgefreite Abgottspon noch ein – diesmal granitgraues – Armeekuvert in die Hand gedrückt, auf dem Streng geheim und Persönlich zu überbringen stand, für alle Fälle, meinte er, mit einer solchen Enveloppe kann man ja als Scheinkurier unbehelligt durch das ganze Kasernenareal und zur Soldatenstube pilgern, um in einer wahren Milchkaffeeschwemme zuckersüß Frustrationen überkleisternden Cremeschnittenbänken zu frönen, noch nie hat sich ein Schul- oder Platzkommandant angesichts eines persönlich zu überbringenden Armeekuverts die Frage herausgenommen: Was ist Ihr dienstlicher Auftrag?

Der Zug holperte, von den Abtschen Zahnstangen geführt, durch die Lawinengalerie am Chaltbrunnen – die berüchtigte Sprängilaui-Passage –, bei der Station Urnerloch unterstrichen wir die Bedeutung unserer Mission durch dreimaligen Druck auf den Knopf Halt auf Verlangen, verließen den Erstklaßwagen und stapften durch die Schneewächten abwärts. Wieder das Harfenkonzert der Signalisationstafeln in der Schöllenen-Bise, ein Stück Sibirien im Herzen der Schweiz. Sie dürfen sich vorstellen, violette Malefizenz, daß nun die gesamte schwere Festungsartillerie des Forts Réduit, Abschnitt inneres und äußeres Teufelstal, auf uns gerichtet ist. Hinzu kommen die Minenspicker von Realp, die Flankenbewehrung Bäzberg, vom Arsenal Grafenort gar nicht zu reden. Das Verrückte am Réduit-Konzept war ja, daß General Guisan im vielzitierten, von vielen erwachsenen Bleioffizieren auch herbeigesehnten Ernstfall das Flachland kampflos preisgegeben und die Armee in den Gotthardkasematten in Sicherheit gebracht, also letztlich des Schweizers liebstes und teuerstes Spielzeug gerettet hätte. Übrig geblieben wäre, wenn Hitler der Transitachse Chiasso–Basel, auf der die Kohlenzüge ungehindert passieren konnten, nicht die größere Bedeutung beigemessen hätte als einem Blitzkrieg gegen die Schweiz, man höre und staune, ein Alpenmassiv voller Soldaten, wir wären nach der Kapitulation Nazideutschlands ein Gebirgspreußen gewesen mit einem Soldatenbundesrat an der Spitze. Réduit, so der namhafte Militärhistoriker, der als Ihr Kollege an der gemischten Abteilung für Kultur- und Militärwissenschaften an der Eidgenössischen Technischen Universität lehrt, Réduit besage, viel Wichtiges zu opfern, um wenigstens das Wesentliche zu retten. Und dieses Wesentliche war ein Fels – nehmen wir den Teufelsstein zu Göschenen dafür –, auf den sich die siebenhundertjährige Geschichte eines Trutzstaates gründet, der notabene nie einen Königskopf auf seine Münzen prägen mußte. Das numismatische Symbol unseres Goldvrenelis ist eine reiche Bauerntochter aus dem Emmental. Und auf dem Fünfliber erinnert uns der Sportschütze Tell daran, daß unsereins weder vor einem österreichischen noch vor einem großdeutschen Hut je einen Bückling gemacht hat.

Dieser Abgottspinner war doch ab und zu für ein Stegreifreferätchen gut, aber was scherten mich Geschichte und Heimatkunde nach vier Wochen Isolationshaft im Abfruttschen Theatersaal, ich wollte endlich wissen, ob etwas Wahres sei am Gerücht der Tunneltherapie und der Künstlichen Mutter. Verdammt nahe kamen wir am sogenannten Russendenkmal vorbei, dieser von ganzen Stalinorgeln meergrüner Eiszapfen umfrorenen Granitkalotte mit dem aufragenden Kreuz auf dem Piedestal eines Sarkophags, den eine russische Inschrift zierte. Noch auf der einstürzenden Teufelsbrücke hatten General Alexander Suworows Truppen im Mindel-, Günz-, Riss- und Würm-Winter 1799 gegen die Franzmänner unter Massénas gekämpft, bis zur letzten Bohle und zum letzten Mann hatten sich die Marodeure und Franktireure die Musketenbajonette in den Leib gerannt, und die Folge war, daß die abgekesselten Rußkis, von denen kaum einer das Bergführerbrevier besessen haben dürfte, über die Teufelswand kletterten und zu Hunderten kopfüber in die Reussschlucht, den Gorgoschlund des Höllenfürsten hagelten. Einmal wenigstens, Sanitätsgefreiter, haben wir, wenn auch nur dank Napoleon, die Sowjets geschlagen, und einmal mehr steht das Denkmal oben für den Generalissimus und nicht unten für das Fußvolk. Halten Sie sich diesen Skandal vor Augen: ein russisches Heldenkreuz am Gotthard, dem Synonym für Freiheit und Schweizheit!

Beinahe hätten wir, in Militärslawistik vertieft, den gut getarnten Felseneingang übersehen, wenn ihn nicht ein Stoßtrupp von Gebirgsmitrailleuren in spätherbstlich gescheckten Kampfanzügen – auch mit aufgepflanzten Säbeln – durch ein aufwendiges Manöver an harmlose Spaziergänger verraten hätte. Als man unser ansichtig wurde, kommandierte der Wachtmeister seine Gruppe auf ein Glied, was auf den Eisblatern gar nicht so leicht war, und meldete: Herr Adjutantunteroffizier, Gruppe Wüthrich, Festungsabteilung siebenundvierzig, beim Sturmangriff. Danke, ruhn, Sturmangriff worauf, was ist Ihr militärischer Auftrag? Verzeihung, Herr Adjutantunteroffizier ... der Herr ist im Himmel, gemäß Dienstreglement achtzig heißt es nur noch Adjutantunteroffizier! Verzeihung, Adjutantunteroffizier, nicht Sturmangriff, sondern Sturmabwehr, nämlich eines Fallschirmregiments, welches bei Punkt hundertsechsundsechzigsechshundertsiebenundneunzig Bäzboden gelandet ist und über die von Blau zu haltende Achse Grafenort–Göschenen in einem Blitzvorstoß einen Tunnelkopf Urnerloch–Nordportal zu errichten versucht. Danke, Wachtmeister, Gruppe im Halbkreis daher! Vier übernächtigte Komposthaufen, die sich phantastisch abhoben vom weißen Grund, scharten sich um Adjutantunteroffizier Tschuor von der Hepo und seine Ordonnanz. Kameraden, eine Frage: Wer hat dieses sogenannte Urnerloch, quasi den Urtunnel der Schweiz, in das Felsengestell des Kilchbergs gesprengt? Betretenes Schweigen. Sanitätsgefreiter? Anno 1707 gelang es dem Locarneser Baumeister Pietro Morettini, jenen Felsenriegel mit einem sechzig Meter langen Stollen aufzubrechen, um den bis dato die Twärrenbrücke geführt hatte. Die Arbeit kostete achttausend Ürner Gulden, war es aber wohl wert, weil die Balken des frei über der grausigen Schlucht hängenden Steges alle paar Jahre erneuert werden mußten, zerfressen vom Sprühregengischt. Danke, Abgottspon, danke. Zweite Frage: Wie viele Reisende, wieviel Gepäck in Tonnen und wie manches Stück Vieh beförderte die Furka-Oberalp-Bahn, der heute auch die Schöllenenbahn administrativ unterstellt ist, a) 1941, b) zehn Jahre später? Wachtmeister Wüthrich kratzte sich hinter dem Ohr. Sanitätsgefreiter? Zweihundertdreiunddreißigtausendzweihundertneunundzwanzig Personen, fünfhundertsiebenunddreißig Tonnen Gepäck und viertausendeinhunderteinundsechzig Tiere im Kriegsjahr 1941, Schweizer Armee in höchster Alarmbereitschaft; dreihundertzweiundachtzigtausendsiebenhundert Passagiere, nur – in Anführungszeichen – vierhundertneunundneunzig Tonnen an Gütern, Postsäcke nicht miteingerechnet, und sechstausendneunhundertachtunddreißig Kühe, Schafe, Gemsböcke etcetera im Vorwirtschaftswunderjahr 1951. Wachtmeister: Heimatkunde und Tourismus ungenügend. Wie wollen Sie Ihren Abschnitt gegen ein rotes Fallschirmregiment verteidigen, wenn Sie von den beiden wichtigsten Disziplinen der Eidgenossenschaft, von der historischen und von der reiseverkehrlichen, keinen Schimmer haben? Werde nicht umhin können, ein Rappörtchen zu machen bei Oberst im Generalstab Gadient. Doch jetzt geben Sie uns Feuerschutz bis zum Festungseingang!

Dem Pförtner hinter dem Panzerglasschalter mußten wir das Dienstbüchlein präsentieren und den Festungsbefehl, die Seiten drei, Personalien, und neun, Änderungen im Grad, wurden abgelichtet wie die Pässe bei den Grenzübergängen nach Ost-Berlin, dafür erhielten wir einen Casinojeton, der in einen Schlitz zu werfen war, worauf sich die stahlgraue Wand wie eine doppelte Aufzugstür lautlos öffnete. Endlich, Herrgottsternencheib, verflixt und zugenäht, drinnen im Berg, vom Gotthard verschluckt. Das heißt, wir ist falsch, nur Adjutantunteroffizier Tschuor hatte ja die nötigen Papiere, der Sanitätsgefreite Abgottspon mußte draußen bleiben, seine Aufgabe war erfüllt. Und sein Abschied bestand aus einem buckligen Grinsen, er klopfte sich auf Bauch und Schenkel, führte vor dem verdutzten Wachtmeister ein Veitstänzchen auf, eine Bödeler-Polka, er mochte denken: ein Kinderspiel, die Schweiz zu erobern, ein Kinderspiel. Mein Problem war, daß ich wie immer im Militärdienst, wo man dazu erzogen wird, das Denken andern zu überlassen, sofort die Orientierung verlor, daß meine innere Kompaßnadel Kapriolen vorzitterte. Das war ja der große Nachteil des Dissuasionsprinzips: die Dissuasidenten haben ständig auf der Flucht vor dem gesunden Menschenverstand zu sein. Aber allzu viele Möglichkeiten gab es nicht im Fortifikationsabschnitt Kilchberg, ich mußte einfach die innerbirgische Paßstraße, breit genug für das Ortslenkungsmanöver eines G 13-Panzers, abwärts wandern, Kehre um Kehre im Tropfsteintunnel, und als ich fand, es sei nun an der Zeit, die Richtung zu ändern, weil kaum ein Schild Bitte Ruhe, Kurgebiet zu erwarten sein würde, lief ich im Querstollen dafür auf eine weißrote Tafel mit der Aufschrift Maut auf, was auf gotisch »muta«, Zoll, zurückzuführen ist. Doch es war kein Landwehrkamerad, der mich mit der heimeligen Begrüßung Haut Maut in Empfang nahm, sondern sage und schreibe ein österreichischer Grenzzollwachbeamter, und er machte mich in kakanischer Höflichkeit darauf aufmerksam, daß ich vorübergehend, bitte sehr, ein wenig verhaftet sei, bitte sehr, wegen Betretens österreichischen Bundesgebietes in einer Schweizer Uniform, wenn auch, was zu den mildernden Umständen gerechnet werden dürfe, ohne Waffe.

Nun konnte mich ja seit meiner dubiosen Kurhaft in Göschenen überhaupt nichts mehr überraschen, das nur durch massivste Betäubungsmittel interimistisch zum Schweigen gebrachte Lumbusgrimmen zeitigte als Nebenwirkung eine Anfälligkeit für Absurditäten ersten Ranges, aber daß ein Violetter im armierten Weisheitszahnwurzelgebiet der Eidgenossenschaft von einem jägergrünen Austriagrenzer arretiert werden sollte, war mir denn doch zu bunt. Wenn, versetzte ich, hier jemand jemanden zu verhaften hat, bitte scheen, dann wohl der Adjutantunteroffizier der Heerespolizei der Schweizer Armee den österreichischen Gendarmeriegefreiten, der mir, wenn es darum ginge, das Vaterland zu verteidigen, und nicht darum, den Mutterkontinent zu attackieren, höchst suspekt vorkommen müßte. Was ist Ihr dienstlicher Auftrag? Nun, ich bewache halt, so gut es geht bei dem Personalstopp, nit woahr, den südwestlichen Grenzübergang, aber wenn ich Herrn Hauptmann nun bitten dürfte, mir zu folgen, beim Chef können's dann Ihren Schweizer Paß vorweisen, bitte sehr. Unerhört, diese österreichisch hingewurstelte Gradunkenntnis als Staatsbeleidigung – Patient Wolfram Schöllkopf alias Adjutantunteroffizier Tschuor hatte sämtliche Papiere bei sich, die notwendig gewesen waren, als blinder Militär in die Gotthardfestung zu gelangen, nur ausgerechnet den Schweizer Paß nicht, wie sollte er auch, im Herzen Helvetiens, abgesehen davon rangierte das Dienstbüchlein höher als der zivile Personalausweis, DB auf Mann, hieß es in der Rekrutenschule wie im Leben, auf welchletzteres erstere vorbereitet, wer dieses DB irgendeiner Eintragung wegen nach Bern schicken muß, ist bekanntlich, bis er es nach sechs Wochen endlich zurückerhält, völlig aufgeschmissen; aber was nützte mir das elefantengrau leinerne Heldenbrevier in diesem potemkinschen Österreich, wo ich für einen grenzüberschreitenden Hauptmann der Schweizer Wehrmacht gehalten wurde, so daß womöglich das Eidgenössische Militärdepartement beim Wiener Militärkommando ein Auslieferungsbegehren stellen mußte. Natürlich würde beidseitig der Verdacht auf Doppelspionage bestehen, der Bundesrat würde fragen: Was hat der Delinquent – Uniformschändung und Abzeichenhochverrat – a) im Fort Réduit und b) in der impaktierten österreichischen Enklave – denn um eine solche konnte es sich doch wohl, wenn das Ganze nicht ein übler Scherz war, nur handeln – zu suchen; das österrreichische Verteidigungsministerium wiederum würde gern wissen wollen, warum es der neutrale Nachbarstaat an einer derart neuralgischen Stelle auf einen Grenzkonflikt ankommen lasse, kurz: ich mußte unverzüglich meine – wenn auch total zerstörte – Identität aufdecken und mich als Aspirant der Auer-Aplanalpschen-Heilstollenklinik zu erkennen geben; nur: wer würde hier in der Geoföhnwärme des Gotthardgranits auf einen solchen Schmäh hereinfallen?

Warum haben Sie das nicht gleich gesagt, Herr Dozent, war die alles entpannende Reaktion des Grenzschutzkommandanten im olivgrünen Wams, der in der Barackennische des Maut-Hauptquartiers Brotzeit hielt und Geselchtes mit Senfwürmern dekorierte. Wissen's, die Patienten der Frau Primarius kommen normalerweise über die offene Grenze des Autoverladezug-Gleisdreiecks bei Kilometer zwei, wo der orangegelbe Waggon der ÖBB von den Transitzügen abgekoppelt und von einem Rangiertraktor Te 101 der SBB in den Favreschen Fehlberechnungstunnel geschoben wird, dort können's dann bequem die Rezeption der Heilstollenklinik erreichen und sich für die Kur einschreiben. Wo fehlt's denn, Herr Dozent, wenn ich fragen darf?

III
Brief
an die Mutter

Sehr geehrte, aber, um es gleich vorwegzunehmen, auch vermaledeite Schwester dritten, vierten, egal wievielten Grades! Bitte übermitteln Sie Ihrer Mutter, sofern sie noch am Leben ist, was sich, da sie sich bekanntlich nie um mich gekümmert hat, sondern restlos im Konkubinat mit Ihnen aufgegangen ist, meiner intimeren Kenntnis entzieht, folgendes Maleskript im Sinne einer einstweiligen, allenfalls letztwilligen Verfügung. Meine Situation ist die, daß ich in Göschenen-Kaltbad auf Granit beiße, doch die Hoffnung nicht völlig aufgegeben habe, vom Römischen Rechtsgrundsatz »Mater semper certa est« freigesprochen zu werden. Ein Stiefkind ist ein vernachlässigter Gegenstand, denn althochdeutsch »stiof-«, »stiuf-« heißt – zu meinem eigenen Entsetzen kann ich plötzlich wieder ein paar Brocken Althochdeutsch – abgestutzt, beraubt, verwaist: »bi-stiufan«, der Eltern oder Kinder berauben, siehe auch Stubben, Baumstümpfe. Das würde dann juristisch bedeuten, daß die Mutterschaft, will sagen das Recht, mich, Wolfram Schöllkopf, geboren zu haben, in der Stollentherapie, sofern nicht auch sie kontraindiziert ist, dem Rekursverfahren unterworfen würde, daß mein ganzer Körper unter Berufung auf die Zeugenprotokolle der einzelnen Organe, zumal des von der Unterleibsmigräne heimgesuchten Gemächtes, Nichtigkeitsbeschwerde einlegt. Wäre ich nur geworden, was ich immer werden wollte; Advokat; ich hätte die notwendigen Paragraphen des reziproken Enterbungsrechts geschaffen, ein Opus magnum der Rechthaberei, was ich freilich ohnedies schon bin, als Showfreak für Patienten wie unheilbar Gesunde!

Grundsätzlich, wie schon oft dargetan, ist Ihrer Mutter nichts vorzuwerfen, außer, daß sie mir, dem Erstgeborenen, keine Wahl ließ. Hätte man, als ich mich anschickte, das zweifelhafte Spülicht dieser Welt in Augenschein zu nehmen, alle schwangeren Frauen auf ein Glied kommandiert, wäre die Ihrige wahrscheinlich die letzte gewesen, die ich erkoren hätte, so wie ich im Turnen bei der Mannschaftswahl für die abschließende Jägerballtortur immer als letzter zum Zug kam, und dies, nachdem sich der Hartgummimensch, bevor er zum Spiel überpfiff, ausdrücklich vergewissert hatte, ob Schöllkopf schon am Reck gewesen sei. Gegen diese doppelte Demütigung, werteste Schwester, gab es kein mütterliches Zeugnis für Monatsbeschwerden, wenn der Tochter gerade nicht nach dem Schwebebalken zumute war. Item, ich fordere, wenn auch zu spät, in einem Postscriptum, die freie Mutterwahl! Weit eher hätte ich mich schon pränatal der Marlene Dietrich ausgeliefert oder der Greta Garbo oder Kay Kendall mit dem Engelsprofil oder – o was für ein Name! – der sündigweichen Eva Marie Saint, eigentlich jeder x-beliebigen Hollywood-Göttin, wenn sie nur einen weiten Augenabstand, nach oben geschnittene Pupillen, eine griechische Nase, möglichst mit einem Nasenbeinknick, eine kurze, aber deutlich gekerbte Oberlippe, einen breiten Mund, hohe Backenknochen und tiefe Wangenhöhlen gehabt hätte!

20th Century-Fox, o Glamour, Glanz und Gloria: Wäre das etwa zuviel verlangt gewesen, notfalls aus einer der unzähligen Kebsehen des Schwedischen Eisbergs hervorgegangen zu sein oder die Jugend als Adoptivkind Ingrid Bergmans verbracht zu haben, ständig auf Reisen, in Palace-Hotels: Mutterliebe aus dem Koffer? Dafür wäre aus diesen Koffern und Hutschachteln und Beautycases gequollen, wessen ich ein Leben lang entbehre: rauschende Toiletten aus Crêpe-de-Chine, anisgelbe Seiden-Satin-Negligé-Phantasien, Lachs- und Champagnertöne, Parfumflacons und Perlencolliers, Pelzmäntel und goldgefaßte Lippenstifte: die Accessoires der Weltweiblichkeit und Schönheit, das heidnische Zubehör der Venus. Meine Geburt, mir längst abverwandt gewordene Schwester, war ein Irrtum: ich hatte zur Welt kommen wollen, um Licht und Schönheit zu trinken, nicht um als Musterschüler und Gesellenstück einer korrekten Erziehung zu verkommen.

Vielleicht, wenn Sie mein Geehrtes weiterzuleiten die Güte haben wollen, war ich gerade darum so vernarrt in einen makellosen Teint, eine schwungvolle Frisur, in den hochhüftigen Ladylook, weil ich, wie mir erst viel später bewußt wurde, als Freak geboren wurde, im wörtlichsten Sinn als Einfall, als Laune der Natur, und Freaks, wie ein heftiger Wortwechsel zwischen dem Rumpfmädchen Annitta und dem gleichermaßen deformierten Kobelkoff bezeugt, als sich beide gegen den taktlosen Witz zur Wehr setzten, sie hätten ein ideales Paar abgegeben, suchen in der Liebe immer das Normale, Ganze, Entgegengesetzte. Nun mag Sie erstaunen, daß ich mich als Kind, obwohl mir kein Glied fehlte, auch das eine nicht, als abnormes Phänomen empfand: gerade weil ich kein Rumpf- oder Halbmensch war, sondern einen Unterleib hatte, und dennoch glaubte ich lange Jahre der Einzige auf der Welt zu sein, der lustvolle Spiele mit diesem verhexten Bettzipfel, der mit dem Feuerquirl Alleinunterhaltung trieb.

Das Gelb habe ich von den Wänden heruntergeschrien, als ich in jenem Einzelzimmer im Bezirksspital lag, mit Blick auf die Rotunde des Siechenhauses. Ein Kranz von Rasiermessern steckte im Bauch, und ich dachte – was war ich, vielleicht knapp vier –, sie haben es dir weggeschnitten, zur Strafe für das heiße Velostrampeln unter der Decke. Mitten in der Operation erwachte ich aus der Narkose und wollte nach der Mutter rufen, aber der Hausarzt, ein Rauhbein von einer männlichen Hebamme, preßte mir einen frischen Ätherlappen auf die Nase und lachte: Der wird ein tapferer Soldat. Fingerhutweise flößte mir die Schwester den Tee ein, jede Stunde ein Näpfchen, Ihre Mutter lag auf dem Feldbett, ich sehe noch ihr Gesicht im Lichtkreis der Ständerlampe, ein Tuch auf der Stirn, und ich höre mich inwendig denken, als ob es erst gestern gewesen wäre, daß ich ihr nicht helfen könne mit meinem durchstochenen Bauch: sie steuerte die Migräne bei, ich den aufgeschnittenen Unterleib. Und immer, wenn sie das Spital verließ, schrie ich den Schwefel und die Galle aus dem Verputz des gelbsüchtigen Einzelzimmers, so daß man mein Mordiogezeter bis zum Schulhaus hinunter hörte und die Naht zu platzen drohte, der Fadensteg über jene fingerlange Narbe, mit der man, einen kleinen Geburtsfehler korrigierend, lebenswichtige Penisnerven unterbunden oder durchtrennt oder eingeklemmt hatte; vielleicht, so rätseln meine Unterleibsärzte, der Grund für die Gicht, den Hexenschuß im Glied.

War das, so weisen Sie mich, den Familienjuristen nun wieder zurecht, denn ein Kapitalfehler, mich, das Einzel-, das Karfreitagskind, als Privatpatienten zu hospitalisieren, mich das Phänomen, das die Plauder-Psychotechniker als maternelle Deprivation umschreiben, als Solitär, als Eremit, als Fakir erfahren zu lassen? Hätte ich in einem Achterschlag vielleicht nicht viel mehr zu leiden gehabt, als Vorgeschmack auf das Kinderheim? Was nützt das Rechten und Hadern nach Jahr und Tag, wenn das Leben gelaufen ist, so und nicht anders? Ich gebe Ihnen ja recht mit der teufelssteinschweren Wucht meiner in Göschenen gestrandeten Existenz! Wäre es denn anders gekommen, wenn statt der Schatten- und Migränefrau auf dem Feldbett – ja, eigentlich war sie die einzig legitime Patientin – eine Eva Marie Saint im rauschenden Ballkleid, in Seide, Atlas und Tüllgeknüll mir einen Gutenacht-, einen Bleibgesund-Kuß gegeben hätte?

Das Schlimme ist, Verheerende, daß ich mich an keine einzige Zärtlichkeit erinnere. Dabei muß es sie, von der Wahrscheinlichkeitsrechnung her, gegeben haben, diese intimen Berührungen zwischen Mutter und Kind. Aber das Gedächtnis meiner Haut hat sie nicht gespeichert. Wolfram Schöllkopf ist ein gefrorenes Meer an entbehrten Gutenachtküssen. Es bräuchte Tausende von Miss Worlds, diesen Schaden zu reparieren! Ich sehe das weiß gelackte, rundum vergitterte Kinderbett in der Ecke des Elternschlafzimmers, wo ich, als Familien-Freak in der Side Show von Barnum & Bailey, mit Gummizügen an die Matratze geschnallt werde, die gipserne Ewigkeit der Nachmittagsruhe hinter mich bringe und mir den Kopf zerbreche über das vertrackte Tapetenmuster. Meine Totenuhr ist das Granitdengeln des benachbarten Steinmetzen Rota, das Geräusch von Klöpfel und Schariereisen. Und ich stelle, da ich mich aus meiner Zwangsjacke nicht befreien kann, das Zimmer auf den Kopf, spaziere der Stuckdecke entlang zum Rondell des aus Gerstenzucker gesponnenen Lampenschirms, den ich als Riesenpilz entdecke. Um die Ecke der Alkoven, wo die braunschwarz gemaserte Doppelbettburg auf mich niederzukrachen droht. Sagen Sie mir, Nesthäkchen, Muttertreu: Woher, in meinem Unterleib, der weggeschnürt werden mußte, diese Bodenschätze an Schuld und Angst? Was hatte ich, zum gefesselten Bettnässer verurteilt, denn überhaupt verbrochen? Wer war die Nabelfrau, die mich in meinen Träumen in ihr Wurzelreich lockte, mir nackt, mit schweren, laubfleckenübersäten Eutern entgegentrat aus den Dämpfen ihrer hinteren Höhle und mich wälzte in Kot und Urin wie der Bäcker die Spitzbuben Max und Moritz: »Eins, zwei, drei! – eh' man's gedacht, sind zwei Brote draus gemacht!«

Mother-in-law, sister-in-law: ich brauche beides, eine Belle-mère und eine Klassefrau als Schwester von Gesetzes wegen, um Ihre gegen meine Gesundheit intrigierende Symbiose mit der Mutter zu sprengen. Wäre es eine Klytaimestra, wir hätten es leicht, Sie als Elektra und ich als Orest, aber sie ist vielmehr das hadeshafte Negativ der alles in allem doch begehrenswerten Gattin von Agamemnon und des Buhlen Aigisth. Die ersten Ferien in einem hochgelegenen Bergdorf im Bergell. Mein Bett stand, wo sonst, wie in der neuschwansteinhaften Fabrikantenvilla am Schloßgraben im Elternschlafzimmer, am Fußende, und eines Abends hieß es: Wir gehn aus und du bleibst da! Ich näßte den Gummi und spielte mit einem Zinnreiter, und als ich es nicht mehr aushielt in meinem klitschkalten Laken unter der Obhut einer derben Bergbäuerin, welche so grell nach ihrer Tochter Adriana rief, daß es von Granitfluh zu Granitfluh widerhallte, machte ich mich auf die Socken, um die entführte Mutter zurückzuerobern. Ich stellte mir vor, wie sie als ebenholzschwarze Fee mit langer Schleppe in den Speisesaal des Palazzos mit Himmelbettischen unter Baldachinen auf gedrechselten Säulen komplimentiert würde. Vor mir der endlose Kanal einer Gasse aus Katzenaugenpflaster, ein Rudel Ziegen stürmte mir entgegen, und am schindelgedeckten Waschbrunnen tratschten noch vereinzelte Bergeller Weiber, bläuliche Seifenwolken im finsteren Wasser. Zur Rechten eine endlose Mauer mit vergitterten Fenstern und Ringträgerfratzen, an der ich mich vorwärts tastete wie ein Blinder, im verpißten Nachthemd. Nie hatte meine Phantasie Ihre Frau Mutter kostbarer ausstaffiert als an diesem Sommerabend im Val Bregaglia, nie war sie mir königlicher erschienen, und unter der Tafel im Speisesaal des Palazzos stellte ich mir alle Herrlichkeiten dieser Welt vor: Kronleuchter mit glasklingelndem Brimborium, damastene Tischtücher, goldenes Geschirr. Da ich die hohle Gasse nicht schaffte, verirrte ich mich auf holperigen Nebenpfaden, Brennesseln und Stalldung, tastete mich durch das meterhohe Gras der Hinterhofgärten an der mit Ochsenaugen lauernden Straffassade entlang, und die Expedition endete in einem söllerartig erhöhten Hühnerhof, wo mich eine Horde Kinder, deren Sprache ich nicht verstand, in das federflaumstickige Holzhäuschen sperrte, so daß mir keine andere Wahl blieb, als mich durch das enge Loch mit den messerscharfen Blechkanten zu zwängen und wie ein wundgescheuerter Affe den Grimassen am Drahtverhau zu stellen. So, werte Schwester, endete mein Versuch, Ihre Mutter für mich zu gewinnen: im muscheligen Hühnerdreck!

Jahrzehnte später, als Rumpfmensch, Halbwesen und Doppelfreak, verfolgt mich immer wieder der Traum, daß Ihre Mutter, von der Migräne verdunkelt, im Salon des Dracula-Schlosses mit Erkertürmen – getreu der Architektur im Film »Es geschah am hellichten Tag« – auf dem Biedermeiersofa unter dem Ahnenschwarten in speckig brüchiger Lasur liegt, und daß ich wie ein Schleuderakrobat Anlauf nehme, auf das Familienerbstück satze und in Spikesschuhen auf dem schmerzgekrümmten Körper Ihrer Mutter herumtrample, um sie mit den Füßen zur Raison zu bringen, zur Einsicht, daß sie mich nicht als Pflichtthema in einem Akzeßexamen der Erziehung erledigen könne, sondern lieben müsse. Vergeblich: das Biest ist nicht umzubringen, die Unterlage gibt immer wieder nach, und je heftiger ich zutrete, desto höher die Trampolinsprünge, desto labiler mein Gleichgewicht. Am Schluß katapultiert sie mich an die Decke, wo ich hängen bleibe wie eine Fliege an der klebrigen Spirale. Ich erwache schweißgebadet in tiefstem Entsetzen: nicht über mein mörderisches Vorhaben, darüber, daß Wolfram Schöllkopf, der Equilibrist und Kontorsionist, an dieser gemäß der Traumlogik so leicht scheinenden Nummer gescheitert ist. Viele weltberühmte Freaks, die statt Arme kurze Stummel, anstelle von Beinen Füße hatten, welche unmittelbar am Rumpf angewachsen waren, brachten es als Prestidigitateure und Entfeßlungskünstler, als Jongleure und Wirbelwindillusionisten zu großem Ansehen. Nikolai Kobelkoff, der als Kraftmensch auftrat und sich in den Löwenkäfig sperren ließ, schrieb mit seiner Unterleibspranke die schönsten Liebeserklärungen. Pediskripte wurden diese Texte genannt, geschätzte Mediävistin und Altphilologin, Pediskripte.

Was Wolfram Schöllkopfs Maleskript betrifft, kann ich nur übersetzen, was meine Organe schwören: Die Wahrheit, und nichts als die Wahrheit. Ich bin kein Dichter, ich war es einmal vor fünfzehn Jahren, für kurze glühende Wochen durch die Liebe einer Frau, welche mich glauben machte: Mulieribus poetarum opus est. Mir gab, sehr geehrte Schwester fünften, sechsten Grades, kein Gott, zu sagen, wie ich leide, ich gehöre als Chronischkranker und Malefizenz zu jenem Teil der Menschheit, der in seiner Qual verstummt. Dafür weiß ich, daß Goethes Tasso falsch zitiert, wer mit Himmelfahrtsblick bekennt: Gab mir ein Gott, zu sagen, was ich leide. Auf das Wie kommt es an, nicht auf das Was. Ich hatte, um es auf eine Zwischenbilanz zu bringen, an einer Wie-Mutter, nicht an einer Was-Mutter zu krepieren. Denn an Sorgfalt der Erziehung, an Reinlichkeit und Pünktlichkeit, überhaupt an

Prinzipien, hat es die Hausbeamtin nie fehlen lassen. Die Wäsche war in Ordnung, die Küche war in Ordnung, der Pflanzgarten war in Ordnung, die Geburtstagsfeste waren in Ordnung, die Kerzenzahl stimmte, die Weihnachtsfeiern waren in Ordnung: tue recht und schone niemand, ausgenommen die Sancta Clara.

Als Einzelkind, das auf den verschlungenen Kieswegen im Taxuslabyrinth des französisch gezirkelten Parks am Schloßgraben immer eine Pfanne hinter sich her schleifte, um der Mutter ja nicht abhanden zu kommen, hatte ich allabendlich um ein Brüderchen oder Schwesterchen zu beten. Ich frage mich heute als Patient in Göschenen, ob es richtig sei, junge Menschen so früh schon zu verderben, indem man sie anlernt, die Hände nach oben zu falten. Denn der Verkehrspolizist, an den ich einen Wunsch zu richten hatte, welcher nicht der meine war, hatte mich bei der Mutter verzeigt, als ein Nachbarsbub und ich hinter dem sogenannten Lusthäuschen, dem achteckigen, efeuumrankten Laubsägepavillon, die Turnhosen auf die Knöchel fallen ließen, um, wie jener Jeanpierre wußte, in geheimbündlerischer Verschwörung zu ertasten, daß drei Körperstellen das Paradies auf Erden verheißen: der Bauchnabel, der Po und das Gießkännchen. Beim Abendessen stellte mich die Mutter zur Rede: was wir hinter dem Gartenhaus getrieben hätten. Die Hitze schoß mir ins Gesicht, ich versuchte mich zu verschlaufen. Wer wir? Du weißt genau wer, also heraus mit der Sprache! Fünfunddreißig Jahre später, sehr geehrte Schwester, rücke ich tatsächlich heraus mit der Sprache, mit Schlacke und Wut. Der Liebe Gott, sagte die Mutter, hat euch genau beobachtet und mir alles erzählt. Warum fragte sie denn überhaupt? Um einen goldenen Punkt für gutes Betragen auf der Himmelsleiter zu ergattern? Wenn der Liebe Gott – eine Contradictio in adjecto – sich schon als Spitzel und Voyeur betätigte, mußte man ihn nicht auch noch in Schutz nehmen dafür.

Sehen Sie, parasitäres Schwesterherz: da zerriß etwas zwischen Ihrer Mutter und mir, für immer. Ich fand dieses Dreiecksverhältnis der christlichen Übernächstenliebe schon damals eine Zumutung, aber meine Krüppelpsyche reagierte mit Schuld und Angst darauf. Wenn es wirklich von diesem Spanner abhing, ob mir ein Gespänlein geschenkt würde, verzichtete ich gern darauf. Meine Kinderseele muß eine Undine gewesen sein, auf jeden Fall ein fischschwänziges weibliches Wesen! Vor dem Einschlafen drückte ich mich eng an die kalte Wand meines Gastzimmers, bevölkerte das Bett mit schönen Knaben und ließ sie im Flüsterton darüber streiten, wer am nächsten bei mir liegen dürfe. Der letzte Hautkontakt vor dem Überfall der Kobolde und Glasscheibenhunde, Roggenmuhmen, Klabautermänner und Hausgeister, die in den Nischen der Finsternis lauerten, wenn der Lichtspalt in der Tapetentür zum Elternschlafzimmer verschwunden war. Ich habe diesen glosenden Spalt immer als Mutterblende empfunden, habe ihn angefleht, daß er mir durch meine Walpurgisnächte mit den Hexensabbathorgien leuchte, vergeblich. Das Täfer begann zu brasten, schleimige Schritte von der Kommode zum Kleiderschrank, Knacksen und Girren im Nachttischchen.

Habe ich denn, Verheerte, das Recht und die Macht, epistolographisch gegen Sie und Ihresgleichen zu prozedieren? Mitnichten. Es gehört zur Verrücktheit dieses Schreibens, daß schlechterdings alles, was dem verhängnisvollen, maternell-sororialen Konkubinat zur Last gelegt werden muß, vice versa gegen mich verwendet werden kann. Es gibt also immerhin noch eine grammatikalische Verwandtschaft zwischen uns, insofern als wir in einem syntaktischen Gefüge unterzubringen sind. Freilich steht, was ich Ihnen nicht zu sagen brauche, der Vokativ stets außerhalb des eigentlichen Satzverbandes. Ich kann Sie zwar anreden, aber nicht zwingen, der Anrede standzuhalten, noch weniger, sie weiterzuleiten. Im Grunde genommen kann Wolfram Schöllkopf alles, nur gerade das nicht, was für sein Existenzminimum notwendig wäre. Sintemal Sie aus der syntaktischen und semantischen Kongruenz befreit sind, ist dies gar kein richtiger Brief, denn er ist irresponsibel, wofür ich allein, der Psychosomatopath und Familienfreak, responsabel gemacht werden kann. Wenn ich trotz alledem die Briefform gewählt habe, so nur, weil es in der Natur des Briefes liegt, daß er abgeschickt, auf dem Postweg befördert wird. Allerdings: was vermag schon die Post? Ihnen gegenüber von der Natur eines Wortes zu sprechen, heißt seine Etymologie aufschlüsseln. So dürfte Ihnen nicht völlig unbekannt sein, daß sich Briefe von breve scriptum herleitet, kurzes Schreiben, Urkunde, und in der Kanzleisprache die ursprüngliche Bedeutung offizielle schriftliche Mitteilung hatte, wie auch aus den Komposita Schuldbrief, Freibrief hervorgeht. Ein Schuld-Freibrief ist es, was ich mir ausstelle, eine Urkunde der äußersten Verzweiflung, auf die Sie immer dann zurückgreifen können, wenn Sie der Illusion erliegen, an unserem Verhältnis sei noch irgend etwas zu reparieren.

Im Alter von wahrscheinlich etwa fünf Jahren wurde ich in ein katholisches Kinderheim in einem Feriendorf hoch über dem Walensee eingeliefert, weil die Eltern einen moralischen Wiederholungskurs in einem Konferenzzentrum für militanten Antikommunismus absolvierten. Ich hatte mich auf die Kindergesellschaft gefreut, leider war die Freude nicht gegenseitig, bereits am ersten Tag kollerten dicke Tränen in die Suppe auf der gebeizten Holzveranda, und da ich den Eßlatzknoten am Hals nicht selber auflösen konnte, lief ich den ganzen Nachmittag mit diesem Rabättchen, mit diesem entwürdigenden Fleckenjabot herum. Die Bande hatte bald herausbekommen, wer der Jüngste und Verletzlichste war, und so wurde ich vier Hochsommerwochen lang durchgefoltert, kein Wunder, daß meine Unterleibsmigräne immer zur schönen Sommerszeit auszubrechen beliebt. Die Tortur begann damit, daß mir die Zimmergenossen, noch während ich schlief, den Teddybären klauten und in den Nachttopf tunkten, gespannt, ob mich das nachgedunkelte Gelb davon abhalten würde, das mit Sägemehl ausgestopfte Schmeicheltier an mich zu pressen. Der Uringestank hielt mich nicht davon ab. Sie setzte sich darin fort, daß mich Adrian, der sommersprossige Anführer, hinter dem von hohen Tannen umzirkelten Chalet in Kauerstellung kommandierte, meine Halswarze mit Nähnadeln pikierte und, wenn die Horde abzog, drohte, bei der ersten Bewegung würde ich gesteinigt. Nachdem ich vielleicht eine halbe Stunde in der Hocke gesessen hatte wie über einer Freiluftlatrine, versuchte ich mich hüpfend – die Uhrwerkenten, die Uhrwerkpaviane – davonzustehlen. Prompt prasselte ein Kieselhagel aus dem Gebüsch auf mich ein.

Unten in der Schlucht gab es einen Spielplatz, wo eine Blockhütte für die Kinderheimhexe errichtet wurde. Als wir beim Einnachten den Anhänger mit den Werkzeugen den steilen Waldweg hochzogen, ließ ihn Adrian vor dem Gittertörchen bergabrasseln und warf das Los: ich hatte ihn zu holen, der Hexe zu entreißen. Rückwärts kraxelte ich über meinen Schatten, und als ich mit dem Gefährt keuchend oben ankam, war das Tor verschlossen, also kletterte ich über die Lanzetten und riß mir einen Dreiangel in den Oberschenkel. Die Schwestern mit ihren Flügelhauben – o wie lernte ich systematisch das Wort Schwester hassen! – glaubten mir nicht, was ich unter Todesängsten erzählte, denn die Peiniger stritten alles ab. Ich war in der Minderheit, und ich fand mich damit ab. Zwar unternahm ich diverse Fluchtversuche, aber weiter als bis zur Kirche im Dorf kam ich nicht, nicht einmal den Walensee schaffte ich, den Qualensee. Vier Wochen lang Sträfling, vier Wochen Kinder-KZ, in der Waldschlucht lauerte die Kreuzspinne, man konnte zappeln im Netz, zerreißen ließ es sich nicht.

Was Wunder, daß ich zu Hause Nacht für Nacht von Hexen und Feuersbrünsten träumte, daß mir das flammende Kopftuch der Jordibeth heimzündete in die hintersten Bubenverstecke. Doch siehe, uns wurde eine Heilandin geboren, Schwester Klärli, und von diesem Tag an war ich vollends zum Sexualverbrecher gestempelt, denn was mir zwischen den Beinen baumelte, was die Flügelschwestern im Kinderheim immer hatten abschneiden wollen, fehlte bei Ihnen; genauer: mir ging ab, was Sie adelte und zur Alleinerbin der Mutterliebe aufsteigen ließ, ein glatter, makelloser Unterleib. Der vereiterte Blinddarm der Sexualität war Ihnen von Geburts wegen schon wegoperiert, Sie brauchten nicht ins Spital zu gehen und in keine Besserungsanstalt, Sie konnten sich der Sonne zuwenden, während ich schattenhalb weitervegetierte.

Mit Professor Virchow setzte sich in der Freak-Forschung die Erkenntnis durch, daß die Zwillingsmißbildung durch die unvollständige Teilung eines Eis entsteht. Je nach der Stelle, an welcher das Paar zusammengewachsen ist, unterscheidet die Medizin zwischen Sternopagen – Brust an Brust –, Ischiopagen – Becken an Becken –, Cephalopagen – an den Haaren aneinander gefesselt – und Gastropagen, bei denen das Becken gemeinsam, die Wirbelsäule dagegen gespalten ist. Die ungewöhnlichste unter allen Deformationen ist die parasitäre Zwillingsmißbildung. Zur unvollständigen Teilung der beiden Früchte kommt hinzu, daß das eine Geschwister nur rudimentär gedeiht und am Körper des Autositen hängt, sich von ihm ernährt. Hans Kaltenbrunn, 1525 in der Nähe von Straßburg geboren, hatte einen Bruder, dessen Kopf sich in seinen Magen bohrte. Lazaro Colloredos Zwillmißling baumelte aus der Brust, besaß zwar ein Haupt, doch weder Verstand noch Stimme. Der Genueser nannte den Halbmenschen Batista und pflegte ihn mit großer Fürsorge, hing doch sein eigenes Leben von der armen Kreatur ab. Wie Kaltenbrunn wurde er schon früh von seinen Eltern zur Schau gestellt und brachte ihnen hohe Gagen ein. Jean Liberras Bauchbeutelwesen, elend verrenkt wie Kinderleichen in Konzentrationslagern, hieß Frère Jacques und war vor dem Ersten Weltkrieg bei Barnum & Bailey zu bewundern. Der Sizilianer Francesco Lentini präsentierte die asymmetrische Verdoppelung seines Unterleibs.

Was nun das ungleiche Paar Ihrer Heiligkeit, der Klärli-Heilsarmistin, und meiner Malefizenz betrifft, kann nicht auf die Freak-Forschung zurückgegriffen, muß einmal mehr alle Pionierarbeit selber geleistet werden. Dem bei Mädchen mehr vermuteten als diagnostizierten Penisneid müßte Wolframs Penisschmach gegenübergestellt werden. Ihre Sexualität war Natur, meine eine Laune derselben. Sie hinterließen keine Flecken auf dem Leintuch, ich dagegen besudelte alles. Aus Ihnen floß nichts aus, dafür mündete der unersättliche Strom der kaptativen Mutterverbibäbelung in Ihr schokoladebraunes Gemüt. Ich das Nähr-, Sie das Zehrwesen. Ihre Gesundheit florierte auf Kosten der meinigen, die ohnehin auf Jahre hinaus verscherzt war, die Frühpubertät eine Katastrophe, die Hochpubertät eine Katastrophe, und dieses beginnende Würmzeitalter meiner Lumbalvergletscherung gipfelte im Eid am Krankenbett Ihrer Mutter, nie mit einer Frau zu schlafen, es sei denn mit der Nupturientin in der unbefleckten Hochzeitsnacht. Das Hanebüchene liegt nicht in diesem Puerilitätsversprechen, sondern darin, daß Ihre Mutter nie im Leben, nie im Traum auf die Idee gekommen wäre, von ihrem sakrosankten Klärli etwas Vergleichbares zu fordern, im Gegenteil: als Sie aus lauter Dummheit unehelich schwanger wurden, war Ihre Bebrüterin noch stolz auf diesen Fauxpas, den sie sich selber nie verziehen hätte. Sie fand, man dürfe Ihr werdendes Mutterglück nicht beeinträchtigen. Sie hatte immer eine doppelte Antenne für Ihre Nöte, dafür die potenzierten Unbilden, was meine Signale betraf. Ich hätte alle tausend Frauenfremdsprachen miteinander und durcheinander beherrschen können, es hätte kein Dialekt zu ihr gepaßt, weil ich, ihr Stieffreak vierten Grades, der Absender war.

Sie schmarotzten, ich vertrotzte, bis der Körper, das ganze Ring- und Staumauersystem, dem ungeheuren Druck nicht mehr standhielt und die Sintflut hereinbrach, freilich ohne daß Ihre Mama zur Salzsäule erstarrt wäre. Ich verspürte einen Trieb, der Trieb war ungehörig, verboten, also war ich ein Triebverbrecher, und in der Art von cleveren Delinquenten, von Taschenspielern, Eskamoteuren und Hasardeuren, suchte ich vom Genitalcrimen abzulenken durch ein Vergehen: ich wurde zum Dieb. Ich stahl einem Mitschüler eine Orange aus Eifersucht, er verpetzte mich, der Lehrer verhörte mich, als alle Ausreden nicht halfen, zog ich die Mutter hinein, behauptete, sie hätte mir die Frucht mitgegeben, ich suchte ein Alibi in Gestalt einer Person, der falschen, wie sich herausstellen sollte, Ihre Mutter, die wahrscheinlich gerade mit Ihnen den Tapetenkatalog für das Puppenhaus durchblätterte, wußte nichts von einer Wolframschen Orange, ließ den Schüler, welcher die Rolle des Landjägers hatte übernehmen dürfen, in der Klasse ausrichten: Keine Orange als Pausenverpflegung mitgegeben, wodurch ich restlos geliefert war, vom Lehrer zuhanden der Mutter, von der Mutter zuhanden des Lehrers bestraft, und dafür gab es keine Tatzen, o nein, ich mußte auch nicht hundertmal den Satz schreiben: Wer einmal lügt, dem glaubt man nicht, und wenn er selbst die Wahrheit spricht! Ich durfte mich bei meiner früheren Lehrerin melden, die mich immer hatte zeichnen lassen, bei der ich so gut angeschrieben sein wollte, daß ich nach jedem Schultag ausdrücklich fragte, ob ich nicht nur lieb, sondern der Liebste gewesen sei: dieser Frau hatte ich zu bekennen, ich sei ein Klaui, wie wir sagten. Die verstand etwas von mir, sie lachte und meinte, wer so schöne Orangenbäume zeichnet, darf auch mal eine Kugel verschwinden lassen. Und sie gab mir aus ihrer Naschschublade ein Täfelchen Frigor.

Sehen Sie, verehrte Parasitin meiner Gesundheit: das sind Kleinigkeiten, aber sie summieren, sie potenzieren sich. Freilich beweisen sie um so weniger, je kursiver sie erlebt werden. Meine Mamamnese führte von der korrekten Übererziehung des Einzelkindes zur Deportation ins Sadistenlager über dem Walensee, von den Hexenträumen zu den Verfolgungsängsten als Triebtäter unter der Bettdecke, von diesem Sodom und Gomorrha zur Degradierung, denn Ihr immer älter, immer klüger, immer vernünftiger, immer nachsichtiger zu sein habender Bruder sein zu müssen, war eine Degradierung. Wer ersetzte mir den Anker Steinbaukasten, dessen Katalog,

Der Geschickte Baumeister, No. 8 neue Folge, Sie in hundert Fetzen zerrissen, dessen ziegelrote Brückenbogen mit Rustikakerben, dessen sandgelbe Quader und Trommeln, dessen Spitzpyramiden in einem verwaschenen Berliner Blau Sie mit der systematischen Chaotik des unbekümmerten Tollpatschs verloren hatten? Es sei, so der Kommentar, natürlich, daß die Spielsachen der älteren an die jüngeren Geschwister übergingen, und ich sei doch längst über Vorlagen wie das Altdeutsche Stadttor, die Burgwache, die Ehrenpforte hinausgewachsen. Doch daß jemals etwas von unten nach oben vererbt worden wäre, das war gar nicht natürlich. Ich hätte, durch solche Rechtssprechung zur Verzweiflung getrieben, unbedingt, wie gesagt, Jurist werden sollen: In dubio pro reo, und der Angeklagte ist immer der Ältere. Man schalt mich, wenn ich über die Rationierung und parteiische Verteilung von Zuneigung schimpfte, einen Polizisten, zu Recht, denn hundert liebeschielende Mutterblicke pro Woche auf ein und dieselbe Seite, auf die schwesterliche, summieren sich zu jenem Diebstahl, den ich durch meine Entwendungen aus der Eierkasse sichtbar machte. Ich stahl Zwanziger, dann Fünfziger, dann Einfränkler und Zweifränkler und legte alles in Süßigkeiten und Tabak an, ich schleckte mein Gebiß zuschanden und rauchte die Bubenlunge voll und gelangte so endlich zum zweifelhaften Ruf eines abschreckenden Beispiels, dem man mit der Besserungsanstalt drohen mußte, doch dem zweiten Sektenheim für Schwererziehbare kam ich zuvor, indem ich in der Schule alles niederkanterte, im Rechnen wie im Zeichnen, im Lesen und im Schreiben, ich verschaffte mir die allerbesten Zeugnisse und damit meine quasi diplomatische Immunität. Die Noten gaben mir recht, die steile Karriere eines Privatdozenten hatte ihren Anfang genommen. Nie hat mir ein Erwachsener helfen müssen, herauszufinden, wie lange sieben Arbeiter bei einem Achtstundentag für die Verlegung einer zehn Meter langen Abwasserleitung brauchen, wenn zwölf Arbeiter, die nur halbtags beschäftigt sind, das Projekt in einer Woche ausführen. Was meinem zum obersten Plafond hochgekränkten Intelligenzquotienten an Rechenexempelnahrung zugeführt wurde, war zum Totlachen. Im psychiatrischen Berufseignungsgutachten hieß es: Wolfram wird es, wenn er so weitermacht, nicht nur auf einen grünen, sondern auf einen goldenen Zweig bringen. Daß ich in jedem Schmetterling einen Fledermausdrachen sah, jeden Viertelsbogen beim Ergänzungszeichnen zu einem Totenkopf, ja zu einer Schädelstätte ausschwärzte, schien die Karriere nicht zu beeinträchtigen.

Ich litt unsäglich an dem die Familie beherrschenden Klärlizismus. Worin bestand dieses Sektierertum? Es waren immer nur feinste Nadelstiche, die mir zu schaffen machten. Wer nicht mit der Lupe zu Werk ging, konnte die roten Pünktchen, die winzigen Blutspuren gar nicht erkennen. Wolfram Schöllkopf aber war das Brennglas. Es war durchaus, auch juristisch, vertretbar, daß Sie neben den Wildlederstiefeln auch noch Glanzlederstiefel brauchten, während meine ausgetretenen Latschen zum drittenmal beim Schuhmacher besohlt wurden. Hätte ich fundiert, das heißt mit einem pädiatrischen, was sage ich, mit einem orthopädischen Gutachten in der Tasche um ein Paar neue Schuhe gekämpft, ich hätte sie zugesprochen bekommen. Aber ich wollte sie geschenkt. Ich wünschte, daß Ihre Mutter, statt den ganzen Tag an Ihren Blusen, Schals, Foulards, Deux-Pièces herumzuzupfen, auf den ersten Blick erkannt hätte, Wolfram braucht Schuhe, Marschstiefel und Stulpenfinken, Badepantoffeln und Holzpantinen. Ein Mensch kann zum Stiefellecker, zum Schuhfreier und gestiefelten Kater werden, nur weil ihm ein Paar weichlederne Slipper verweigert wurden. Er ist dann im wörtlichsten Sinn der Gelackmeierte, wenn er nächtelang einer Stöckelhenne mit Mordhacken nachschleicht. Da ihm das Ganze, der Kreis der großen, schönen, guten Mutter ein hermetischer Zirkel blieb, für immer verschlossen, kriecht er der äußersten Peripherie entlang und hält das Strumpfband für das Bein, die Ferse für den Körper, den Bleistiftabsatz für die Stahlrute. Das Weib zerfällt in tausend

Accessoires, und der Gedemütigte setzt es partikelweise zusammen und beginnt mit seiner abgewiesenen Liebe tief unten, wirbt um die kleine Zehe; wird als Frustronaut vom weiblichen Planeten ins All geschossen und setzt, da er sich der Schwerkraft der Mutter Erde noch nicht entziehen kann, zuäußert an, bei den Handschuhspitzen, den Ohrclips, den Rocksäumen. Er ist von Kopf bis Fuß auf amouröse Ornamentik eingestellt, er lechzt nach jenen Stoffen, welche der Haut zunächst sein dürfen.

So wurde aus der Nabelfrau, die mich im dampfenden Wurzelreich an ihren brötigen Leib drückte, in Kot und Urin wickelte, allmählich eine entfernte Tante, zynischerweise eine Zeugin Jehovas, tolle Figur, knallroter Mund, lackierte Krallen, welche mir im laszivblau gekachelten Badezimmer erlaubte, zwar nicht den Torso, nicht die Büste, aber doch das Torselet, die Fruchtschalen zu berühren. Und aus der Tante wurde der Vamp, der sich in Luxusvillen mit Luxushüllen umgab, der gesichtslose, flimmernde Zelluloid-Sexappeal, welcher sich in ein Grobrastergestöber auflöst, sobald man näher an die Leinwand tritt. Was hatten sie uns denn zu sagen, diese Divas? Männer umschwirr'n mich wie Motten das Licht, und wenn sie verbrennen – ja, dafür kann ich nicht. Pinup-Girls: Schmetterlinge zum Aufspießen für die Sammlung frühzeitig vergreister Knaben. Was hatten sie uns zu bieten, diese Dianas, Jaynes und Marilyns? Den seekranken Hüftgang, als gälte es, einen Hula-Hoop-Reifen in Rotation zu halten, das Stöckeln der Bleistiftabsätze, die Lippen halb geöffnet, die Lider halb geschlossen; ein Busenale, aber ja nicht zum Anfassen. Sie gaben uns die Illusion, genau so zu sein, wie die Männerphantasie, ein Produkt weiblicher Erziehung, sich das wünschte.

Meine langjährige Favoritin, die mich fast um den Verstand brachte, war der BBC-Doppelbusenstar Sabrina, deren Oberweite von hundertsechzig Zentimetern für eine Million Pfund versichert gewesen sein soll. Gespenstische Superpräsentation dessen, was mich ins Délire mammaire und in die Panik trieb, der Preis für den Notzuchtversuch am eigenen Körper, die erneute Niederlage, wie es in der mittelalterlichen Terminologie der Moralin-Kurpfuscher hieß, sei der Unfalltod meines Vaters; ein Totalschaden, für den die Busenversicherungsanstalt sicher nicht aufzukommen gewillt war. Herausforderndes Blendamed-Lächeln – na und? –, nach vorne gedrückte Schulterblätter, ein auf die Oberarme heruntergerutschter Nerz, tief eingeschnürte Wespentaille, der Unterleib einer Nixe im goldgekrepten, wie auf die Haut gespritzten Cocktailfutteral, das sich auf Kniehöhe zu Volantskaskaden ausweitete; Flittchenglamour und Froufrou, Wasserstoffsuperoxydwellen als Platinimitation. Und immer standen sie im Rampenlicht oder auf dem Podest einer Schönheitskonkurrenz, eines Kurvenwettbrüstens, und verhießen mit dem sündigsüßen Kuhmagdblick der ausgestopften Femme fatale als Butterzentrale: Wir machen scharf, doch keiner darf! BB, CC, DD: die Doppelinitialen für verbotene Paradiesfrüchte.

Die Liebesnächte der Lucrezia Borgia, in der Titelrolle das rothaarige Teufelsweib Belinda Lee mit den lasterhaft ausgehöhlten Wangen – durch zahnchirurgische Eingriffe künstlich in die Gesichtszüge operiert! Wie ein Verbrecher, den es mit magischen Kräften an den Tatort zurückzieht, umschlich ich den Kiosk, wo das sogenannte Capriccio Journal zu haben war für zwei Franken, das die satanische Domina mit den voluptuös gespaltenen Lippen, den schräg zu den Schläfen gezogenen Wimpern in unzüchtigen Braunstichbildern präsentierte. Ein strafender Blick der Verkäuferin, und überdies hätte ja zufällig ein Lehrer oder der Vater oder Gottvater persönlich vorbeikommen und mich als Abnehmer von Schundheftchen entlarven können, was keineswegs harmloser war, als beim Austausch von Stoff ertappt zu werden. Einmal fieberte ich im Zug durch die halbe Schweiz, um Belinda Lee auf der Leinwand zu sehen, um ihr in einer sogenannten Genickbrecherloge zu Füßen zu liegen. Erklär mir, Liebe: was für ein Inferno! Nadja Tiller als Luxus-Callgirl Nitribitt, was nach Salpeter und Schwefelsäure klang, ihr Prachtsmausoleum: Hier ruhen ihre Gebeine zum erstenmal alleine!

Verwegen hieß die Seite, auf der eine blonde Bikininixe an einem Baumstamm lehnte und zur Legende Anlaß gab: Ist es wohl der Baum der Erkenntnis? Anita Ekberg: Nordisch à la Waldemar. Yvonne de Carlo: Mondäne Schlafzimmeraugen. Allesamt Freaks, die den Busen herausstemmten und als entsprechendes Wunder in den Leinwandproduktionen der Traumfabriken zu besichtigen waren. Es ist mehr als ein makabrer Zufall, daß die Atombombe, welche über Hiroshima abgeworfen wurde, mit dem Bild der Sexbombe Rita Hayworth geschmückt und auf den Namen ihres Films »Gilda« getauft war, in dem sie als dunkle Taft-Sirene mit schulterlangen Handschuhen hüftschwingend die ganze Männerwelt verrückt machte. Dies war ja das einzige Ziel der Femme fatale: unseren abgrundtiefen Begierden ein geschliffener Spiegel zu sein, mit glühenden Augen, wilder Haarmähne und wissenden Händen, mit Tigerfellen, Schlangenleder und exotischen Düften den Jäger und Tarzan aus seiner Unterwelt hervorzulocken und ihn in eine – meist nur eingebildete – Affäre zu verwickeln, die mit Mord und Totschlag endet. Hätte Ihre Mutter, verehrte Prinzessin auf der Knallerbse, nur wenigstens mal eine Affäre gehabt, hätte sie je der verruchten Demimonde angehört und als Lebedame von sich reden gemacht! Statt dessen wurde ich zum Zappelphilipp, begrub mich unter dem Tischtuch, und die Mutter blickte stumm auf dem ganzen Tisch herum. Statt dessen war ich den Bein-, Busen-, Rückendekolleté- und Seidenhaar-Freaks der Magazine und Leinwände ausgeliefert und legte zum zwanzigsten Geburtstag am Migräne- und Schilddrüsen-Lager Ihrer Mutter den besagten Meineid ab.

Wäre nur ein Notar dabeigewesen, der beglaubigen kann, was ich an Hypotheken auf mich nahm. Es wäre ein Vertrag zwischen der Aszendentin und dem Deszendenten in der Parentel piten Grades gewesen, statt eines Erbverzichts ein

Koitusverzicht, von dem die Nupturientin ausgeschlossen gewesen wäre. Ihre Mutter sicherte sich die Nutznießung meiner Sexualität, ohne von ihrem Recht Gebrauch zu machen; schlimmer: um sie dergestalt der totalen Veruntreuung preisgeben zu können. Darum, Schwester aus der Stief-Parentel, werden wir, der Gotthard und ich, diese Geburt annullieren, mit einer amtlichen Ungültigkeitserklärung besiegeln, aus der Irreversibilität herausoperieren. Wir werden noch einmal, und zwar lustvoll, zur Welt kommen. Wir werden Berge versetzen und alle Teufelssteine aus dem Weg räumen, um nie mehr von der granitenen Schädelstätte herab fluchen zu müssen:

> O filu firinlihho muoter,
> o gutinna giwaltigun in woustinnom:
> Ihr Schreckensmütter,
> Göttinnen, hehr in Einsamkeit,
> Du Alma Mater Helvetiae
> Mit der Kuppelbrust aus Stein,
> Gottverdammte Schröpfer der weißen Zunft,
> Ihr Flachlandungeheuer, unheilbar gesund:
> Hier steh ich auf dem
> Teufelsstein zu Göschenen
> Und fluche von der Felsenfluh
> In drei Teufels Namen alle Zeichen euch,
> Ich bresthafter Findling,
> Hinaufgeschleudert an die Gotthardnordwand,
> Die Schwarze Spinne;
> Ich beiße auf Granit und geh zu Grund,
> Doch eh ich in die Hölle fahre,
> Ihr Hinterbliebenen der Außenwelt,
> Mögen Schöllkopf titanische Kräfte gegeben sein,
> Noch einmal hochzustemmen den Unspunnenstein,
> Hinaufzuwälzen in die Teufelsschlucht
> Und mit aller Wucht auf euch zu schmettern,
> Ein Schöllenen-Erdrutsch, landschaftsverändernd,

>   Der euch allen bringt den braunen Tod;
>   Eh ich krepiere hier in Frost und Eis,
>   Die Kalte Sophie mir das Blut zufriert,
>   Sollt ihr versinken in den Spalten und Klüften,
>   In der Urklamm meiner Mördergrube,
>   Dieses zutode beleidigten Herzens:
>   Wehmütter, Bader, Knochenbrecher,
>   Ihr Engel und Huren, Feen und Hexen,
>   Fürchtet zu recht, daß mein Recht mir geschehe,
>   Und fahret hinab.

Vielleicht, verehrte Stiefschwester, wird es dann möglich sein, Ihrer Mutter in einem Postscriptum zu meinem Freibrief ein paar Dankesworte vor die Füße zu schmeißen dafür, daß sie mir das zweite, das nackte Leben, wenigstens dies, geliehen, den Kaiserschnitt auf sich genommen hat.

IV
Im Stollen

1

Na endlich, Herr Dozent, hieß es gangauf, gangab in den teils emailweiß, teils vanillegelb gekachelten Tunneln der Auer-Aplanalpschen Stollenklinik, die im Vergleich zu den Mannschaftsräumen der Gotthardfestung geradezu kaiserfranzjosephlich ausgestattet waren, wo sind Sie denn abgeblieben, sakredi, kommen Sie, kommen Sie, in die Umkleidekabine mit Ihnen, na sowas, und einen Bademantel haben Sie auch nicht, was ist das nur für eine Uniform, von den Preußen übernommen? Kommen Herr Dozent militärisch verkleidet und dekoriert in die österreichische Kur-Enklave statt mit jenen Ausrüstungsgegenständen, die im Handbuch »Wie werde ich ein perfekter Stollenpatient« vorgeschrieben sind, nämlich Badehose und Korksandalen, Sicherheitsnadel und Schweißtücherl; leihen wir aber einem Schweizer Patienten gerne, hier, bitte sehr, wir wollen ja Herrn Dozent Schöllkopf nicht der Therapie der Künstlichen Mutter entfremden durch pingeliges Finanzgebaren, wie es bei jenen Maulpsychotechnikern Brauch ist, die bereits Instruktionsgebühren einstreichen für die vorenthaltene Information über die Erfolgsaussichten ihres mit missionarischem Eifer gepriesenen Verfahrens; merken Sie sich eines: missioniert wird überall dort, wo keine naturwissenschaftliche Basis, wo keine Heilkräfte als quantifizierbare Bodenschätze vorhanden sind, also im Bereich der Religionen und nichtärztlich fundierten Quatschsalbersekten, das haben wir nicht nötig, denn allein schon der Berg, und das ist erst die Hälfte unseres Angebots, spendet Wärme, Luftfeuchtigkeit und Radon. In den sogenannten Praxen des Verwahrungsparlandos läuft man Gefahr, sich zu erkälten, weil man mit seinen Nöten die Heizung des Mitanalysanden finanzieren, also eigentlich ihn, seine Existenz speisen muß.

Nun aber dalli-dalli, Herr Dozent sind vorgemerkt für Liegewagen III, Uroboroshöhle, und in zwei Minuten geht der Zug. Sie sind ja ganz kahl da unten, erschrak die Schwester, die mich für die Jungfernfahrt präparierte, wie ein gerupftes Huhn, pflegen Sie sich zu rasieren? Die Schamhaare, nein, ich habe sie einzeln ausgerissen, einerseits für eine geplante, aber nicht mehr zustandegekommene Akupunktur mit Laserstrahlen, anderseits aus Wut über die sexuelle Schande, und nicht zuletzt zum Zeitvertreib, wenn ich, trotz Ircodenyl und Valium, nicht einschlafen konnte, dabei versuchte meine Hand, den Schmerz bei den Wurzeln zu packen, übrigens beiße ich mir auch die Sekundärbehaarung an den Vorderarmen ab. Na sowas, hier mit der Sicherheitsnadel, Größe eins, befestigen Sie den Kabinenschlüssel und die Fahrkarte am Revers des Morgenrocks, den Sie auf dem Perron abgeben, im Gegensatz zu den Sitzpatienten, welche sich erst an der Bademantelstation, wo es bereits um die fünfundzwanzig Grad warm ist, der Fläusche entledigen. Alles weitere sagen Ihnen die Einbett- und Pulsschwestern; nun aber ab mit Ihnen in den Lift, zweites Untergeschoß, dann am Stollenbuffet vorbei, stark bleiben, nicht noch einen zwicken, Prohaska können Sie hinterher einen Besuch abstatten. Mei, wir dachten schon, Sie seien irgendwo in der Schöllenen verschollen und wir müßten Sie per Rettungsflugwacht suchen lassen, Ihr habt aber auch komplizierte Berge, ihr Eidgenossen, die Österreichischen Alpen sind viel übersichtlicher gebaut!

Als ich den aus einem kakanischen Grandhotel transferierten Scherengitteraufzug in der zweiten Etage des Sousols verließ, wurde ich beinahe von einer Hammer-und-Schlägel-Lore überfahren, welche vollgestopft war mit klitschnassen Leintüchern, und die preßhafte Schwester, die mich festklemmen wollte, schien im Begriff zu sein, ein Hasch-mich-ich-bin-der-Frühling-Intermezzo zu inszenieren. Doch ich kletterte über den Wäscheberg, denn auf dem Untergrundbahnhof warf bereits das Vorläutwerk mit Klöppelschlägen um sich – Platz da, du kesse Dirn –, eilte am Kreuztonnengewölbe der Kantine zur Linken vorbei, wo ein Hock Bademantelexistenzen, wie mir schien, recht munter zechte; warf kurz einen Blick in einen dumpfigen Wartesaal, in dem ein paar ausrangierte, emailverkratzte Prototypen von kipp-, auszieh- und schwenkbaren Krankenfahrgestellen – jedes Rad eine andere Bereifung, Bespeichung, einen andern Durchmesser – unter einem Sgraffito parkiert waren, das, den Kanälen nach zu schließen, in karfangenem Ocker und Umber über die Linienführung der Grubenbahn orientierte.

Hatte aber keine Zeit zum Studium, denn schon drängte die Einbettschwester bei der Milchglastür, Sie sind der Herr Dozent aus der Schweiz, Liegewagen III, kommen Sie, höchste Eisenbahn, zog mich in den backofenwarmen Metrotunnel, wo eine Schlange von postgelben und spinatgrünen Waggons bereit stand, der größte Teil des Zuges in der weiß getünchten, engen Röhre des Mundlochs, dessen Schlußstein das ominöse Hammer-Schlägel-Kreuz trug; eine Matratzenschublade war noch offen, das Schöllkopfsche Schließfach, der Frotteemantel, dieses Schlafzimmerattribut allzeit potenter Filmganoven des Liebhaberfachs, wurde über einen Haken geworfen, meine Malefizenz mit vorgewärmten Laken und Wolldecken kunstvoll zu einer Mumie verpackt, die Füße geostet wie auf mittelalterlichen Kirchhöfen – brauchen Sie eine Nackenrolle? Kann nie schaden! –, und schon kurbelte das rüstige Krankenfrauenzimmer, ein Hämmerchen, ein Schlägelchen auf der linken Brusttasche, die bleigrauen Rouleaus herunter, nun war mein Sarg auch noch plombiert, an der Decke eine vergitterte, trübgelbe Lampe und der Knopf für den Notruf, ein zur gefl. Beachtung freigegebenes Schild, das bei Fehlalarm eine Buße von fünfhundert Schilling in Aussicht stellte.

Allerdings: was war unter diesen Umständen ein echter, was ein falscher Alarm? Irgendwo, im Vorbeigehen oder Vorbeilesen, hatte ich den Terminus Tartarus Hydrochlorämischer Krampf aufgeschnappt, konnte mir aber nichts darunter vorstellen; draußen auf dem Perron gedämpfte Aufregung, jemand spurtete über die Bohlen, eine Dame verlangte nach Wasser, worauf sie von einer barschen Frauenstimme zurechtgewiesen wurde, sich endlich an das Reglement »Wie werde ich ein perfekter Stollenpatient« zu halten, ansonsten sie fristlos aus der Kur entlassen werde; dann ein Hintenfertig, Glockenzeichen, ein Glückauf-und-niemals-Glückzu, und ab ging die Patientenpost. Zunächst schien der Zug über ein endloses Weichenfeld zu holpern, abrupte Richtungsänderungen erinnerten an die Wilde Maus, dann rastete eine Zahnstangenführung ein wie bei der Schöllenenbahn, Gedenkminute zu Ehren Rhäzünsers, der Kopf kippte trotz Schlummerrolle nach unten, kalte Tunnelluft blies durch die Ritzen der knatternden Stores. Der zwangsemeritierte, nun endlich internierte Privatdozent für deutsche Literatur mußte an Dürrenmatts Geschichte »Der Tunnel« denken, an die Engländer im Speisewagen, die bei Burgdorf nichtsahnend in einen Erdschacht einfahren und sich im Simplon wähnen: Gott, will sagen die Schulmedizin, ließ uns fallen, und so stürzen wir auf sie zu.

Erster Zwischenhalt, Bademantelstation, die Bleisargmarkisen wurden hochgekurbelt. Bereits war es so warm, daß die Schweißbildung einsetzte. Eine nasale Austriaschwesternstimme erklärte: Meine Damen und Herren, wir gelangen nun in den eigentlichen Therapiebereich, bitte stellen Sie das Sprechen ein, weil es den Kreislauf belasten würde. Der Zug stand in einer schwarzen Tunnelbuchtung mit einer endlosen Wartebank aus mennigeroten Holmen, darunter die rostige Sauerstoffpipeline; an der Wand eine Tafel, achthundert Meter, ein Bündel schlangenförmig geführter Schläuche, da und dort ein Grubenanker. Die Patienten verlassen ihren Waggon erst auf unser Kommando, und zwar an der Station, die ihnen von der Frau Primarius zugewiesen wurde. Abspringen ist strengstens verboten, es kann im Labyrinth des Heißluftemanatoriums zu Unfällen mit Kollapserscheinungen führen. Wir fahren Sie krank ein und möchten Sie gesund herausbringen, fertig! Das Glockenzeichen, und nun rollte die Komposition im Zickzack durch die Querschläge und Südauslängen, die Carceri des Tartaros, Drachenwind schlug mir entgegen, es war eine gespenstische Untertaggeisterbahn, Nischen, Apsiden, Kalotten taten sich auf, da eine mörtelverkrustete Grubenhunte, dort ein Stapel Schienenprofile, Schwellen, die liegen gelassenen Werkzeuge einer Rotte. Als wir ein enges Backofentor passierten, welches als Porte Gehenna ausgerufen wurde, steigerte sich die Geowärme zu einer Gneislohe, die mir den Atem verschlug. Basisstation I, ein Feldtelefon auf einem Totempfahl, die Schilder Arztruf, Notlicht und Keine-Abfälle-Wegwerfen. Nachdem sich der vordere Zugteil geleert hatte, unter Geraune und Geklapper von Badesandaletten, ging es weiter über die Sahara-Ausweiche, wo eine dieser vorsintflutlichen Kompressorenbohrmaschinen der Favreschen Gotthardtunnelunternehmung parkiert war, hinunter durch eine Galerie mit Felsenfenstern, welche ein nudistisches Treiben in schummrigen Nebenhöhlen erhaschen ließen, als würde dort eine Art Kopulationsturnen instruiert. Dann ein Drehscheibenmanöver beim sogenannten Golgathakreuz, wo mein Liegewagen in eine Krypta manövriert und abgekoppelt wurde, mit Bremsschuhen blockiert. Das Surren der Grubenlok verlor sich als abschwellender Donner im petrefakten Stollensystem: da lag ich, wie ich gebettet worden, das Laken zum Fußende gerollt, die Schwitzkur war in vollem Gange.

Der Heizbogen auf der Bühne des Theatersaals im Grandhotel Abfrutt war ein harmloses Temperierexperiment gewesen gegen diese innerbirgische Sauna des Gneisbrodems, den Klüften entlang schienen Dämpfe einer Therme hochzusteigen, und wiewohl auch hier in der Uroborosgrotte, wie mir eine Emailtafel in veralteter Frakturschrift verriet, obwohl auch bis zu diesem Ende der Welt eine Sauerstoffleitung führte, glaubte ich auf der Stelle zu ersticken. Ich versuchte es mit dem autogenen Training, mußte es aber bald wieder aufgeben, da es ein Unsinn war, sich in diesem tropischen Stalaktitenurwald einzureden: Körper warm, wärmer, ganz heiß! Ich spürte das steigende Fieber und geriet in einen Halluzinationszustand wie damals, als ich Scharlach hatte;

brastete, wälzte mich auf dem klebenden Laken hin und her, schnappte als trockengelegter Barsch nach Luft, sah einen Wasserfall von eisgekühlter Zitronenlimonade von Organklippe zu Organklippe durch meinen Körper stürzen, wähnte einen krapplackenen Camparisoda in Griffweite, packte zu und langte ins Leere, schrie nach der Nachtschwester im Bezirksspital, nach dem Fingerhut voller Tee, ein Tropfen nur, ein Tropfen auf den zischenden Ziegel – und in dieser hochgradigen Hyperthermie stellte sich die frühkindliche Phantasie der brötigen Nabelfrau wieder ein mit den schweren Eutern und den sommersprossenübersäten Oberarmen, die Dampfküche im Wurzelreich, sie watete mit tanzenden Möpsen auf mich zu, ein mammalisches Matronengebirge, die verschwitzten Strähnen zu einem Knoten gebunden, sie walkte und knetete mich als Masseuse in einem türkischen Unterwelt-Inhalatorium, und immer wieder vernahm ich den Lockruf: Komm an die Tunnelbrust! Es war dieselbe Balgerei in Urin und Wollust wie damals im Kinderheim, im Gitterbett der Villa am Schloßgraben, freilich ohne den Ruch des Verbotenen, und tief oben auf einer Gotthardalp hörte ich es donnern, wie es in der Urner Sage vom Rinderbüel im Maderanertal überliefert war: I müess la gah; und die Nabel- oder Nebelfrau trichterte die Hände zur Viola und jodelte zurück: So lach's äbä la chu! und begrub mich unter ihren Haubitzen.

Nie hatte ich mich als Knirps getraut, diese Vision meiner Mutter, die allein dafür zuständig sein konnte, zu beichten, sie lag, durch den Lichtspalt von mir getrennt, in ihrem Doppelbett-Alkoven; immer nur wußte ich von den nächtlichen Hexenverfolgungen zu berichten, von dieser gichtgekrümmten Jordibeth mit dem Feuertuch, welche schon im finsteren Schloßgraben vor dem Gartentor lauerte, wenn ich in Panik die violett getünchte Treppenhalle hinunterstürzte, um alles zu verriegeln, das Hauptschloß und die Windfangtür, diese zugige Galerie, in der die Mutter in Gewitternächten im Schwarzseidenen am Geländer stand, ihre Dokumente, ihre

Wertschriften unter dem Arm, und schwer atmend, mit geblähten Nüstern in die Blende des zuckenden Geäders starrte, gewärtig, daß jede Sekunde der Blitz in unser Haus schlagen könnte und wir fliehen müßten wie im Krieg; und wenn ich alles schloß- und riegelfest gemacht zu haben glaubte, fand ich nur mit übermenschlicher Anstrengung in mein Gastzimmer zurück, denn die Sohlen waren aus Blei, und der Treppenläufer rollte unter mir weg, so daß ich an Ort zappelte, mich ans Geländer klammerte, während mir die Windstöße aus dem Vestibül verrieten, daß alles Verbarrikadieren nichts genützt hatte, daß mir die Hexe schon auf den Fersen war. Mit der Gewißheit, von ihr gepackt, verschleppt, einverleibt, gebrandmarkt zu werden, endete der Traum, nie führte er über diesen Äquator des Wahnsinns hinaus.

Da, tief drinnen im Berg ein Pochhammergeräusch, nach einer qualvollen Pause – habe ich etwas gehört, oder war es nur Einbildung – das Untergrundbahnrollen, langsam anschwellend, höchste Zeit, wild hüpfte die Bauchfontanelle, die Ohren mußten vom Schweiß mit einem Handballendruck freigeknallt werden, die Lok, es ist sie, sie bahnt sich den Weg durch die Kanäle des Schwammes, flackernde Lichtrisse an den Grottenwänden, die elektrifizierte Rettung aus dem kochenden Dschungel, Halt auf dringendes Verlangen. Die Galionsamazone sprang von der Maschine, sie trug einen Grubenhelm, sonst nichts, hatte einen braunen, nußölglänzenden Körper, von Schweißperlen übersät, die Tizianlocken zu einem Schweif gebunden. Na, wie gehts uns denn? Als Antwort zählte sie lispelnd mit, ganz auf das Handgelenk konzentriert. Sie, hoher Wasserfall von einer Schwester, müssen sich ja königlich fühlen, als Pulsdomina einer Gotthardkasematte voller Uromanen, welche als febrile Wecker in ihren Höhlen und Waggons ticken, hingegen haben die Gießkannenmechaniker bei Wolfram Schöllkopf nie was herausgefunden, Sie machen sich keinen Begriff, wie viele, wie mannigfach gebauchte Karaffen ich vollgepißt habe, ohne daß je etwas aus dem Harn zu lesen gewesen wäre! Hundertsechzig, mein Lieber, das ist etwas hoch, wahrscheinlich die Klaustrophobie, normalerweise ertragen wir die Überwärmung gut, es kommt zu einer sogenannten Tropho-Tropeneinstellung des Kreislaufs, das Herz läuft im Schongang.

Noch wichtiger aber ist, wie wir uns seelisch fühlen, sagte die Therapeutin, immer den Pluralis sanitatis betonend, setzte sich auf meine Bettkante und rieb mir das Gesicht trocken. Sie erinnern mich jetzt an die Fiebergöttin, die Muse der Schlaflosigkeit im »Hermann Lauscher«, diesen aus Chopin und Perlmutt, Mondblässe und Herbstzeitlosen zusammengesetzten Kopfkissenengel. O ja, lachte sie, der Herr Dozent für alte und neue Innerlichkeit, alles, was er aufschnappt, erinnert ihn an irgend etwas, nur nicht an die Gegenwart, das Hier und Jetzt: ich bin keine Beatrice oder Flora, sondern die Monica, und das hier ist nicht zum Anbeten – sie preßte, tatsächlich, meine Hand an ihre Brust –, durch Beten sind wir zur Genüge verdorben worden, das ist alles zum Anfassen. Und wenn ich wir sage, dann meine ich das auch so: sieh meinen Körper, ich schwitze genau wie du. Fühl meinen Puls, da; nicht da, da! Tut mir leid, Schwester, ich kann Ihre Schläge nicht zählen bei dem Getöse meiner Blutzirkulation. Dann gib dir ein wenig Mühe: wir sind denselben Stößen auf das vegetativ-humorale System, derselben Hyperämie unterworfen wie die Patienten; der wahre Arzt ist, was dein Freund Novalis bereits herausgefunden hat – und die schwindsüchtige Sophie lassen wir lieber mal beiseite –, der erweiterte Autor der Schmerzen. »Im höchsten Schmerz tritt zuweilen eine Paralysis der Empfindsamkeit ein. Die Seele zersetzt sich. Daher der tödliche Frost, die freie Denkkraft, der schmetternde unaufhörliche Witz dieser Art von Verzweiflung.« Wo steht das, Herr Privatpatient? Blütenstaub-Fragmente, Frau Professor, Nummer neunundsechzig, unbedingt in Synopse zu bringen zum vierzigsten Fragment, wonach die Auflösung aller Verhältnisse, die Verzweiflung oder das geistige Sterben am fürchterlichsten witzig sind.

Prüfung bestanden, Herr Doktor Infaustus, hingegen hier,

von Körper zu Körper, fällst du pausenlos durch, weil sich die Hand immer wieder von der Brust wegschleicht, als hättest du einen Kugelblitz zu fürchten. Ja, verdammt nochmal, ich habe ein Bedürfnis, nämlich: ich krepiere vor Durst, ich halluziniere an einer Mixtur aus Gletscherbächen, Zitronenhainen und Eisbergen herum, könnte man nicht wenigstens diese Gotthardheizung etwas drosseln? Gleich, nur noch eine Frage: Ist die Nabelfrau zu dir gekommen? Zeichnet sich das Geschwader der Heilstollen-Sirenen auch noch durch mentalistische Fähigkeiten aus? Ja, weißt du, wir haben ein wenig in deinen Pornoakten gestöbert. Wenn ein Patient so schlimm dran ist, daß in der oberen Etage die Rotationsmaschinen auf Hochtouren laufen und Druckreifes ausspucken, während das Kellergeschoß in den Silen liegt, muß sich die Medizin kriminalistischer Methoden bedienen, quasi um der Medikamentenkriminalität zuvorzukommen; also haben wir die ganze Sammlung deiner Papierfrauen im Schreibtisch konfisziert, diese An- und Auszieh- und Zusammensetzpuppen, auch den fliederfarbenen Bundesordner mit der kompletten Sexographie, damit wir einerseits bei Adam und Eva beginnen können, andererseits nicht bei Adam und Eva beginnen müssen, was die analytische Instruktion betrifft; da kannst du auf einer Couch Tausende von Franken verplempern, weil du ein schlechter Erzähler bist oder der Maularzt nicht stenografieren kann, je geringer seine Merkfähigkeit, desto höher deine Kosten.

Dagegen hat die Gotthardklinik ein individuell auf den Patienten zugeschnittenes psychisches Röntgenverfahren entwickelt. Wir sind bereits im Bild, wenn der Rumpfmensch, wenn die Zwillingsmißbildung angekrochen kommt; ja wir gehen sogar so weit, uns schon einen ungefähren Begriff von der Anamnese zu machen – die je nach Fall eher in Richtung Papamnese oder Mamamnese ausschlägt –, wenn die Heilstollen-G.m.b.H. – Genesungsunternehmen mit bestem Heilerfolg – sich wie nach der Publikation deines Inserates, die Unterleibsmigräne betreffend, um einen Patienten bewirbt.

Oft ist es ganz entscheidend für den Rehabilitationswillen des Chronischgeschädigten, daß er sich von der Medizin umworben fühlt. Du wirst auch finanziell entschädigt für deine Originalität als bresthafter Findling, als Inhaber der Impotentia erigendi, kann sein, daß der Saldo bei der Endabrechnung zu deinen Gunsten lautet, Wolfram – huch, was für ein germanisch-krankheitserregender Name, wir werden dich umtaufen müssen, überleg dir mal, was für ein Rekonvaleszentenpseudonym in Frage käme!

2

Damit war das Pulsen, wie es im Stollenfachjargon hieß, fürs erste erledigt, die allongelockige Monica zog die Bremsschuhe unter dem Florentinergestell hervor, verstaute sie auf ihrer Elbak-Maschine, koppelte den Liegewagen an und zog mich aus der Uroboroshöhle. Die Rouleaus blieben oben, ich wälzte mich auf meinem Schweißtuch zur Seite, ließ buchstäblich die Zunge hängen im Fahrtwind und lechzte nach Kehrtunnelozon, wie ich während meiner ganzen Göschener Zeit nie KTO_3 gekneipt hatte. Es gehörte zum Therapiekonzept, daß die Patienten nach der Radon-Inhalation nicht duschen durften, um den physiologischen Ablauf der Körperreaktionen nicht durch einen Hautreiz zu gefährden, man mußte sich im Zug trockenfönen lassen. Mehr Frischluft, stöhnte ich, mehr Monica! War sie nun Sexologin oder Pulsschwester oder Physiotherapeutin? Egal, wir krochen eine Wendelstrecke hoch, durchgerüttelt von den Schienenstößen, wahrscheinlich wurden die Profile der Stollenbahn gewaltig deformiert in diesem subterranen Tropenklima, mußten ganze Rotten von Krampern und Kontrolleuren eingesetzt werden, um Entgleisungsunfälle zu verhindern. Und alles Austria-Gebiet, von den Schwitzkammern bis zum Erdmittelpunkt. Typisch, auf eine derartige Nutzung unserer Alpen wären wir Schweizer wieder nie gekommen, wir gehen immer davon aus, daß in unserem Land von Staates wegen alles kerngesund ist, und haben nur die Abschreckung und Uneinnehmbarkeit im Kopf.

Die Strecke erinnerte mich an die Jungfraubahn mit ihren Tunnelstationen, wo die Japaner in Lackschuhen rudelweise an die Naturereignisse herangeführt werden, und prompt hielt der Monicaexpreß bei einer solchen Kalotte: Innergletsch. Ich wurde in einen dicken Flauschrock gewickelt, eigentlich ein Eisbärenfell, und in einen Wintergarten komplimentiert. Loggien, Veranden, Treib- und Palmenhäuser, die aus dem Dachgeschoß auf die ebene Erde versetzten Glaskuppulaturen mit Eiffelturmbögen und Eisenstreben, Exotik im Februar, betörende Orchideen und bengalisch krächzende Kakadus; eine Kaffeestunde in Berlin, Belle Epoque, das Kistchen mit den Importen in Griffnähe, Blick auf die Ulmen in ihren Nebellungen, verwöhnte Narzissen mit einer verruchten Lektüre in fuchsrotem Leder auf keuschem Schoß – Stollenpatient Schöllkopf kam nicht dazu, seine germanistische Phantasie zu entfalten, denn was ihm Schwester Monica, die langstreckengliedrige, als Ruhezimmer anbot, war ein Panoramaraum, eine Kommandozentrale mit einer getönten Frontscheibe, wie sie der Studebaker, Modell achtundvierzig, am Heck gehabt hatte, das Bett mit seitlicher Laken- und Deckenrolle, eine geöffnete Daunenbüchse, ganz nach vorn gerückt, und die Polaroidblende gab den Blick auf einen gigantischen, hautnah herangewachsenen Gletscher frei, von dem der Nebenfachglaziologe bei bestem Willen nicht sagen konnte, wie er heiße, wo er liege, eine rissige Rindszunge aus Eis, und die Firnerkälte schien den Raum zu klimatisieren, allein schon der Anblick der gleißenden Séracs löschte den Durst. Er erinnerte von der Struktur her ein wenig an den fossilen Blockgletscher bei der Mederger Alp im Bündnerland, entfernt auch an den Aletschfirn, aber Naturwissenschaftler, insonderheit solche, die es beruflich mit höheren Gewalten zu tun haben, also Windhosenspezialisten und Seismologen, suchen angesichts des Unbekannten immer Zuflucht beim Bekannten. Ich kam mir vor wie im Glaziologie-Examen. Da wurde im verdunkelten Prüfungsraum eine Portion Gefrorenes an die Wand projiziert, der Lichtpfeil des Experten spazierte auf den Abbruchstellen herum und umtanzte die Frage: Wer, wann, wo, was, wie, warum? Ein Kinderspiel, wenn man, wie Schöllkopf, das komplette Gletscherinventar intus hatte, bei einem Habilitationsverfahren werden anständigerweise nur noch Probleme aufgeworfen, über welche die Lehrstuhlinhaber enzyklopädisch gehandelt haben. Aber im Panoramaraum der Auer-Aplanalpschen Gotthardklinik konnte ich einzig – wie die Preußen in Paris, als sie zum erstenmal Dachgauben sahen – ausrufen: Was-ist-das?

Schwester Monica hatte sich inzwischen ein Glaciernegligé angezogen, eine halbtransparente Phantasie aus seidig fließender Nylon-Charmeuse mit Spitzenbesatz und Volants: Wie gefällts dir? Fabelhaft, obgleich ich nicht weiß, was das soll, auf jeden Fall klarsichtig genug, um die Silhouette ahnen zu lassen, vom therapeutischen Ansatz her richtig, aber? Wir nennen ihn Nameless wie die kleine Anlehnerkurve nach dem Teufelsgraben auf der Bobbahn von St. Moritz. The Nameless befindet sich in Schweizer Privatbesitz, ein verrückter Hotelier hat ihn gekauft, er darf deshalb glaziologisch nicht erforscht werden, worüber ein Bundesgerichtsentscheid vorliegt. Doch die Frau Primarius hat den Gletscher, unersättlich im Requirieren neuer Therapiegewalten, angemietet, als sich die Chancen, dich als Patienten zu bekommen, an der paramedizinischen Gerüchtebörse verdichteten, hat die heizbare Panoramascheibe in diesen alten Operationssaal aus dem nach dem Ersten Weltkrieg aufgelassenen Fortifikationskomplex einbauen lassen, das Ganze hygienisch renoviert, auf aseptischen Hochglanz gebracht, weil sie der Meinung war, ein Monstrum wie du, eine Showfreakkreuzung aus Rumpfmensch und Ischiopagen-Muttermißgeburt müsse auf Anhieb mit einem erdgeschichtlich wie räumlich mehrdimensionalen Röntgenbild seiner Krüppelpsyche konfrontiert werden. Hier, übrigens, fand auch die Eintrittsuntersuchung in der Einlieferungsnacht statt, und es war die Gletscherzunge, welche in einer Art Firner-Sanskrit die Diagnose stammelte: Das-Mut-ter-mal-be-deckt-den-gan-zen-Kör-per. Du wirst, lieber – ach, ich kann dich einfach nicht Wolfram nennen, es klingt so nach germanischem Heldentod und nach Chemie, was fändest du zum Beispiel zu Armand oder Armando? – wirst, sage ich, immer wieder erfahren, daß das, was in der Plauderpsychologie endlos erörtert wird – wobei du kontraindikatorisch genervt wirst durch das Bewußtsein, dieser kausale Nebensatz zweiten Grades hat gerade zwei Franken gekostet –, bei uns konkret greifbar, ertastbar, riechbar, hörbar, sichtbar gemacht wird. Dazu ist natürlich nur ein ausgebildeter Mediziner fähig, der über die Gehörnerven, über die Hautreaktionen Bescheid weiß. Der Auer-Aplanalpsche Grundsatz lautet: Entgleiste müssen eingerenkt, geerdet, nicht in einer Suada von nichtssagenden Fachausdrücken gebadet werden.

Nun, Armando – oder bevorzugst du die French Knickers, welche schon unsere Großmütter mit Erfolg getragen haben, oder vielleicht diesen eismeergrünen Bodysuit mit Tülldekor und Satinbändern von La Perla? –, läuft das Autogene Gletschertraining so ab, daß wir zunächst das Nameless-Klima über die Exhaustoren in den Gegenüberstellungsraum saugen. In der Tat, eine Gegenüberstellung wie auf dem Polizeipräsidium. Kannst du ihn identifizieren, oder zeigt er zuerst mit allen Tatzen auf den erkennungsdienstlich gesuchten Menschen unter dir? Als einem ETU-Dozenten auf diesem Gebiet – wenn auch die Lehranstalt bezüglich deiner zur Zeit verwaist ist – brauche ich dir nicht zu sagen, daß die Wechselwirkungen zwischen Klima und Gletschertätigkeit äußerst komplex sind. Fließt zum Beispiel im höher gelegenen Nährgebiet mehr Eis weg als im unteren Zehrgebiet, wölbt sich der Lappen wulstförmig vor. Das wollen wir, in deinem und im Interesse der Heilstollenklinik, verhindern. Wir müssen die Eiszeit deiner Existenz zum Stillstand bringen, und den

Mast zum Stehen. Möglich, daß dir das Stäbchenmieder aus Reinseidenfaçonné mit den eingestickten Edelweißsträußchen besser gefällt, oder dieses lachsrosa glänzende Nachtkleid, dessen Blickfang in einer plissierten Passe mit Minusschulter besteht und das von einem Tunnelgürtel in der Taille zusammengehalten wird, Material Syntetiksatin, Marke Vanity Fair.

Denn das Autogene Gletschertraining wird komplementär ergänzt durch eine Daunendecke, durch einen Femme-fragile- wie -fatale-Teppich an sexuell indefiniten Gutenachtküssen, dein feuermalversengter Privatdozenten-Brestnam wird Zentimeter um Zentimeter warm geküßt, so wie du uns bis dato zentimeterweise davongestorben bist, ohne dich offiziell abzumelden. Weißt du, was Albert Schweitzer in Lambarene einmal geantwortet hat, als man von ihm wissen wollte, worauf der Erfolg der Medizinmänner zurückzuführen sei? Wir müssen dem Arzt, der als Untermieter in jedem Patienten wohnt, zum Recht verhelfen, dringend notwendige Reparaturen auf eigene Kosten auszuführen. Du hast sicher schon gehört von diesen Placebo-Tabletten, den medikamentösen Attrappen aus Milch und Zucker. Placebo heißt: ich werde gefallen. Erstens wirst du im Autogenen Gletschertraining in Verbindung mit dem von den Zehenspitzen her aufwärtssengenden Kußbrand die Schönheit deines Körpers entdecken, den zu lieben für jede Frau, die nicht von allen guten Geistern verlassen ist wie die Schwester aus der Mark Brandenburg, die Scheiter-Heideloreley, ein Hochgenuß ist; zweitens ist der verschüttete Arzt in dir der Entdecker der lebensrettenden Therapie.

Du schließt nun, caro Armando, die Augen und redest dir suggestiv ein: Gletscher kalt, kälter, eiskalt; Monica – mit C geschrieben wie Circus – warm, wärmer, glutheiß. Und es war, als ich, schneeblind geworden im Anblick meines Röntgenpanoramas, den Gehirnknecht auf der Nackenrolle in die Dunkelheit fallen ließ, als ob sich ein Seuchenteppich aus Flüsterzärtlichkeiten von den Fußgelenken gegen die Unterleibsmigräne vorarbeite, als ob sich die Weltweiblichkeit mit Streichelsteigeisen zu einer Traversierung des Eismeers aufgemacht hätte. Das Haar spürte ich um die Lenden, und als Schwester Monica, vielmehr das Prinzip Genesungskuß beim spastisch verknoteten Gehänge angelangt war, setzte eine labiale Massage ohne Forderung ein. Früher hatte ich unter der französischen Technik immer einen Minusakt verstanden: aushöhlen, melken, absaugen. Man konnte aber auch dem abgespaltenen Körper etwas hinzufügen.

Ich vernahm die Stimme des Gletschers: im Namen aller Günz-, Mindel-, Riß- und Würmzungen, als Vertreter des Aletsch-, Rhone- und Dammafirns habe ich dir eine Botschaft zu übermitteln, dein Katastrophengedächtnis in der Tiefkühltruhe aufzufrischen. Altels, achtzehnhundertfünfundneunzig: am frühen Morgen des elften September löst sich ein gewaltiger Firnerlappen auf der gleichmäßig geneigten Flanke der Altels, Breite des Abrisses fünfhundertachtzig Meter, Eisdicke im Scheitel vierzig Meter, Lawinenvolumen vierkommafünf Millionen Kubikmeter; die Alpen Winteregg und Spittelmatte am Gemmipaß werden von Trümmern überschüttet, sogar am Gegenhang brandet die Druckwoge hoch. Unsere erdgeschichtliche Hoheit, das Forschungsgebiet, spricht zu dir, dem Privatdozenten, der vermessen genug war, uns mit mathematisch-germanistischen Formeln auf den Leib rücken zu wollen. Höre, du Wurm von einem Hibernatus: Gletscherkatastrophen wiederholen sich, weil es in unserer Natur liegt, die angestammte Lage früher oder später wieder einzunehmen. Dies ist nicht deine Bestimmung. Wir rufen dir zu: bewege dich, bevor wir das für dich übernehmen. Wir stellen dich vor die Alternative: Metastasen oder Metamorphose! Tritt, wenn es nicht ohnehin zu spät ist, den Rückzug an, vom hohen Gelahrtentum des Dozentissimus und Patientissimus zur privaten Verantwortung für deinen Leib, für seine Seele. Sei ein Mensch mit seinem Widerspruch und keine Enzyklopädie absturzreifer Weisheiten. Oder möchtest du lieber Privatunterricht in Seeausbrüchen,

Giétrogletscher, fünfundzwanzigster Mai fünfzehnhundertfünfundneunzig, hundertsechzig Todesopfer; und der Allalinbruch vom dreißigsten August neunzehnhundertfünfundsechzig, bei dem achtundachtzig Männer, Frauen und Kinder den weißen Tod fanden; und der Erste August zwei Jahre später, als die Soguel-Zunge abgetrennt wurde und du fortan keine weibliche Sprache mehr hattest? Genügt dieser Frontalunterricht, oder brauchst du eine Vertikallektion in den klaftertiefen Spalten des Konkordiaplatzes?

Schwester Monicas Küsse hatten sich zu einem federleichten Mantel beruhigt, sie lag wie eine Geliebte neben mir, die der Moribundus in keiner Weise verdient hatte, aber auch nicht verdient zu haben brauchte, und beides traf mich zutiefst: daß sie diese Chemiedeponie eines Brestnams überhaupt berührt und daß der Nameless zu mir gesprochen, mich nicht restlos aus der Schöpfung verbannt hatte. Und was hat er gesagt, Armando? Klipp und klar: nosce te ipsum, glaciē, zu deutsch etwa: räum deinen Frigidaire aus, hau ab auf die Südseite, ins Tessin. Dahin ist es noch ein ziemlich weiter Weg, mein Lieber: Urserenmulde, Gneis, schwarzer Schiefer, Cipolin; Gotthardmassiv mit Glimmer, Serpentin und Hornblendgesteinen; in der Tessinmulde gilt es die Quarzitschiefer- und Dolomit-Schichten zu durchstoßen. Louis Favre, der Erbauer des ersten Eisenbahntunnels, brauchte nahezu ein Jahrzehnt dafür. Was in vier Dezennien verteufelt wurde, kann nicht allez-hop repariert werden, ganz abgesehen davon, daß du ein Gewinn bist für die Heilstollengesellschaft, so leicht und rasch werden wir deiner nicht entraten wollen.

Das Heilsmannequin führte mich in eine Dunkelkammer, wo ein Hellraumprojektor stand, der den sogenannten Funktions- und Gestaltkreis des Weiblichen an die Wand warf. Unser Problem ist, Armando, daß wir einerseits aktiv gegen deine Mutter vorgehen müssen, anderseits passiv an ihr zu leiden haben, im Klartext: Wir müssen sie umbringen und an ihr sterben. Dabei darfst du deine weibliche Seele, diese Nixe, die an den Ästen emporklettert und an der tintenschwarzen Eisdecke herumtastet, nicht verletzen. Wir haben hier, wie du siehst, vier Sektoren: zuerst die Pole der Guten und der Furchtbaren Mutter. Oben die Vegetationsmysterien, da ist alles licht und hell, Isis, Demeter etcetera; unten, dunkel, schraffiert, die Todesmysterien, wofür Kali stehen und Gorgo. Sie zerstückeln die Frucht ihres Leibes, fressen sie auf, hexen einem Krankheit und Verderben an, bestechen notfalls das Herz zu einem Attentatsversuch auf es selbst. Darum, sagt die moderne Parentelpsychiatrie schon lange, ist es möglich, daß ein Sohn an seiner Mutter stirbt, eine Tochter an ihrem Vater. Die Mater Dolorosa wirft ihre Schattennetze aus wie Klytaimestra ihr Ködergarn. Die Erdmutter aber, die Demeter gibt das Geborene frei, ist nicht auf erzieherische Notzuchtversuche zur Konstituierung ihrer Identität angewiesen. Dafür steht der dreifache Klaps auf den Hintern: toi-toi-toi, eigentlich eine lautmalerische Formel für das Knöchelzeichen auf Holz, für das Ausspucken. Besser ins kalte Wasser geschmissen als in der Brutwärme erstickt!

Nun wird die Mutterlinie durchkreuzt von der Anima-Achse, und da stehen unter dem positiven Vorzeichen die Musen, auch die Sophie – nicht die Kalte Sophie, deine Eisheilige –: sie ermöglichen die Inspiration, die Wesensschau, die Metamorphosen. Doch wehe, wenn der strahlende Anima-Charakter in den negativen umschlägt, wiederum versinnbildlicht durch die schraffierte Zone. Da gelangen wir zu den Mysterien des Wahnsinns, der Ekstase. Die Circe in der »Odyssee« ist eine solche Figur, aber auch Astarte und Lilith, dann die Loreley als junge verführerische Hexe, die Stiefmutter in den Märchen, welche aus Eifersucht, also aus Rache über ihr ungelebtes Leben, alles vergiftet, die Brunnen, den Kamm, den Apfel. Als schöpferischer Mensch, egal ob nun künstlerische oder wissenschaftliche oder manuelle Kreativität gemeint ist, bist du darauf angewiesen, daß die beiden Zonen wie Kommunizierende Gefäße funktionieren und du am ganzen Kreis des Weiblichen teilhast, denn die Todesmutter, so katastrophal sie sich als Dominante auswirken mag, ist auch die Triebfeder, nach der Guten Mutter zu streben. Jede kontrollierte Gestaltung baut auf dem wankenden Fundament wahnhafter Visionen auf, das Nährgebiet der Schöllkopfschen Geometrie ist das Chaos. Mort, hat ein Autor geschrieben, über den du schon oft gehandelt hast, mort – déclarateur de vie. Und der Steppenwolf sagt uns, die Schizophrenie sei der Anfang aller Kunst. Aber ich sehe, Armando, du bist von der Uroborosgrotte und dem Autogenen Gletschertraining zu sehr erschöpft, das Radon geistert durch deine Organe, die indefinite Kußinjektion tut das Ihrige. Jetzt fahren wir mit dem Lift hinunter in die Kurzentrale, ziehen uns um, trinken ein Glas Champagner im Stollenbuffet, das stellt dich wieder auf, und dann versuchen wir, einen Termin bei der Frau Primarius zu ergattern.

3

Es handelte sich bei dieser an die Tradition der fix stationierten Speisewagen anknüpfenden Gaststätte um ein Kreuztunnelgewölbe mit Gletschertischen und Wurzelstrünken, Auerbachs Keller, Ratsherrenstuben im Souterrain norddeutscher Backsteingotikstädtchen; unter einem grobschichtig aus dem Felsgewände gehauenen Schulterbogen, vor einer Tunnelbrust der Ausschanktresen, hinter dem aber keine Biermammalie wütete, sondern ein das österreichische Kellnerwesen auf das angenehmste verkörpernder Herr Prohaska wirtete, ein mit Zuckerwasser eisgrau frisierter Oberkellner. Und obwohl ein sektenhaft eingerahmtes Tannenholzschild – alle Beschriftungen hier unten erinnerten irgendwie an Erziehungsheime für gefallene Töchter – ausdrücklich vor dem Alkoholgenuß nach der Einfahrt warnte, sah man in den Nischen lauter feuchtfröhliche Patienten in bunt gestreiften, getigerten und getupften Bademänteln, den Kabinenschlüssel mit der großen Sicherheitsnadel ans Revers geheftet, Leidensgenossen bei Weißbier und Stollensekt oder einem Stifterl Klosterneuburger; eine besonders ausgelassene Gruppe, ein ganzer Familienverein, alle einheitlich kanariengelb geflauscht, schunkelte gar und sang nach der bekannten Schlagermelodie: Wir rollen alle-alle-alle in den Stollen, nicht weil wir sollen, weil wir es wollen ...

Schwester Monica, nun wieder im weißen Berufsmantel mit dem Hammer-Schlägel-Zeichen, stellte mich Herrn Prohaska und einigen ihrer Kolleginnen vor. Die Immunität des Sexualnöters blieb gewahrt: das ist Herr Privatdozent Doktor Wolfram Schöllkopf aus der Schweiz, er hat heute seine Jungfernfahrt bestanden, seine Stollentaufe erhalten, das muß gebührend gefeiert werden. Der Oberkellner, bitte sehr, Herr Dozent, angenehm, habe die Ehre, verstand schon und tippte mit vielsagendem Brauenspiel eine Runde Veuve Cliquot in die Rasselkasse, kühlte die hochgotischen Kelche mit Eiswürfeln, spielte uns ein durstweckendes Glasharfenkonzert vor und servierte die mennigerot etikettierte und goldbronzen verkapselte Bouteille in einem schweren Silberkübel: Bitte sehr, Herr Dozent, wie heißt es doch in der Frommen Helene: »Wie lieb und luftig perlt die Blase/ der Witwe Klicko in dem Glase.« Großes Hallo am Tisch – »Pst! Kellner! Noch so was von den! – Helenen ihre Uhr ist zehn.« –, diese Gotthardsirenen vermochten sich noch über eine spontane Geste zu freuen, was wir Zweit-, Dritt- und Viertgenossen aus dem benachbarten Land längst verlernt hatten. Na dann prosit Neujahr, auf das Wohl der Pulsnehmerin Monica und des Schwesternstandes ganz allgemein – im Hintergrund der Refrain: nicht weil wir sollen, weil wir es wollen –, sehen Sie, meine Damen, ich hatte ursprünglich mal eine Schwester, draußen, droben, drunten im Mittelland, die Klara, was etwa heißt: die Leuchtende, Hervorstechende, doch leider gründete die Mutter einen Klarissenorden in unserer Familie, führte den Klärlizismus ein und brachte alle auseinander damit, denn ich, ich wollte auch meinen Mutteranteil, nicht nur den Pflichtteil, und der Vater trug sie immer auf Händen und merkte nicht einmal, daß er es war, der am verhängnisvollsten zu kurz kam bei der Sache, alle Streitigkeiten wurden immer in dubio pro Clara entschieden, wobei das Allerdubioseste der Älteste war, Wolfram, der Lachartist und Showfreak, dem Stollenpersonal bald unter dem Künstlernamen Armando bekannt, es ist, verehrte Schwestern, erschreckend, was ich alles kann, ein Multidilettant, vom Schlagerrepertoire der fünfziger und sechziger Jahre bis hin zum Produzieren von Chicago-Kugeln in einer Hand, ein Herz-As ins Spiel zu mischen und an die Decke zu knallen, ist, sofern sich die Verschalung an die Regeln hält, überhaupt kein Problem, nur die Herz-Dame, mit der komme ich nicht zurecht.

Über unserem Tisch hing ein gerahmtes Foto von einem weißhaarigen, grubengeschwärzten Mann, der, ein Stethoskop um den Hals, auf der Kante eines offenen Förderwagens saß, unter dem Steinbogen des Mundlochs, und das Gelenk einer Patientin fühlte, die beglückt zu ihm hoch blickte, in einen dicken Kotzen gewickelt; ein wenig, aber nur in der Augenpartie, glich er Professor Kern, dem Guten Gott der ETU. Der Legende war zu entnehmen, daß Dr. med. Axel Auer, Entdecker und Begründer des Heilstollens und deren Gesellschaft, als unermüdlicher Krankenfreund bei der Pulskontrolle in der Solaris-Grotte einem Herzschlag erlegen sei. Jetzt nennt mir mal, ihr Fiebermusen, den Grund, weshalb diese paar tausend Granitklafter Gotthard den Österreichern gehören, doch bitte, versteht Armando nicht falsch, er ist alles andere als ein Alpenchauvinist und schon gar kein Militarist und Fortifikationist, es nimmt mich als einer interdisziplinären Fakultät angehörend, wenn auch durch das Attentat bis auf weiteres beurlaubt, einfach historisch wunder.

Buffetpächter Prohaska in seinem schmuddeligen Coiffeurkittel gab Bescheid. Herr Dozent wissen bestimmt noch aus dem Geschichtsunterricht, daß die Reichslehen über Uri, welche ursprünglich den fränkischen Königen zu eigen waren, auf abenteuerlichen Umwegen an Herzog Berchtold V.

von Zähringen gelangten. Als der Gründer von Bern zu Beginn des 13. Jahrhunderts kinderlos starb, fielen sie an die Krone zurück, und Kaiser Friedrich II. gab die Vogtei Uri an Rudolf von Habsburg weiter. Doch bereits 1231 erklärte der Thronerbe und Reichsverweser, der junge König Heinrich, seinen Getreuen im Reusstal, daß er sie aus dem Fundus des Grafen von Habsburg ersteigert habe und fürderhin weder ausleihen noch verpfänden, sondern unter seinen Schutz und Schirm stellen werde. Prost, prost! Pst, Kellner, noch so was von den! Sogleich, Herr Dozent, sogleich! Wohl sei Uri später, so Prohaska, einen neuen Witwensprudel aus der Eistruhe brechend, unter dem berühmten Rudolf von Habsburg noch einmal unter den Einfluß dieses Geschlechtes geraten, doch zu einer Zeit, da Trutz und Eigennutz dieses Volkes von Hirten und Heuern am Gotthard bereits gehärtet und gestählt gewesen seien, so daß man die Entstehung des subterranen Habsburgischen Dominums ziemlich genau zwischen 1218 und 1231 ansetzen könne, und just in jenen Interdezennien sei ja auch die Schöllenen bezwungen, die Teufelsbrücke gebaut und der König der Pässe, das royale Zentralalpenmassiv, dem Transitverkehr erschlossen worden. Gerade weil, das sei aber seine persönliche Theorie, beteuerte Prohaska, die Urner Dickschädel nichts anderes als die Schöllenen im Kopf gehabt und sich in südlichen Phantasmagorien ergangen hätten, sei es den Habsburgern möglich gewesen, ihr kleines Granitreich in aller Ruhe zu befestigen. Verzeihen Herr Dozent bitte den Anspruch auf das Copyright: wir, die Österreicher, haben die Réduit-Strategie erfunden. Und als Anno 1291 auf dem Rütli die Schwurfinger zur Gründung der Eidgenossenschaft gen Himmel fuhren, wie heißt es doch bei Schiller, im Wilhelm Tell, ja: Wir wollen sein ein einig Volk von Brüdern . . . Einspruch, Herr Wirt, Einspruch. Wenn wir unser Nationaldrama schon aus Weimar importieren, müssen wir Schiller auch korrekt zitieren. Es heißt: Wir wollen sein ein einzig Volk von Brüdern. Einig sind sich Brüder in solchen Situationen meistens, das wäre ein Pleonasmus; aber einzig ist ein Volk – die Eidgenossen nicht ausgeschlossen – nur selten. Ist ja wurscht, fuhr Prohaska fort, jedenfalls kam keiner der Verschwörer an diesem Rütli-Rapport auf den Gedanken, daß es im Untergrund noch eine Habsburger Enklave gebe. Und nie, notabene, hat dieses granitene Duodezfürstentum Anlaß gegeben zu kriegerischen Auseinandersetzungen, weder 1315 bei der Schlacht am Morgarten noch 1386, als es zum grausigen Gemetzel bei Sempach kam, Winkelried, nicht wahr, Herr Dozent, einer für alle, alle für einen.

Und die Kartographen, warf Schwester Gisela ein, haben die denn diese Grenze einfach vertuscht? Ja wissen's, die Kartographie steckte damals noch in den Kinderschuhen, man war ja kaum imstande, den Verlauf von Wegen, Flüssen und Seeufern festzuhalten, geschweige denn Gipfel und Kellergeschosse, und selbst wenn ein neunmalkluger Zeichner um das Geheimnis des klandestinen Habsburger Raums gewußt hätte, wären ihm die nötigen Vermessungsgeräte nicht zur Verfügung gestanden. Im 14. und 15. Jahrhundert ging es den Eidgenossen um die Expansion ihres Einflußbereichs. Die Hitzköpfigkeit, mit der sich diese Heißsporne in die Eroberungsfeldzüge stürzten, ohne vorher ihr Kerngebiet abzusichern, gehört leider zu den typischen Charakterzügen Ihrer Altvorderen, Herr Dozent; mit Verlaub, ich bin so frei. Einmal aus der Enge ihrer verdumpfenden Täler, aus der Gebirgstrichterschwermut herausgekommen, wollten sie Weite gewinnen; auf die Tiefe glaubten sie ohnehin abonniert zu sein. Und die Geschichte beweist es: das eidgenössische Heer der Haudegen buchte nach außen Erfolg um Erfolg, prägelte bei Näfels halb Österreich zusammen. Aber daß der vermeintliche Feind klammheimlich im Innersten des Labyrinths hockte, dort wo heute die Goldreserven der Nationalbank verlocht sind, auf diese naheliegende Idee kam kein introvertierter Reisläufer. Es war einmal ein hohler Zahn, Herr Dozent, der Sankt Gotthard, in diesem Zahn gab es einen Briefkasten der österreichischen Bundespost, darin lag ein Eilbrief, und das war die Gründungsurkunde der späteren Heilstollengesellschaft. Louis Favre, er hatte das Geheimnis entdeckt, aber mit ins Grab genommen. Wissen Sie, warum? Weil Favre auf unser Territorium stieß, als er 1874 fünfzehn Meter von der Tunnelachse abgekommen war und einen halben Kilometer tief daneben gebohrt hatte. Um einen Skandal zu vermeiden, wurde das Freak-Loch klammheimlich wieder zugemauert. Heute die Zufahrt zu unserer Klinik.

Darauf, jubelte ich, müssen wir noch einen Witwensprudel köpfen, daß der Korken an die Decke pfropft, das ist ja großartig, Herr Oberkellner Prohaska – Getränkekellner, wenn ich bitten darf, obwohl wir auch Würstel servieren –, ich habe mich immer zutodegelangweilt in der Geschichte, wenn das Thema Schweiz aufs Tapet kam, weil die historische Rechnung viel zu gut aufging. Die Österreicher geschlagen bei Sempach, am Morgarten, bei Näfels, vom Rütlischwur bis hin zum Rütlirapport im Zweiten Weltkrieg eine Direttissima erfolgreicher Abwehrschlachten – dabei liegt uns die Favoritenrolle gar nicht, weder im militärischen noch im sportlichen Bereich –, und immer waren die Berge, Gletscher und Lawinen auf unserer Seite, wenn es darauf ankam, so daß wir nun die ganze Welt schulterklopfend gratis durch die Gotthardröhre, den längsten Straßentunnel der ertunnelten Hemisphäre, gondeln lassen, als ob wir dergestalt demonstrieren wollten, daß wir auf niemanden angewiesen seien. Und da legten uns die Habsburger mitten in unseren Hochmut ein Kuckucksei mit ihrer Enklave, welche noch älter ist als die Alte Eidgenossenschaft, somit vom Anciennitätsprinzip her schon nicht angefochten werden darf.

Und General Guisan mit seinem Réduit-Konzept, was sagte er denn dazu, Herr Prohaska? Stellen Herr Dozent sich bitte mal den Eklat vor, der unvermeidbar gewesen wäre, wenn der General dem Innsbrucker Forschungsteam und den Bergleuten, die nach der Entdeckung der Radium-Emanation vom Favreschen Fehltunnel aus den Paselstollen vortrieben und die Hangendstrecke bauten, einer ärztlichen Vorhut also den Krieg erklärt hätte, mitten im Gotthard. Erstens standen wir unter deutscher Besetzung, also wäre dieser Schritt einer Offensive gegen Hitler gleichgekommen. Zweitens wären durch die innerbirgischen Scharmützel sämtliche Festungsanlagen an die Nazis verraten worden. Guisan mußte uns gewähren lassen. De jure, Herr Dozent, hatte der Führer den Gotthard erobert, ohne einen Schritt über die Grenze tun zu müssen. Es war wie in der Fabel vom Igel und vom Hasen: der Igel, das Stacheltier, das zu eurem Abschreckungssignet wurde, war immer schon da, der Hase gelaufen. Daher der berühmte Satz Hitlers: Die Schweiz, das Stachelschwein . . . Mit der Besetzung Österreichs war ein Stück Gotthard in seiner Hand, das genügte ihm.

Das Donnern im Stollenbahnhof kündigte die Ankunft eines Zuges an. Prohaska mußte sich zum Ausschank zurückbegeben, um den Getränkewagen der Serviertochter im feschen Dirndl mit Buttermilch, Gletscherwasser und Göschener Zitrone auszurüsten. Die Ausbettschwestern eilten auf den Perron, denn sie hatten die Patienten in Empfang zu nehmen, von denen jeder ein verschwitztes Laken in den Korb warf. Die Kolonne, die an uns vorbeizog, erinnerte an Bilder aus Konzentrationslagern: gebrochene Existenzen in längs- und quergestreiften Bademänteln, Haarsträhnen im Gesicht, offene Poren und Nüstern, angeleimte Extremitäten: der Bechterew-Zug, erklärte Monica.

Beim Morbus Bechterew handelt es sich um eine entzündliche Erkrankung der Wirbelsäule, die unaufhaltsam zu einer Verkrümmung und Versteifung des Rückgrates führt, so daß der Brustkasten einer suizidalen Kontrosion unterworfen wird und ein Organ das andere zuerst um den Verstand und hernach ums Leben bringt, wenn wir den Prozeß nicht stoppen. Gerade hier hat sich die kombinierte Radon- und Hyperthermiebehandlung des Auer-Aplanalpschen Heilstollens besonders bewährt, gelingt es doch nach wiederholten Kuren, die Schmerzen zu lindern, die Integrität und Arbeitsfähigkeit des Patienten wiederherzustellen. Leider wird der verbrecherische Virus von der hehlerischen Schulmedizin selten im Anfangsstadium erkannt, und die Leute kommen erst zu uns, wenn es fast schon zu spät ist. Dank der Pionierforschung Doktor Axel Auers ist es gelungen, die Blutsenkung zu normalisieren, die Thoraxexkursionen und damit die Vitalkapazität zu verbessern. Im Gegensatz zu den vertebragenen Schmerzzuständen läßt sich der Fortschritt beim Morbus Bechterew meßbar objektivieren, was man vom Morbus Schöllkopf nicht unbedingt behaupten kann. Da Schwester Monica sogleich spürte, was sie anzurichten im Begriff war, preßte sie ihre blaßrot getönten Lippen auf meinen Mund und küßte mir das dreifache Fragezeichen weg: Dir, Armando, kann ein Spitzenaufgebot von Frauen helfen, wir werden für dich exklusiv eine Miss-Schöllkopf-Wahl durchführen, und du wirst sehen, wie das Moralingift aus der Bißwunde deines Unterleibs gesaugt wird.

4

Am andern Morgen, ich hatte in einer ähnlichen Unterkunftskatakombe geschlafen wie in der Aufnahmenacht nach dem Narkosenkuß der Brandenburgischen Scheiterheide, und Monica war keine Sekunde von meinen Gebeinen gewichen, fand ich mich pünktlich um acht Uhr zum Stollenverlesen im Warteraum ein. Wieder diese mädchenheimhaften Buchstabenschnitzereien, und prompt las ich statt Gymnastiksaal Germanistiksaal, ich hatte die Turnlehrerfrage, ob Schöllkopf schon am Reck gewesen sei, mitnichten verwunden. In dem großen Festungsraum saßen, lagen, standen, lehnten, krümmten sich an die hundert Frotteeröcke, jeder mit Sicherheitsnadel, Kabinenschlüssel, Einfahrtskarte, jeder Patient eine vermummte Krankengeschichte, welche in den Gotthard mündete, gegenläufig zu den vier großen, auf dem Wasserschloß Europas entspringenden Flüssen. In der

Fibel, wie man ein perfekter Stollenfahrer werde – das Vademecum »Wie hat sich der Kurgast in Göschenen zu benehmen« stellte sich als Pamphlet und Plagiat des Eidgenössischen Militärdepartementes heraus –, stand zu lesen, daß jeder Radonhungrige, egal, auf welche Station er verbracht werde, gleich lang in den Genuß des Edelgases komme.

Endlich konnte ich in Ruhe das Sgraffito der Streckenführung studieren. Links als Stumpf nur angedeutet die Zufahrt vom Favreschen Faillitentunnel zum Kurzentrum mit Behandlungs-, Warte- und Liegeräumen; im Trakt C das Buffet und der Hauptbahnhof vor dem Mundloch, von wo der Paselstollen in einer Straight durch das Aaremassiv unter der Schöllenen durch – Gneis, Glimmer, Eurit – zur Porte Gehenna führte, Drehscheibe I, Temperatur neununddreißig Grad. Hier gab es ein Notlazarett und eine Kühlkammer für die Ärztinnen, auch eine Toilette, hier standen, sternförmig um die Märklinbühne mit dem Maschinenhäuschen angeordnet, die erosionsbeständigen Elbak-Lokomotiven. Von da aus schlängelte sich die kurvenreiche Hangendstrecke über das Golgathakreuz zur Tunnelbrust der Uroborosgrotte hinunter, wo ich am Tag zuvor in die Wüste geschickt worden war. Sie lag in der Urserenmulde des Gotthardmassivs, schwarzer Schiefer, Cipolin, Siricitschiefer. Mit dem Symbol der Zipfelstrahlensonne gekennzeichnet die Soror-Solaris-Höhle. Wörter wie Kanaanpassage, Sinaiklamm zogen bereits wieder Speichel, so daß ich leer schlucken mußte, als ob ich Balsaholz auf der Zunge hätte. Es gab Stationen mit Temperaturen bis zu fünfundvierzig Grad, ein Rangierfeld von Schraubenkurven, Stumpengeleisen, Kreuzungsweichen, Ablaufbergen: unmöglich, sich im Liegewagen bei geschlossenen Rouleaus zurechtzufinden. Das ganze Schema war mit einer Legende über die Urmuttermund-zu-Mund-Beatmung durch die Tunnelbrüste der Erde versehen; eine Sternchenlinie deutete die Grenze der Enklave an, und jenseits, über uns, unter uns, hinter uns die militärischen Zeichen für die Bestückung des Forts Réduit: also wußte man im Ausland, wenn auch im neutral verbündeten, haargenau Bescheid über die Kampfkraft unserer Alpen.

Ich vertiefte mich, wie ich es als Kind immer getan hatte, in eine der Frauenzeitschriften. Unter dem Verdikt des streng Verbotenen hatte ich die Illustrierten jeweils durchgeblättert, die ich in den Altpapierstößen auf den morschen Hurden in den Kellerbunkern der Dracula-Villa am Schloßgraben gefunden hatte, mich in mein Estrichzimmer eingeschlossen und die Reklamespalten ausgeschnitten, um mir in Schulheften eine Grammatik des Weiblichen anzulegen: Plastosein für eine formvollendete Büste; Umstandslibelle Femina, die segensreiche Helferin für jede werdende Mutter. Leibstütze und Büstenhalter sind überaus sinnreich kombiniert, so daß die Last von den Schultern mitgetragen, Mutterbänder und Muskeln vollkommen entlastet werden. Mein Traum von der oblongen Gräfin war herstellbar aus einem Setzkasten von papiernen Accessoires. Cross Your Heart, Longline, die bessere Figur. Einsätze aus stützendem Diolenvlies, duftige Bouquet-de-fleurs-Spitze und Lycratüll vervollkommnen diesen ultraleichten Stretch-BH zur reizenden Grundfeste für die gepflegte Garderobe, mit dem typischen Elasti-Bella-Effekt. Ich erfuhr zum Beispiel durch meine autodidaktischen Frauengeschichtsstudien, daß der Französischen Revolution auch Schnürleib, Reifrock und Stöckelschuhe zum Opfer fielen, daß das Gewicht der Kleidung einer mondänen Dame Ende des 18. Jahrhunderts nurmehr siebenhundert Gramm betrug, daß man nicht von einer gut angezogenen, sondern von einer gut ausgezogenen Frau sprach und sich auch durch Lungenentzündungen nicht von den durchsichtigen Empireschleiern abhalten ließ. Ein halbes Jahrhundert später mußte ein Käfig aus Stahlfedern konstruiert werden, die Krinoline, damit die Frauen nicht zusammenbrachen unter der Last ihrer Subtextilien, als da waren: der Anstandsrock aus Flanell, der bis zu den Knien wattierte Unterrock, der Leinenrock, steif gestärkt mit Volants, und zwei Musselinröcke.

Diesen Papier- und Kartongöttinnen von Triumph International im Mansardenzimmer masturbatorische Opfer darzubringen, war nicht nur gesundheitsschädigend – Rückenmarksschwund und Haarausfall –, sondern auch ideologisch verwerflich, nämlich barer Kommunismus: im Himmel wurden schwarze, im Kreml rote Listen mit den Namen derer geführt, die dem Laster frönten und als Selbstbefriedigungskolonne im Westen, von Moskau gesteuert, dem amoralischen Manifest von Marx und Lenin zum Sieg verhalfen: Steter Tropfen höhlt das Bein. Um diesen Bazillus in uns selber niederzukämpfen, brauchte es die Moralische Wiederbewaffnung, und das erste Gebot des sterilen Katechismus hieß Absolute Reinheit, was dem Vierzehnjährigen suggerierte, daß alles, was auch nur entfernt mit Zeugung zu tun habe, schmutzig sei.

Zwar, so meine sogenannte Aufklärung, seien alle Menschen diesen Anfechtungen ausgesetzt, doch könne man die Niederlage abwenden durch Beten und Duschen, Waldläufe und gewürzarme Speisen. Und wenn man gesündigt habe, solle man die Untat in einem karierten Notizheft verzeichnen und einer Vertrauensperson austauschen, dann könne Gott auch vergeben, andernfalls strafe er sofort, indem zum Beispiel ein Freund tödlich verunglücke. Ich hatte tatsächlich den Wahnsinn geglaubt. Wie oft schrubbte ich mein Bett mit heißem Wasser, trocknete ich das Leintuch vor dem Strahler, um die Spuren zu verwischen!

Guten Tag unter Tag, die Herrschaften. Es hat diese Nacht wieder geschneit, droben in der Schweiz, die Schöllenenbahn mußte den Betrieb einstellen, Grafenort ist von der Umwelt abgeschlossen, doch wir, die wir vor dreißig Jahren statt Gold einen Bodenschatz an Naturheilkräften entdeckt haben, sind geborgen in der thermischen Wärme des Österreichischen Gotthards. Drum Mut, Glück auf, jeder Kurtag in der Auer-Aplanalpschen Heilstollen-Erosklinik ist ein gewonnener Tag, ein Schritt vorwärts. So, Schwester Gisela, wie sieht der Verteilungsplan aus? Baronin von Zechhofen! Hier, Frau

Primarius! Wir versuchen es heute mit der Station II, die Ia ist Ihnen doch gut bekommen, oder? Nana, es ist noch niemand gestorben bei der Steigerung auf vierzig Grad. Der Herr Freumbichler, wo ist er? Ja, mit Ihnen habe ich was Besonderes vor: die erste Hälfte der Liegezeit in der Sinai-Klamm, keine Angst, der Fels beißt nicht, und dann mit Schwester Ismene in die Ödipus-Arena. Die kommt vor bei Sophokles, ist nur viel weniger bekannt als die mutige Antigone. Aber ein Herz, Herr Freumbichler, was haben wir gelernt? Ein halbes Dutzend Bademäntel im Chor: Ein Herzel, des kann man sich nicht kaufen, auch wenn sich mancher das so denkt; doch wenn man Glück hat, ein bisserl Glück hat, da kriegt man eins geschenkt! So ging das Stollenverlesen vor sich: die einen muckten, dann wurde Frau Doktor energisch, die andern fügten sich geradezu euphorisch in ihr Schicksal und schwangen das Frottiertuch um den Nacken, als stehe ihnen ein Vita-Parcours von Liebesdienerinnen bevor. Übrig blieb Wolfram Schöllkopf alias Armando.

Der Herr Dozent, schön, daß Sie endlich Zeit für mich haben, kommen Sie, kommen Sie! Und die kleine, quirlige Frau mit dem Pagenschnitt, welche die Sechzig längst überschritten haben mochte, hängte sich bei ihrem Patienten ein, ließ sich an dem wild in einer Pralinenschatulle herumpflükkenden Sanatoriumsdrachen vorbei, immer in Deckung, immer hinter der Schweizerischen Wand, um ja nicht mit einer Bagatelle aus dem Schöllkopfschen Rhythmus geworfen zu werden, in ihre Felsenpraxis führen. Uff, das hätten wir geschafft, Herr Dozent, unsere Frau Semmelreuter, die gute, bewacht mich wie ein Cerberus, läßt sich von einer Bestechungsaffäre in die andere verwickeln, was die Vortrittsrechte von Krankengütern betrifft, bald da eine Kurpackung Mohrenköpfe, bald dort ein halbmeterlanger Stollen aus Nougat, Marzipan und dunklem Schokoladeüberzug. Dabei kommt der Geschädigte, möchte man sagen, im Arzt-Patienten-Verkehr immer von rechts, hat immer den Vortritt.

Bitte höflichst, Frau Primarius, nicht Herr Dozent, ich bin

ja an der Eidgenössischen Landesirrenanstalt auf dem Zürcher Schanzenberg entmachtet, will auch nicht in Lehre und Forschung zurück, nennen Sie mich meinetwegen wie die Schwestern Armando, oder Signor Privatissimo. Geht in Ordnung, nur jetzt aus dem Blickwinkel der Semmelreuterschen! Außer den Sauerstoffrohren und den Exhaustoren, dem Kunstlicht und den tropfenden Wänden, den Grubenankern und Drahtverhauen zur Verhinderung von Steinschlägen unterschied sich das Auer-Aplanalpsche Sprechzimmer in nichts von einer oberweltlichen Praxis; es gab anstelle von aufklappbaren Gipsnieren und grell kolorierten Herzklappen eine Vitrine mit Mineralien, und es gab eine Reihe ziemlich historischer Fotos, alle braunstichig und rheumatoid gewölbt: die Favresche Preßluftbohrmaschine, eine Schlauchspinne auf kurzstämmigen Rädern, aufgepflanzte Vortrieb-Bajonette; eine abtretende Schicht von Tunnelarbeitern im Bauzug, So green was my valley, Dampf, Berghitze und Sprenggase machten die Locherei zur Hölle; Louis Favre am Kommandotisch seiner Konstruktionspläne, Blick heroisch auf das Nordportal gerichtet, eine überallegorisierte Helvetia mit olympischer Fackel weist ihm den Weg durch den widerspenstigen Berg; achtundzwanzigster Juli 1875: Urner Miliz feuert in die meuternden Gotthardarbeiter, welche gegen die schlechte Lüftung, die giftigen Dynamitgase, die schmutzigen Unterkünfte protestieren, Oberingenieur Stockalper hat in Altdorf telegraphisch fünfzig Bewaffnete angefordert, die wie in der Schlacht bei Näfels mit Caduti Sassi empfangen wurden.

Diese Bilder, notabene, hingen hier als Visitenkarten des benachbarten Landes, das an Tunneln ebenso reich war wie sein Emmentaler Käse an Löchern, seine Alpen an Festungsbunkern. Frau Beate griff in den Schrank, holte aber nicht Plastikhandschuhe heraus, um den eingecremten Finger ins After zu stoßen und die Prostata zu befühlen, was ihre ratlosen Vorgänger immer als erstes getan hatten, sondern eine Flasche Slibowitz: Na denn! Ah, hält Leib und Seele zusammen, sagte der alte Auer auch immer. Was Favre für die Geschichte der Gotthardbahn, war mein Mann für die Erforschung der Urseren Therme.

5

Nun aber zur Frage, was uns eigentlich am meisten weh tut. Die Matrose, sicher, das Muttermal, Macula matris, Naevus araneus, der Spinnennaevus, wobei zu beachten ist, daß wir die Mutterentbehrung, das Deprivations-Syndrom, klar trennen müssen von der verseuchenden Mutterliebe, welche die Lumbuslähmungen produziert und den Nervus penis angreift. Aus Ihrer Mammographie geht hervor, daß wir es mit dem komplexeren Befund einer Multiplen Matrose zu tun haben – na denn! –, mit einer von der Theorie her intakten Zuwendung, einer im Grunde guten Mutterabsicht, welche den Körper dennoch verstimmte. Dann, nehme ich an, macht uns die Alma Mater Polytechnica Helvetiae schwer zu schaffen, der Hochschul-Verrat, und als drittes der Schuldenberg, was den Balkonabsturz von Flavia Soguel betrifft.
Ich hatte genau zugehört und war dennoch abgelenkt von einem surrenden Geräusch, einer Rangierunruhe an den Wänden, einem Möhnen, Tuckern und Scheppern, bis ich endlich entdeckte, daß im Rücken der Frau Doktor, sozusagen in die therapeutische Abbaufront eingelassen, ein komplettes Modellbergwerk sein emsiges Wesen trieb, eine Zeche im Märklinmaßstab, auf und ab schnurrende Förderkörbe, Wetterschleusen mit mechanisch regulierten Türen, ruckende und zuckende Miniaturknappen, die das Schlägelchen führten, die gefüllten Loren durch den Hauptquerschlag schoben. Im Blindschacht rann schwarzer Kies die Wendelrutsche runter, speichenwirbelnd rotierten die Schwungräder im kranbeinigen Gerüst; man erkannte das Füllort mit der Aufschiebeseite und dem Leerumtrieb, und am Kohlenstoß

lagen die marionettenhaften Kumpel im Gestände der Stempel und Streben, winzige Geleuchte blakten auf, Förderbändchen stotterten; das Pendant, sagte ich, zur Gotthardanlage in der Kirche von Wassen, dort die horizontal-ferroviale, hier die vertikal-ferroviale Religion, Frau Primarius – oder muß man Sie eigentlich Primaria nennen? Das Genitale, strickte die Stollenholle weiter an ihrem Strumpf – na denn, prost! –, ist aber nur der Schmerzempfänger, wir müssen die Ursachen anpacken, den Absender ermitteln, der diese anonymen Drohungen verschickt, und aus Ihren Akten, sehen Sie, das oberste Tablar, alles Schöllkopfsche Erstausgaben, in Leiden gebunden, sozusagen eine historisch-psychosomatisch-kritische Edition der Mamamnese, Papamnese und Katamnese, entnehme ich, daß wir es mit drei geologischen Frauenschichten zu tun haben: zuunterst das Muttergestein, die petrefakte Dematernisation; dann die Schwester, von der Sie sagen, sie hätte ihren abgestutzten Bruder im Stich gelassen und verraten, also die Duplizierung der bitteren Maria durch einen weiblichen Judas, die Überlagerung des Matriarchats durch den Klärlizismus; zu schlimmer Letzt die eigentümliche Verquickung der Romeo-und-Julia-in-der-Altstadt-Tragödie mit dem Alma Mater-Verlust. Was nun die Therapie der Künstlichen Mutter betrifft – noch einen Slibowitz, na denn! –, muß ich Ihnen gestehen, daß wir Ihnen auf Ihre Annonce in der Ärztezeitschrift hin, als Sie die Unterleibsmigräne publizierten und dreispaltig nach Hilfe schrien, etwas anboten, was es bis dato gar nicht gibt. Wir, die Auer-Aplanalpsche Heilstollengesellschaft mit beschränkter Haftung, hatten es mit lauter Unbekannten zu tun, einem X für den Krankheitserreger, einem Y für den Krankheitsträger und einem Z für die psychosomatischen Metaphern, die zwischen X und Y ausgetauscht werden. Als ich das Telegramm aufgab, erfand ich ad hoc eine hypothetische Lösung, eine Placebo-Theorie, um Sie im Glauben zu lassen, daß sowohl die Unterleibsmigräne als auch deren Heilmethode bereits erforscht seien. Wir bluffeten ganz einfach wie die Kommissare in den Krimis, wenn sie in Ermangelung eines Geständnisses, schlagender Beweismittel und in Ohnmacht vor einem todsicheren Alibi den Mörder dazu bringen, sich zu einem am Tatort verlorenen Knopf zu bekennen, der in Wirklichkeit gar nicht existiert. Ich weiß, nach eurer Strafgesetzordnung ist diese Methode verpönt, aber vom Recht auf Gesundheit und Integrität her gesehen ist es der Morbus Schöllkopf nicht minder. Mit anderen Worten: die Künstliche Mutter, der Sie sich bereits unterzogen zu haben glauben, muß erst noch kreiert werden. Nur Sie, Schöllkopf, Ihr einmaliges Autorenkollektiv von Körper und Seele konnte diese Krankheit erfinden und mittels spastischer Krämpfe beschreiben, also sind Sie auch der Entdecker der auf Sie zugeschnittenen Therapie, der Künstlichen Mutter. Die ganze Schul- und Paramedizin steht sprachlos vor Ihrer Originalität, vor dem Esperanto Ihres Syndroms, und zieht den Hut. Das einzige Problem war, Sie in den Stollen zu locken. Da sind Sie, also packen wirs an!

Zuerst entrolle ich Ihnen mal – na denn! – das Schema, das unsere Graphische Abteilung für Sie entworfen hat, als wir den Patienten Schöllkopf gründeten: ganz einfach der Farbenkreis mit den Primärfarben Gelb, Rot und Blau, den Sekundärwerten Orange, Violett und Grün. Aus dem Kurs Gestalten I an der Architekturabteilung der ETU wissen Sie: Läßt man das Spektrum als Kreisel rotieren, entsteht im Idealfall, wenn die Töne sehr lichtintensiv sind, Weiß, andernfalls ein Dunkelgrau oder Schwarz. Die erste, die Alpha-Mischung wäre unser therapeutisches Ziel: Helligkeit, Transparenz der Existenz, Aufwärmung des Körpers, Abtauen des Gletschers, Sonne, Süden. Das zweite Resultat, die Omega-Finsternis, repräsentiert das Risiko eines jeglichen Eingriffs in die Psyche, die Gefahr, daß der Mutterschatten auf Ihrem Herzen obsiegt. Der Körper-Seelen-Arzt, sofern er nicht nur Verbalium und Syntaxogen verschreibt, weiß um die heikle Gratwanderung zwischen dem Tal des Todes und den Arkadischen Gefilden, er kann im besten Fall ein Kretenführer sein, oft hängt er selber am Sicherungsseil des betreuten Patienten. Na denn!

Frau Doktor, ein Lebensquirl, griff immer wieder nach dem Slibowitz, wiewohl das Stollenhandbuch vor dem Alkoholgenuß im Heißluftemanatorium warnte, vielleicht wollte sie mir, dem sie nie einzuschenken vergaß, kundtun, daß Wolfram Schöllkopf, einst Doktor Infaustus geheißen, nun zum G.m.b.H.-Mitglied Armando avanciert, in jeder Hinsicht die Ausnahme darstelle. Das war, endlich mal, eine reziproke Medizinalphilosophie. Die übliche Tranquilizerparole lautete: Glauben Sie ja nicht, der Erste und Einzige auf der Welt zu sein, der eine Krankheit hat; Millionen sind vor Ihnen gestorben und werden nach Ihnen sterben. Das interessiert aber den Moribunden zuallerletzt, er fühlt, daß das Leben immer in der Ichform gelingt oder scheitert. Auf den Farbenkreis, so Beate Auer-Aplanalp, sind wir bei der Sichtung Ihrer erotischen Akten gestoßen, als uns das Sonnenblumensymbol für Flavia Soguel, das blaugüldene Davoserwappen in die Hände fiel. Einerseits; anderseits beeindruckte uns der Begriff der Fehlfarbe aus dem cigarristischen Bereich, in der Stumpenmanufaktur. Die Fehlfarbe, korrigieren Sie mich bitte, wenn ich als Nichtraucherin etwas Falsches sage, ist vom Wickel her kein minderwertiges Produkt, sie hat nur ein gesprenkeltes, von claro nach oscuro changierendes Deckblatt. Sensible Cigarronomen werden sich an den Satz halten: Ein einziger falscher Ton verdirbt den Genuß. Sie stecken selber den Wickel an, nicht mit dem Streichholz, sondern mit der vermeintlichen Tabakkrankheit. Wäre es umgekehrt, die Einlage ein Fiasko und die Sumatrahaut makellos, rauchten sie in der Überzeugung, Zino den Großen persönlich zwischen den Zähnen zu haben.

Nun mußten wir uns fragen: ist Privatdozent Wolfram Schöllkopf denn eine Fehlfarbe? Ja, aber nur insofern, als im leuchtenden Spektrum der Primär- und Sekundärfrauen gewaltige Lücken klaffen, blinde Flecken anzutreffen sind. Auf der Ebene Ihrer Geliebten, die in jener Bundesnacht über den Balkon sprang, steht Ihre Schwester Klara oder Clarissa. An sie haben Sie den Brief an die Mutter adressiert, an eine Frau, die Sie weit mehr lieben, als ein Bruder sich das eingestehen darf infolge des Inzesttabus. Ihre Schwester ist aber verheiratet, hat Kinder, ist also inzwischen Mutter geworden und somit mehrdimensional besetzt, ergo er-setzen wir sie. Gelb für die blonde Flavia, rot für die künstliche Schwester. Wo findet man sowas? Zunächst in der Literatur. Bei der Lektüre von Hesses »Demian« schwärmte der Gymnasiast Schöllkopf einerseits für die Dante nachempfundene Beatrice, eine typische Femme fragile; anderseits für Demians Mutter, die Frau Eva. Beim »Tonio Kröger« sind wir hingerissen von der blonden, blauäugigen Inge Holm, nicht für Magdalena Vermehren entflammt, obwohl gerade sie die Regungen des Künstlers versteht und teilt. Hinter der Inge Holm-Projektion steht der kühle Vamp der fünfziger und frühen sechziger Jahre, das Babydoll-Gesicht Marilyn Monroes, die chirurgische Maske einer Kim Novak. Tatsache ist, daß Sie sich an all diesen Frauen zutode erkältet hätten, mein Lieber, denn Ruhm und Glamour, Pelze und Colliers, Wasserstoffsuperoxyd und Mannequinbeine, das sind zu Schranken aufgebaute Äußerlichkeiten. Sie haben sich verliebt in das Prinzip der Uneinnehmbarkeit und der Abfuhr, das Schöllenen-Syndrom auf die Weltweiblichkeit übertragen, nicht in die einzelnen Frauenpersonen hinter der Hollywood-Maskerade. Eine Diva, sie taucht immer wieder auf in Ihren Fotocollagen, steht zeichenhaft für den ganzen Komplex: Anita Ekberg, der Schwedische Eisberg. Schlafzimmerblick und busenale Buchten täuschen Wärme, Geborgenheit vor, wie das der Femme fatale entspricht. Sie lockt, um den Mann an ihren Klippen zerschellen zu lassen. Das ist die Loreley, im weiblichen Gestaltkreis die junge, betörende Hexe, die sich, die Kosmetik ausgenommen, in nichts von der alten Hexe Ihrer Träume unterscheidet, von der Feuertuch-Jordibeth. Der Begriff Sexbombe sagt überdeutlich, worauf diese Weibsbilder abgerichtet sind: auf Explosion und Vernichtung. Mit den Waffen einer Frau: warum Waffen, warum nicht Gaben?

Zwischen den Polen Engel und Teufelsweib pendelt sich Ihr Idealbild ein. Entweder sind es lymphatisch blonde Narzissen, die aus Rücksicht auf ihre Porzellanblässe und Zerbrechlichkeit nicht angehaucht, geschweige denn berührt werden dürfen, womit die Sexualität in den Kohlenkeller verbannt ist, oder aber A. A.'s, B. B.'s, C. C.'s mit einem skandalösen Privatleben, und wie die Circe in der »Odyssee« verwandeln sie ihre Leibeigenen in Schweine. Beides verbietet die Erosklinik des Heilstollens, die Angel- und die Vamp-Droge. Aber man kann, wie die Erfahrungen mit der Verhaltenstherapie zeigen, eine anerzogene Sucht nicht einfach wegzaubern. Denn da ist die Muttergrube unter der Existenz, und die muß in erster Linie gefüllt werden. Die Frau, die Sie geheiratet hätten, war in allem der beraubenden Stiefmutter diametral entgegengesetzt. Sie befanden sich auf der richtigen Spur, Armando, nur kamen Sie leider zu spät. Das ist irreversibel – na denn! –, daran doktern wir gar nicht erst herum. Rehabilitationsmedizin heißt: den Rest an Gesundheit, und sei er noch so minim, gegen das Verscherzte durchzusetzen. Darum konstruieren wir aus dem Flaviadefizit einen magisch umschließenden Frauenkreis, Farbenkreis, in dem die Primärpositionen Mutter, Schwester, Tochter besetzt sind. So, das ist der zehnte Slibowitz, Armando: entweder lassen wir es dabei bewenden, oder wir gehen zu was Besserem über. Aber ich muß, mit Verlaub, unbedingt schnell den Studienrat aus Wolfenbüttel einfahren, sonst springt er mir in der Sinaiklamm wieder vom Zug, und dann haben wir den Salat. Der Radonwind trägt solche Zwischenfallgerüchte mit dem Nordföhn nach Lugano, mit dem Südwind nach Zürich, wobei, entschuldigen Sie den Sprachgebrauch, natürlich nicht ein Wind den andern befördern kann. Frau Primarius verschwand hinter einer Spanischen Wand und tauchte nach kurzer Zeit im Badekostüm wieder auf, nahm den Flauschmantel über die Schultern und stülpte sich den Grubenhelm mit dem Stirngeleuchte auf. Sie, Armando, verteidigen inzwischen das Sprechzimmer gegen die Semmelreutersche. Wenn das Notlicht aufleuchtet, die rote Wirbelfunzel dort im Türsturz, rufen Sie einfach durch die Gegensprechanlage: Notsituation bereits vergeben!

Die Semmelreutersche prellte denn auch richtig, kaum ging der Panzerschrank auf, mit einem Patientenkartenstapel vor, als Druckluftwoge, wurde aber von der Chefin mit einer Dort-läuft-er-haltet-den-Dieb-Gebärde wirkungsvoll ab-, in ihre Vorzimmer-Domäne zurückgeschmettert, sie mußte derart wuchtig auf den mangelhaft gefederten Bürostuhl gefallen sein, daß die Mineralien in den Vitrinen noch lange nachzitterten, daß eine Grubenlok der Modellzeche entgleiste und der Schöllkopfschen Entpannung bedurfte, damit das Kurzschlußsummen nicht zum Dauerzustand wurde. War ich nun ein Gefangener oder ein wertvolles Krankenpapier im Auer-Aplanalpschen Heilstollentresor? Man wußte es offenbar je länger desto weniger. Na denn, der elfte Slibowitz.

Einem Bibliophileiner und Büchernarrator bereitet es eine besondere, ans Voyeuristische grenzende Lust, in einer fremden Bibliothek zu stöbern. Man kennt die Miene der Kriminalinspektoren, wenn sie fragen: Dürfen wir einen Augenblick hereinkommen? Der Augenblick genügt, um festzustellen, wo die natürliche Möblierung und Untensilienverteilung minimal gestört ist. Der Germanist nickt, aha, wenn auf einem Bord fünf verschiedene Goethe-Ausgaben stehen. Hab ich's mir doch gedacht! Was gab es auf den Simsen der Stollenholle? Zunächst laufmeterweise »Wie werde ich ein perfekter Stollenpatient: was muß ich wissen, was muß ich tun, was muß ich lassen?« Oberstes Gebot für eine gedeihliche Kur: Sich Zeit nehmen lassen! Was nehme ich in den Stollen nicht mit: Geld, Uhren, Schmuck, Brillen, Hörgeräte, Fotoapparate, Bücher und sonstigen Lesestoff, denn Lesen verdirbt den Blick für das Ganze. Im Stollen verlorene Gegenstände können, sofern sie zufällig von einem Mitpatienten als solche sichergestellt wurden, im Fundbüro Göschenen abgeholt werden, eine Exkursion, die indessen eines von der Chefärztin unterschriebenen Urlaubspasses bedarf. Dann: »Die Urseren-Therme in der Balneologischen Literatur des 19. Jahrhunderts«, Textanhang: »Dr. Hans Hartlieb, Buch von den warmen Bädern, neununddreißigstes Kapitel«. »Das Wildbad Göschenen, nach den neuesten Hilfsquellen bearbeitet von Dr. E. Bunzel, Badearzt; Doctor der Medicin und Chirurgie, Magister der Geburtshilfe, Mitglied der Medicinischen Facultäten zu Wien und Prag, ehemaliger Secundararzt der Abtheilungen für Frauen- und Nervenkrankheiten im k.k. allgemeinen Krankenhaus zu Wien, correspondierendes Mitglied der k.k. geologischen Reichsanstalt, Inhaber des russischen roten Kreuzes etc.«; ferner ein Sonderdruck aus der Reihe »Gotthard aktuell«, Doktor Johann Ladislaus Wasserfallen: »Alphastrahlung auf die Großhirnrinde und erotische Traumwelt«, vom selben Verfasser: »Die Dunst-Inhalation in kopffreien Kästen«. In nachtblauer Glanzbroschur, mit Nuggets gespickt: »Das Gotthardgold«, Verlag Naturhistorisches Museum Wien, redigiert vom wirkl. Hofrat Prof. Dr. Friedrich Baumayer, erster Direktor selbigen Instituts, und als Spezialdruck des Badeblatts »Die letzte Betriebsperiode des Goldbergbaus in der Österreichischen Gotthard-Enklave«.

Völlig verschwitzt kam die Gotthardmutter von ihrer Begleitfahrt bis zur Sinaiklamm zurück, offenbar war es ihr aber doch gelungen, den Studienrat aus Wolfenbüttel auf die Kurordnung einzuschwören – schwitzen, Armando, ist eine solidarische Körperreaktion unter den Geschlechtern, eher denn frieren, man friert doch eigentlich viel zu solipsistisch, wohingegen der verdünnte Harn einen Beitrag zur klassen- und kassenlosen Gesellschaft von Ärzten und Patienten leistet. Sie haben, wie ich sehe, nicht weitergearbeitet am magischen Farbenfrauen-Kreis, dabei habe ich Ihnen extra noch diesen reich dotierten Aquarellkasten von Schminke bereitgestellt, von Indischgelb über Kadmiumorange, Scharlachlack und Purpurviolett bis zu Indigo, Preußisch- und

Pariserblau, nehmen Sie eigentlich ernst, was mit Ihnen vorgeht? Also, der innere Ring, wobei das Zentrum, die Mischung, zunächst noch von der Mutter dominiert wird, verkörpert die reale, in der Psyche fatale Familie; den äußeren haben wir in sechs Sektoren eingeteilt, drei Primärfrauen, drei Sekundärfrauen. Gelb, da die Flavia Soguel entfällt: Sonnenmutter; rot, da Klärli Sie nicht speist, sondern von Ihnen schmarotzt: die strahlende Schwester; blau, Farbe des Traums, der Introvertierten, der Romantik, der Nacht, das wird Ihre Tochter. Alle zusammen lieben zu können in einer Frau, Armando, das wäre der Multiple Inzest.

Denken wir an das magische Weltbild der Älpler, den Goldenen Ring über Uri, diese geschlossene Form, welche einerseits das Numen bannt, andererseits durch den Frevel gesprengt werden kann wie in den verschiedenen Sagen des Dittitolggs. Wenn der Sprung von der Mutter zur Tochter, von der Tochter zur Schwester und von der Schwester wieder zur Mutter nur über den Multiplen Inzest bewältigt werden kann, wird Ihnen begreiflich, weshalb wir die künstliche der natürlichen Mutter, die künstliche der natürlichen Tochter, die künstliche der natürlichen Schwester im Stollen vorziehen. Das Tabu, das uns verbietet, mit jenen Frauen zu schlafen, die uns verwandtschaftlich am nächsten stehen, uns somit am ehesten par cœur verstehen müßten, ist ein sittliches, also künstliches; wollen wir es entmachten, wenden wir die Formel künstlich mal künstlich gleich natürlich an. Der Frauen-Spektral-Ring unter Uri ist kein Circulus vitiosus, wie uns die Moralin-Brunnenvergifter einreden wollen, sondern ein Circulus vitalis. Aber der Multiple Inzest ist nur mit therapeutischer Liebe – nicht Plauderhilfe – zu überstehen. Darum besetzen wir die Felder der Sekundärfarben Orange, Grün und Violett mit heilsberuflichen Schwestern. Sister Orange wird Sie von der roten Schwester zur gelben Mutter hinüberlieben; Sorella Verde wird ihrem Symbolcharakter, der Hoffnung, gerecht werden und sexuell zwischen Mutter und Tochter vermitteln; und Sœur Violet übernimmt die heikle Aufgabe, Ihre Schwester und Ihre Tochter davon zu überzeugen, daß sie nicht Rivalinnen, sondern Ergänzungsfrauen sind.

6·

Das war, Ihr Hinterbliebenen im Flachland, Ihr Überbliebenen über Tag, mehr als eine Sprechstunde, es war eine Einführung in die weibliche Kompositionslehre, in die Farbengrammatik der Weltweiblichkeit gewesen, geboten von einer ebenso Mutter-Gisson-haften wie zwirbligen Ärztin, und zum ersten Mal konnte ich von der Medizin, von der Frauenschaft sagen, daß sie, bezüglich meiner, restlos im Bild sei. Im Gegensatz zu den Festungssoldaten, die immer wieder klagen, es sei unmöglich, in der Geoföhnwärme der Gotthardbunker auch nur ein Auge zuzutun, man müsse die ganze Nacht in innerer Alarmbereitschaft bleiben, um nicht vom Alpdrücken der Granitmassen zerquetscht zu werden, schlief ich in der Heilstollenklinik vom ersten Tag an – man wußte ja nie, ist es zwölf oder vierundzwanzig Uhr – tief und traumreich, und ich notierte jeden Morgen oder Abend, noch bevor mir Gisela die Kollation brachte, die sattesten Bilder, ohne den Zwang, kausale oder temporale Zusammenhänge herzustellen. Jeden zweiten Tag fuhr ich mit dem Bettenzug ins Heißluft-Emanatorium, ließ mich vom warmen Berg anatmen und inhalierte das durch die Klüfte hochsteigende Radon. Als Edelgas kann Radon keine Verbindung mit anderen Stoffen eingehen, seine Wirkung ist also nicht chemisch zu deuten – chemische Vergewaltigungen hatte mein Körper zur Genüge erfahren –, sondern beruht auf der Alpha-Strahlung und bewährt sich infolge der Affinität zu lipoidhaltigen Substanzen besonders bei den Drüsen der inneren Sekretion. Das vegetative Nervensystem wurde positiv beeinflußt, der Stoß drang in die hormonalen und humoralen Bereiche. Das Ganze konnte als Entschlackung und Verjüngungskur des gesamten Organismus betrachtet werden, wobei die Hyperthermie nur in spätmittelhochdeutscher Bedeutung als »viebern« empfunden wurde, vor Sehnsucht und Begeisterung glühen, weil die Bakterientoxine fehlten, welche den Kreislauf und die Nerven attackieren. Die erhöhte Körpertemperatur und bessere Durchblutung der Zellen hatte zur Folge, daß das Gewebe mehr Sauerstoff kneipen konnte, was selbst im Genitalbereich, wo beim Patienten Schöllkopf sämtliche Lebensstränge höchst gotthardgordisch verknotet zu sein schienen, krampflösend wirkte. Hand in Hand mit der Hyperthermie stellte sich die Hyperämie ein, der entschleuste Flüssigkeitsaustritt aus den Gefäßen, woraus ein Absinken der Kohlensäurespannung einerseits resultierte, anderseits wurde das Sauerstoffdefizit in den entzündlichen Geweben, grundsätzlich die Pulslosigkeit der Existenz, der versteinerte Atem, verringert.

Der durch die Schweißbildung und Kochsalzausscheidung in Bewegung geratene Säftestrom entsprach im kleinen der Quellsituation am Gotthard, dem Wasserschloß Europas, und entschlackte auch die Phantasie in den Halluzinationsgrotten Uroboros, Soror-Solaris und Gehenna. Am mächtigsten zog es mich mit den Schöllkopfschen Rheinbächen Richtung Amburgo, mit dem Ticino nach Lugano, was einem Nord-Süd-Konflikt meiner geheimsten Wünsche gleichkam. Der Auer-Aplanalpschen Kurfibel war zu entnehmen, daß die Kombination von Wärme, hoher Luftfeuchtigkeit und Radon ausgesprochen stimulierend auf die Funktion der männlichen Keimdrüsen wirke, das physiotherapeutische Fundament für die Universal-Aphrodisiakisierung von Leib und Seele. Nicht nur die sogenannten Frauenkrankheiten hatten sich im Indikationsgebiet angesiedelt, auch die generelle Frauen-Krankheit der Männer. Die Alphabestrahlung der Großhirnrinde, so die Redaktion des Stollenhandbuchs, sei verantwortlich für die Aufwärmung der in tiefsten geologischen Schichten gespeicherten, zu Muscheltieren versteinerten erotischen Phantasien. Das Zeitgefühl erlösche und mache einem umfangenden Raumgefühl Platz. Medio monte in vita sumus: Zwar liegen wir im Berg begraben, doch stehen wir mitten im Leben – frei nach Doktor Ladislaus Wasserfallen.

In der dreiundvierzig Grad heißen Venus-Grotte, in der man, durch alte Grammophonmuscheln übertragen, die Brandung des Mittelmeers hörte, hatte ich in der zweiten Liegeperiode, nach der Pulskontrolle, immer wieder dieselbe Vision: Aus den Fluten, die sich teilten in zur Seite weichenden, haushohen Wogen, stieg ein salzgebräuntes, lichtvermähltes Weib mit einer blonden Mähne bis ins Kreuz und watete in einem lipizzanischen Hüftgang auf mich zu. Ich hatte mich zentnerschwer im Sand verbuddelt, war eine dieser Burgen mit Wällen, Gräben, Zinnen und Söllern, wie sie die Kinder bauen gegen den azurenen Horizont, war der Bergfried. Doch was im Rhythmus von Ebbe und Flut auf mich zukam, war la mer und la mère, abgöttisch tosend. Arme schwer, schwerer, bleischwer; Körper warm, wärmer, glutheiß; Herz ruhig, regelmäßig; um die Stirne ein frischer Meerwind; Sonnengeflecht strahlend, einwärtsstrahlend – und jetzt denken wir uns das Bild, mit geschlossenen Augen; so war es mir beigebracht worden im autogenen Training. Hier wurde das Bild wahr, das ich in meinen schlimmsten Kreuzigungsnächten dem Buch »Noces« von Albert Camus entlehnt hatte:

»Im Frühling wohnen in Tipasa die Götter. Sie reden durch die Sonne und durch den Duft der Wermutsträucher, durch den Silberkürass des Meeres, den grellblauen Himmel, die blumenübersäten Ruinen und die Lichtfülle des Steingetrümmers. Zu gewissen Stunden ist das Land schwarz vor lauter Sonne. Vergebens suchen die Augen mehr festzuhalten als die leuchtenden Farbtropfen, die an den Wimpern zittern. Der herbe Geruch der Kräuter kratzt in der Kehle und benimmt in der ungeheuren Hitze den Atem.« Als ich das Buch mit zwanzig nicht gelesen, als es sich mir eingeschrieben hatte, war ich, moralinverseucht, schockiert gewesen von diesem rückhaltlosen Bekenntnis zu den irdischen Genüssen und Bedürfnissen Durst, Hunger und Liebe; Sonne, Meer und Erde. Wie arm sind Menschen, die einen Vorturner brauchen, Christus am Kreuz! Aber ich hatte sie subkutan aufgenommen, diese großartige Botschaft, daß man nackt sein müsse, mit allen Gerüchen der Erde behaftet: der Schock im Wasser, das Steigen der dunkelkalten klebrigen Flut – war das nun Camus oder Schöllkopf, egal –, das Untertauchen und das Sausen in den Ohren, die strömende Nase und der bittere Mund; das Schwimmen, die wasserglitzernden Arme, der schäumende Tumult, den meine Füße entfesseln – und der verschwundene Horizont. »Hier begreife ich den höchsten Ruhm der Erde: das Recht zu unermeßlicher Liebe. Es gibt nur diese eine, einzige Liebe in der Welt. Wer einen Frauenleib umarmt, preßt auch ein Stück jener unbegreiflichen Freude an sich, die vom Himmel aufs Meer niederströmt. Wenn ich mich jetzt gleich in die Wermutbüsche werfe und ihr Duft meinen Körper durchdringt, so werde ich bewußt und gegen alle Vorurteile eine Wahrheit bekennen: die Wahrheit der Sonne, die auch die Wahrheit meines Todes sein wird.«

Ich wußte in meinem Schwitzwaggon in der Venus-Grotte: das ist sie wieder, die Hexe Jordibeth mit dem Feuertuch aus meinen Kinderheimträumen, sie kommt, um mich zu nehmen, aber auf andere, ältere Art. Ich hielt die Augen geschlossen, auf der Netzhaut entbrannte das Bild nur um so schärfer: wie die Sonnenlöwin zwischen meine Beine kniete, mich aus den Dünen grub, das Salzwasser den Körper überschwemmte – nicht das dünne Süßwassergesprenge aus christlichen Taufbecken –, wie sich ihre heißen Schenkellippen um das kranke Gemächte schlossen, als sich der Körper langsam herabsenkte, wie sie den Penis immer wieder mit den Haarflechten kühlte und ihn ohne Preßwehen in ihren vulkanischen, biegsamen Leib hineinmassierte. Man konnte das Ineinanderschälen von Mann und Weib nicht Koitus nennen, vielmehr wurde meine glaziale Gehirngfrörni durchfeuchtet und durchglutet, die lustvolle Rücknahme der Geburt durch eine Göttin, ohne den kategorischen Imperativ sexueller Leistung, das Diktat eines mechanischen Ablaufs. Es gab kein besinnungsloses Hinarbeiten auf den Orgasmus, kein krampfhaftes Steuern der Lust, ja nicht zu früh, ja nicht zu spät, kein Hecheln und Stöhnen und Aufpassen und Unterbinden. Interruptus war ja das Abschreckungswort meiner Erziehung gewesen, neben der Ejaculatio praecox und dem Priapismus, alles schmerzhafte, fremdwortverseuchte Freak-Abnormitäten im Geschlechtsleben, wenn schon, mit Gummi und Pessar, die permanente Vorausabtreibung der Freude an der Sexualität. Alles war in unserer Geschlechtsethik so eingerichtet, daß weibliche und männliche Bedürfnisse haarscharf aneinander vorbeigingen und an der medizinisch-religiösen, vielmehr frömmlerischen Dissuasion scheiterten, an der Monats-Enzyklika und Syphilisneurose. Der reinste Faschismus. Ein steriler himmlischer Hitler sorgte dafür, daß die natürlichste Sprache des Körpers in babylonischer Verwirrung zur Fremdsprache der Pathologie verkam, daß die Menschen ja nie befriedigt wurden und die Bibel doch recht behielt. Dann sollten diese Gottesneurotiker doch Milliarden von Neuen Testamenten in die Welt setzen statt Lebewesen, die einander in unbeflecktem Goldschnitt begatteten und Sonntagsschulkatechismen zeugten, lauter Ismen-Ismen-Ismen, nur ja nichts Anständiges, Normales, Gesundes. Diese sonnenschwarze Göttin aber war keine Stella maris, sondern la mer und la mère, welche den Sündenfall rückgängig machte und sagte: du bist mein Sohn und sitzt nicht zur Rechten Gottes, sondern liegst in der Mitte deiner Göttin. Ich lehre dich lieben, es soll ein Gebet des Fleisches wie der Seele sein und nicht der Lebens- und Todesfurcht. Beiß in den Apfel, es steckt kein Wurm drin!

Ja, sagte ich bei der nächsten Einvernahme durch die Stollenholle, ich wüßte eine rote Frau, eine künstliche Schwester, aber sie ist unerreichbar. Sie verkörpert genau den Typ, an dem ich Krebsgeborener, ich Krustazee ein Leben lang gescheitert bin, mit Ausnahme Flavia Soguels, kein blondes Gretchen, mehr, eine nordische Helena, und davon läßt unsereins lieber die Finger. Sie war Ärztin, sie wußte, daß man Seelenkunde nicht mit Bergsteigen verwechseln darf, daß die Psyche ein Organ ist und wie der Körper Zeit braucht zur Regeneration. Also schickte sie mich in die Gletscherklausur. Wie Jahrringe waren die abgelagerten Firnschichten in der klimatischen Konfrontation mit meinen Spalten und Rissen abzulesen, das Zehrgebiet, das Nährgebiet. Eine Tatzenzunge war zu erkennen als überhöhte Stirn mit Gehirngeröll und Geschiebe. Man wußte nicht, was dieser Kerl – the Nameless – im Schild führte, ob er im Begriff war abzustürzen oder vorzustoßen. Gewaltige Eisbrüche über einer Felsstufe, seracco sopra una forra rocciosa, ice-fall over a rock ledge, sérac au-dessus d'un gardin rocheux: in allen Sprachen redete das Monstrum zu mir.

Da hingen in lawinendrohender Schräglage wie mit dem Käsemesser abgestochene Firnermassen und schienen nur auf das Signal zur Katastrophe zu warten. The Nameless gehörte eher zum Typus der Kar- und Hanggletscher als zu den Eisströmen, wie sie der zweiundzwanzig Kilometer lange Aletschriese vertrat, mein einstiges Spezialgebiet. Darüber hatte ich Bescheid gewußt, über die Tiefe des Konkordiaplatzes, die Fließgeschwindigkeit des Jungfraufirns, das Märjelenprofil, die Flächen im Einzugsgebiet der Massa. Aber derartige Ogiven, konzentrische Druckwellen, Eishirnrisse waren mir noch nie zu Gesicht gekommen, hier war mein Privatdozentenstatus das Forschungsgebiet, war die Natur die wissenschaftliche Instanz, der Kalender der dicken hellen und dünnen schmutzigen Schichten gab Auskunft über die Schöllkopfsche Sexographie.

Um uns das Onanieren zu verteufeln, hatte der Pfarrer im Konfirmandenunterricht behauptet, die Selbstbefriedigungssünde lagere sich in Form blauer Ringe unter den Augen ab, man sehe jedem von weitem an, ob er es heimlich treibe mit sich selbst, und der Speichel sabberte ihm aus den Mundwinkeln, wenn er zur zweithintersten Bank trat, wo ein sogenannter Querulant ständig den Religionsunterricht störte, wenn er ihn aufstehen hieß und der Mädchenabteilung vorführte wie einen Triebtäter, triumphierend wetterte: Seht ihr, Mägdlein, tintenschwarze Ringe bis zu den Nasenflügeln hinunter. Wollen wir wetten, daß der nicht nur jede Woche, sondern jeden Tag wichst, nachts unter der Decke und in den Pausen auf der Toilette, pfui Teufel! Dabei stieg der Möchtegern-Gotthelf den Serviertöchtern nach und wußte den einfältigen Geschöpfen einzureden: So nimm denn meinen Samen, in Gottes Namen, amen; bürstete hemmungslos im ganzen Dorf herum unter dem Deckmäntelchen der christlichen Fürsorgepflicht. Und uns Konfirmationssträflingen wollte er weismachen, was Sünde in Gedanken, Worten und Taten für Konsequenzen habe. Kein einziger, der von diesen Sabberlippen den Konfirmationsspruch entgegennahm und das Glaubensbekenntnis nachleierte, hat je wieder die Schwelle einer Kirche überschritten. Nur zwei Unterweisungsschülerinnen behielten ihr Andenken fürs Leben, ein Kind, das ihnen der Heilige Geist geschenkt hatte.

Herr Dozent, hieß es in der dritten, was weiß ich, oder fünften Kurwoche, sind durch das Radon, was die rekonvaleszente Solidarität der einzelnen Organe betrifft, gestärkt genug, um für eine kleine Abonnementsfahrt in den Fundus der klassischen und antiken Tragödien hinuntergeschickt zu werden. Der gelbe Schwitzwaggon mit den Florentinerdrehgestellen wurde am Festungsfriedhof mit den Zugsärgen vorbei in einen Scherengitterlift manövriert, die Schwester drückte den untersten Souterrainknopf, und abwärts sauste ich wie durch die Etagen eines Österreichischen Landeskrankenhauses in die Prosektur. Allein schon diese Aufzugsklaustrophobie, die Panik, der kaiserundköniglich-kakanische Fahrkasten ohne Liftboy – dafür als erblindetes Spiegelkabinett eingerichtet – bleibe stecken, der Alarmknopf funktioniere nicht! Doch wir kamen an in den Carceri, und es ging automatisiert weiter wie in den stockfinsteren Wechselbalgkammern der Vorkriegs-Geisterbahnen im Wiener Prater. Keine Skelette grinsten, keine Gorillas sprangen auf, keine Vogelspinnen turnten mir im Gesicht herum, ich befand mich im Bunker der Antike, im Felsentheater, wo mir, so das eigens und im Schnellverfahren gedruckte Programmheft, die Schöllkopf betreffenden Urszenen vorgespielt werden sollten.

Pufferlos knallte der Wagen durch eine rot gepolsterte Logentür, und tief unten in einer Höllgrotte sah ich Faust liegen, den ersten oder den zweiten, Faust zwei natürlich, zu einem menschlichen Kreuz ausgestreckt auf dem Katafalk, mit aufgerissener Bluse, ein Scheintoter, der dem Koma zu entröcheln versuchte, und hundertstimmig echote es durch den Berg: Heinrich-mir-grauts-vor-dir-grauts-vor-dir-vor-dir. Man ließ die Präludien weg und schritt gleich zur Kernszene. Mephisto trat als Spielleiter an die Rampe in seinem schwarzen, inseitig scharlachrot gefütterten Radmantel und sprach: Especially for you, Mister Schöllkopf, the Downhill to the United Kingdom of mother-in-laws. Zu Faust gewandt, der immer noch nach Luft schnappte: »Ungern entdeck ich höheres Geheimnis – / Göttinnen thronen hehr in Einsamkeit, / Um sie kein Ort, noch weniger eine Zeit; / Von ihnen sprechen ist Verlegenheit. / Die Mütter sind es.« Faust aufschreckend: »Die Mütter! Mütter! – s'klingt so wunderlich.« Mephisto: »Das ist es auch. Göttinnen, ungekannt / Euch Sterblichen, von uns nicht gern genannt. / Nach ihrer Wohnung magst ins Tiefe schürfen; / Du bist selber schuld, daß ihrer wir bedürfen.« Faust: »Wohin der Weg?« Mephisto: »Kein Weg! Ins Unbetretene, / Nicht zu Betretende! Ein Weg ans Unerbetene, / Nicht zu Erbittende! Bist du bereit? – / Nicht Schlösser sind, nicht Riegel wegzuschieben, / Von Einsamkeiten wirst umhergetrieben. / Hast du Begriff von Öd und Einsamkeit?«

Aufhören, rief ich in den Bühnenschlund hinunter, als Mephisto statt des Schlüssels einen Prügel von einem goldbronzenen Penis aus einer seiner Profondes zauberte. »Erst faß ihn an und schätz ihn nicht gering! / Er wächst in deiner Hand! er leuchtet! blitzt! / Merkst du nun bald, was man an ihm besitzt?« Es war zu meiner Rangierloge hinauf gesprochen, und lachend perversiflierte der Geist, der stets verneint: »Der Penis wird die rechte Stelle wittern; / Folg ihm hinab: er führt dich zu den Müttern!« Faust als mein Fürsprecher, doch gleichzeitig in der Rolle des Verurteilten: »Den Müttern! Triffts mich immer wie ein Schlag! / Was ist das für ein Wort, das ich nicht hören mag?« Mephisto: »Ein glühnder Dreifuß tut dir endlich kund, / Du seist im tiefsten, allertiefsten Grund. / Bei seinem Schein wirst du die Mütter sehn: / Die einen sitzen, andre stehn und gehn, / Wies eben kommt. Gestaltung, Umgestaltung / Des ewigen Sinnes ewige Unterhaltung. / Umschwebt von Bildern aller Kreatur, / Sie sehn dich nicht, denn Schemen sehn sie nur.« – »Dein Wesen strebe nieder! / Versinke stampfend, stampfend steigst du wieder.« Ich hatte den zweiten Teil des »Faust« noch nie auf der Bühne gesehen und mir bei diesen Versen immer vorgestellt, der Doktor schwebe auf einer Plattform in den Muttergrund. Doch hier im Felsentheater der Gotthardklinik schlug der Schöllkopf verkörpernde Mime mit dem Peniskandelaber in der Hand hin wie vom Blitz getroffen, und emsige Maulwurfshände, lehmig verkrustete Damenpranken mit fünf Ringfingern wühlten einen Grabhügel auf, um den Körper des Gelahrten hinunterzuzerren. Dazu das Echo: Die-Mütter-Mütter-ütter! Ich hatte das Theater unterschätzt, traun fürwahr, hatte die Premieren immer gemieden in der Meinung, was sich in den Kulissen abspiele, sei Regie plus Publikum, nicht textdienliche Dramaturgie. Ich hatte beides unterschätzt: den »Faust II« und die Übertragungsmöglichkeiten, die in den einzelnen Szenen steckten.

Und weiter ging die Horrorfahrt durch das Bühnengeisterhaus mit seiner Unter- und Obermaschinerie. Wir rasten über Schnürbodenbrücken durch Prospekte, von Soffitten umfächelt, ihrem Leinöl- und Pappgeruch, an einer Wasserkanone vorbei, durch aufschnappende Doppeltürchen in Eisernen Vorhängen, in den Tunnel eines Souffleurkastens. Ich war ja von meinen diversen Bobtaufen schon allerhand gewohnt, den berüchtigten Kreisel etwa auf der Olympia-Kunsteisbahn von Igls, diese Zweihundertfünfundsechzig-Grad-Kurve, in der man, den Magen einem Zentrifugalkollaps aussetzend, ein paar Sekunden an der Eiswand klebte, nachdem man unter den Sonnensegeln durch die Kehre geschossen war; die Curva Antelao und Cristallo auf der Pista di Bob von Cortina d'Ampezzo, wo man beim kleinsten Steuerfehler an die Dachtraufe hinaufknallte, einen Genickschlag erwischte und bei der Ausfahrt im Kippsturz die Bancina küßte. Doch dieses Labyrinth übertraf alles. Auf einer Werkgallerie wurde die Lore nach dem Achterbahnsystem brutal abgebremst, mit den Versenkungstischen stieg jene andere, altbekannte Szene in antikem Dekor auf, die den Theaterbanausen Schöllkopf abermals das Staunen lehrte. Klytaimestra: »Halt ein, o Sohn! Und scheue diese Brust, o Kind, / Die Mutterbrust, an der du schlummernd manches Mal / Mit deinen Lippen sogst die süße Muttermilch!« Kannst du deinen Text? zischte der herbeigeeilte Mephisto, scharlachrote Räder auf der Vorbühne schlagend. So sprich! Ich war, nackt und verschwitzt, aus meinen Laken gekrochen und hatte die Drehscheibe betreten, die ihrem Namen rotierend Ehre einlegte. Um uns Felsen, Nacht und thermische Dämpfe, ein Gurgeln und Brodeln. So sprich und handle! Doch Klytaimestra kam mir zuvor: »Ich zog dich groß, so laß mich altern auch mit dir.« Mephisto war inzwischen in den Kasten gekrochen und soufflierte: »Du mit mir wohnen, meines Vaters Mörderin?« Klytaimestra: »O Sohn, und scheust du deiner Mutter Flüche nicht?« Jetzt, verspätet, der Examensstupor, erinnerte ich mich an den Text und fiel ein: »Die du mich gebarst, verstoßen hast du mich ins Weh!«

Es ist wahr, wandte ich mich an ein imaginäres Publikum in den Balkonlogen des Steintrichters, genauso-war-es-nauso-war-es-war-es-es. »Verkauft war zweifach ich, des freien Vaters Sohn!« Klytaimestra: »Wo ist der Kaufpreis, den ich je für dich empfing?« Ich: Flavia und Clarissa, gottverdammich. Doch wo bleibt Elektra, die Szene ist unvollständig! Wenn diese Furie in der weißen Toga, diese gorgonische Hetäre eine der Mütter war, fehlten mir doppelt, dreifach, zehnfach Elektra und Antigone, vielmehr deren Inbegriff: die Helena! Klytaimestra: »Des Manns entbehren ist der Frau gar schwer, o Kind.« Mephisto im wispernden Stakkato: »Des Mannes Mühsal nähret, die da sitzt daheim.« Klytaimestra: »So willst, o Kind, du töten mich, die Mutter dein.« Mephisto war mir zuhilfegekommen, da ich offenbar unter einer partiellen Aischylos-Amnesie litt. Er streifte den schwarzroten Radmantel ab und stand in einem weißen Kimono da wie die japanischen Mimen in den Todesszenen. Als Orestes: »Mitnichten ich; nein, du ermordest selbst dich selbst!« Klytaimestra: »Du! Vor der Mutter grimmen Hunden hüte dich!« Orestes: »Des Vaters Schicksal stürmet auf dich diesen Tod!« Klytaimestra: »Weh diesem Drachen, den ich geboren und genähret! / Nur allzuwahrer Seher war mein Traum!« Orestes: »Du erschlugst, den du nicht mußtest; gleiches leide jetzt!« Während der letzten Verse war die Beule im weißen Beintrikot meines Mitakteurs immer mehr angeschwollen. Nun sprang ein Schwert anstelle des Gliedes aus der Lende. Mephisto-Orestes preßte das verruchte Weib in einem tiefen Kuß an sich und schlitzte es zwischen den Schenkeln auf, eine Blutlache ergoß sich über die Drehbühne.

Da schwenkten die Scheinwerfer ab, leuchteten den Felsentrichter aus, und ich sah mit Entsetzen, daß Hunderte von Patienten in ihren Bademänteln zugeschaut hatten und mit klappernden Zähnen applaudierten. Die Vorstellung ist für heute zu Ende, sagte die Frau Primarius, gehen Sie bitte langsam zurück zu Ihren Stollenwagen. Im Granitgezäcke erkannte man kleine Galerien, ähnlich den Katakombenlöchern auf dem Friedhof St. Peter in Salzburg, dahinter wartete der Zug. Da haben Sie mir vielleicht einen Schreck eingejagt, Frau Beate, ich bin doch weder in der Lage, den

Orest, noch, den Faust II zu spielen. Kommen Sie, Armando, und wir setzten uns in zwei abgewetzte, englischrote Circussessel zur Szenenbesprechung. Sie haben jetzt, glauben wir, zwei Dinge kapiert: erstens die Wirksamkeit des Theaters als moralische Anstalt, zweitens, daß es ohne Schwester-Verankerung in der Realität nicht geht. Sie konnten die Fahrt zu den Müttern gar nicht bestehen, weil uns fehlt, was Faust II hervorbringt: eine Helena. Das zeigt der Akt der Opfernden aus der »Orestie«. Da haben wir, um das Loch bewußt zu machen, die Begegnung Orests mit Elektra am Grab Agamemnons weggelassen. Elektra findet zwei Zeichen ihres Bruders an dieser Stätte: die Locke, die zu ihrem Haar paßt, und die Spur, in die sich ihr eigener Fuß fügen läßt, beides Symbole für die Geschwisterliebe. Auch das Gewand, das Orest trägt, ist von der Schwester gewoben worden. Als sie sich erkennen – nimm das ruhig im erotischen Sinn –, schwören sie den Bund der Rache. Frau Doktor Auer-Aplanalp schlug das Textbuch auf und zeigte auf die rot angestrichene Stelle. Versuchen Sie zu verstehen, was die Schwester dem Bruder, der Bruder der Schwester bedeutet, wenn Elektra sagt:

»O liebstes Kind der Sorge du für Vaters Haus,
Du Tränenhoffnung auf der Rettung Samenkorn,
Der Kraft vertrauend, nimmst du rück dein Vaterhaus.
Du liebes Antlitz, vierfach hast du teil an mir:
Daß ich dich Vater nenne, zwingt das Schicksal mich.
Zur Mutter auch die Liebe – selbst ist sie verhaßt
Mit allem Recht mir – neiget sich zu dir und auch
Der Schwester, die geopfert sonder Mitleid ward,
Mein treuer Bruder warst du, dem die Ehrfurcht galt!
So stehe Kraft und Recht mit ihm, dem dritten mir,
Mit Zeus, dem allergrößten, helfend mir zur Seit'!«

Vierfach hast du teil an mir. Wie ist das, nun in unserem Sinne, zu verstehen? Zwar ist Orest der jüngere Bruder, die kluge Elektra hat ihn nach der Ermordung Agamemnons in den Kerkerbädern des Palastes dem Sklaven anvertraut, damit er als heiliges Unterpfand dem König Strophius im Lande Phokis überbracht werde. Dennoch tritt Orest für die Schwester an Vaters Statt, denn nur er kann als Mann auf Geheiß des Apoll die meuchlerische Bluttat rächen. Somit wäre er Vater und Bruder in einer Gestalt. Schwieriger sind die Verse sechs bis neun dieser Stelle. Auch die Mutterliebe, die sie als Tochter schuldig wäre – handelt es sich um einen Genitivus subjectivus oder objectivus, Herr Dozent? –, neigt sich zu Orestes, und auch die Liebe der vermeintlich geopferten Schwester, der Iphigenie. Also: vierfach hast du teil an mir: als stellvertretender Vater, als doppelter Bruder und als adoptierter Sohn. So würden wir das deuten im Rahmen unseres Farbenkreises, das ist zumindest nicht fahrlässiger als die Vereinnahmung der antiken Tragödienhandlungen für das Lazarett von Komplexen der Schulpsychotherapie. Glauben Sie nun immer noch, Armando, daß wir auf die Helena aus Hamburg, auf dieses hyperindizierte weibliche und schwesterliche Kurmittel verzichten dürfen?

7

Frau Primarius unterzeichnete das Schreiben mit, das wir als Kassiber und Flaschenpost an die Nachrichtensprecherin des Norddeutschen Rundfunks am Gazellenkamp schickten, expreß, fragile, streng geheim und vertraulich, und das in etwa folgenden Inhalt hatte: Sehr geehrte Frau Dom, der Faden des Lebens, sagt Herder in den »Palmblättern«, hänge stets am Faden des Todes. Wir wissen, wenn wir uns mit solchen Federn schmücken, wovon wir reden, doch wer ist wir? Ganz einfach der Pluralis sanitatis, der sich zu gleichen Teilen aus dem Pluralis majestatis und dem Pluralis modestiae zusammensetzt, dem Autorenplural der Bescheidenheit. Haben wir, die Auer-Aplanalpsche Heilstollengesellschaft m.b.H. –

mit beschränkten Heilsmöglichkeiten – und Patient Wolfram Schöllkopf, als Krankengut unter dem Milieu-Decknamen Armando registriert, ein Recht, statt am deutschen an Ihrem Wesen genesen zu wollen? Entschieden nein. Dessen ungeachtet bitten wir Sie in einer Art Liebesgesuch, der deutschen Literatur zu Hilfe zu kommen, der griechischen nicht minder, und als nordische Helena die dringend notwendigen Paralipomena zu »Faust II« und zur »Orestie« mit hanseatischem Charme zu verkörpern. Im sogenannten Heilstollen, einem österreichischen Heißluft-Emanatorium inmitten der schweizerischen Gotthardfestung, gibt es zwar Schwestern in Hülle und Fülle, mitunter sogar ohne Hüllen, doch keine, von der man prima vista sagen könnte: Das ist sie! Zumal seit die Heidelore den Dienst quittiert hat, in die Mark Brandenburg zurückgekehrt ist und allen Fontanezauber, alles Effihafte, alles Dünenblonde entführen zu dürfen glaubte, leiden wir entschieden unter einem Defizit an Nordlichtern. Es fragt sich nun, hochverehrte Frau Welt, ob Sie willens wären, einen Schöllkopfschen Genesungsanteilschein zu zeichnen. Wir verlangen nichts weiter von Ihnen als ein klares, dreifaches Ja! Nicht von ungefähr steht der Wassermann, das Zeichen, in dem Sie geboren sind, in der Astrologie für das Höchste, was an Freundschaft zu erwarten ist. Lassen Sie uns das etwas ausführen! Wenn die Sonne ins elfte Tierkreiszeichen tritt, vollendet Saturn sein Werk, herrscht auf der nördlichen Halbkugel der Winter, eingemittet. In die vereiste Erde, auf der alles Leben erloschen ist, sickern die hibernalen Abwässer. Aber heimlich wächst neues Leben nach. Zur Darstellung Ihres Sternzeichens hat man die Gestalt eines gereiften, weisen Mannes gewählt, der unter den Armen oder auf den Schultern – je nach astrographischer Schule – zwei Krüge trägt. Die Amphoren sind nach unten gerichtet, Wasser fließt daraus, in der Kursymbolik ist es das heilende Thermalwasser. Es gibt tierische Zeichen wie den Widder, gegenständliche, etwa die Waage, und menschliche Zeichen, und in dieser letzten und höchsten Kategorie verkörpert der Aquarius die

Condition humaine in voller Entfaltung, im Gegensatz etwa zu den Zwillingen, die immer junges Gemüse meinen. Anderseits aber ist das Element des Wassermanns die Luft, und das heißt: Austausch und innige Beziehung. Untersuchen wir das Luft-Trigon von Zwillingen, Waage und Wassermann etwas näher! In den Zwillingen dominiert die Bindung im Geist, Schulkameraderie, berufliche Kollegialität etcetera, uninteressant! Die Waage führt bereits zur Bindung des Herzens, davon ist unser Patient noch ziemlich weit entfernt, schätzungsweise zwölf Tunnelkilometer. Aber der Wassermann steht für Wahlverwandtschaft, Brüderlichkeit, Schwesterlichkeit. Dieses dritte Luft-Zeichen umfaßt die Polarität von Ich und Wir und öffnet den Weg zur großen Liebe, auf die es freilich nach Doktor Ladislaus Wasserfallen, einem umstrittenen Stollen-Theoretiker, im Leben gerade nicht ankommt. Die große Liebe, sagt Doktor Wasserfallen, ist stets der Feind der erlebbaren Liebe. Eine Zeitlang, nämlich solange er im Unterland an der ETU krepierte, hat sich die Löwin Heidelore die Heilsrechte an Wolfram Schöllkopf gesichert. Als er dann endlich aufkreuzte, hat sie ihn auch zur Notaufnahme in den Gotthard hineingeküßt, doch mehr nicht. Der Wassermann ist das Gegenzeichen des Löwen. Die Brandenburgische hat uns gezwungen, in der entgegengesetzten Richtung zu suchen, und da sind wir auf den Norddeutschen Dagmarfunk gestoßen. Der Wassermann hat die strahlende Selbstherrlichkeit des Löwen über Bord geworfen zugunsten einer Menschlichkeit, welche das Haß-Ich überwindet, das Individuum durch die Persönlichkeit ersetzt; sein Weg führt von der egozentrischen Unabhängigkeits-Psychose des Löwen zu einer Freiheit, die das Sein höher wertet als das Haben, das Teilen dem Besitzen vorzieht. Darum, verehrte Frau Dom, hat die astrologische Medizin – sie entdeckte die Affinitäten zwischen den Organen, Körperteilen und -systemen und den Tierkreissymbolen – Ihrem Sternzeichen den Blutkreislauf, also letztlich die Lebenszirkulation zugeordnet. Wie Sie, als Nachrichtensprecherin im Umgang mit Graphiken geübt, der beigelegten Skizze des Schöllkopfschen Frauenkreises entnehmen können, ist es von größter Wichtigkeit, daß dem abstrakten Farbwert eine konkrete Person entspricht. Nehmen Sie die Chance wahr, in diese einmalige Krankengeschichte einzugehen! Denken Sie daran, daß es gerade in Ihrem Beruf, der Sie dazu zwingt, Hiobsbotschaften zu verkünden, da ein Attentat, dort eine Ölpest, eine auch Ihrer Fraulichkeit entgegenkommende Weiterausbildung bedeuten könnte, Wolfram Schöllkopf als nordische Helena zur Seite zu stehen. Hochachtungsvoll ad infinitum etcetera.

Und tatsächlich, ihr Unterbliebenen im Flachland, die ich nach meiner Kurhaft in Göschenen vom Teufelsstein aus in althochdeutschen Brocken verflucht habe: die Spätnachrichtensprecherin des Norddeutschen Rundfunks meldete sich, so prompt, wie es nur von einer Wassermannklassefrau zu erwarten ist, die weiß, was es heißt, sich im Leben durchzumausern. Frau Dom teilte uns mit, daß sie zum Internationalen Circusfestival in Monte Carlo nicht fliegen, sondern einen Schienenumweg über die Schweiz machen werde, so daß sie mit dem Hamburg/Altona-Milano-Expreß, dem Tiziano, am einundzwanzigsten Mai um elf Uhr neunundvierzig in Göschenen eintreffen und Zeit haben werde für einen knapp zweistündigen Arbeitslunch. Ein Bild von ihr lag bei mit einer schräg über den Blazer und den Blusenausschnitt geschriebenen Widmung: Für Dr. Wolfram Schöllkopf mit einem herzlichen Gruß.

Sehen Sie! sagte die Frau Primarius in Prohaskas Stollenbuffet bei einer Göschener Zitrone. Bevor man die Weltweiblichkeit in Grund und Boden stampft, nur weil die Liebe einer einzigen Abgeordneten nicht so recht passen wollte, muß man uns noch eine Pforte offen lassen, seine Wünsche aussprechen. Und es zeigt sich, Armando, daß unsereins Sie nicht vergessen hat. Ich erinnere mich an eine Geschichte, da sitzt ein greiser Arzt im Zimmer seines todkranken Patienten, alle Spritzen, Heiltränke, Kräuterpasten haben nicht geholfen, der Sieche hat den Kampf schon aufgegeben, sich von der Welt abgewandt und der weiß getünchten Mauer zugekehrt. Aber der Doktor läßt nicht locker. Am Stehpult blättert er in einem stockfleckigen Folianten. Der Moribunde hört das Rascheln der Seiten und denkt: meine Existenz wird noch angedäumelt, doch es ist das Geräusch meines privaten Weltuntergangs. Da hört er aus weiter Ferne in die Agonie hinein den Ruf des Medizinmanns: Halt, ich hab's, Hoffnung kommt aus Bregenz.

Warum gerade Bregenz, sagen Sie jetzt als Vertreter des Krankengutes, das immer meint, die topographischen Landeskarten der Heilkunst müßten sich an die Logik der Patienten halten. Wichtig ist die Deutung in bezug auf den Morbus Schöllkopf: Hoffnung kommt aus Hamburg, Hoffnung nimmt eine rädernde Schlafwagenfahrt auf sich, um Armando von Angesicht zu Angesicht zur Verfügung zu stehen als weibliches Kurmittel. Tausende von schwersten Bechterew-Fällen haben wir in der Gotthardklinik dank der Radium-Emanation, etwa vierkommaeins hoch minus-neun Curie pro Liter Stollenluft, zwar nicht restlos saniert, aber soweit in den Griff bekommen, daß die Gefahr, der Brustkorb ersticke das Herz, gebannt ist. Doch dieser ganze Bodenschatz an Naturheilkräften fruchtet nichts, wenn nicht Ihre persönliche Hoffnung hinzukommt, die komplementäre Schwester der Verzweiflung. Zum Berg die Hoffnung, einundzwanzigster Mai, elf Uhr neunundvierzig: pünktlich sein, Doktor Infaustus, per Dagmara ad astra!

Wolfram Schöllkopf kann im Rahmen dieses Kurberichts zuhanden der Außenwelt nur andeuten, wie es zur ersten Begegnung mit Dagmar Dom gekommen ist. Da lag ich also in meinem zweischläfigen Mahagonikahn im Theatersaal des Stockalperpalastes, zu Häupten der Souffflierkasten mit dem Erinnyenchor der Mütter, zu Füßen der Ausschanktresen und die Vitrine mit den Lorbeerkränzen, Schützenbechern; lag da als Lazarus und krümmte mich vor Schmerzen, während der Sanitätsgefreite Abgottspon sich zotend in den Göschener Beizen herumtrieb. Als ich schon wieder zur Morphiumspritze greifen wollte, hatte ich, im wörtlichsten Sinn, eine Erscheinung, denn das Abendprogramm im Flimmerkasten, das mir der bucklige Malefizer vor seiner Pintenkehr noch eingeschaltet hatte, sprang um, und das Deutsche Fernsehen strahlte bis an den Gotthard hinauf eine nachrichtensprechende Dame aus, von der Wolfram Schöllkopf, das Mordinstrument weglegend, nur sagen konnte: eine Frauengestalt von axiomatischer nordischer Schönheit, alsterblond, Saphirleuchten im Blick, eine Antimaria mit einer tiefen, warmen, ins Unbestimmte hinaus katastrophenbergenden Stimme: »trug deine Mutter alleine/ dich, den nördlichen Tau«. Sie hielt sich an ihre Nachrichtenblätter: Absturz einer einmotorigen Sportmaschine bei Inzell, drei Todesopfer; Vereidigung der n-plus-einten Italienischen Regierung; Querelen in der Baden-Württembergischen CDU; Zweizueins-Sieg der Deutschen Fußballnationalheldenschaft gegen Polen, Wiederholung des sogenannten Schweizer Fallrückziehers durch Klaus Fischer, Schütze des Gegentreffers Szarmach, tadellos brachte sie den Namen über die hot red geschminkten Lippen. Dann kam die Wetterprognose, welche für die Norddeutsche Tiefebene etwa gleich trostlos aussah wie für das Alpengebiet; aber als sich das Wetter aus Frankfurt mit der piepsenden Windrose verabschiedete, folgte erst der Höhepunkt: die Diseuse in einem hanseblauen Pullover, Nahaufnahme, zwei Möwen über der Brust, ein Schalklächeln: Das waren unsere letzten Meldungen, damit ist das Programm des Deutschen Fernsehens beendet. Ein Blick auf die Uhr: in wenigen Sekunden ist es null Uhr vierzig. Hinweise auf die Sendungen von morgen – Verzeihung, heute – geben wir Ihnen wie immer auf den folgenden Schrifttafeln. Wir wünschen Ihnen allen eine gute Nacht und sagen Ihnen auf Wiedersehen bis . . . bis gleich. Aus, Flimmergrieß, Graupelgestöber. Schöllkopf rannte – wie doch gar der Moribunde rasch auf den Beinen ist, wenn er nur aufstehen will! – aus seiner Bettburg und drehte an allen Knöpfen des karamellenförmigen Kastens zugleich: Halt, stehen bleiben, zauberhaftes Bild, Sie können doch nicht mirnichts, dirnichts im Äther verschwinden, Frau Dom! So war die Sprecherin angeschrieben gewesen: Dagmar Dom.

Aber sie hatte allen eine gute Nacht gewünscht, also auch dem infaustesten Helvetopatienten im hintersten Krachen. Kein schmerzverhülltes Antlitz, nein, eine blond strahlende Imago, ein taghelles, nordlichtes Frauenlachen, das bis in die Dornenkrone meines Sonnengeflechtes drang. Bis gegen drei Uhr, an Schlaf war ja ohnehin nicht zu denken, arbeitete ich am narbigen Mehrzwecktisch besessen an einem Dagmarogramm, entwarf Skizzen für eine Mietwohnung der Hanseatin in meinem Brestenberg, und als sich Abgottspon stockblau von seinem externen Krankendienst an den Malefizenzen Schöllkopf und Compagnie zurückmeldete – ab mit dir unter den Kotzen, du Aas! –, hatte ich bereits ein paar Punkte beisammen: der Name Dagmar, aus dem Dänischen stammend, berühmt geworden durch die Böhmische Prinzessin, welche im 13. Jahrhundert Königin von Dänemark wurde; althochdeutsch »tag mâri«, hell wie der Tag – im Gegensatz zur Nachtmahr meiner Alpträume –; dann das stiebende Blond, der Sassonschnitt, keck über die Ohren geföht, die linke Braue etwas höher als die rechte, die Oberlippe etwas schmaler als die Unterlippe, die Wangengrübchen beim Lachen, ein Zitat nur von hohen Backenknochen, Marlene-Marginalien, die schicken Kleider, der Schmuck, der Nagellack. Äußerlichkeiten, Innerlichkeiten, die kosmetische Vermessung einer tief verankerten Sucht nach Wahlverwandtschaft, ganz klar Liebe auf den ersten Blick, obwohl eine alles abstumpfende Mattscheibe, obwohl gut tausend Kilometer zwischen Sender und Empfänger lagen und ich die Moderatorin, die mir eine Gutenachtgeschichte in Form von Tagesaktualitäten erzählt hatte, nur als Dame ohne Unterleib und kaum länger als fünf Minuten gesehen, dafür auf Anhieb erkannt hatte. Was-ist-das?

Seit die Antwort aus Hamburg auf unsere Flaschenpost aus dem Heilstollen vorlag, galt meine Zwischentherapie einzig der Dagmar-Konferenz. Mal war es die Glaziologin Monica, mal die Pulsschwester Gisela, die mit Schöllkopf im Vieruhrzug ins Grottenreich hinunterfuhren, in das scherzhaft Sunny Corner getaufte Soror-Solaris-Zentrum, um mir während der Schwitzkur die Tanzschritte in Richtung Dagmar beizubringen. Begegne ihr ja nicht mit auswendig gelernten Sätzen, sagte Gisela im weiß-roten Austria-Bikini, immer glauben die Männer, es mache den allergrößten Eindruck auf uns, wenn sie in Marmor daherredeten. Zugkraft haben einzig die A-la-minute-Sätze. »Die Dänin« darf auszugsweise zitiert werden, wiewohl gerade die Wassermann-Frau nie auf die lyrische Eroberungsmethode hereinfällt, im Gegensatz zur Krebsfrau. Aber diese eine Strophe ist gewissermaßen par cœur auf die nordische Helena zugeschnitten: »Stehst du, ist die Magnolie / stumm und weniger rein, / aber die große Folie / ist dein Zerlassensein: / Stäubende: – tiefe Szene, / wo sich die Seele tränkt, / während der Schizophrene / trostlos die Stirne senkt.« Keine Erpressung durch Leiden, Armando, eine solche Frau läßt sich nie gegen ihr Gefühl, nur für etwas gewinnen, also müssen wir die letzten utopischen Kräfte mobilisieren und nicht so tun, als seien wir hochnotpersönlich auf den gesamten Weltschmerz abonniert.

8

Und endlich war er da, der einundzwanzigste Mai, ich stand auf Perron zwei des Göschener Hauptbahnhofs in Erwartung des Tiziano-Expresses und sah vor mir, wie ich vor Monaten – oder war es schon Jahre her? – bei Nacht und Nebel angekommen war, wie ich vier Wochen lang vergeblich versucht hatte, die Festung zu sprengen, um in das unterirdische Hospiz zu gelangen, wie auch der Versuch mit Blaulicht mißglückt war, weil der gecharterte Ambulanzwagen, der in Wassen unten Anlauf nahm, in der zweiten Schöllenenkehre einen Plattfuß hatte und der Taxichauffeur wie zur Verhöhung meines Scheiterhaufens das Pannendreieck unterhalb der Schwarzen Spinne aufstellen mußte. Diese ganze Misere zog noch einmal an mir vorbei, aber nun war der Tisch im Billardzimmer des Bahnhofbuffets gedeckt, original Kronenhalle Zürich, Monsieur Robert, Chef de Service, hatte das Menü in einer Speisewagenkombüse nach Göschenen hinauf transportiert. Nach einigem Hin und Her hatten wir uns für einen Hamburgischen Akzent in der Vorspeise entschieden, für ein helvetisches Hauptgericht und ein mediterranes Dessert. Also gab es zunächst Turbotin an Weißweinsauce mit einem Blätterteighauch von Fleurons – von der Verzierung her unorthodox, aber welcher Monsieur Robert möchte einem Kranken was abschlagen –, hernach Zürcher Leberspießli mit speckumwickelten Frischbohnenrollen – bitte nicht in Milch einlegen, die Leber, Monsieur Robert, frische Ware – und zum Nachtisch die Crêpes Monte Carlo, mit Armagnac flambiert und etwas Sorbetglace zu einer heißkalten Überraschung verfeinert. Dazu kam ein sechsundsiebziger Meursault in Frage, als Hauptwein der bewährte Château Montrose, 1er grand cru classé; ein grüngoldener Mokka und ein Kirsch konnten den Schlußpunkt setzen, natürlich weder ein Dettling noch ein Baselbieter, sondern ein Zried-Kirsch, original Couronne-Les Halles.

Pünktlich um elf Uhr neunundvierzig – Wassermannfrauen sind immer pünktlich – hielt der Zug auf spezielles Verlangen Indergants – Rhäzünser, auch dies ein freilich subsidiäres Wiedersehen, beobachtete das Manöver mit privatbähnlerischer Skepsis –, Schöllkopf, das Empfangskomitee, irrte suchend die ganze Schlaf-, Speise- und Gepäckwagenfront ab – ketzerischer Gedanke im letzten Moment, sie kommt doch nicht –: aber da stand sie schon auf dem Perron, etliches an Gepäck, nicht die Bildschirmvedette, deren Hanselachen der Infauste auswendig gelernt hatte, sondern leibhaftig sie, Dagmar Dom, in Göschenen-Kaltbad, etwas kleiner als geschätzt, ziemlich genau einsvierundsechzig, etwas kurviger als auf der Mattscheibe, die Haare kürzer, gewaschener – für wen wohl, du Trottel? –, kein üppiger Pony, über die Bürste nach innen geföhnt und dann nach hinten gekämmt, alles dem Leben zu- und von der Theorie wegfrisiert. Ich hab einen schrecklichen Kohldampf, lieber Herr Schöllkopf, kann man in diesem Adlerhorst irgendwo hübsch essen gehen? Und sagen Sie mal, was ist das für ein komischer Findling neben der Autobahn, mit dem Schweizerkreuz und der gelben Flagge? Es ist immer wieder der angeborene Realitätssinn der Frauen, der uns Luftibussen, die wir an einer historischen Grußformel à la Dagmar sehen und nicht mehr sterben müssen herumdoktern, die Landung erleichtert. Und ob, Madame Hoffnung aus Hamburg, bitte mir durch die etwas schäbige Unterführung ins Buffet zu folgen, ins Billardzimmer, das indessen von jeder Chambre Séparée-Anrüchigkeit befreit worden ist. Indergant, das Gepäck, dalli-dalli, aber nicht nach Grafenort – Verzeihung, Gnädigste, Sie arbeiten ja bei der ARD.

Das Arrangement von Monsieur Robert konnte sich sehen lassen, wohingegen wir von der Inäbnitschen demonstrativ geschnitten wurden. Dagmar Dom, deren Profil etwas leicht Puttbackiges hatte, was naturgemäß im Frontalunterricht des Norddeutschen Rundfunks nie zu sehen gewesen war, wollte nach den üblichen Reiseberichtsformalitäten, also bereits nach der Vorspeise, die ich unberührt ließ, da ich Hanse-Manna zu kosten hatte, so ziemlich alles auf einmal wissen, wer Auer-Aplanalp sei, wo der Heilstollen liege, wie die Therapie funktioniere, weshalb ich einen Urlaubsspaß und einen Personalausweis bräuchte, um von Göschenen nach Göschenen zu gelangen, ob ich Geschwister hätte, verheiratet sei, mehr Glaziologie oder Literatur betreibe, und natürlich, was ich mir unter einer nordischen Helena vorstelle, sie sei nämlich als Schauspielerin immer ein gefragtes Gretchen gewesen, als klassische Blondine durch die deutschen Lande getingelt, und nun plötzlich eine Karriere als Helena, die man sich doch als Griechin denken müsse.

Dazu ein Blitzaugenaufschlag, ein Schmunzeln und Ponyschütteln, daß es mir den Atem verschlug.

Privatdozent Wolfram Schöllkopf hatte eine Antrittsvorlesung über seine Imagos von Effi Briest bis Inge Holm, über den Unterschied zwischen der Faust-eins-Liebe zu Gretchen und der Helena-Liebe zu Faust zwei präpariert, aber er kam angesichts der Möwe Dagmar nicht dazu, seine Thesen zu extemporieren, geschweige denn, sie überhaupt anzuschlagen, weil Hamburg immer wieder Götterspeise nachschöpfte, an der Serviette zupfte, einen Silberreifen mit opalisierenden Einlagen aufs Handgelenk rutschen ließ, nach Chamade von Guerlain duftete, die fliederfarbene, taillierte Noppenjacke zum Atmen brachte – es gibt da unten, in der Tat, Frau Dom, ein Labyrinth von Systollen und Diastollen –, aber die Jacke hatte auch zwei dicke Wollknöpfe, einen schoßartig abstehenden Bund und einen Überwurf von Schulterpatten mit kleinen Fransen, und die Augenweite, heiliger Bimbam, Monsieur Robert, das Nähzeug von Mutter Inäbnit, das Maßband. Wollen Sie die Oberweite nehmen? Nein, den Augenabstand, elfkommafünf von Winkel zu Winkel. Le vasistaz, erklären Sie mir, Liebe! Tja, lieber Herr Schöllkopf, haben Sie Feuer? Gewiß doch, mit Verlaub; es ist, wenn Sie mir gestatten, gleich zu Faust drei überzugehen, Herrgott, ich kann doch keine Nichtschöllkopfsche Geometrie erklären, egal ob Helena oder Penthesilea, da sind Sie, und alles ist gut; Dagmar Dom, mit viertausendfünfhundertfünfundvierzig Metern der höchste Gipfel der Mischabelhörner in den Walliser Alpen, kein Schreckhorn, nicht Eiger-Mönch-und-Jungfrau; meine Frauenkrankheit, früher nannte man das auch Unterleibsmigräne, Herr Ober, Bordeaux bitte, Bordeaux, baut nun einmal auf dem Axiom blond-blauäugig auf, da kann man nichts machen, und es hat keinen Sinn, gegen axiomatische Gegebenheiten anrennen zu wollen, was nützt mir die tollste Südsee – ich weiß, Goethe zog gen Italien, aber ich, Verehrteste, krepiere an meinem Organ –, wenn wir, ich meine jetzt Frau Primarius und der Stollenfahrer Armando, der Überzeugung sind, die Mutterwunde könne nur durch gischtendes Blond gelöscht werden, wobei semmelblond falsch ist, Dagmar, aschblond falsch, weizenblond, honigblond, alles daneben, in Frage käme eigentlich nur Alsterblond, so helfen Sie mir doch!

Billardzimmer, Bahnhofbuffet Göschenen, nördlich des grauen Doppelturmstationslazaretts das rote Zahnradspielzeug Rhäzünsers, auf der esbebestrischen Seite Indergant mit seinen zweihundertfünfzig Schnellzügen und Güterzügen, vorne die Ernst-Zahn-Gedenkhalle, die Tunnelbaufresken im Mehlsuppenbrodem und Käserindenglanz, das Reich der Schankmammalie, zur Rechten ein ausgenüchterter Bankettsaal mit aufgebockten Stühlen, das filzgrüne Séparée mit unserem Zweiertisch, auf der einen Seite Frau Welt auf der Durchreise nach Monte Carlo, vis-à-vis eine rekonvaleszierende Kettenreaktion, Mamamnese, Katamnese, Dominostein Schöllkopf stößt den Privatdozenten um, der Akademiker die Malefizenz, letztere Adjutantunteroffizier Tschuor, der Subalternoffizier der Heerespolizei den Stollenpatienten, bis nur noch – oder endlich einmal – der Privatmensch übrigbleibt, an Leib und Seele einer norddeutschen Schwester bedürftig, und Dagmar Dom, die sich eine Zigarette aus der vergoldeten Botanisierschatulle genommen hatte, freundlicherweise meine Havanna duldete, einen würzig qualmenden Airbus der Lufthansa, schüttelte das Blond zurecht und gab mir einen dieser sowohl an letzte Dinge wie an überhaupt nichts rührenden Ja-lieber-Herr-Schöllkopf-was-nun-Blicke.

Also rückte ich, da unsere kostbare Zeit bald um war, halt heraus mit der Gretchenfrage, die zu einer Helenafrage wurde, Puls etwa hundertvierzig wie in der Solarishöhle. Der langen und verworrenen Rede kurzer Sinn ist, daß ich jetzt mit dem Gesuch an Sie gelangen möchte, unerachtet des Instanzenwegs, ob Sie mir im Rahmen der Künstlichen Mutter, siehe Spektralfrauenkreis, doch vergessen wir es, sein würden, was ich brauche, um davonzukommen, mein nordisches Schwesterherz, meine Hoffnung aus Hamburg, nicht Fiebermuse, o nein, eine Göttin der Gesundheit, die mich vorübergehend, inzestuöse Attacken brauchen Sie keine zu befürchten, als ihren kranken Bruder aus der Schweiz adoptieren würde, sozusagen, mutatis mutandis, wenn Sie verstehen, was ich meine. Ich bemühe mich darum und sage Ihnen: Außer dem Heiratsantrag meines Mannes habe ich mein Lebtag nie ein schöneres Angebot bekommen. Augenschatten-Chamade-red-fire-Noppenkostüm-Silberreifen-Alsterblond-Duschen-Tusch. Soll das etwa heißen, daß ich Sie gewonnen habe? Ja!

Das war ein Jawort, ihr Kur- und Liebespfuscher im Unterland, das, vom Filz der Billardtische leicht gedämpft, weit schwieriger zu bestehen war als eine mit dem Dressiersack von Ausflüchten garnierte Ablehnung. Was fing ich, seit Jahren auf Schmerz und Depressionen eingeschworen, mit meinem plötzlichen Glück an? Sollte ich auf den Dammastock rennen, eine Flanke über die Tafel Überschreiten der Geleise strengstens verboten reißen, den Unspunnenstein des Teufelsbrockens nach Wassen hinunterstoßen? Nein, es war um mich geschehen, und ich heulte lauter Wasser, ein Tauwetter zutiefst verhockter Graupelgranulome eismütterlicher Herkunft setzte ein. Es beelendete mich, diesmal vor Freude, wie damals vor fünfunddreißig Jahren im Kinderfolterheim oberhalb des Walensees, wenn ich den Flügelschwestern, ihrer Drohung, das Gießkännchen müsse abgeschnitten werden, entflohen und den Steilhang hinuntergestrauchelt war im Glauben, ich bräuchte bloß die sieben hohen Berge zu übersteigen, um zu Hause zu sein bei der schönen Mama; es war ein Kuhnägeln des Herzens, das mich auswürgte, und Dagmar Dom, sie sagte gar nichts, blickte aber auch nicht stumm auf dem ganzen Tisch herum wie die schrecklich gütige Mutter des Zappelphilipp, sondern deckte meine liegengebliebenen Hände mit ihren Händen, zehnstrahlig rot schoß es mir entgegen, ein maniküriertes Schutzgebiet für den Verdingbuben.

Früher hatte es in solchen Situationen immer geheißen:

Ermanne dich, nimm dich zusammen. Aber ich hatte genug von diesen sogenannten Männertugenden, die – wenn nicht auf einem Schlachtfeld – immer auf einem Exerzierplatz endeten. Ich mußte ihr hanseatisches Nordleuchten, ihre Körperwärme über die Fingerkuppen aufnehmen, zu den Alphastrahlen des Radons im Heißluftemanatorium die schwesterlichen Dagmarstrahlen in meine verhagelte Kindheit dringen lassen, damit die ganze Existenz von der Hoffnung aus Hamburg umschlossen wurde, vom Gazellenkamp und der Alster, von der unbestrittenen Königin der Hanse, der Freien Kaufmanns- und meiner Schwesterstadt, in der es irgendwo in einem Winkel ein Stück Schöllkopfpflaster geben mußte, und vom Dom mit seinen Looping-Bobbahnen, Schießbuden, Karussells. Der Dom, Dagmar, Hot-red-sister, der Dom, und Ihr Zug kann jede Minute in Göschenen eintreffen, Armando muß zurück in die Dampfküchen der Stollenholle, Sie dürfen zum Internationalen Circusfestival von Monte Carlo fahren, ein Superlativ an mediterranem Glamour-Feuerwerk, die Hotelschluchten, das Casino, die Bucht mit den Yachten, der Straßenrennkurs, die Sainte-Dévote-Schikane, die Bahnhof- und die Rascasse-Kurve. Schöllkopf wird von Ihrer Dagmarschen Doppeltraktion mitgezogen, durch den Berg geschleppt, und ich habe nur diese eine Bitte: Lassen Sie dem Zweidrittelpatienten ein kleines Liebespfand zurück, indem Sie gleichzeitig das kitschige Ansinnen überhört haben wollen, es ist leider die Kurexistenz, welche zur Kitschexistenz verkommt, alles rafft sie an sich, von dem sie glaubt, daß es ihr weiterhilft. Stil hat allenfalls der kurze Tanz auf dem hohen Seil, Schwester Dagmar, die Geburt ist ein rührender Irrtum, das Ende eine Obszönität, die reinste Todespornographie.

Draußen auf dem windigen Perron, wo die Schöllenen-Bise einen Kehraus von Cinque-minuti-di-fermata-Souvenirs entfesselte, Papierservietten der Speisewagengesellschaft und Ansichtskarten der Teufelsschlucht, welche von den Touristen immer gekauft, letztlich aber nicht abgeschickt werden, lehnte Dagmar aus dem Abteil ihrer Carrozze, um meinen Wunsch zu beantworten: Kann Ihnen darum nichts hinterlassen, Bruder Armando, weil ich Ihnen was mitgebracht habe aus der Einkaufspassage an der Großen Bleichen. Und sie streckte mir ein kleines Paket in rotem Hochglanzpapier entgegen, blutorange und goldbronzen umbändelt, die Enden zu Spiralen onduliert, das ich erst öffnen konnte, als die Tunnelfinsternis das Schlußlicht bereits verschluckt hatte. Es war, in rosa Watte liegend, ein Armspangenkettchen fürs Handgelenk, den wiederzubelebenden Puls, mit den Initialen D. D. Möwe Dagmar, dir-nach, dir-nach!

9

Stollenpatient Armando alias Wolfram Schöllkopf, nun zum Hamburgischen Innensenator Dagomar Hansen hochgestiegen, kehrte nach dem Vertragsabschluß im Bahnhofbuffet Göschenen völlig angeäthert und aphrodisiakisiert in den Gotthard zurück, nachdem er auf einer Pintenkehr mit den Stationen Speisewagen, Pöstli Wassen, Speisewagen, Brauerei Göschenen, Ernst Zahn-Gedenkhalle tüchtig die Achse geschmiert und die verstockt hinter ihrer Flasche Hell oder ihrem Kaffee-Lutz brütenden Eisenbahner, Strahler, Tunnelkontrolleure mit wirren Sequenzen aus der »Dänin« genervt hatte. Egal, meine Herren von der esbebestrischen Zunft, ob Charon oder die Hermen oder der Daimlerflug, was aus den Weltenschwärmen, versteht ihr, die nordische Helena im Atem trug, war ihre Mutter im Haine, nicht im Schöllenen-Bannwald, südlich Thalassa, o lau, trug ihre Mutter alleine sie, den Außen-Alster-Tau. Philosophia perennis, Rhäzünser, Hegels schauender Akt, nicht Abtsche Zahnstangen, Biologie und Tennis über Verrat geflaggt. Na, denn! Habe nämlich Menschen getroffen – wo, sternecheib, bleibt eigentlich der Sanitätsgefreite Abgottspon? –, die, wenn man sie nach ihrem Namen fragte, ganz schüchtern, als ob sie gar nicht beanspruchen könnten, auch noch eine Benennung zu haben, Frau Dom antworteten: wie der Rummelplatz in Hamburg – sie wollten einem die Erfassung erleichtern, versteht ihr, Weichenwärter, Stromableser, Schneeschaufler; die mit Eltern und vier Geschwistern in einer Stube aufwuchsen, nachts, die Finger in den Ohren, am Küchenherde lernten, hochkamen, äußerlich schön und ladylike wie Gräfinnen und innerlich sanft und fleißig wie Nausikaa die reine Stirn der Engel trugen. Habe mich oft gefragt, Mutter Inäbnit und Posthalter Irmiger, woher das Sanfte und das Gute kommt. Weiß es auch heute abend nicht, und muß nun gehn. Prosit!

Mußte, der Innensenator Dagomar, die Nachtschwester beim Felsdurchschlupf oberhalb von Kaltbrunn Plangg herausschellen und als total betrunkene Krawallschachtel – Ratatui, Ratatautadau; wir wollen alle-alle-alle in den Stollen – in seinen Bunker verfrachtet werden, der ihm wie eine gitterfensterlose Ausnüchterungszelle vorkommen wollte. Adadedjudante-nte-nt' – pst, nehmen Herr Dozent doch Rücksicht auf die vom Radon erschöpften, schlafenden Mitpatienten. Radonradau, Radonradau, wissen Sie, Schwester, ob Charon oder die Hermen, ist völlig egal, wichtig: daß sich die Seele tränkt, während der Schizophrene trostlos die Stirne senkt. Rings nur Rundung und Reigen, Trift und lohnende Odds, ach, wer kennt nicht das Schweigen schlummerlosen Gotts! Noch um die Golgathascheite schlingt sich das Goldene Vlies, morgen, an meiner Seite, bist du im Paradies. Haben wir denn nicht, Schwester, die unbestrittene Nummer eins der binnenalsterblonden Weltweiblichkeit, die Primabionda aller Däninnen, Schwedinnen, Finninnen, Kielerinnen, Lübeckerinnen, Bremerinnen, Hannoveranerinnen, Rostockerinnen, Stralsunderinnen, Wismarerinnen, Berlinerinnen, Potsdamerinnen, Neuruppinerinnen – hören Sie auf, das geteilte Deutschland zu deklamieren, das ist eine Taktlosigkeit, ich komme aus einem dieser Länder – nun gut, was ich sagen wollte: Hamburg schlechthin als Schwesterstadt gewonnen? Weißt du wieviel Sternlein ste-ehen ...

' Armando, sagte die Frau Primarius, als ich meinen Balari ausgeschlafen hatte, ich muß Ihnen tüchtig die Leviten lesen, gemäß Stollenhandbuch, Paragraph siebzehn, Absatz b, ist Nachtlärm im Kurgebiet strengstens untersagt. Ich fürchte, Sie sind ein anderer Mensch geworden. Was fällt Ihnen ein, Sie haben die ganze Bechterew-Abteilung mit Ihrem Gegröle geweckt und erst noch den Ausgangsrayon in Göschenen überschritten, ganz abgesehen davon, daß Sie viel zu spät einrückten. Frau Beate, wo ist der Slibowitz – na denn! –, wo die kakanische Höflichkeit, wo der austriazistische Humor, wo die transalpine Solidarität? Wo Ihr ärztliches Triumphgefühl? Wir haben die nordische Helena gewonnen, alle Nord-Süd- und Ost-West-Konflikte der Schöllkopfschen Multiplen Matrose sind gelöst, o Feenteich und Uhlenhorst, Fuhlsbüttel, Winterhude, Hammerbrook, Wandsbeck, Norderelbe, o ... Jaja, schon gut, es fragt sich, was wichtiger ist: ob Sie davonkommen oder die Auer-Aplanalpsche Heilstollengesellschaft überlebt. Mit den St. Pauli-Landungsbrücken ist weder der Baronin von Zechhofen noch dem Studienrat aus Wolfenbüttel gedient. Ist auch nicht mein Bier, Frau Beate, Sie haben mich auf den richtigen Kurs gebracht, nun werden Sie nicht prohibitiv. Sie haben den Arzt in mir geweckt, also lassen Sie ihn auch arbeiten. Ab sofort, denn wir haben schon viel zu viel Zeit verloren, übernehme ich das Kommando über meine Therapie. Wir werden die Solaris-Höhle umbauen und zum Zentrum für die Dagmarbestrahlung einrichten müssen, dergestalt, daß wir die Leuchtstoffröhren des Sonnenhimmels mit den langwelligen Ultraviolett-A-Strahlen durch Domsche Stimmkörper ergänzen. Den im Spektrum jenseits von Rot liegenden Infraschallbereich, verstehen Sie, Frau Primarius respektive Schwester Beate – ich verbitte mir diesen Ton, Armando – durch das wärmende, norddeutsche Klinkerrot der Diseuse vom Gazellenkamp ersetzen, während der Nameless-Gletscher als Schöllkopffirn aus dem Dienst entlassen werden kann. Die freiwerdenden Mittel in das Dagmarium investieren. Im übrigen überlassen Sie mir die halb verschrottete Pulsdraisine, die Dicke Bertha, als echt helvetischer Eisenbahnarr besitze ich den Lokführerausweis für Dampfmaschinen, werde also wohl auch mit diesem Akkumulatorentraktor zurechtkommen und selber einfahren, verstanden! Sie funkelte gewaltig mit ihren runzelstrahligen Spottlichtern, die pagengraue Stollenholle im hochgeschlossenen Berufsmantel, und mochte denken: erschreckend, mit welcher Radikalität Herr Dozent die Revolutionierung der Auer-Aplanalpschen Klinik zu seinen Gunsten ansteuern.

Was mich im Göschener Bahnhofbuffet angestrahlt hat, Pflegerin Beate, war nicht nur ein alsterblondes Nordlicht, nicht nur die Schwesterstadt Hamburg, es war meine Geliebte, die deutsche Sprache, in ihrer wärmsten Intonierung, verstehen Sie. Ich verstehe, ehrlich gesagt, überhaupt nichts mehr, Armando – Senator Hansen, wenn ich bitten darf –, aber tun Sie, was Sie für richtig halten, wir haben sie schließlich gerufen, die Geister der Künstlichen Mutter, nun müssen wir mit ihnen fertig werden. In der Tat, Schwesternschülerin Beate, wir sind durch und durch sororisiert. Für die Hamburger Lichttherapie, wobei wir natürlich das allen Dermatologen wohlbekannte Syndrom der Seemannshaut verhindern müssen, die Hyperpigmentation infolge jahrelanger Sonnenbestrahlung auf hoher See, den Verlederungseffekt, schlage ich Ihnen vor, das Bräunungsliegen im Bronzarium der Solarishöhle in der taigagrünen und balibraunen Leuchtröhrenmulde, den UWE-Sunstream-Fluter an der Decke, der sich auf Knopfdruck geräuschlos senkt, so daß der Körper des Patienten in einer oblongen Ultraviolettmuschel liegt, durch einen Video-Recorder zu ergänzen. Dadurch können wir Aufnahmen von Tagesschausequenzen einbauen und mein Sonnengeflecht den UV-D-Strahlen des Norddeutschen Dagmarfunks am Gazellenkamp aussetzen, wobei es natürlich ein Unsinn wäre, einen verseuchten Körper mit Hiobsbotschaften zu besprechen, El Salvador und Afghanistan, wir müssen uns aus Hamburg-Lokstedt helle Nachrichten überspielen lassen, zumal Frau Dom bei Katastrophenmeldungen regiebedingt nicht lachen, nie die Augen aufschlagen darf. Sie sollte aber den kranken Bruder aus der Schweiz mit ihrem Außenalsterschalk berieseln und möglichst farbenfroh angezogen sein und nicht eine durch die jüngsten Entwicklungen in der CDU/CSU bedingte Leichenbitterinnenmiene aufsetzen müssen, wenn Sie verstehen, was ich meine. Hopp, an die Arbeit.

Dieser hansaisierte Armando, hieß es von der Wäscherei im Souterrain bis in die Germanistiksäle, vom Prohaskaschen Stollenbuffet bis zur Basisstation hinter Porte Gehenna mit dem Kühlschrank für die Pulserinnen, beschäftigt ein ganzes Forschungsteam mit seiner Lichthauttherapie, denn allzurasch entgleiten uns die UV-Wirkungen. Von den negativen Strahleneinflüssen sind uns die Erythembildung sowie die chronischen Hautschäden bekannt, der Lichtkrebs, der, sintemal es sich beim Patienten um einen singulären Fall von Muttermalversehrtheit handelt, mit dem schwarzen Krebs eine konspirative Verschwörung eingehen könnte; dann, nicht zu unterschätzen, die Fotokonjunktivitis und Fotokreatitis: er könnte uns im allgemeinen Emanationsprozedere so durchschimmernd, so hypertransparent und evident werden – denn Emanation meint ja im philosophischen Sinn das Entstehen aller Dinge aus dem höchsten Einen –, daß Armando als Subjekt ganz einfach nicht mehr erträglich wäre, weder drinnen im Stollen noch draußen in irgendeiner Gesellschaft; er könnte uns wie eine Feuerwerkssonne aus der manischen Depression in die manische Euphorie entgleiten und nur noch hemmungslos abbrennen wollen, was kein Arzt, weder ein innerer noch ein äußerer, gern sieht. Häufig werden gerade Chronischkranke, wenn sie Morgenluft wittern – und Armando hat im Schwesternvertrag mit der Hoffnung aus Hamburg die wahrste Nordsee-Brise erschnuppert – zu Chronischgesunden, bevor der Heilungsprozeß abgeschlossen ist. Anderseits zahlt Armando, in harter Schweizer Währung, also befiehlt er auch. Wollen wir ihm denn verwehren, sich auf die älteste Vorkriegsgrubenlok zu schwingen und, unseren Fahrplan über den Haufen werfend, im Achtkilometertempo in seine Schwesterngrotte hinunter zu fahren, die er nur noch als Alsterhafen bezeichnet?

Es wurde ein Armandoscher Krisenstab gebildet, unter der Leitung der Stollenholle. Ich, Ihr Hinterbliebenen, wollte braun werden, licht werden, ich hatte sie bis obenhinaus, die Unterleibsmigränengrammatik, und die Höhenflugsonne der nordischen Helena, die mich für zwei Stunden im Billardzimmer des Bahnhofbuffets angestrahlt hatte, durfte keine Sekunde mehr aussetzen. Eigenstiller, der Maschinist und Ingenieur der Heilstollen-G.m.b.H. – Genesung mit bilateralem Hamburgeffekt –, mußte die Pläne für eine ultraschnelle, nämlich zwölf Stundenkilometer bewältigende Pulsdraisine fallen lassen und das kombinierte Solarium/Dagmarium konstruieren, das in Form von Sendungen nach dem Muster Der weiße Fleck – Programm ohne Ansage, höchste Aktualitätsstufe – die Geschichte der Hanse über die Ehrensenatorin meines Herzens in die Haut injizierte, eine Art Hansepunktur der Lumbalzone.

Und wie sie mich anstrahlte, die deutsche Tagesschaufrau, die perfekt artikulierte Sprache! Aus den Klüften atmete das Radon, der Rücken wurde von den ultravioletten Strahlen umarmt und goldbronzen getönt, der Bauch von der HH-Stadt, von der Heilenden und Hansestadt Hamburg gesundgebetet. Hier, lieber Armando, bin ich, deine rote Schwester, deine elektronische Helena, heute nehmen wir ein paar Sehenswürdigkeiten durch. Planten un Blomen heißt der Park mit der Tulpenpracht und der Wasserlichtorgel in den Wallanlagen; die Arkaden an der Kleinen Alster wurden 1845 von Chateauneuf erbaut, besonders hübsch anzuschauen auf einer Fleetfahrt; Hamburgs berühmter Jahrmarkt, der Dom mit seinen türkenhonigfarbenen Kettenkarussells; ein Überbleibsel aus Alt-Hamburg, die Krameramtswohnungen am Michel; zwischen Bille und Elbe befinden sich die Vierlande, Hamburgs Gemüsegroßgärtnerei; das Jenisch-Haus, eine

Villa der großbürgerlichen Wohnkultur; Norderelbbrücken und neuer Elbtunnel, die Einfallschleusen zur modernen Großstadt; Deichstraße am Nikolaifleet; unter Denkmalschutz die Speicher bei St. Annen, norddeutsche Backsteingotik; nach Westen, elbabwärts, Armando, streift der Blick vom Michel über die Neustadt und die St. Pauli-Landungsbrücken; der Hygieiabrunnen im Innenhof des Rathauses, deutsche Renaissance, über dem Portal das Goldmosaik der Hammonia und der Wahlspruch der Freien und Hansestadt.

Hier ist das Deutsche Fernsehen, schuld an Millionen deutscher Fensterehen, mit der Dagmarschau; eigentlich, Armando im Stollen, heiße ich Damaris Lichtenfeld, und Dagmar Dom ist mein Aktualitäten-Diseusen-Pseudonym für den Mattscheiben-Appeal. Nenn mich, wenn du willst, Dagmessa oder Dagemunde, Dagminna oder Dagmainka, Gadmar, Dagmaria. Heute nacht trag ich wieder mal so exklusiv wie möglich für dich den in zarten Regenbogenfarben gehaltenen Angorapulli mit Gold- und Silberfäden, unten ein breites Bündchen, die Ärmel ausgeschoppt, dazu eine Silberkette. Für den pastellblauen Seidenblazer oder die Bordeaux-Bluse mit der verdeckten Knopfleiste war es leider zu kalt. Wir wollen dich in dieser Sendung mit Hamburger Stadtgeschichte bestrahlen, damit sich dein Körper fortan immer an das Venedig des Nordens erinnert, an das Netz der Fleeten und Kanäle. Das Fleet, niederdeutsches Neutrum, ist ein schiffbarer Stadtkanal oder Entwässerungsgraben, es leitet sich von »vleten« her, fließen. Wenn die Binnen- und die Außenalster, deren Segelbrise mein Blond frisch hält, zum Wahrzeichen von Hammaburg geworden sind, solltest du als Wahlhamburger wissen, daß Graf Adolf II. um 1189 einen Damm aufschütten ließ und mit dem gestauten Alsterwasser eine Kornmühle betrieb, um den Mehlbedarf der wachsenden Bevölkerung zu decken. Sie lag am Großen Burstah, was soviel heißt wie Bauerngestade. Vierzig Jahre später reichte die Kapazität der Mühle nicht mehr aus, und die Alster wurde abermals gestaut, von der Bergstraße bis zum heutigen Gänsemarkt. In der Folge wurde die Alsterniederung im Norden der Stadt überflutet – wir haben abwechslungsweise Flutkatastrophen und Brandkatastrophen, denk nur an 1284, als ein einziges Haus stehen blieb –, und so bildeten sich Binnen- und Außenalster. Der Damm erhielt den Namen Reesendamm, daraus wurde später der Jungfernstieg. Dies waren unsere Meldungen für heute, das Wetter: ein Hoch erstreckt sich vom Ostatlantik bis nach Rußland über dem Armandoschen Genesungsgebiet; tschü-üs!

Hier bin ich, die Frau Welt, und dort in der Solaris-Grotte liegst du, der Schweizerische Störtebeker, der zur Eroberung des Frauenkontinents auslaufen will. Hast du eine Frage zur vergangenen Lektion? Nein, dann kommen wir heute zur Erklärung des Namens Hamburg und des Begriffs Hanse. Dazu tragen wir schlicht den pastellblauen Pulli mit den drei Alstermöwen, die in lockerer Staffel von der Taille zur linken Brust fliegen, diagonal über mein für dich schlagendes Schwesterherz. Das Haar, du nimmst es uns nicht übel, wir haben es im Möwenlook vom Wirbel her über die Stirn und die Ohren geföht; so, wenn ich mich auf meinem Tagesschaukelstuhl mal drehen darf, sieht es im Profil von rechts aus, so von links. Was mußt du wissen, was mußt du tun, was mußt du lassen? Der Name der Stadt, die dich mit ihrer Geschichte, ihrer Kaufmannstradition und ihrem Hafencharme gesundpflegt, geht auf die altsächsische Bezeichnung »ham«, Ufergelände, Marschland zurück und ist noch gespeichert im Stadtteil Hamm am Übergang von der Geest- in die Marschzone. Zunächst dominiert die Schreibweise Hammaburg, seit dem zwölften Jahrhundert begegnen wir auch Hammenburg, vereinzelt Hambueg, was nicht mit dem ähnlich lautenden Humbug zu verwechseln ist; mittelniederdeutsch heißt die Stadt im dreizehnten Jahrhundert Hamborch.

Adolf III. gründete bereits 1188 Hamburgs Neustadt, er ließ eine Kaufmannssiedlung mit Hafen anlegen und übertrug das Gelände der ehemaligen Neuen Burg einer Unternehmergruppe zu freiem Eigentum. Der Handel blühte, Armando, ähnlich wie nach der Erschließung der Schöllenen und des Gotthardtransits in der Schweiz. Kaiser Friedrich Barbarossa war es, der den aufstrebenden Kaufleuten die Zollfreiheit auf der Niederelbe bis zur Elbmündung sowie in Holstein die Fischereirechte gewährte. Aus dem Osten, also von der Elbe bis zum Baltikum, lief über Hamburg der Export von Bienenwachs und Pelzen; aus Schonen kamen die Heringe, die bei uns zur Konservierung eingesalzen werden; das Salz bezogen wir aus Lüneburg, Halle, Salzwedel. Ferner war Hamburg Stapel- und Umschlagplatz für Holz, Kupfer aus dem Harz, Schwedisches Eisen, Butter und Bernstein, das Gold der Ostsee. Bei so eng gestrickten Wirtschaftsbeziehungen lag ein Verbandsmuster nahe, das für Koordination und Sicherheit garantierte. Die Handelsstädte nahmen die Interessengemeinschaft der Kaufleute – Rotary International im Mittelalter – zum Vorbild und schlossen sich im dreizehnten Jahrhundert zu einer nordischen Hanse zusammen. Hanse heißt Kaufmannsgilde, Genossenschaft; althochdeutsch »hansa« – den Ausdruck finden wir bereits in der Bibelübersetzung Wulfilas – Kriegerschar, Gefolge. Für uns beide, den Wassermann von der Waterkant und den Krebs im Gotthard, ist wichtig: die Hanse als Gemeinschaft, die Dagmar-Armando-Hanse als Wahlgeschwisterliebe, und ich schwöre dir, ich werde dich nie verhansen!

Es kam, unschwer zu erraten, infolge meines Gesundungsfanatismus, der die ganze Gotthardklinik auf den Kopf stellte, zu Mißhelligkeiten zwischen Pflegepersonal und Patienten, zu dumpfen Feindseligkeiten in den Schwitzhöhlen, zu Hyperämieanfällen und Kollapserscheinungen; der Radonwind ging unentwegt, trug dahin, dorthin ein Gerücht, und schließlich mußte es zur offenen Meuterei kommen, so daß Frau Primarius sich gezwungen sah, ein Patientenparlament einzuberufen, eine Voll- und Nationalversammlung der Bechterews und Spondylarthroiker, der Multiplen Sklerotiker und Polyneuropathopathen verschiedenster Genese, für die Prohaskas Kreuztonnenbuffet viel zu klein gewesen wäre. Also bezog man auch den Stollenhauptbahnhof, den unteren Warteraum mit dem Sgraffito des Labyrinths sowie die Schalterhalle mit ein, um alles, was Rang und Leiden hatte, zu versammeln, die Pulsschwestern und Erosdamen, die Wäscherinnen und das Küchenpersonal, Frau Semmelreuter und Doktor Wasserfallen, der mit seinem Bocksbärtchen gruppenhungrig in die Runde blickte: mal sehen, was sich da anbahnt.

Doktor Ladislaus Wasserfallen, gelernter Bergbauingenieur, hatte sich, leider ohne medizinische Vorbildung, zum Gruppentherapeuten umschulen lassen in einer sechsjährigen Schnellbleiche beim umstrittenen Guru Memmon, der gesunden Menschen einzureden verstand, sie litten unter dem Limes-Syndrom, seien Grenzwertexistenzen und kippten demnächst über ins Niemandsland des Unendlichen, wenn sie sich nicht einer mehrjährigen, alttestamentlich geführten Gruppenorgie unterzögen. Sein Trick bestand darin, aus Gesunden Patienten, aus Patienten Co-Therapeuten und aus observierten Sitzungsleitern selbständig erwerbende Analytiker zu machen, wodurch ein Teil des verplauderten Geldes in eine sogenannte Ausbildung investiert war. Doch die Krankenkassen weigerten sich, die Memmoniten zuzulassen, weil sie keine Ahnung hatten vom menschlichen Körper und am laufenden Band Grenzfallpatienten erfanden, die keine waren, denen mit einem Nerventonikum oder einem Schlafmittel geholfen werden konnte. Den fundiert ausgebildeten, also von der Medizin her kommenden Analytikern warfen sie Standesdünkel und Kastenpolitik vor, zeichneten sich aber ihrerseits durch verbalen Terrorismus aus. Hatten sie einen Therapienehmer mal in den Fängen, ließen sie ihn nicht mehr frei, bevor sie ihm mindestens zwanzigtausend Franken abgeknöpft hatten für die Einsicht, daß man über vieles, eigentlich über alles reden könne.

Im Stollen hatte sich Doktor Wasserfallen indessen autodidaktisch zum Rheumatologen und Balneologen weitergebildet, war mit verschiedenen Studien an die badeärztliche Öffentlichkeit getreten, unter anderm mit dem epochalen Essay über die Theorie der Stollen- und Tunnelgase, wobei ihm die Kenntnisse im Bergbauwesen zugute kamen. Doktor Wasserfallen zum Beispiel hatte herausgefunden, daß sich beim Zerfall des Radons unter der Abgabe radioaktiver Strahlen Stollenozon STO_3 bildet, das in der Dunkelheit der Querschläge und Kammern besonders beständig ist, was sich allgemein bakterienmordend auswirkt und obendrein die Atmung verbessert, die Blutzirkulation fördert. Hinzu kam, daß sich Ladislaus Wasserfallen gerade wegen seiner Memmon-Hörigkeit eine gewisse Zuständigkeit für Ödipalfälle erschwindelt hatte, daß er im Grunde der einzige war, dem zu Patienten, welche unter einer Vater-Klaustrophobie litten, tröstliche Worte einfielen, seines patriarchalisch-autoritären Auftretens wegen. Und hier, im Fall der steigraketenähnlichen Selbstsanierungsemanzipation Armandos, lag zudem ein echtes, gruppendynamisches Problem vor: einerseits mußte die Heilstollengesellschaft in Schutz genommen werden vor meiner eingebildeten Gesundheit, anderseits galt es, Armando verbalen Feuerschutz zu geben bis zur Vollendung seines Weges, zum Verlassen des Krankenforts.

Als ich mit meiner Draisine auf dem Perron des Ein- und Ausbett-Tunnels eintraf, im Hochgefühl der Hansefizierung durch die Dagmarbestrahlung, sechste Lektion, Hamburger Namen, die zu Begriffen wurden – das Chilehaus, 1922-1924 vom Salpeter-Industriellen Henry Sloman als Kontorhaus errichtet, Fassade in Oldenburger Klinker, Nutzraum rund fünfundzwanzigtausend Quadratmeter –, brodelte und meuterte und drohfingerte es mir aus allen Nischen entgegen: Pfui, die Frikadelle, buh, der Schwyzer, raus. Prohaska mixte und entkorkte und füllte wie bei einer Reepschläger-Höge kranzweise Bierseidel ab, und so kam es denn also doch noch zum großen Scherbengericht im Heißluftemanatorium des Gotthardstollens.

Bevor Frau Primarius das Wort nahm, die ja gleichermaßen für das Wohlergehen aller zuständig war, bat ich um eine organisatorische Präambel: Liebe Mitpatienten, oberste Ärzteschaft der Österreichischen Heilsenklave, Pulsschwestern, Kramper, Lokführer, Maschinisten. Bevor ihr über mich herfallt und euch theoriegerecht um Wasserfallen gruppt, möchte ich zu Protokoll geben, daß alles, was hier und jetzt geschmaust und getrunken wird, auf meine Rechnung geht, denn wer wie Armando gelernt hat, dem Tod nicht als tumber Tor, sondern von du zu du gegenüberzutreten, entwickelt eine grenzenlose Splendidität. Zweitens, wenn ihr mich schon Hamburger schimpft, sollen hier keine Bouletten von Kaufleisch zu Kaufleisch gestampft werden, niemand nimmt gern in den Mund, was ein anderer schon halbwegs zermanscht hat, dann halten wir uns lieber an die alten Hamburger Festbräuche, das Johannisfest, das Waisengrün, das Ochsenschlachten am Gallustag. Ich erkläre namens der toleranten und großzügigen Hansestadt: Freibier für alle, Freiwein, wenn auch leider nicht Rheinwein, doch der Klosterneuburger tuts auch, Schnäpse und Witwensprudel, Würstel und Haxen, was Küche und Keller hergeben, für euch, von Armando. Dem Tohuwabohu aus Beifall- und Schmährufen war nicht genau zu entnehmen, was nun obenausschwinge: die Freude über meine Geste oder der Schlemmertrotz: den nehmen wir tüchtig aus. Wie auch immer, fürs erste war die Situation gerettet, denn die Vollversammlung mußte bewirtet, Pulsschwestern als Buffettöchter rekrutiert werden, Monica, Gisela, Helga, alle mußten die Ärmel hochkrempeln und in die Hosen, während Armando, vorübergehend der Patron, peinlichst darauf achtete, daß jeder noch so individuelle Wunsch erfüllt wurde: Hier Weißwürstel, Prohaska, hier Tafelspitz, hier sechsmal Zigeunerspieß.

Dann stieg Frau Beate Auer-Aplanalp auf den einzigen Hocker, der sich noch erklettern ließ, und gab zu bedenken: Ihr Stollenfahrer alle, aus dem Epimythion zu Aesops Fabel »Der Hund und der Koch«, aus der Nutzanwendung also entnehmen wir, daß Leiden Lehren seien, was schon Aischylos als Satzung des Zeus verkündet hat. Daß die Unglücklichen aus den noch schlimmeren Leiden der andern Trost schöpfen, wird auch bei Thukydides und Seneca erwähnt. Im Mittelalter finden wir diese Philosophie als Hexameter bei Dominicus de Gravina: »Iuxta illud verbum poeticum: gaudium est miseris socios habuisse malorum«, woraus in Spinozas »Ethik« sich die sprichwörtliche Form herauskristallisierte: »Solamen miseris socios habuisse malorum«, Trost für jeden im Leid ist, Leidensgefährten zu haben, später oft abgewandelt in: Solamen miserum ... ein elender Trost oder Trost der Elenden ist es, daß es andern auch schlecht geht. Die sanitarischen Oberbefehlshaber der Auer-Aplanalpschen Heilstollen-G.m.b.H. haben nie viel Aufhebens gemacht aus Todesfällen, die sich während der Kur ereigneten, wir haben die Leichen mit der Veteranenlok Kaiser Franz Joseph zum Festungsfriedhof gefahren und in einer der Zugschubladen im sogenannten Beinschrank eingelagert, bis sich die Angehörigen darum kümmerten.

Nun aber, nicht wahr, Doktor Wasserfallen, stellt uns der Stollenpatient Numero vierhundertdreizehntausendzweihundertneunundvierzig, Armando alias Privatdozent Wolfram Schöllkopf, vor das Problem, wie wir Zuversicht schöpfen aus dem Freispruch eines Mitleidgenossen, socios habuisse sanitatis oder sanorum, wobei ich nicht genau weiß, ob es diese zweite Form gibt, wir sind ja mit Armandos Genesungsstil auch nicht einverstanden. Aber immerhin, er bchymet, wie man in der Schweiz sagt, uns mit Riesenschritten davon Richtung Tessin ... und nun, fiel Ladislaus Wasserfallen ein, herrschen Trauer, Wut und Trennungsschmerz, und wir müssen fertig werden mit der Tatsache, daß die revolutionäre Entdeckung und Entwicklung des Heilstollens ihre Kinder, respektive daß eines seiner Kinder, ein Sohn der Künstlichen Mutter die Revolution frißt, ist das richtig, Herr Dozent? Die Revolution ist wie Saturn, sie frißt ihre eigenen Kinder, geht zurück auf Alphonse de Lamartine: »Alors, citoyens, il a été permis de craindre que la Révolution, comme Saturne, dévorât successivement tous ses enfants«, aber das ist gar nicht wahr, ich habe euch nur ein Beispiel gegeben, einen modus renascendi, der nicht übertragbar ist, so wie auch unsere individuell verkörperten Krankheiten nicht übertragbar sind, hier muß ein jeder nach seiner Façon krepieren oder gesund werden.

Liebe Freunde, habt ihr zu essen, zu trinken? Ihr müßt nämlich wissen – das hat mir die nordische Helena auf die Haut gelacht –, daß die Hamburger gewaltig zu feiern verstanden, und daß der in Imbißecken stehend heruntergewürgte Hackfleischknollen nach der schönsten aller Städte, der Weltstadt meiner Gesundheit und Zukunft, benannt wird, ist eine kulinarische Beleidigung. Ihr müßt wissen, ihr Fraktionsführer der chronisch proredienten Polyarthritis, der progressiven Sklerodermie und Weichteilrheumatismen, daß von der Maihöge bis zum Weihnachtsmarkt im Dom, wo die Händler ihre Buden in den Kreuzgängen aufgeschlagen hatten, ja sogar auf dem Friedhof – seit 1893 befindet sich der Lunapark auf dem Heiligengeistfeld – bacchantisch gezecht und gefuttert wurde, nichts ging den Hanseaten über ein Köpken Martiniquer oder eine Pfeife Knastertoback, die Firma Schlottermann nahm als erste die Produktion von Cigarros auf, hätten wir die Alsterkapitale nicht, wir wüßten nicht, was trockene Trunkenheit ist. Die Petri- und Matthäi-Bankette, an denen der Rat samt seinen Syndici und Sekretären teilnahm: allein an Wild kamen auf die Festtafel Hasen, Rehe, Hirsche, an Geflügel Küken, Puten, Kapaune, Tauben, Finken, Rebhühner; an Meerfrüchten Elritzen und Dorsche, Forellen, Sandarten, Lachse, Krebse und Austern, zur Herstellung der berühmten Schwanenpastete scheute man sich nicht, Alsterschwäne zu schießen. Bei Staatsaktionen wie einer Kaiserkrönung wurden von den Booten auf der Binnenalster Feuerwerke gezündet, die drei Stunden lang knatterten, spotzten und bengalisierten, und erst recht jubeltrubelbunt ging es bei Hamburger Beerdigungen zu – Dagmar Dom weiß, daß ich im Falle eines Falles auf dem Friedhof

Ohlsdorf beigesetzt werden möchte, in dieser cimiterischen Großstadt, und daß meine Asche gemäß letztwilliger Verfügung zur Markierung des Penaltypunktes im Hamburger Volksparkstadion ausgestreut wird, und zwar auf der Westkurvenseite –; man unterschied zwischen Tagleichen und Abendleichen, bei einer Abendbeerdigung konnte die Familie am Beckengeld sparen, was falsch ist, das letzte Fest auf Erden sollte niemanden reuen, die Heimgegangenen und die Hinterbliebenen nicht. Der Sorgemann leitete die Zeremonie, mietete, damit die Beisetzung den höchsten Grad von Repräsentanz erhielt, den Bürgermeister, Akademiker und Ratsherren als zusätzliches Trauergefolge sowie die sechsundzwanzig Mann starke Ehrengarde der Reitendiener – ein Doktor der Rechte oder Theologie kostete eine Statistengage von einem Reichstaler –, oft fielen die Ratssitzungen aus, weil die Mitglieder ihrem Nebenverdienst des letzten Geleites nachgingen; bei Tagleichen läuteten die Glocken zwei volle Stunden, jede Kirche hatte ihren abgestuften Tarif, je nach Anzahl Glocken und Bedeutung des Heiligen, dem sie geweiht war. Hinzu kamen die Auslagen für den Kurrendgesang, das Turmblasen und das ad personam verfaßte Totengedicht, und wenn die Familie auf sich hielt, bestellte sie bei Georg Philipp Telemann eine reich instrumentierte Trauermusik, Johann Sebastian Bach hat sich in einem Brief über die gesunde Luft von Leipzig beklagt, er verdiene hundert Reichstaler weniger als der Kantor in Hamburg, wo der Tod reiche Ernte halte, fünftausend Leichenbegängnisse jährlich Ende des siebzehnten Jahrhunderts bei einer Population von sechzigtausend Todeskandidaten; die Kosten für die Beerdigung entsprachen etwa dem halben Jahresgehalt des Ersten Bürgermeisters. Kurz, liebe Freunde, in Hamburg waren die Nächte lang, wenn eine Tagleiche anfiel.

Ein erstes, zögerndes Bravo-Armando, woher? Aus der Altonaer Ecke, wo eine Raucherbeingruppe saß. Prohaska, nachgießen, den Klaren! Um zum Schluß zu kommen, Freunde: das Zauberwort, das den San Gottardo seit je umflorte, heißt nicht Endstation, sondern Transit: Sic transit gloria Armundi. Alle, die sich je mit diesem königlichen Gebirge einließen, der Herzog von Mailand und der Bischof von Hildesheim, die alten Rompilger, welche sich mit verbundenen Augen durch die Schöllenen führen ließen, die Ürner, denen mit Hilfe des Teufels der Brückenschlag über die Reuss gelang, Krethi und Plethi, Generalissimus Alexander Suworow und die Reisläufer aus den vier Waldstätten, Louis Favre und das Eidgenössische Departement des Innern, dem der Nationalstraßenbau obliegt, hatten immer nur ein Ziel: den Gotthard zu passieren, zu durchstoßen, hinter sich zu bringen. Transeo, ire, ii, itus, werte Kurversammlung, hinübergehen, durchgehen, auch in etwas übergehen. Nicht bleiben, verharren, festsitzen. Es gibt auf der ganzen Welt nur eine Institution, die den Gotthard als letzte Zufluchtstätte mißbraucht: die Schweizer Armee. Darum erkläre ich: wir, die Transidealisten, sind das Heile, die Gebirgspreußen das Krankengut. Bravo, hoch soll er leben, dreimal Hoch dem Panzerbefreiten Schöllkopf!

Wir sollten uns, meinte nun Ladislaus Wasserfallen, klarwerden, was die Zuneigung und Aggression im einzelnen bedeutet, für jeden von uns. Dafür, Herr Kollega, habt ihr noch wochenlang Zeit, Armando nicht. Ich mußte unten in Hamburg Anlauf nehmen, um die Lehre des Gletschers zu verstehen: Bewege, verändere dich! Die nordische Helena, meine Schwester vom Gazellenkamp hat mich da rausgeholt, indem sie mich anlachte mit ihrem blonden Herzen, ihren blonden Gedanken, mit der Bibliothek von hundertzwanzig Blusen, was weiß ich, durchleuchtete und den Mutterschatten auf dem Herzen zum Verschwinden brachte. Sie hat mich, ohne viel zu sagen, eingeschlossen in das Gebet ihrer Schönheit, ihrer weiblichen Evidenz. Wann, ihr Pulsdamen und Radonfixer, kann man von einer Frau schon sagen: sie ist evident? Wann: da bist du, und alles ist gut? Wann: ich habe das Arkanum meiner Existenz gefunden, egal ob siech oder gesund, tot oder lebendig? Und nun müßt ihr begreifen, daß jeder von euch diese Chance hat, sofern er die krankheitserregenden Wasserfallens und Auer-Aplanalps stürzt und seine eigene, seine Egoparamedizin inthronisiert. Aber nur dann! Mein Weg war der Gang zu den Müttern, der eure führt in andere Verliese, zu andern Leuchttürmen. Doch habt immer vor Augen: Raus aus dem Loch, zurück ins Leben, weg von den Ersatzgouvernanten und Psychotechnikern der Heilstollengesellschaft. Armando wird wilde Abreise halten, wird den Stollen in einer knallroten Alfetta due mila, welche bereits in der Garage von Airolo bestellt ist und mit den unentbehrlichen Accessoires wie Sportfelgen ausgerüstet wird, Richtung Lugano Sud verlassen, auf der Achse Amburgo–Milano. Eine Frage?

Keine Frage, richtig. Hätte wer was zu sagen gehabt, hätte ich ihn aufgefordert: Trete vor und halt die Klappe! Alle Patienteneffekten, so die Heerespolizeiadjutantunteroffiziersuniform, das Dienstbüchlein Guy Tschuors etcetera, auch den Grabstein, vermache ich der Heilstollengesellschaft, mit der Auflage, daß sie im Warteraum für Schwerstbehinderte öffentlich zugänglich sind, es braucht ja nicht gerade eine Vitrine wie im Schillernationalmuseum von Marbach zu sein. Und da wir Helvetopathen als besonders humorlos gelten, möchte ich mich mit einem Schülerwitz verabschieden. Die Lehrerin ließ Sätze bilden mit dem Wort Samen: Der Säman sät den Samen, gut, Vreneli. Da meldet sich Hansli und erklärt, er verrate sein Beispiel nur, wenn er zur Tür gehen, die Falle in die Hand nehmen und nachher sofort verschwinden dürfe. Die Lehrerin wittert etwas Unanständiges, deshalb erlaubt sie Hansli den Scherz. Als er die Tür bereits spaltweit geöffnet hat, ruft er ins Klassenzimmer: Adieu zusamen!

V
Tod in Lugano

Das Rosso-Alfa, die macchina due mila aus Milano: seit meiner Schulzeit ein unerfüllter Traum. Es gab damals einen offenen Austin Somerset als Tretmobil, rot lackiertes Blech, zwei Türen, kirschrote Lederpolster, elektrische Hupe, batteriegespiesene Scheinwerfer. Im Kofferraum konnte das Kommissionennetz verstaut werden. Wir benieden ihn, den einzigen Besitzer des englischen Cabriolets im Dorf. Er parkierte vor dem Schulhausbrunnen, und wir schoben ihn bergauf durch das verrufene Quartier, das Hamburg genannt wurde, in der Illusion, uns damit eine Runde verdient zu haben. Kein Vergleich zu den Sperrholz-Citroëns von Wisa Gloria mit dem aufgespritzten Doppelwinkel aus Silberbronze!

Doch du, Armando, hast keinen Vergleich zu fürchten in deiner funkelnigelnagelneuen Alfetta, hundertfünfunddreißig PS, hundertfünfundachtzig Stundenkilometer Spitze, velocità, Italianità; weder von den British Leyland Auktions-Newtimern noch von den Bayerischen Motorenwerken. Wer sich von einer verschleppten Existenz erholen will, muß rasch und sicher überholen können, Herz und Vierzylindermotor im Gleichtakt. Das Dazio Grande hinunterdonnern: die erste Schmerzschlucht überwunden. Die Viamala, die Biaschina: begraben im San Gottardo der Impotient Schöllkopf. Wir haben ihn liquidiert, sein Privatdozenten- und Privatpatiententum. Auf viereinhalbtausend Touren hochjagen im vierten, kurz vor der roten Skala in den fünften Gang schalten!

Wir fahren über die Collina d'Oro im Südwesten von Lugano, Armando, nach Bizzarino, und mieten uns im julianischen Palazzo Rampazzi ein. Der Barong, er war zusammen mit dem berühmten Architekten Ghilardi nach Rußland ausgewandert, hatte sich als Stukkateur einen Namen gemacht und war nach fünfzig Jahren in das Weindorf und Hügelnest zurückgekehrt, um seiner geballten Originalität, seiner wuchernden Phantasie mit dem ockergelben Weitwinkelschloß ein zwar verstecktes, aber dennoch unübersehbares Denkmal zu setzen, hingeknallt an den Sonnenhang über dem Piano

Scairolo. Den Gotthard durchstoßen und von einer Stunde auf die andere schmerzfrei, Armando: freilich von der Art, wie es Spasmen und Koliken gibt, die sich auf der Höhe ihrer Meisterschaft für einen bestimmten Körper nicht mehr interessieren.

Wir treten durch die Eselsrückentür des Turms mit dem Glockenreiter und der Windrose – gockelgülden die Initialziffern N, S, O und E – in die Freitreppenhalle. Über dem triumphalen Rundbogen, der den Blick oleandergesäumt in den Dschungel des Terrassengartens absacken läßt, stützen zwei verschmitzte Putten eine schnöde Bahnhofsuhr, die Zeiger stehen für alle Ewigkeit auf halb sechs. Von der Autostrada schlägt der Motorenlärm herauf, die Lancia-, Alfa- und Ferrari-Brandung. Eine museumswürdige Emailtafel verweist auf das impaktierte Exponat Vedova Arnoldo Rampazzi. Die Signora dottoressa empfängt uns in der Tiefe ihrer südlichen Höhle, in einem mit dem Rahmdressiersack überstuckten, vor Antiquitäten, Ottomanen und Glasbrimborium berstenden Salotto, geisterhaft huschend, pergamenten, dünnstimmig, adelige Aussprache: prego, Signor Armando, prego – und tritt uns gegen eine astronomische Kaution die Etage eines Brasilianischen Diplomaten ab, eines zwischen Südamerika und dem Tessin hin- und herverschellenden Neffen zweiten Grades. Wir müßten, einzige Bedingung, sofort ausziehen, wenn er eines Nachts vor der Tür stehe. D'accordo, Signora dottoressa, d'accordissimo.

Die dem Zeitlupeninfarkt unseres Innersten entsprechende Palazzofassade, Armando! Fragt sich nur, wie lange wir die Schmerzfreiheit ertragen in der abgöttischen Hitze dieses Nachsommers. Lichtblind taumeln wir in die verdunkelte Brockenstube des Piano nobile, in den Wohntresor des Brasilianers: ein schwarzbraunes Buffet mit geschliffenen Rhombenscheiben, puttentragende Lisenen, gedrechselte Säulchen; eine Sanduhr; ein längsovaler Tisch mit einer pelzigen, im Muster an Zuppa Inglese erinnernden Decke, darüber als Flaschenzug eine Lampenschale mit giftgrünen Korallenfransen. Benissimo, Armando, wir sind zu Hause, wenn auch nur pro forma. Was hat Brasile hier überhaupt für einen Vertretungsanspruch? Soll zuerst einmal sein Beglaubigungsschreiben überbringen, der diplomatico!

Das Gartenzimmer, zitronengelb, gekehltes Empirekommödchen, Wippspiegel, ein Divan mit eichenblattverziertem Elefantenüberzug. Zwei Granitstufen zur Loggia, einem etwa zwölf Meter langen, vollverglasten Balkon, in der Ausbuchtung ein geflochtener Tisch, drei wacklige Brussien-Stühle. Vier Fenstertüren führen von der Veranda in die dusteren Schlafgemächer. Jalousien im gepuderten Grün tauber Brennnesseln, abwechselnd grinsende und zürnende Beethovenmasken mit geschwollenen Gipsnüstern und wilden Haarranken. Ottimo. Können wir überhaupt Italienisch? Lohnt es sich, für den neuen Lebensabschnitt eine vierte Landessprache zu lernen? Nur die nötigsten Brocken, Armando, um an uns zu raffen, was der ferragosto, die Collina und Lugano noch zu bieten haben. Als Feuerwerksidiom.

Dieser oblonge Hochsommergarten ist eine Schauzelle mit neapelgelben Vorhängen: Blick in die Parkschlucht, auf die Perücken und Raupen der Bäume, die kochende Vegetation. Und drüben das pulsende Herz des Blitzturms auf dem San Salvatore, der Rücken des Monte Arbòstora, vulkanisches Gestein, grünviolett genoppt. Wir haben nulla und niente an Gepäck, vor allem keine Bücher, keine geistige Garderobe. Das ist, als träte man zum ersten Mal splitternackt unter die Menschen! Was wir brauchen, ist ein eiserner Vorrat an Brissagos und Havannas, eine Karte der Grotti, Canvetti und Bocciabahnen sowie einen Stammplatz in einem Nightclub.

In die Küche gelangen wir durch einen Geheimgang des Labyrinths und stoßen auf eine Orgie schadhaft getünchter Gewölbe: Kappen und Wangen, gebust, Mulden- und Spiegelgewölbe, keine Kuppelbrust. Dies scheint aber auch die einzige Form zu sein, die sich der Barong versagt hat. Eine cucina im Stadium des kalten Abbruchs, vom Vestibül her durch ein quadratisch unterteiltes Ochsenfenster dämmerig erhellt. Auf den Tischen und im Steingutbecken türmt sich mehlig überstäubtes Geschirr. Ein ausrangiertes Gasrechaud von Hoffmann, bläulich emailliert. Undenkbar, in diesem Flohmarkt von Karaffen, Salzfäßchen und Essigflacons auch nur einen Tauchsieder in Betrieb setzen zu wollen. Eine Feuerleiter führt in den Hof, der sich als Schlachtfeld von Konservenbüchsen und schimmligen Früchteschalen präsentiert und sich an einer immensen Brandmauer totläuft, hinter der ein Tobsüchtiger schreit: Voglio un temporale, un temporale forte!

Inspizieren wir den Terrassengarten, il Parco Rampazzi. Ecco! Sauber gerecht der Kiesplatz mit den knorpelig zurechtgestutzten Platanen, die blechernen Blätter vom vergangenen Herbst als scherbelnde Miete. Kirschlorbeer, Bambus, Palmen; ein kardinalviolett blühender Judasbaum, haushoch die Sommermagnolie. Läßt sich eigentlich noch ausmachen, was gerade am Blühen, was am Entblättern ist? Eigentlich nein. Stehst du, ist die Magnolie stumm und weniger rein . . . Kupferbronzen die tief in der Schlucht wurzelnde Blutbuche, welche das Gewächshaus und den unverputzten Ziegelanbau des Nordflügels im englischen Castle-Stil überragt. Che cos'è?

Eine Pergolatreppe, Glyzinienhimmel, Trauben, hinunter ins Schlangen- und Smaragdechsenparadies, zweiarmig, volutenförmig abschwingend, in einer muffigen Nische ein tönernes Weib, das seine Zapfenbrüste darbietet; verwitterte Hundezwinger, entmörtelte Backhäuschen. Im Zickzack führen die Waldwege – gehst du zur Rechten, Armando, gehe ich zur Linken – zu einer Art Halblichtung, wo ein Granittisch auf vier Trommeln ruht. Ab und zu segelt ein Blatt zu Boden, fackelt ein Schmetterling durch den Hain. Hier wird man Siesta zu halten wissen, wenn man über der Armando-Lektüre einschlummert. Ein Tümpel, von grobporigem Tuffgestein gefaßt, ein seiferndes Mooswasser, eine Grotte, die uns anstarrt wie ein bis zum Nasenbein in den Grund gerammter

Medusenschädel. Monumentale! In unzähligen Verkröpfungen und Zopfspiralen winden sich die Lianenstränge zu den Affenbrotbäumen und Wellingtonien hoch. Giulietta degli Spiriti, in den Pinienkronen schaukelnd, mit Körben emporgezogen le femmine di lusso, breitkrempige Hüte, Orchideenlippen, Sandra Milo als fleischfressende Pflanze, ihr Toboggan aus Meerschaum im Tempel der Lüste: ahhh!

Doch weg von den ausgetrockneten Gehirnmorcheln, von diesem Waldfestplatz und Totengrotto der breitgespreizten Casa Rampazzi, vom Basiliskenblick der mesopotamischen Fruchtbarkeitsgöttinnen aus Terrakotta, der Diana von Epheseus mit dem Schuppenoberleib von siebzehn Brüsten, von der Hekate-Artemis als gebärende Hündin. Weicht von uns, Nordindische Kali, die ihre Nabelschlange verzehrt, und Erdgöttin Coatlicue, aztekische im Reptilienrock, Balinesische Rangda, Kinder stehlend und in sich hineinschlingend; als erstes die Dorffassade des Palazzos malen, von der Ra Cürta aus, als drohendes Pastellrelief, das aus dem Postkartenhimmel springt. Deckweiß, Chromgelb, Neapelgelb, Kadmiumgelb, Indischgelb, Goldocker, gebranntes Siena, Caput mortuum, alles hinpfeffern zum Möhnen der Hobelmaschine in der Schreinerei, ohne Rücksicht auf die spartanischen Dogmen der professionellen Pinsler. Nimmt denn die Augustsonne Rücksicht? Alles mäht sie nieder auf der Collina d'Oro. Zwar haben wir, Armando, logischerweise weder Leinwand noch Palette. Dessen ungeachtet verschleudern wir die ganze Skala, Magentaschatten, Indigoschwärze, spritzen mit Farbmörtelkanonen gegen den Ferragostohimmel, um den Geisterbahnprospekt herauszuholen. Ein Idiot, wer die Aquarelle noch malt. Venire-videre-moriri. Es käme ja wohl jetzt in etwa darauf an, den Rest der Existenz abzuleben, als ob nichts geschehen wäre. Da sind wir, und das genügt. Mezzogiorno alto, mangiare, mangiare troppo, ma dove? Den Sentiero zur Ai Grotti hinunter auf der Kellerseite der Collina. Die Erde glüht, der Tag schlägt uns als Lohe ins Gesicht. Gentilino, der Campanile mit dem Glockenschwungrad, vibrierend im Glast. Zwei Zypressenalleen stoßen rechtwinklig auf die Säulenbasilika in toskanischer Ordnung. Das Beinhaus von Sant'Abbondio, der Ossario, ein barocker Klotz, der vom läutenden Turm fiel und liegenblieb. Bogennischen, vergitterte Fenster, Postschalter für den Verkehr mit den Toten. Kreuzwegädikula der alten Friedhofmauer entlang. Fantastico! Alles stimmt, Armando, geht auf in der geometria dei campo santi.

Hinter dem Cimitero durch die schmale Einbahnstraße, Mottenfeuer in der Kranzdeponie, schwimmende Hortensienkugeln. Vivere a fondo perduto, Armando: aus dem gleißenden Lichtblock in den Grottowald tauchen, klitschnasses Hemd. Vom Parkplatz her den Hain der Zentenarkastanien und domhohen Ahorne betreten, die eternitgedeckte Alimentari-Terrasse im Schutz der überhängenden Felsen erklettern, das kulinarische Privatissimum der Familie Albertosi, Grotto Raffael. Ein halbes Dutzend Tische, mäandrisch verzierte Wachstücher, grün lackierte Bänke, wacklige Tessinerstühle, in der Neandertalerhöhle Prosciuttokeulen, Cicoreastreifen in flachen Harassen. Zur Linken, a sinistra, die pfadfinderhafte Küche Albertosis: Holzherd, dickrußige Pfannen, Reisig und Spälten, die sich bis zu den Felsscharten türmen. Eine mehlgepuderte Anrichte, wo die hauchdünnen scaloppine getätschelt werden, kurz im Ei gewendet und dann ins brutzelnde Fett geschmissen. An der getünchten Kapellenwand ein Lago-di-Lugano-Plakat, die typische Bogenbarke, ein Blumenmädchen, rosso-blu zu bräunlichem Rosa und Veilchenblau vergilbt, Arkaden im Hintergrund: Gandria oder Morcote? Gandria und Morcote, Armando, tutti insieme. Die beiden Töchter Albertosi, hoch aufgeschossene, olivbraune Nasenlöcher-Madonnen mit Ohrringen, Oberarmspangen und schwarzen Haarwurzeln in den Achselhöhlen. Nera, Armando, nicht bionda, seltsam! Mariellas Körper unter dem bunt bedruckten Gazefähnchen. Ein Steinhauer sitzt nostranoschwer über seiner Weintasse und lüpft ihr mit stierem Blick jedesmal den Rock, wenn sie die Treppe hochkommt.

Almeno vedere! Vierzig Jahre lang ist der Sand von der oberen in die untere Urne gerieselt. Nun haben wir mit einem Griff das Stundenglas umgedreht. La clessidra, deserto rosso. Im hexagonalen Kühltresen übersommern die Viktualien, lagern ganze Tierorgane und Schlachtbrocken für den rot geäderten Gärtner im Küchenschurz. Die Antipasti, Vitello tonnato, Funghi freschi, der Essigfisch, reisgefüllte Peperoni, Rindszunge unter einer Sauerampferdecke. Eine Sprache fürs Leben zu lernen genügt nicht, man muß sich ein separates vocabolario anlegen für Lebensgenüsse: far l'amore, innamorato, Armando il primo amoroso.

Was unternehmen wir, Armando, als gastrischer Seesack bei dreißig Grad im Schatten? Nichts tut sich auf der Bocciabahn, die Kugeln liegen in der Konstellation, in der das letzte Spiel beendet wurde, auf der weißgrauen Majolikapiste, die Zeiger stehen fünfzehn zu acht, partita! Also schleppen wir uns – oh, diese Völlerei! – den Kreuzweg durch den Wald am Sacro Monte bis zur Kapelle Santa Maria Addolorata hoch. Ausgeschwemmte Naturstraße, enge Kehren, ranzige Bildstöcke, auf der Bergseite eine kleine Trinkhalle, Fonte Vittoria, rostrotes Wasser sammelt sich im Kännel aus Nonnenziegeln. Hoch auf dem Felssporn in der Schlucht der Barockbau mit quadratischem Chor, achteckige Tambourkuppel, toskanische Säulenveranda, verwittert mit dem Pfrundhaus an der schroff zum Wildwasser abstürzenden Wand. Auf dem Vorplatz verkrustete Caretten, Ziegelsteine als Degustationsmuster, ein Betonmischer. Die Renovation wird mindestens fünf Jahre dauern. Es ist nicht ungefährlich, in der Ruine herumzuklettern, man muß auf Fallgruben achten, wippende Balken. Gerüststangen und -laden auch im Schiff mit den torsohaften Querarmen, der marmorne Hochaltar unter einer Plastikplache, die Vierpaßfenster ausgehängt.

Und oben bei der Brücke die grellviolette Nische der Kalvarienkapelle mit der Schächergruppe. Hat der Gekreuzigte auch nur entfernt geahnt, wofür er stirbt, Armando? Man kann doch immer nur in totaler Opposition in den Todeskampf gehen, als Terrorist und Extremist. In der Agonie werden sogar unsere Freunde von der FKK-Partei, die Freisinnig-Kirchlich-Konservativen zu Systemveränderern. Ein idealer Ort, dieses Schädelstätten-Presbyterium, den freien Fall einzustudieren, idealer als die Gullsche Ehrenhalle im Polytechnikum. Doch es interessiert uns noch, was der Oberturner wohl gedacht hat, als er behauptete, es sei vollbracht. Um den Bruchsteinrücken herum drücken wir uns auf die Kanzel und stehen vor der elliptisch überwölbten Apsis: die beiden Schächer sind mit Seilen an ihre Kreuze gebunden, wohingegen der hohl tönende Christus sich einer Fixierung durch Zimmermannsnägel erfreut. Ein Inriband aus Marzipan wellt sich über dem rostroten Haar. Der lehmig verputzte Körper ausgemergelt, eine Bogenrippe über der Adonishöhle, ein graues Schweißtuch zwischen den Beinen. Assurdo! Maria hat sich stillschmerzlich davongestohlen. Braunviolett illusionistisch die Tempel Jerusalems hinter Golgatha, die Sepiafinsternis zur sechsten Stunde. Überall dringt der Zementgrund durch das schadhafte Fresko, miserabel stilisierte Palmen und Krüppeloliven. Ein kitschiges Denkmal christlicher Unzucht, ein Pissoir für Lippenbekenner. Was sollen wir dazu sagen, Armando: hier oben in der Waldschlucht die Kalvarienapsis, da unten hinter dem verwitterten Ocker der pilastergeschmückten Glockenstube von Santa Maria Addolorata der blitzende Ceresio, und in der Stadt schart sich eine urlaubswütige Touristenmeute zum kollektiven Luganeser Infarkt, wird auf wenigen Quadratmetern campiert, auf Luftmatratzen und quietschenden Hotelbetten in gefangenen Pensionszimmern gestrampelt und gebissen und gezeugt, als ob das Leben eine Ewigkeit und nicht nur eine Schrecksekunde dauere.

Unten bei der Fontana Vittoria, Armando, sehen wir eine Gerte von einer Füchsin stehen mit einem hennaroten, frisch gewaschenen, frisch geföhnten, über die Rundbürste nach vorn gezogenen und nach hinten gekämmten Wuschelkopf. Sie trägt einen blaurot gesprenkelten Seidenjersey, dem man in der Schlucht von weitem ansieht, daß er das einzige ist, was sie am Leib hat, netzt Gesicht und Arme mit Eisenwasser. Die im höchsten Grad obszöne Schächerkalotte verlangt nach einem Kontrapunkt des Lebens, nach etwas Anständigem. Stunde des Pan, der Verführung. Wie magnetisch angezogen tastet sie nach dem Latz, fährt mit dem rot lackierten Nagel – was für ein Rot, Armando? – dem Schaft entlang zwischen die Beine, wo sie den eingezwängten Sack umrundet; knöpft ungeduldig die Hose auf, wühlt im Unterzeug, bis ihr der sperrige Piephahn in die Hand springt und zwitschert. Sie besprengt ihn mit dem kühlen Naß, stemmt ihren mahlenden Hintern dagegen. Du lüpfst den Rock mit deinem Feuerhaken, siehst ihre braunen Schenkel. Schon grapscht sie danach, indem sie ihre Kupferblume baumeln läßt, den Nacken freigibt, und versorgt ihn im glitschigen Futteral: tiefer hinauf bis in die Brust. Muß es denn sein, Armando, se non è vero, è molto ben trovato? In der Waldschwüle, der gepreßten Vogelstille des Sacro Monte bei frigidem Verstand ein Weib beschälen, und die ganze Welt schaut zu, schaut weg? Nur noch nackt als dieses eine Organ existieren, das seinen Kopf durchsetzt, sich in einem rasenden Stoßgebet ausschleudern will? In der Tat, es muß nicht sein. Wir machen erstaunliche Fortschritte. Dovremmo vivere una volta per tutte!

Hinein: nach Lugano, ins Centro della città, die Alfetta im Autosilo Motta parkiert, in wenigen Schritten durch die mondäne Ladenschlucht der Via Nassa, Farmacia hüben, Farmacia drüben, auf die Piazza della Riforma, um an einem Tischchen vor der Bar Argentino, Ecke Vanini–Via Giacomo Luvini, eine Campari-Insel zu bilden im Gewühl der Touristen. Schräg gegenüber der neapelgelbe, lilagrau verschmutzte Beamtenpalast, das Municipio. Im gesprengten Giebel eine gräzistische Gruppe, welche in steinkalter Orgie das Pendant zur Bahnhofsuhr in der Casa Rampazzi umarmt. Olivstaubig die geschlossenen Jalousien. In den Blendarkaden quadratische Luken, ausgefüllt von den prallen Hintern der Bürogummis, die über irgendwelchen Akten brüten.

Ausfallbereit die grünweiße Alfa Romeo-Flotte der Polizia. Ein opernhaft gestaffeltes Architektur-Arrangement: Banca di Depositi e di Gestione; Banca dello Stato; Credito Svizzero; Café Federale, Bar; Gambrinus; Farmacia Bordoni etcetera, palazzora. Die Menschen hasten und ruhen, rasten und huren, alles vegetiert befristet weiter, während unsere Bilanz dabei ist, gezogen zu werden: addieren, subtrahieren, potenzieren, radizieren. Tröstlich, daß eine Polizeipatrouille, die Alfa fährt, aus prinzipieller Macchina-Solidarität keine Geschwindigkeitskontrollen macht. Wir, Armando, müßten pausenlos gebüßt werden bei dem Tempo, mit dem wir der Grenze zurasen. Passare il confine.

Beim Eindunkeln schlendern wir zum Springbrunnen auf der Piazza Manzoni und amüsieren uns darüber, wie ein Rudel Japaner von allen Seiten die Neptunkletterpartie ablichtet. Aquariumgrüner Sommernachtszauber. Die Arkaden der Huguenin-Passage im Palazzo Albertolli sind mit Schweizerfähnchen und Kantonswimpeln verspannt. Eine Porta d'entrata wie beim Grandhotel Brissago, die Kellner in hierarchischer Muße gestaffelt. Hier ließen sich Anstalten treffen für ein Diner zu zweit. Dafür spricht einerseits das Cerume degli orecchi-Trio Lina, Lulu e Ermanno, anderseits die Farbenpracht der Fontänen auf dem walglatten Wasser der Ceresiobucht, die Lichterpromenade von Paradiso im Hintergrund. Und immer das zuckende Herzsignal auf dem San Salvatore, die Daueralarmfunzel. Alles über und über beschriftet, pink, grenadinerot, lila, postgelb. Da es die flambierten rognoni solo per due gibt, bestellen wir sie auch für zwei Personen und können, während die Zwiebeln angedünstet werden, ungestört beobachten, wie die dicke Lina stehend das Klavier traktiert, die lymphomane Lulu abwechselnd Altsaxophon bläst und auf der Violine Stephan Grappelli imitiert. Ermanno ist für die Schlaginstrumente und die Fisarmonica zuständig. Evviva l'Espagna. Die Coupes-Reklame in Majuskeln gesetzt wie eine anonyme Erpressung. Buon appetito, Armando! Grazie, buon appetito!

Im Kursaal die Glückstouristen um das spinatgrüne Ypsilon, Höchsteinsatz fünf Franken. Mit einer geschlauften Gummigerte holt der Kopfcroupier den Ball aus dem Mahagonizylinder, cognacbraune Intarsien, rhombische Obstakeln, gibt ihm den nötigen Schwung und leiert in somnambuler Routine seinen Vers herunter, wobei er nur noch die Umlaute der bekannten Formel Faîtes-vos-jeux-les-jeux-sont-faits-rien-ne-va-plus artikuliert: ä-o-ö, ö-on-ä, iä-a-ü. Schon ist die Sache entschieden: le premier rouge. Die federnden Rateaus rechen den Silbersegen von den Feldern, dicht vor Madame geht ein trockener Zweifränklerregen nieder. Woher bezieht der krebsrote Holländer, dem eine angebrannte Nacht auf einem zu drall oder zu schlaff gepumpten Luftkissen im Zelt bevorsteht, eigentlich die Nervosität, ob er Rot oder Schwarz, Pair oder Impair setzen solle? Dieses Problem kennen Gli Armando, Lebens- und Todesartisten, nicht: der eine belegt rouge, der andere noir. Nur gegen die numero cinque ist kein Kraut gewachsen. Doch wir erklären, die Fünf gibt es nicht. Der eine kassiert, der andere speist die Bank, am Schluß bleibt der Gewinn, einen Abend lang nicht verloren zu haben. Was will man mehr?

Unsere dubiose Gesundheit, der Kurerfolg besteht darin, daß wir aus der Eller-oller-Haft entlassen und in den Tantoquanto-Aggregatzustand eingetreten sind. Die Frage lautet nicht, wo verpassen wir mehr, erleben wir weniger, in der Kursaalbar oder im Nightclub Lucile von Paradiso. Die Lösung heißt: Hans was Heiri, Armando uno was Armando due. Springen denn die Fontänen alternativ? Nein, Melonengelb gesellt sich zu Neonblau, Jadegrün zu Purpurrot. Campari ist so gut wie Fernet Branca, die eine Leuchtschrift so seenachtfestlich wie die andere. Genau dieser Typ ist der Schreck der Spielbanken. Nicht alles oder nichts, alles und nichts, tutto sommato.

Sich im Pedalo durch die Bucht treiben lassen: die bengalischen Geister der Baumriesen im Parco Civico vor der Villa Ciani; der schwarze, von Glühlampencolliers umwundene

Zuckerhut des Monte Brè, ein vulkanischer Kegel, Mondgestein, an der Decke des Nachthimmels das fluoreszierende Kreuz; die punktierte Fassade des Excelsiorhotels; der grellviolette Cinzanostreifen, die Spiegellache im Wasser. Eine durch und durch illuminierte Geisterschweiz.

Wo wir letztlich übernachten, ist unklar, Armando, es kann eine Bar oder eine Absteige oder eine Parkbank gewesen sein, Pro Lugano. Auf jeden Fall liegen wir am späten Vormittag auf dem Sonnengrill des Bagno Publico, aqua ventiquatro, aira vent'otto e mezzo, schwimmen ohne Bedenken zum Floß hinaus, um das Tosen des Corsos aufzunehmen, die Apérostimmung rund um den Ceresio, das Silber des Wassers, das Morgenblau der Berge. Jahrelang nicht mehr gebadet wegen der vermaledeiten Unterleibsmigräne, nun plötzlich diese mysteriöse Totalamnesie der Spasmen, die uns ganz einfach vergessen oder über Bord geworfen haben, so daß wir als Champagnerkorken obenaufschwimmen. Strohgelb die Seefassade des auf Rostflossen liegenden Volksbades, zweihundert Schritte vom Barcadero Paradiso entfernt, diesem Triumphbogen aus durchbrochenem Märklinpassarellenblech, dieser Souvenirkapellenarkade mit den Postkartenständern, der Gelati-Truhe Luganella; dagegen das kühle Bleiblau der Umkleidekabinen, Donne, Uomini. Körper leicht, leichter, federleicht; Atmung ruhig, regelmäßig; Sonnengeflecht warm; und wir denken uns das Bild: Ostseerauschen, Bernstein, Atlantikbrandung, Midileuchten, Azur, Türkis, Ultramarin, la mer und la mère. Wie lange hat es nur gedauert, Armando, bis wir die simple Wahrheit begriffen haben: die Erde umarmen; bis wir die schwierige Wissenschaft gelernt haben, einfach da zu sein, ein Korn des rosaroten Porphyrostaubes in der cava di pietre von Figino. Mit einem Griff gewendet, die Urne mit der Wespentaille, uns interessiert weder der Kegel unten noch der Trichter oben, wir wollen es auf den nackten Glasboden rieseln hören, basta.

Oberhalb von Cadepiano gibt es ein stilles Tälchen, in das

wir uns zur Siesta zurückziehen nach dem lärmigen Betrieb im Grotto Circolo Sociale. Durch marokkanische Schattenschluchten gelangt man zu einem verschlafenen Palazzo in einem langgestreckten Park. Oleander, Hortensien, Sommermagnolien. Saftigen Kulturen entlang windet sich die rosabraune Straße abwärts, durchschlängelt eine Mulde und steigt zu einem gottverlassenen Cimitero mit einem Giebelarchitrav, der sich über zwei Totengräberapsiden erhebt und auf einer Granittafel in Majuskeln verkündet: BEATI MORTUI QUI IN DOMINO MORIUNTUR. Vier drohende Zypressenfinger, ein Thermenfenster, eine Spritzkanne an einem Haken, darüber ein Emailschild des Inhalts, daß dieses Gerät immer und ewiglich, für und für an seinen Platz gehöre. Ein campo santo auf drei Kiesterrassen, die üblichen Familienmausoleen und Marmorplatten, auf denen man schlittschuhlaufen könnte, regengrüne Glasvordächer, bräunliche Erinnerungsfotos. Und auf einem verwaisten, von Nesseln und allerhand Küchenkräutern überwucherten Grab thront die Büste einer heidnischen Göttin, ein schönes Weibsbild mit geknoteten Steinhaaren, großen Jochbögen, blinden Augäpfeln, langem Nasenrücken, aufgeworfenen Lippen. Wir knien nieder, küssen die Diva auf den Mund, und die eingekitschte Antike küßt zurück. Seit je haben wir uns in Parkgöttinnen verliebt, Armando, welche uns in ihre Taxusgemächer lockten. Ist Musik gefrorene Zeit, sind Statuen versteinerte Glut. Jahrtausendalter Schönheitsschlaf. Was opfern wir? Das goldene Gourmetkettchen. Voluptuös lächelt sie in sich hinein, kümmert sich einen Deut um die Gießkanne. Weiter der Naturstraße folgend, Passion als Dauerthema, gelangen wir zur Terrasse mit der Pfarrkiche Sant' Ambrogio, legen uns auf die Granitbank im Schatten und hören von Zeit zu Zeit im Gemäuer ein kleines Kind schreien. Körper schwer, schwerer, steinschwer. Der Göttin beiwohnen!

Dann der stotzige Aufstieg durch den Wald des Monte Arbòstora, eine gute Stunde, bis sich die Lichtung auftut, das fruchtbare Bergeiland inmitten von Kastanien und Akazien: ein halb verfallenes Langobardenwerk, gestiftet von Guglielmo della Torre, Bischof von Como, der nicht in der marmornen Pracht seiner Diözesankirche bestattet sein wollte, sondern hier oben in der rauhen Einsamkeit dieses Waldmärchens. Durch das Portal der turmartig aufragenden Schaufassade treten wir in die muffig dämmerige romanische Halle, moosgrün bis auf Schulterhöhe. Der tonnengedeckte Chor, ohne Schmuck, liegt erhöht wie eine schimmlige Bühne. Südseitig die ruinenhaften Konventsgebäude des ehemaligen Humilitatenklosters. Im Gegensatz zu den Bettelorden, welche von Almosen lebten, trieben diese Asketen Ackerbau und richteten Wollmanufakturen ein. Heute wird das Monasterium von Kommunarden bewohnt, sie verkaufen ihr Gemüse in Carona.

Verschwitzt vom Aufstieg ziehen wir das klebende Hemd aus und treten aus dem Gottesverlies wieder ans Licht. Unten im Pflanzgarten etwas Feuerrotes. Ein Rock. Hier der Campanile, dort ein nackter Oberkörper, braun glänzende Brüste. Es muß weniger denn je sein. Wir helfen der Zigeunerin, die keine ist, die Heuballen zum Stall hinaufbuckeln. Im stickigen Stadel steigt sie aus der Schürzenglocke, reißt den Hosenbund auf, schlingt Armando due in sich hinein, schwarz wie Pech, braun wie Siena, kochend wie ein Vulkan. Amore bruta, bruta, ma non deve essere. Wir hören Armando uno den Schlager anstimmen: Vo-gla-re-o-ho, canta-re-o-o-oho. Keine Note zuviel, keine zuwenig. Als uns das Becken ausgepreßt hat, läßt die Zigeunerin das Duo Armando e Armando liegen im Heu und geht wieder ihrer Arbeit nach. Ecco!

Abends auf einer Bank im Parco Civico vor der Villa Ciani, im Hintergrund die Klänge des Kursaalorchesters. Si sta addensando un temporale, Armando, doch vorher muß noch das Feuerwerk des Verkehrs- und Verschönerungsvereins gezündet werden. Wabern und Gekrabbel an der Uferpromenade, Wetterleuchten über Campione und dem Damm von

Melide. Auf ein Signal erlischt die Stadt. Es bleiben die Positionslampen der Motorboote, die Katzenaugen auf dem Wasser. Dann die Offensive gegen das temporale, simultan von drei abgetakelten Raketenschuten aus: hochpfropfende Funkenschweife, Pfauenräder mit smaragdgrünen und scharlachroten Stielaugen, Maschinengewehrgeknatter, Echos von Porlezza, vom Brè, vom Monte Generoso. Ahhh! Was ist das? Emporgeschleuderte Kugelblitze, aus denen sich auf dem Scheitelpunkt weißgüldene Kaulquappen befreien, um spotzend und kläffend herumzutoben, bis ein ohrenbetäubender Haubitzendonner dem Furioso ein vorläufiges Ende setzt. Meraviglioso, bravissimo. Wieder die Domrosetten, die diesmal still verzischen als glimmernde Weißweinsterne. Variazione. Geben wir den nächsten Einsatz, Armando! Korallenarme sträußen auseinander, bleigrau der See, eine glatt gespannte, mit Formalin präparierte Walhaut, scherenschnitthaft die Silhouetten der Kähne mit den speienden Rohren. Auf jede Detonation folgt ein kurzes Reißgeräusch. Ein Urwald nun von Rauchlianen und Nebelgekröse, madreperlaceo, opalescente, untertaghell die Hotelkulisse, ohn' Unterlaß, ohn' Unterlaß, abtropfende Orchideen, kopfstehende Palmenhäuser, ein Himmel voller Lüster, ein Chaos von Milchstraßen, niederprasselnde Trauerweiden, goldgrüne Kometen, Lametta, tanzende Feuersäulen, tädädädädä, oh, ah, Sodomie, Castor und Pollux, unerschöpflich, Luftheuler, Sirenen, feiste Seesterne, diaphane Schwefelgotik, ottimo, Rubinbrosche, zweihundertfünfzig Franken, rasende Sonnen, Schluß jetzt, Diskus in einem multiplen Salto Mortale ins Geäder der Blitze über dem San Salvatore: paff, Hymen Peng, Cha Bum. Applaus und Katzenmusik der Yachthörner.

Mit der Alfetta donnern wir im Gewitterschein über die Collina d'Oro, Zypressenalleen, Beinhaus von Gentilino, S-Kurve in Certenago, Amerikanische Schule, Roccolo, Villa Morosoli, Bellevue, Ra Cürta, Geisterbahnfassade, Nachtokker, Glockenturm vor dem zuckenden Himmel, scherbelnde

Platanen, Vedova Rampazzi, halb sechs, Vorraum steinsüßlich, Ingwerduft des Brockenstubenmobiliars, Gartenzimmer, Loggia, fahl die Maskarons in der elektrischen Blende, die Tiefe der Parkschlucht, und endlich das erlösende Trommelfeuer auf dem Kupferdach, die Sintflut. Ahhhh!

In der insgesamt wahrscheinlich doch mehr oder weniger folgenden Nacht werden wir, kaum in den Schlaf geschwemmt, durch einen Pavor wachgeschreckt, der uns sofort die allerhöchste Konzentration abverlangt, damit wir nicht den Faden verlieren. Wo sind wir, was ist geschehen? Was ist das für ein frotzelndes Lachen gewesen, was für eine Musik? Ein unverschämtes Bajazzo-Couplet, ein daneben gegangenes Ständchen der Feuerwehr von Bizzarino? Lina, Lulu e Ermanno? War es in einem Treibhaus, in einer Leichenhalle, auf einer Bühne? Richtig, ein Glaspavillon, genauer eine Orangerie, präziser der abgestufte Flügel der Villa Lampugnani, in den Garten des Palazzo Rampazzi hinaufversetzt, die Pfeilerarkaden aus Tuffstein mit den spitzen Giebeln und Rautenfenstern, der Geruch überwinternder Geranien. Oder doch die Gloriette im Park von Schönbrunn? Neinnein, wir lagen aufgebahrt in der Orangerie. Wieso gerade eine Orangerie? Nie im Leben haben wir uns um Orangerien gekümmert. Um Orangen ja, aber nicht um Orangerien. Ebenerdig das Ganze oder Souterrain? Ebenerdig, im Garten der abgerissene Braßbandentusch, das Weibergelächter wie von einem schwarzen Fesselballon erstickt. Ein Deportationsgefühl. Ist wer im Raum oder nicht oder kurz zuvor noch gewesen, wurde eben eine Glastür zugeschlagen, ein Orangeriefenster aufgestoßen? Oder vielleicht eine Karussellorgel?

Wir sind hell wach, Armando, und dennoch wie ein Insekt in diesen Traum eingegossen. Und das Verrückte ist, daß sich der Pavor nicht verflüchtigt mit der zunehmenden Orientierung im Schlafzimmer des Brasilianischen Diplomaten. Der Spuk etabliert sich: die Pararealität. Kurz und schmerzlos hinübergefrotzelt. Forza maggiore, matematica superiore, Armando e Armando! Nur soviel steht fest: wir sind nun definitiv zu zweit, ein Paar, dem ursprünglichen Sinn nach zwei Dinge von gleicher Beschaffenheit. Vielleicht war es nur eine Fisarmonica mit leckem Balg. Egal. Die Landschaft fährt und nicht der Traum. Wir sehen den Waschküchentag draußen, den glastenden Brodem nach Gewittergüssen, die altbekannte Tessiner Broderie, haben aber weder Kopfweh noch eine mehlige Haut. Wir sind als vierblätteriges Herz eingezurrt in die Glasweltkugel. Sauglatt! Stück und Gegenstück, achsialsymmetrische Amphoren oder Porzellanreiterstatuetten. Wir können gesammelt oder zum Gegenstand eines Dinggedichts gemacht werden.

Die Frage ist, wo wir uns zu stellen haben, Armando: auf dem Polizeiposten im Municipio, im Ospedale Civico, im Museum oder auf dem Friedhof Sant'Abbondio. Oder möchtest du uns lieber als Pallino mit Ersatzkugel dem Bocciadromo von Melide vermachen? Sprich dich aus! Diese grenzenlose Serenität, ein auszuzeichnender Gegenstand mit Pendant zu sein, in Erwartung eines Epigrammatikers oder Liebhabers. Ars Armandi! Jetzt wissen wir es, ohne die Weisheit von uns geben zu müssen: Nur Dinge haben eine makellose Gesundheit. Und Dinge, das haben wir noch zu Lebzeiten in allen Schulen gelernt, von der Häfeli- bis zur Hochschule, sind nicht tot. Sie sind da, um entdeckt zu werden, brauchen sich aber nicht um ihre Impresarios zu kümmern. Wer die Muße hat, uns zu studieren, soll ans Werk gehen, wer nicht, läßt es bleiben. Wollen wir uns als Pendentifs der ETU-Kuppel zur Verfügung stellen, als Trompenzwillinge Armando e Armando? Hat sich die Bundeslehranstalt in dieser Stiftungshöhe um uns verdient gemacht? Wir haben respektive sind Zeit.

Als wir im Nordflügel des Stuckmuseums Rampazzi in den Salotto der Vedova schweben, überrascht uns die Übereinstimmung der Terrariumdämmerung mit dem Licht in der Orangerie. Die Nonnas von Bizzarino haben sich versammelt, wippen auf Schaukelstühlen zwischen den Vogelbauern und Gummipflanzen. Die wächserne Alleinerbin mit dem

Mandorlagesicht und dem grauvioletten Haarkranz amtet als Vorbeterin: Evvivano Armando e Armando, evvivano. Aber, aber, man betet doch weder für uns noch zu uns! Was soll dieser Totentrompetenverein. Alles in Pfefferminzlikör erstarrt, als ob das Zimmer samt Inventar in einer Venezianischen Vetreria geblasen worden wäre.

Auf der kleinen Piazza vor dem Municipio in Bizzarino, wo zwei Maurer der Mittagspause entgegentrödeln, die renovierte Farmacia, eingerollt in einem Spiritusglas eine Alpenviper. Ein Plakat orientiert über Giftschlangen und erste Hilfe bei Bissen. Vor allem die Vipera aspis franciscirende sei im Sottoceneri verbreitet. Unter den Ausländerinnen fällt die sandgraue Vipera lebentina schweizeri auf, die sich aber konsequent an die Kykladen-Inseln zu halten scheint. Das Plakat warnt: Keine Schlangen, auch anscheinend tote nicht, berühren! Apparentemente morto, la morte apparente; nicht illusorio, in apparenza.

Im Treppenhaus des Municipio zwei Pendants der Casa Rampazzi, vom selben Punkt fotografiert: die Turmfassade im Winter, die Turmfassade im Sommer. In einer Vitrine die Gemeindefahne von Bizzarino: eine grüne Eule umkrallt einen Stechzirkel auf brokatgoldenem Grund. Der Sindaco öffnet zwar den Milchglasschalter auf das Läutezeichen, starrt aber durch uns hindurch ins Leere, als wir ihm begreiflich zu machen versuchen, daß wir unsere Schriften abholen, unsere Aufenthaltsbewilligung annullieren wollen. Auch er eulenhaft, un gufo. Kein amtliches Papier der gemelli uniovolari Armando e Armando. So halten wir uns an das Sprichwort: quello che per uno è un gufo, per un altro è un usignolo.

Das Ospedale Civico präsentiert sich als eierschalenweißer, renaissancierter Langbau in einem Park von Pinien und Hortensien. Nicht einmal hier fällt der Natur was Neues ein. Spätsommerglast, Kranke still im Sonnenschein. Wo und wie haben wir uns einzuliefern, und wozu? Eigentlich müßten wir der diensthabenden Ärztin Signora dottoressa Lucia Bevilaqua-Serfontana – das reinste Petrarca-Gedicht, ihr Name –

erklären: gegeben ist unser Tod, bitte finden Sie die Lebensursache heraus. Aber wie erreichen wir sie von Planet zu Planet? Primo soccorso oder ultimo soccorso? Alle paar Minuten kommt eine Ambulanz angerast, wird ein Röchelnder in einen Notoperationssaal abgeschoben. Eigentlich wollten wir hier ein Doppelzimmer beziehen, unsere Personalien deponieren an der Exitus-Rezeption.

Doch Gli Armandi sind überflüssig; sehen sich zwar noch im hellgrün gekachelten Leichenkühlraum um, wo notdürftig zurechtgezimmerte Särge stehen für Verkehrsopfer und Infarktionäre, die Cimitero-Post versandbereit gemacht wird. Aber kein Zwillingspaar wurde abgegeben. Wir haben uns das, ehrlich gesagt, etwas anders vorgestellt. Wenn die Schmerzfreiheit nicht mehr zu ertragen sein sollte, nehmen wir uns ein Krankenzimmer mit einer geräumigen Sanatoriums-Loggia, Blick auf Monte Brè und San Salvatore, telegraphieren der Schwester aus Hamburg, lassen Austern und Champagner auffahren, schließen die Tür ab, damit uns die Medizin nicht auch noch die letzten Stunden vermassselt, und unterhalten uns bei diesem Liebesmahl über lauter letzte Dinge. Dagmar Dom ganz in Weiß wie bei Bestattungen nach buddhistischem Ritus. Sie trüge den Overall aus Georgette mit den Spaghettiträgern, den breiten Gürtel, paillettierte Christsterne, darüber den dreiviertellangen Federmantel, Hunderte von Satinaugen, hauchdünn bewimpert. Im Zimmer des kerngesunden Commorienten würden hundertzwanzig Dagmar-Blusen aufgehängt, die ganze Bibliothek ihrer Weltweiblichkeit als modisches Ideenmagazin. Und wir würden einen Luganeser Avvocato kommen lassen, der das Testament aufsetzte mit der letztwilligen Verfügung, daß Wolfram Schöllkopf den Hinterbliebenen auf diesem verpesteten und verschandelten Planeten eine Stimme hinterlasse, die Stimme der nordischen Helena, während die Hanseatin ihrerseits den Sanienten bernsteinhaft einschließe in das Dagma ihrer alsterblonden Schönheit.

Das sind halt, Armando e Armando, so Phantasien der

Lebenden, die in Gedanken hinter den Vorhang gucken. Für uns galt immer die inverse Faszination: aus der Deckung der Kulissen in den Zuschauerraum blicken und beobachten, wie, was hinten geschieht, vorne wirkt. Leider sind wir zum Schluß gezwungen: es wirkt überhaupt nicht. Zu gerne würden wir vom septemberlichen Balkon des Ospedale Civico aus, wo ein paar kathetergespiesene Euthanasieverweigerer ihre Erbschleicher empfangen, alle möglichen Suizidenten vor der Illusion warnen, ihre Verzweiflungstat ändere auch nur das Geringste am Lauf der Welt. Es gibt nichts Brutaleres als das Überleben. Die Trauergemeinde kümmert sich immer nur um das Motiv, nie um das Todesfaktum. Im Grunde sind alle froh über den freigewordenen Parkplatz. Die Trauer ist die letzte Kränkung, die man dem Verblichenen antut, zum Glück merkt er nichts mehr davon. Es wäre, wenn wir nicht längst hinüber wären, zum Verrücktwerden, ihr Kinder. Spielt nur schön miteinander: Kaufen und Verkaufen, Lieben und Hassen, Gebären und Bestatten, Lachen und Weinen. Nur glaubt ja nicht, es sei dies auch nur von entferntester Relevanz, geschweige denn Evidenz. Oft, wenn ihr ein Buch aus der Hand legt, fragt ihr euch – und bildet euch obendrein noch was ein auf euren Scharfsinn –: Mußte es denn geschrieben werden? Ihr habt euch kaum überlegt, daß auch das Buch zu fragen das Recht hat: Mußte der Leser gelebt haben? Die Antwort lautet beide Male: Nichts Seiendes muß müssen. Das Leben beginnt affirmativ, toi-toi-toi, und endet mit dem dreifachen Terminato-terminato-terminato. Ihr dürft ein paar Sekunden lang staunen, das ist alles.

So, Armando e Armando, jetzt gehen wir zurück ins Centro, zur Hauptpost von Lugano, typische Bundes-Renaissance mit klassizistischem Albertolli-Einschlag, und werden sehen, ob es uns gelingt, das Stück oder das Gegenstück als Souvenir nach Amburgo zu schicken, fragile, expreß, eingeschrieben. Armando uno in Hamburger Privatbesitz, Armando due wird Ausschau halten nach einem geeigneten

Standort im Vergnügungspark Swissminiatur auf der Halbinsel von Melide. Die Schweiz fünfundzwanzigmal verkleinert: was für eine Ruhestätte! Wie wäre es, zum Beispiel, mit einem Plätzchen zwischen den Objekten sechzehn und siebzehn, the Swiss National Circus Knie und Swiss-Archivs to Schwyz? Oder gefiele euch the bridge between Filisur and Davos of the Raetian railway besser oder eine Anrainerposition zum House Treib at the Lake of Lucerne? Interessant, daß die meisten Touristen in Lugano, noch bevor sie zu Swissminiatur vorstoßen, an der Frage Monte Brè oder San Salvatore scheitern. Beide Zuckerhüte haben wahrzeichenhaftes Gepräge und wetteifern um die Seele des Fremden. Der Brè lockt mit seinem hellen Grün, mit Villen und pittoresken Glockentürmen. Der San Salvatore hat dafür eine Wallfahrtskapelle vorzuweisen: auf ihrem Dach stehend, sieht man an klaren Tagen die Madonnina auf dem Turm des Mailänder Doms blinken. Ist es denn nicht zum Totlachen, dieses Menschenleben voller Entscheidungen? Warum nicht Brè und Salvatore? Beide sind mit einem knallroten Funicolare zu erreichen, beide.

Inhalt

I Ermordung eines Privatdozenten   7

II Kurgast in Göschenen 37

III Brief an die Mutter 133

IV Im Stollen 157

V Tod in Lugano 241

Der Autor dankt dem Aargauischen Kulturkuratorium und der Literaturkommission des Kantons Zürich für die großzügige Förderung dieser Arbeit.

Bitte umblättern:

Hermann Burger

Als Autor auf der Stör
Collection S. Fischer
Fischer Taschenbuch
Band 2353

Blankenburg
Erzählungen
181 Seiten. Leinen
S. Fischer

Diabelli
Erzählungen
Collection S. Fischer
Fischer Taschenbuch
Band 2309

Die Künstliche Mutter
Roman. 267 Seiten. Leinen
S. Fischer und
Fischer Taschenbuch
Band 5962

Die allmähliche Verfertigung der Idee beim Schreiben
Frankfurter
Poetik-Vorlesung
Collection S. Fischer
Fischer Taschenbuch
Band 2348

Ein Mann aus Wörtern
Collection S. Fischer
Fischer Taschenbuch
Band 2334

Kirchberger Idyllen
Collection S. Fischer
Fischer Taschenbuch. Band 2314

Schilten
Roman. Fischer Taschenbuch
Band 2086

Tractatus logico-suicidalis
Über die Selbsttötung
195 Seiten. Leinen. S. Fischer

Paul Celan
Auf der Suche nach
der verlorenen Sprache
Fischer Taschenbuch Band 6884

S. Fischer

Collection S. Fischer

Lothar Baier
Jahresfrist
Erzählung. Band 2346

Thomas
Beckermann (Hg.)
**Reise durch die
Gegenwart**
Ein Lesebuch. Band 2351

Herbert Brödl
Silvana
Erzählungen. Band 2312

Hermann Burger
**Die allmähliche
Verfertigung der
Idee beim Schreiben**
*Frankfurter
Poetik-Vorlesung*
Band 2348
**Als Autor
auf der Stör**
Band 2353
Diabelli
Erzählungen. Band 2309
**Ein Mann
aus Wörtern**
Band 2334
Kirchberger Idyllen
Band 2314

Karl Corino
Tür-Stürze
Gedichte. Band 2319

Clemens Eich
Aufstehn und gehn
Gedichte. Band 2316
Zwanzig nach drei
Erzählungen. Band 2356

Ria Endres
**Am Ende
angekommen**
Band 2311

Dieter Forte
**Jean Henry Dunant
oder Die Einführung
der Zivilisation**
Ein Schauspiel. Band 2301

Marianne Fritz
**Die Schwerkraft
der Verhältnisse**
Roman. Band 2304

Wolfgang Fritz
**Zweifelsfälle für
Fortgeschrittene**
Roman. Band 2318
**Eine ganz
einfache Geschichte**
Band 2331

Egmont Hesse (Hg.)
Sprache & Antwort
Stimmen und Texte
einer anderen Literatur
aus der DDR
Band 2358

Wolfgang Hegewald
**Das Gegenteil
der Fotografie**
*Fragmente einer
empfindsamen Reise*
Band 2338
**Hoffmann, Ich und
Teile der näheren
Umgebung**
Band 2344
**Jakob Oberlin
oder die Kunst
der Heimat**
Roman. Band 2354
Verabredung in Rom
Erzählung. Band 2361

Wolfgang Hilbig
abwesenheit
gedichte
Band 2308
Der Brief
Drei Erzählungen
Band 2342
die versprengung
gedichte. Band 2350
Die Weiber
Band 2355
Unterm Neomond
Erzählungen. Band 2322

Klaus Hoffer
**Der große Potlatsch
Bei den Bieresch 2**
Roman. Band 2329

Fischer Taschenbuch Verlag

fi 176/11a

Collection S. Fischer

Jordan/Marquardt/Woesler
Lyrik – von allen Seiten
Band 2320
Lyrik – Blick über die Grenzen
Band 2336

Peter Stephan Jungk
Rundgang
Roman. Band 2323
Stechpalmenwald
Band 2303

Gerhard Köpf
Innerfern
Roman. Band 2333

Judith Kuckart
Im Spiegel der Bäche finde ich mein Bild nicht mehr
Band 2341

Dieter Kühn
Der wilde Gesang der Kaiserin Elisabeth
Band 2325

Katja Lange-Müller
Wehleid – wie im Leben
Erzählungen. Band 2347

Otto Marchi
Rückfälle
Roman. Band 2302
Sehschule
Roman. Band 2332

Monika Maron
Flugasche
Roman. Band 2317
Das Mißverständnis
Vier Erzählungen und ein Stück. Band 2324

Gert Neumann
Die Schuld der Worte
Erzählungen. Band 2305

Hanns-Josef Ortheil
Fermer
Roman. Band 2307
Köder, Beute und Schatten
Suchbewegungen Band 2343
Mozart – Im Innern seiner Sprachen
Essay. Band 2328

Elisabeth Reichart
Komm über den See
Erzählungen. Band 2357

Gerhard Roth
Circus Saluti
Band 2321
Dorfchronik zum 'Landläufigen Tod'
Band 2340

Natascha Selinger
Schaukel. Ach Sommer
Erzählung. Band 2360

Evelyn Schlag
Beim Hüter des Schattens
Erzählungen. Band 2335
Brandstetters Reise
Erzählungen. Band 2345
Die Kränkung
Erzählung. Band 2352

Klaus Schlesinger
Matulla und Busch
Band 2337

Wolf Christian Schröder
Dronte
Eine Geschichte aus der Freizeit. Band 2310

Johanna Walser
Die Unterwerfung
Erzählung. Band 2349
Vor dem Leben stehend
Band 2326

Fischer Taschenbuch Verlag

fi 176/11b

Literaturwissenschaft
Eine Auswahl

Jan Berg
Sozialgeschichte der deutschen Literatur
von 1918 bis zur Gegenwart
Band 6475

Hansjürgen Blinn
Informationshandbuch »Deutsche Literaturwissenschaft«
Band 7318

Hermann Burger
Paul Celan
Auf der Suche nach der verlorenen Sprache. Band 6884

Wolfgang Leppmann
Goethe und die Deutschen
Band 5653

Edgar Lohner
Passion und Intellekt
Die Lyrik Gottfried Benns
Mit einem Anhang: Auszüge aus dem Briefwechsel
zwischen Gottfried Benn, F.W. Oelze und Edgar Lohner
Überarbeitete und erweiterte Ausgabe. Band 6495

Herman Meyer
Das Zitat in der Erzählkunst
Zur Geschichte und Poetik
des europäischen Romans. Band 6883

Wolfgang Promies
Der Bürger und der Narr oder
das Risiko der Phantasie
Sechs Kapitel über das Irrationale in
der Literatur des Rationalismus. Band 6872

Gisela von Wysocki
Weiblichkeit und Modernität
Über Virginia Woolf. Band 6459

Fischer Taschenbuch Verlag